LAURA KNEIDL
Vergiss uns. Nicht.

Die Bücher von Laura Kneidl bei LYX:

Berühre-mich.-Nicht.-Reihe:
1. Berühre mich. Nicht.
2. Verliere mich. Nicht.
3. Vergiss uns. Nicht.

Graphic Novels:
1. Berühre mich. Nicht. – Die Graphic Novel: Teil 1

Someone-Reihe:
1. Someone New
2. Someone Else
3. Someone to Stay

Midnight-Chronicles-Reihe:
1. Schattenblick
2. Blutmagie
3. Dunkelsplitter
4. Seelenband
5. Todeshauch
6. Nachtschwur

Herz aus Schatten

Weitere Bücher der Autorin sind bei LYX in Vorbereitung.

LAURA KNEIDL

Vergiss uns. Nicht.

Roman

LYX

LYX in der Bastei Lübbe AG
Dieser Titel ist auch als E-Book und Hörbuch erschienen.

Die Bastei Lübbe AG verfolgt eine nachhaltige Buchproduktion.
Wir verwenden Papiere aus nachhaltiger Forstwirtschaft und verzichten darauf,
Bücher einzeln in Folie zu verpacken. Wir stellen unsere Bücher in Deutschland
und Europa (EU) her und arbeiten mit den Druckereien kontinuierlich
an einer positiven Ökobilanz.

Originalausgabe

Copyright © 2023 by Bastei Lübbe AG, Köln

Dieses Werk wurde vermittelt durch die
AVA international GmbH Autoren- und Verlagsagentur, München.
www.ava-international.de

Textredaktion: Melike Karamustafa
Umschlaggestaltung: ZERO Werbeagentur GmbH, München,
unter Verwendung von Motiven von © Pushish Images/Shutterstock;
© mashmash_design/Shutterstock
Satz: Greiner & Reichel, Köln
Gesetzt aus der Adobe Caslon
Druck und Einband: GGP Media GmbH, Pößneck

Printed in Germany
ISBN 978-3-7363-1888-5

1 3 5 7 6 4 2

Sie finden uns im Internet unter: lyx-verlag.de
Bitte beachten Sie auch: luebbe.de und lesejury.de

Liebe Leser:innen,

dieses Buch enthält potenziell triggernde Inhalte. Deshalb findet ihr auf Seite 431 eine Triggerwarnung.

Achtung: Diese enthält Spoiler für das gesamte Buch!

Wir wünschen uns für euch alle das bestmögliche Leseerlebnis.

Eure Laura und euer LYX-Verlag

Für Jina Mahsa Amini

Playlist

Harry Styles – As It Was
Tom Walker – Leave a Light On
Sigrid & Bring Me The Horizon – Bad Life
Winona Oak – He Don't Love Me
Sleep Token – Jaws
Halsey – Sorry
Florence + The Machine – Stand By Me
BANKS – Contaminated
Highly Suspect – 16
Sofia Karlberg – Crazy In Love
Bring Me The Horizon – Can You Feel My Heart
Bad Omens – Just Pretend
Matt Maeson – Put It On Me
Avril Lavigne – Sk8er Boi
blink-182 – Always
Jessie Ware – Hearts
Loathe feat. Sleep Token – Is It Really You?
Paula Hartmann feat. Casper – Kein Happy End

1. Kapitel

Du schaffst das!
Diese drei kleinen Worte begleiteten mich, seit ich am Morgen aufgewacht war, und das noch ehe mein Wecker geklingelt hatte. An den meisten Tagen reizte ich die Snooze-Taste bis zum Letzten aus, um so lange wie möglich im Bett liegen zu bleiben, aber nicht heute. Eine halbe Stunde bevor das schrille Klingeln mich aus dem Schlaf hatte reißen können, war ich von selbst wach geworden, angetrieben von der Aufregung vor einem der wichtigsten Termine meines Lebens. Ich hatte in den letzten Wochen, nein, Monaten auf genau diesen Tag hingearbeitet.

Alles hatte mit einer Idee begonnen, die mir anfangs zu groß erschienen war, um sie Wirklichkeit werden zu lassen, bis ich Sage und Luca davon erzählt hatte. Sie hatten mich unterstützt und mich ermutigt, die Sache weiterzuverfolgen. Das hatte ich getan. Und nun saß ich hier. Auf einem Stuhl vor dem Büro der Direktorin der Melview Universität und wartete auf unser Treffen.

Mein Blick zuckte zu der Wanduhr, die über dem Büro hing. 9:55 Uhr.
Noch fünf Minuten.
Du schaffst das!
Meine Finger krallten sich fest um die zwei Mappen in meiner Hand. Doch als ich das Plastik knirschen hörte, lockerte ich den Griff umgehend. Mein ganzes Herzblut lag in diesen

Ordnern, fein säuberlich formatiert, ausgedruckt und in Folien geschoben. Behutsam legte ich sie auf den freien Platz neben mir und schielte zu Richmonds Büro. Daneben war ein vergoldetes Schild an der Wand angebracht, auf dem stand:

Dr. rer. nat. Sophia Richmond. Direktorin

Richmond unterrichtete seit Jahren nicht mehr selbst, da ihre Aufgaben an der MVU inzwischen rein politischer Natur waren. Ich fand es schade, dass ich sie nie in einem Hörsaal hatte erleben dürfen. Denn genau wie ich kam sie aus der Physik. Ich hatte mir bereits im ersten Semester die Zeit genommen, ihre Doktorarbeit aus dem Bereich des Welle-Teilchen-Dualismus zu lesen, obwohl ich damals kaum ein Wort davon verstanden hatte.

Ich stand von meinem Platz auf und lief zu dem Wasserspender in der Ecke des Wartebereichs. Die Sekretärin sah kurz von ihrem Monitor auf, wandte sich aber sogleich wieder ihrer Arbeit zu. Sie wirkte gestresst. Es war Ende August, und vermutlich hatte sie alle Hände voll damit zu tun, letzte dringende Anfragen zu bearbeiten, bevor nächste Woche das neue Semester startete.

Ich nahm einen der Pappbecher aus der Halterung am Wasserspender und füllte ihn bis zur Hälfte. Das trockene Gefühl in meiner Kehle blieb jedoch und würde vermutlich bis nach meinem Termin nicht vergehen.

Du schaffst das!

Mit vor Nervosität kalten Fingern strich ich mir die Haare aus dem Gesicht, als es in meiner Hosentasche vibrierte. Ich zog mein Handy hervor und entdeckte eine neue Nachricht von Aaron in der Gruppe. Was als Planungschat für einen gemeinsamen Spieleabend begonnen hatte, war zu einem

Gruppenchat geworden, in dem Sage, Luca, Connor, Aaron, Gavin und ich uns austauschten. Vor allem in den Ferien war der Chat ausgiebig genutzt worden, da wir uns nicht so oft gesehen hatten wie während des Semesters. Die einzige Person, die nicht regelmäßig in dem Chat schrieb, war Gavin.

Aaron: Gleich ist es so weit! 🙈
Sage: Viel Glück!
Connor: Du schaffst das!
Luca: Natürlich schafft sie das!
Ich: Danke, Leute! 🖤
Sage: Bist du sehr aufgeregt?
Ich: Und wie. Meine …

Ich kam nicht dazu, den Satz zu beenden und Sage wissen zu lassen, wie arg meine Finger zitterten, als die Tür zu Direktorin Richmonds Büro aufschwang. Adrenalin schoss mir durch den Körper, und die Härchen an meinen Armen stellten sich auf, als ich mich der Leiterin der Universität zuwandte.

Ich hatte Richmond schon oft über den Campus laufen oder bei irgendwelchen Reden auf Veranstaltungen gesehen, aber ich hatte ihr noch nie von Angesicht zu Angesicht gegenübergestanden. Sie war eine beeindruckende Frau mit einer Ausstrahlung, die nicht weniger verlangte als absoluten Respekt. Sie wirkte jedoch nicht hart und schonungslos, sondern intelligent und gewitzt, als wäre ihr Verstand dem aller anderen überlegen.

»Guten Morgen, Miss Gibson«, begrüßte mich Richmond mit einem Lächeln, das zarte Fältchen um ihre Augen legte, die hinter einem schwarzen Brillengestell aufblitzten. Das dunkelblonde Haar hatte sie sich mit einer Klammer hochgesteckt. Nur vereinzelt hatten sich ein paar Strähnen gelöst. »Kommen Sie rein.«

Ich schluckte, doch meine Kehle war trotz des Wassers so trocken, dass es eher zu einem Runterwürgen meiner Angst wurde. Ich warf den Pappbecher weg und schob das Handy zurück in die Hosentasche, bevor ich meine Schultern straffte. Dann schnappte ich mir meine Tasche vom Boden und die Mappen vom Stuhl, ehe ich Richmond in ihr Büro folgte, das dieselbe elegante Ehrfurcht ausstrahlte wie die Direktorin selbst.

Dunkle Bücherregale, die vermutlich schon seit Jahrzehnten im Besitz der Universität waren, säumten die hell gestrichenen Wände. In den unteren Regalreihen standen Ordner, in den oberen Reihen waren alte Bücher mit rissigen Ledereinbänden einsortiert. Zahlreiche Auszeichnungen, die Richmond erhalten hatte, schmückten die Wände. Das Herzstück des Raumes war allerdings ein schwerer Schreibtisch aus demselben dunklen Holz wie die Regale. Es gab einen Bürostuhl aus braunem Leder, in dem Direktorin Richmond nun Platz nahm, und zwei Sessel. Das Büro hätte düster und erdrückend wirken können, wären da nicht die zahlreichen Pflanzen gewesen, die das Zimmer dekorierten, und die großen Sprossenfenster, die den Raum mit Licht fluteten und einen weiten Blick über den Campus freigaben.

Die Direktorin deutete auf einen der Sessel. »Setzen Sie sich.«

Ich schloss die Tür hinter mir und folgte der Aufforderung. Mein Herz pochte so heftig, dass es schon beinahe wehtat. Als ich in Richmonds hellbraune Augen blickte, musste ich mich ermahnen, endlich den Mund aufzumachen, denn von selbst würde sich meine Idee nicht präsentieren.

Du schaffst das!

Ich holte tief Luft ...

»Vielen Dank, dass Sie sich heute Zeit für mich nehmen«,

sagte ich, erstaunt darüber, wie fest meine Stimme klang. Ich hatte erwartet, dass sie beben würde wie meine Hände, aber die Worte verließen meinen Mund klar und deutlich.

»Wie in meiner Mail an Sie bereits beschrieben, möchte ich Ihnen gerne eine Idee vorstellen, von der nicht nur die Studierenden der MVU profitieren können, sondern auch das Image der Universität, da es in ganz Nevada noch kein vergleichbares Konzept gibt.«

Direktorin Richmond sagte nichts, aber ihre Augenbrauen zuckten interessiert, was ich als Zeichen nahm, mit meiner Präsentation fortzufahren.

»Es geht um ein Projekt, das ich ›Studierende helfen Studierenden‹ getauft habe, kurz SHS.«

Ich reichte Richmond eine der beiden Mappen. Die andere war für mich, ein Spickzettel, der mir durch die Präsentation helfen sollte, auch wenn ich bezweifelte, dass das nötig war, denn ich kannte meine Rede in- und auswendig. Ich hatte sie mindestens zwei Dutzend Mal geübt, entweder vor Luca und Sage oder dem Spiegel.

»Kurz gesagt ist die SHS eine spendenbasierte Hilfsorganisation, die Studierende mit finanziellen Einschränkungen unterstützen soll, um sie finanziell, aber auch mental zu entlasten. Denn ich muss Ihnen gewiss nicht erklären, was für eine unglaubliche psychische Belastung entsteht, wenn man nicht weiß, wie man seine Miete, sein Essen, seine Kleidung oder seine Bücher fürs Studium bezahlen soll«, erklärte ich.

Auf die Idee dazu hatte mich meine beste Freundin Sage gebracht. Vor gut einem Jahr war sie mit ihrem VW und nur ein paar Dollar in der Tasche von Maine nach Nevada gekommen, um ihrem übergriffigen Stiefvater zu entfliehen. Sie war völlig auf sich allein gestellt gewesen, da ihre Noten aufgrund ihrer Angststörung nicht gut genug gewesen waren, um sie für ein Stipendium zu qualifizieren. Und auch anderweitig war sie durch die Ritzen unseres ohnehin ziemlich brüchigen Systems gerutscht.

Sie hatte in ihrem Auto auf dem Campus-Parkplatz übernachtet, heimlich in den Bädern der Wohnheime geduscht und sich von Sandwiches aus dem Automaten ernährt. Zeitweise hatte sie nicht gewusst, wie sie eine weitere Woche über die Runden kommen sollte, bis sie sich erlaubt hatte, sich von Luca und mir helfen zu lassen. Und so wie es ihr ergangen war, erging es auch vielen anderen Studierenden, denn es war nicht immer möglich, sich *einfach* einen Job zu suchen. Nicht jeder konnte jede Tätigkeit ausüben oder die Arbeit mit seinem Studium unter einen Hut bringen. Ohnehin gab es in Melview mehr Studierende als Stellen. Vor allem in den Wintermonaten, wenn der Tourismus am Lake Tahoe einschlief, war es schlimm; viele verloren über die kalten Monate ihre Jobs.

»Die SHS würde bedürftigen Studierenden einen Zugang zu Lebensmitteln und Gebrauchsgegenständen des Alltages wie Duschgel, Zahnpaste oder Kleidung ermöglichen«, fuhr ich fort und spürte, wie sich mein Herzschlag allmählich beruhigte, denn diese Worte waren mir nicht nur vertraut, sondern ich glaubte mit jeder Faser meines Körpers an dieses Konzept.

»Und woher sollen Duschgel, Zahnpaste und Kleidung kommen?«, fragte Richmond.

»Blättern Sie dafür bitte auf Seite fünf.« Ich klappte meine eigene Mappe auf, auch wenn ich die Stichpunkte, die dort standen, nicht brauchte. »Wie bereits erwähnt, soll die SHS auf Spendenbasis laufen. Es können überall auf und um den Campus herum Spendenschränke aufgestellt werden, wo Leute ihre Spenden abgeben können, aber auch lokale Geschäfte sind bereit, die SHS zu unterstützen. Die Liste, die Sie vor sich sehen, ist natürlich nur ein Anfang, wir müssten bei Umsetzung noch weitere Partner akquirieren, aber der Secondhandshop in der Greenrose Street wäre bereit, Kleidung zu spenden, die im Laden nicht verkauft wird, und auch der Besitzer des Supermarktes in der Mainroad hat sich bereit erklärt, Lebensmittel zu spenden.«

Direktorin Richmond studierte die noch überschaubare Liste an Partnern. Ich hatte selbst mit den Ladenbesitzern gesprochen. Nicht alle waren von meiner Idee überzeugt gewesen, und nur wenige hatten mir vom Fleck weg ihre Unterstützung zugesagt. Die meisten von ihnen waren jedoch aufgeschlossen und hatten mich gebeten zurückzukommen, sobald die Pläne konkreter waren und das Projekt bewilligt worden war.

»Interessantes Konzept«, murmelte Richmond.

Ich presste die Lippen aufeinander, um ein Lächeln zu unterdrücken. Es war zu früh, um sich zu freuen. Nur weil das Konzept auf den ersten Eindruck überzeugte, bedeutete das nicht, dass auch der Rest begeisterte.

Im Laufe der nächsten halben Stunde führte ich Richmond durch die Mappe. Ich erzählte ihr, welche Mittel mir die MVU zur Verfügung stellen müsste, um die SHS umzusetzen, und wie ich gedachte, das System vor Missbrauch zu schützen.

Direktorin Richmond hörte mir aufmerksam zu. Gelegentlich stellte sie Fragen, und ich war unheimlich stolz darauf, sie ihr alle beantworten zu können. Nach einer Weile schien auch ihr bewusst zu werden, wie viel Zeit ich in die Vorbereitung dieser Präsentation gesteckt hatte. Denn irgendwann wurde jede ihrer Fragen von einem Lächeln und einem »aber daran haben Sie sicherlich schon gedacht« begleitet, was meinen Stolz in etwa auf die Größe des Mount Everest anschwellen ließ und mir zeigte, dass sich die ganze Arbeit gelohnt hatte.

Ich hatte mich in den Semesterferien stundenlang in den Recherchen verloren und oft bis spät in die Nacht Artikel gelesen und Videos darüber angeschaut, wie man eine wohltätige Organisation auf die Beine stellte, was es zu beachten gab und welche Tücken und Fallstricke auf einen warteten. Am Anfang war alles ziemlich überwältigend gewesen, aber mit der Zeit war Ordnung in das Chaos gekommen und mit jedem Tag war mir diese einst fixe Idee mehr und mehr ans Herz gewachsen.

»Mein Vorschlag wäre, dass Studierende, die sich bereit erklären, ehrenamtlich für die SHS zu arbeiten, einen positiven Vermerk im Zeugnis bekommen. Und noch besser wäre es, sie ab einer bestimmten Stundenanzahl pro Semester mit zusätzlichen Credits zu belohnen«, sagte ich und war damit auf der letzten Seite der Mappe angelangt. Am liebsten hätte ich ein erleichtertes Seufzen ausgestoßen, aber dafür war es zu früh, denn jetzt kam der wohl schwerste Teil meiner Präsentation: Richmonds Urteil.

Erwartungsvoll sah ich die Direktorin an und hielt gespannt den Atem an, um nichts von dem, was sie zu sagen hatte, zu verpassen. Das Herz schlug mir bis in die trockene Kehle. Und ich fragte mich, wie ich reagieren sollte, wenn sie mir sagte, dass das Konzept keinerlei Hand und Fuß hatte. Mir war zwar jederzeit bewusst gewesen, dass die Chance bestand, dass Richmond mir eine Abfuhr erteilte, aber ich hatte mir nie erlaubt, konkret darüber nachzudenken, wie ich in diesem Fall reagieren würde … bis jetzt. Einen unpassenderen Augenblick dafür hätte sich mein Verstand nicht aussuchen können.

»Sie haben sich wirklich sehr viele Gedanken gemacht«, sagte Richmond, und ich glaubte so etwas wie Anerkennung in ihrer Stimme mitschwingen zu hören. Sie klappte die Mappe zu und lehnte sich auf ihrem Stuhl zurück. »Ich bin beeindruckt und wünschte mir, einige unserer Studierenden würden sich eine Scheibe von Ihnen abschneiden. Genau diese Art von Eigeninitiative und Leidenschaft schätzen wir an der MVU.«

»Danke.«

Richmond lächelte. Es war ein aufrichtiges, kein verlogenes Schlechte-Neuigkeiten-Lächeln, was mir ein wenig von meiner Nervosität nahm. »Ein paar Punkte in Ihrem Konzept müssen noch überarbeitet werden. Die finanzielle Situation der Studierenden muss beispielsweise von einem Angestellten der MUV geprüft werden, da wir solche sensiblen Daten nicht rausgeben dürfen, aber das sind nur Kleinigkeiten. Mich haben Sie mit Ihrem Konzept überzeugt, Miss Gibson. Ich würde Ihre Idee gerne dem Komitee, das sich aus Dozenten, Ehemaligen und anderen Entscheidungsträgern der MVU zusammensetzt, vorstellen. Sollte die Mehrheit der Mitglieder Ihrem Konzept zustimmen, können Sie noch dieses Semester mit der Umsetzung beginnen.«

Nun konnte ich ein Lächeln nicht mehr zurückhalten. »Wirklich?«

Richmond nickte. »Wirklich. Sie haben großartige Arbeit geleistet.«

»Danke«, wiederholte ich, am liebsten wäre ich aufgesprungen und hätte einen Freudentanz aufgeführt, aber ich zwang mich dazu, ruhig zu bleiben. Langsam erhob ich mich von meinem Platz, schulterte meine Tasche und drückte mir die Mappe gegen die Brust. Das Plastik war von meinen verschwitzten Händen schon ganz rutschig und feucht.

Direktorin Richmond erhob sich ebenfalls, um mich zur Tür zu begleiten, obwohl diese nur ein paar Schritte entfernt war. Sie öffnete sie für mich, und ich entdeckte, dass der nächste Termin – Coach Hogan, der Trainer des Schwimmteams – bereits wartete. Ich wandte mich noch einmal zu Richmond um und stellte erstaunt fest, dass sie mich um ein paar Zentimeter überragte, obwohl ich mit meinen eins vierundsiebzig nicht die Kleinste war.

»Danke, dass Sie sich so viel Zeit für mich genommen haben.«

»Es war mir eine Freude. Ich werde mich bei Ihnen melden«, erwiderte Richmond mit einem Lächeln und reichte mir zum Abschied die Hand. »Ich wünsche Ihnen ein schönes Wochenende und am Montag einen guten Start ins neue Semester.«

Mein Körper vibrierte noch immer vor Aufregung, als ich zwei Stunden später, nach einem ausgiebigen Training im Fitnessstudio, die Wohnung betrat, die ich mir mit Luca teilte. Sie lag in einem der wohlhabenderen Viertel der Stadt, weshalb es hier nicht viele Studierende gab. Wir konnten uns die Wohnung nur leisten, weil unsere Mom sie Luca zu seinem achtzehnten Geburtstag geschenkt hatte. Es war ihre Art, an unserem Leben teilzunehmen und uns zu unterstützen, nachdem sie unseren Dad verlassen hatte, um sich ein Leben abseits ihrer familiären Verpflichtungen aufzubauen.

»Klar, das versteh ich«, hörte ich Luca mit angestrengter Stimme sagen, als ich zur Wohnungstür hereinkam. Er hockte auf der Couch, das Handy ans Ohr gepresst. Eine tiefe Furche hatte sich zwischen seine Augenbrauen gegraben, und ein unglücklicher Zug umspielte seine Lippen, während er unruhig mit dem Lesezeichen aus Perlen spielte, das Sage für ihn gebastelt hatte und das zwischen den Seiten seines Buches klemmte. »Nein, mach dir keinen Stress«, redete er weiter, nachdem er mich mit einem Nicken begrüßt hatte.

Luca war zweieinhalb Jahre älter als ich, aber rein optisch hätten wir Zwillinge sein können. Wir hatten beide goldblonde Haare, die im Sommer einige Nuancen heller waren als im Winter, und stürmische blaugraue Augen. Trotz unserer schmalen Gesichter besaßen wir eine betonte Kieferpartie, wobei Lucas Züge deutlich kantiger waren als meine. Er war barfuß und trug nur eine Shorts, da die Hitze der letzten Tage inzwischen in das Gemäuer der Wohnung gekrochen war. Neben ihm stand ein Ventilator, der sich surrend von links nach rechts drehte.

Ich trat mir die Sandalen von den Füßen und ließ mich auf den Sessel neben der Couch fallen, sodass ich ebenfalls von dem Ventilator angepustet wurde. Meine Muskeln brannten vom Work-out, aber das war genau, was ich gebraucht hatte, um die nervöse Aufregung abzuschütteln, die das Treffen mit Richmond in mir ausgelöst hatte.

Neugierig musterte ich Luca und machte kein Geheimnis daraus, dass ich sein Telefonat belauschte.

»Okay, kein Thema.«

»…«

»Mhm, wir hören uns. Bye«, verabschiedete er sich und beendete das Gespräch. Die Furchen auf seiner Stirn glätteten sich jedoch nicht, sondern wurden noch tiefer. Achtlos warf er sein Handy auf die Couch und begann seine Nasenwurzel zwischen Daumen und Zeigefinger zu kneten.

»Wer war das?«, fragte ich und griff nach der Tüte Chips, die Luca neben sich liegen hatte. »Sage?«

»Nein, Gavin.«

Urg. Es kostete mich alle Mühe, bei der Erwähnung des Namens keine Grimasse zu ziehen. Wie bereits seit Jahren überspielte ich diesen Impuls, indem ich ein einstudiertes Lächeln aufsetzte. Noch vor fünf Jahren wäre meine Reaktion auf Gavin eine völlig andere gewesen, aber diese Zeiten waren lange vorbei.

»Was wollte er?«, erkundigte ich mich mit gespieltem Interesse, um die Scharade der letzten Jahre aufrechtzuerhalten. Luca wusste nämlich nicht, was sich damals zwischen Gavin und mir abgespielt hatte. In seiner Welt waren wir ehemalige

Freunde, die sich auseinandergelebt hatten … ganz so leicht war es aber nicht. Natürlich hätte ich Luca die Wahrheit über Gavin und mich sagen können, anstatt so zu tun, als wäre alles irgendwie okay, aber Gavin war sein bester und einziger Freund, und ich wollte sie nicht auseinanderbringen.

»Wir wollten uns zum Zocken treffen, aber er hat abgesagt.« Um ein Haar hätte ich ein erleichtertes Seufzen ausgestoßen, aber in letzter Sekunde konnte ich mich zurückhalten, und aus meinem Seufzen wurde ein leicht sarkastisch klingendes Brummen – okay, vielleicht klang es auch sehr sarkastisch.

»Tut mir leid, dass dein Freund euer Spieldate abgesagt hat«, neckte ich Luca und mampfte einen Chip.

Er öffnete den Mund, und einen Moment wirkte es so, als wollte er etwas sagen. Doch dann glättete sich die Falte auf seiner Stirn, und er beugte sich vor, um mir die Chipstüte wieder wegzunehmen. »Genug davon. Erzähl mir lieber, wie es mit Richmond gelaufen ist.«

Ich klopfte mir die Chipsreste von den Fingern. »Richtig gut! Bevor ich zu ihr ins Büro durfte, war ich echt nervös, aber als ich dann drin war und angefangen habe zu reden, wurde es besser. Sie war megainteressiert und hat viele Fragen gestellt.«

»Und was hat sie gesagt?«

»Sie hat mich gelobt und meinte, die MVU bräuchte mehr Studierende wie mich«, sagte ich stolz. »Das Konzept hat ihr auch richtig gut gefallen; sie will es demnächst dem Komitee vorstellen. Die Mitglieder können dann abstimmen, ob sie mir die Gelder für die Gründung der SHS geben oder nicht.«

»Das werden sie ganz bestimmt!«

»Das hoffe ich«, erwiderte ich mit einem nervösen Flattern im Magen.

Ich konnte mich nicht daran erinnern, wann ich das letzte Mal in meinem Leben etwas so sehr gewollt hatte wie die Bewilligung für die SHS. Nicht nur, weil ich mir in den vergangenen Monaten dafür den Arsch aufgerissen hatte, sondern weil es mir schon immer ein Bedürfnis gewesen war, anderen Menschen zu helfen. In der Highschool hatte ich freiwillig Nachhilfe in Mathematik und Physik gegeben. Ich hatte auch eine Weile in dem Pflegeheim geholfen, in dem unsere Grandma bis zu ihrem Tod gelebt hatte. Und seit ich achtzehn war, spendete ich alle vier Monate Blut. Es gab mir ein gutes Gefühl, für andere Menschen da zu sein, und half mir dabei, mich verbundener mit ihnen zu fühlen.

»Die Idee ist zu gut, um sie nicht zu unterstützen.«

»Das sagst du nur, weil du mein Bruder bist.«

»Nein, das sage ich, weil es so ist. Die SHS könnte vielen Studierenden helfen. Und ich habe deine Mappe gesehen und deinen Vortrag gehört. Nichts daran ist nicht überzeugend«, sagte Luca mit strenger Stimme, die mich ermahnte, ihm nicht zu widersprechen.

Ich lächelte. »Danke.«

Lucas Unterstützung und sein Glaube an mich bedeuteten mir die Welt. Als ich ihm vor sechs Monaten das erste Mal von der Idee erzählt hatte, war ich unglaublich nervös gewesen. Ich hatte Angst gehabt, er könnte mein Vorhaben belächeln und mir sagen, dass das Projekt zu groß für mich war und ich mir damit zu viel vornahm. Aber das Gegenteil war passiert. Er war begeistert gewesen und unterstützte mich seither. Meine ursprüngliche Sorge kam allerdings nicht aus dem Nichts. Ich wurde bereits mein ganzes Leben lang unterschätzt. Ich wusste nicht, ob es etwas war, das ich ausstrahlte, oder ob es wirklich nur an meinem Aussehen lag und daran, dass ich eine Frau war. Die Leute trauten mir im Allgemeinen nicht viel zu und fielen meist aus allen Wolken, wenn ich ihnen erzählte, dass ich Physik studierte. Und genauso wie mein Studium würde auch die SHS eine Herausforderung werden, aber eine, die ich meistern konnte.

»Konnte Richmond schon sagen, wann der Termin mit dem Komitee ist?«, fragte Luca.

»Nein, sie will sich bei mir melden. Aber sie meinte, dass wir noch dieses Semester mit der Umsetzung beginnen können, wenn alles klappt. Also sollte es hoffentlich schnell gehen«, antwortete ich, und ein nervöses Kribbeln erfüllte meinen Magen, wenn ich daran dachte, dass meine Vision bereits in diesem Semester Wirklichkeit werden könnte.

Luca grinste. »Das wird großartig.«

»Zuerst muss das Komitee zustimmen.«

»Das wird es«, sagte er voller Überzeugung.

Seine Zuversicht war beinahe ansteckend, aber ich musste auf dem Boden der Tatsachen bleiben. Denn wenn ich mir zu viel Hoffnung machte und zu weit in die Zukunft dachte, würde die Enttäuschung nur noch größer werden, sollte es nicht klappen, vor allem nach all der Arbeit, Zeit und Liebe, die ich bereits in das Projekt gesteckt hatte.

2. Kapitel

»Home sweet home«, murmelte Luca von der Beifahrerseite, als ich meinen Wagen auf den überfüllten Parkplatz der MVU lenkte. Während der Ferien war es leicht gewesen, einen freien Platz zu ergattern, da nur ein Bruchteil der Studierenden den Campus besucht hatte. Nun kämpften die Leute um die letzten verbliebenen Plätze. Links von uns ertönte ein Hupkonzert, und Studierende rannten kreuz und quer über den Asphalt. Ich hielt die Luft an, als wäre es leichter, niemanden zu überfahren, wenn ich mich nicht aufs Atmen konzentrieren musste. Ich war eine souveräne Autofahrerin, immerhin kutschierte ich Luca und mich seit einem Jahr fast täglich zum Campus, doch Chaos auf Parkplätzen sorgte bei mir jedes Mal für Schweißausbrüche. Womöglich lag das aber auch an der unerträglichen Hitze, die meine Klimaanlage auf der kurzen Strecke von unserer Wohnung bis zum Campus nicht hatte bewältigen können.

»Da vorne!«, rief Sage und deutete zwischen den Sitzen hindurch auf einen freien Parkplatz.

Eilig sah ich mich um, um keinen Kommilitonen umzufahren, dann drückte ich aufs Gaspedal, bevor mir jemand die Lücke streitig machen konnte. Ich schnappte mir den Platz und stieß ein erleichtertes Seufzen aus, das meine Lunge wieder mit Sauerstoff flutete. Der Spot war nicht perfekt. Er lag genau zwischen zwei Baumschatten, sodass die Sonne ungehindert auf das Metalldach prallte.

Ein Wall aus Hitze schlug mir entgegen, als ich ausstieg. Obwohl es noch früh am Tag war, hatte der Sommer Melview voll im Griff. Das Thermometer meines Wagens zeigte schon jetzt fast 30 Grad an. Kein Wetter, bei dem man Lust hatte, in Vorlesungssälen zu hocken, aber zumindest waren diese klimatisiert.

Ich setzte meine Sonnenbrille auf und war froh über die Wahl meines Outfits. Jeansshorts gepaart mit weißen Converse und einem rosa Shirt mit gekrempelten Ärmeln und einem Knoten im Stoff, wodurch ein feiner Streifen nackter Haut an meinem Bauch zu sehen war. Obwohl der Sommer längst seinen Höhepunkt erreicht hatte, war ich noch immer hell wie ein weißes Bettlaken.

Luca und Sage hatten ihre Rucksäcke bereits aus dem Kofferraum genommen und warteten auf mich. Wobei sich Sage Halt suchend an Luca festklammerte. Sie litt seit Jahren an einer Angststörung, die sie vor allem in der Gegenwart von Männern Panik verspüren ließ, ein Resultat der Misshandlung durch ihren Stiefvater. Sie hatte uns lange Zeit nichts davon erzählt. Erst Monate nach unserem Kennenlernen hatte sie sich Luca und schließlich auch mir anvertraut. Zwar hatte ich von Anfang an gespürt, dass Sage etwas belastete und sie nicht gerne unter Leute ging, aber ich hatte sie nie dazu gedrängt, darüber zu reden, was ich im Nachhinein ein wenig bereute.

Eilig schnappte ich mir meinen eigenen Rucksack und den Cardigan, den ich mir mitgebracht hatte. Dann setzten wir uns gemeinsam in Bewegung.

Nicht nur auf dem Parkplatz ging es drunter und drüber, auch auf dem Campus herrschte heilloses Durcheinander. Es erweckte den Anschein, als wäre heute die gesamte Studentenschaft vor Ort. Für gewöhnlich nahmen Luca, Sage und ich Abkürzungen über die Grünflächen, aber das war an diesem

Tag nicht möglich. Überall auf dem Rasen saßen fröhliche Grüppchen beisammen, die sich vermutlich über die Ferien austauschten, was die Abkürzung eher zu einem Slalomlauf gemacht hätte. Das Gelächter und die heiteren Stimmen erschufen eine aufgeregte Energie, die mein Inneres zum Vibrieren brachte. Und mich schon beinahe so etwas wie Vorfreude auf die erste Vorlesung empfinden ließ, die ich noch verteufelt hatte, als mein Wecker mich heute Morgen aus dem Bett geschmissen hatte.

»Was steht bei euch als Erstes auf dem Plan?«, fragte ich.

»Meine erste Vorlesung geht erst später los, aber Connor und ich wollten uns in der Bibliothek treffen, um gemeinsam nach Jobs zu gucken«, antwortete Sage. Trotz der Wärme, die meine Wangen zum Glühen brachte, wirkte sie blass um die Nase, und Panik stand in ihren Augen, welche dieselbe dunkelbraune Farbe hatten wie ihr Haar. In den letzten beiden Semestern hatte sie gemeinsam mit Luca das Archiv der Bibliothek digitalisiert, aber sie waren kurz vor den Sommerferien fertig geworden. Für sie gab es daher keine Arbeit mehr in der Bücherei. Luca hingegen war als Student für Bibliotheks- und Informationsmanagement als Aushilfe übernommen worden.

»Arbeitet Connor nicht mehr in diesem Internetcafé?«

»Das hat vor einer Weile dichtgemacht.«

Ich nickte. Überraschend war das nicht, wer brauchte schon noch Internetcafés? Fast jeder besaß einen eigenen Laptop, und überall gab es Cafés und Hotspots mit freiem WLAN.

»Hast du schon eine Idee, was du machen möchtest?«

»Etwas mit wenig Kundenkontakt. Ich könnte vor oder nach Ladenschluss Regale im Supermarkt einräumen oder für irgendeine Telefonzentrale arbeiten. Ich könnte Leuten Bürobedarf verkaufen oder sie in irgendwelche Abofallen locken.«

»Ich würde mich von dir ganz bestimmt in eine Falle locken lassen«, erklärte Luca und ließ seinen Blick suggestiv über Sages Körper gleiten, obwohl es nicht viel zu sehen gab. Sie mochte es nicht, im Mittelpunkt zu stehen, weshalb sie sich gerne unauffällig kleidete. Heute trug sie ein schlichtes türkisfarbenes T-Shirt und eine Jeans, in der ihr ziemlich warm sein musste, aber ihr war die Hitze lieber als die Aufmerksamkeit irgendwelcher Männer.

Sage lachte. »Am Telefon würdest du mich nicht sehen.«

»Ich würde hören, dass du heiß bist.«

Sage verpasste Luca einen sanften Klaps gegen die Schulter, aber die Röte, die ihr in die Wange kroch, zeigte deutlich, wie sie tatsächlich über seine Worte dachte. Die zwei waren ein süßes Paar, und manchmal fiel es mir schwer, nicht neidisch zu sein. Nicht auf die beiden direkt, sondern auf das, was sie miteinander hatten. Seit über einem halben Jahr erlebte ich täglich, wie glücklich sie zusammen waren und wie sehr sie das Leben des jeweils anderen bereicherten. Da fiel es einem schwer, sich das nicht auch für sich selbst zu wünschen.

»Und wo musst du hin?«, fragte ich Luca, um mich von meinen Gedanken abzulenken.

»Auch in die Bib. Ich wollte Chester Hallo sagen und ihm für die hervorragenden Buchempfehlungen danken«, antwortete Luca leichthin. Ich hatte allerdings das Gefühl, dass er Mr Strasse nur als Ausrede benutzte, um Sage zu begleiten und mit ihr zu warten, bis Connor ihn ablöste. »Und du?«

»Ich hab gleich Physik 3 bei Professor Sinclair.«

Luca rollte mit den Augen, als würde er mich für den größten Geek halten, der ihm je begegnet war. Ich ignorierte seinen nonverbalen Kommentar. Denn er war der größte Buchnerd, den ich kannte, und wer im Glashaus saß, sollte bekanntlich nicht mit Steinen werfen.

»Heh, Luca!«

Ich zuckte beim Klang der vertrauten und zugleich fremd gewordenen Stimme zusammen. Es war ein Reflex meines Körpers, den ich nicht abstellen konnte. Instinktiv suchte mein Blick nach ihm – nach Gavin.

Er kam auf uns zu. Sein Gesicht lag halb im Schatten seiner Basecap verborgen, dennoch hätte ich ihn immer und überall erkannt. Und das nicht nur wegen seines unverkennbaren, absolut nicht existenten Modegeschmacks. Er hatte ein knallrotes T-Shirt mit einem Comic-Aufdruck an, der bereits rissig war, als hätte das Shirt schon einige Waschgänge zu viel hinter sich. Dazu trug er eine giftgrüne Shorts, die mich trotz meiner Sonnenbrille blendete. Fransen seines schwarzen Haars blitzten unter dem Basecap hervor.

Ich zwang mich zu einem Lächeln. Es spielte keine Rolle, wie beschissen mein Tag war oder wie schlecht gelaunt die Kunden in dem Bistro waren, in dem ich arbeitete, ich schaffte es immer halbwegs ehrlich zu lächeln, nur bei Gavin wollte es mir nicht gelingen; und das, obwohl ihn anzulächeln für mich lange Zeit das Natürlichste auf der Welt gewesen war. Aber nun zwang das Gewicht unserer Vergangenheit meine Mundwinkel nach unten, und ich musste mit aller Kraft dagegen ankämpfen.

»Hey«, begrüßte ich Gavin, als er neben mir stehen blieb.

Seine Lippen, die von einem dunklen Dreitagebart umrahmt waren, verzogen sich ebenfalls zu einem Lächeln, aber es barg für mich nicht länger dieselbe Wärme und Vertrautheit wie früher. »Hey, wie geht's?«

»Gut«, erwiderte ich kurz angebunden, denn ich wusste, dass ihn die Antwort eigentlich nicht interessierte – nicht mehr. Es waren höfliche Floskeln, die wir jedes Mal, wenn wir uns begegneten, austauschten. Dabei liefen diese Unterhaltungen immer gleich ab. Ich sagte ihm, dass es mir gut ging, unabhängig davon, wie ich mich wirklich fühlte, und dann fragte ich: »Und dir?«

»Auch«, antwortete Gavin wie jedes Mal.

Ich nickte und murmelte ein »schön«, wie es sich gehörte. Es war auswendig gelernter Text. Von außen betrachtet waren Gavin und ich das perfekte Bild von ehemaligen Freunden, die zu Bekannten geworden waren, auch wenn ich keine Ahnung hatte, wie das hatte passieren können. Luca, er und ich waren damals in Brinson ein untrennbares Trio gewesen. Wie die drei Musketiere, die Jonas Brothers oder die Mitglieder von Green Day – unzertrennlich, bis wir uns doch getrennt hatten.

Gavin löste seinen Blick von mir und sah zu Luca. Dieser hatte seinen tätowierten Arm um Sage gelegt und zog sie nun an sich. Es war eine beiläufige, vielleicht sogar besitzergreifende Geste, aber jeder, der die beiden kannte, wusste, dass er damit versuchte, Sage von den Massen an Leuten abzuschirmen, die an uns vorbeizogen. »Bei euch auch alles klar?«

»Ich kann mich nicht beklagen«, erwiderte Luca und grinste Sage an, die nur stumm nickte. Ihr Blick zuckte dabei unruhig von links nach rechts zu den Menschen, die an uns vorbeigingen und sich scheinbar nicht daran störten, dass wir mitten im Weg standen. »Nimm mir das nicht übel, Mann, aber du siehst aus, als könntest du einen Kaffee vertragen.«

Gavin schnaubte. »Ist das deine Art, mich wissen zu lassen, dass ich scheiße aussehe?«

»Sozusagen.«

Unrecht hatte Luca nicht. Es war unter dem Basecap schwer zu erkennen, aber es lagen deutliche Schatten unter Gavins Augen, die so dunkel und tief waren, als wären sie nicht nur das Ergebnis einer einzigen durchzechten Nacht, sondern von Wochen der Schlaflosigkeit. Was nicht undenkbar wäre, denn Gavin litt seit seiner Kindheit an einer Schlafstörung. Ich konnte die Nächte nicht zählen, in denen er mich damals heimlich angerufen oder mir geschrieben hatte, damit ich ihn von seiner Müdigkeit ablenkte. Seinen Gedanken. Seinen Ängsten. Seinen Sorgen. Und den grausamen Bildern in seinem Kopf.

»Dann hol ich mir besser eine Tasse, bevor es losgeht«, sagte Gavin und rückte den Riemen seines Rucksacks zurecht. Es war derselbe alte Rucksack, den er bereits in der Highschool mit sich herumgetragen hatte. Löchrig und voller Patches, die verdecken sollten, wie verschlissen die Tasche eigentlich schon war. »Wollt ihr mit?«

»Sage und ich müssen in die Bib.«

Gavin blickte zu mir.

Ich fragte mich, was in seinem Kopf vor sich ging, wenn er mich ansah. Dachte er auch an früher? An unsere Freundschaft und an den Tag, an dem er sie beendet hatte? Oder hatte er damit längst abgeschlossen? Die Vorstellung, dass er mich ansehen konnte, ohne irgendetwas zu fühlen – weder Sehnsucht noch Reue oder Schmerz –, versetzte mir einen Stich. Denn ich empfand all das und noch viel, viel mehr. Zwar hatte ich mit den Jahren gelernt, diese Gefühle zu kontrollieren, aber sie waren nach wie vor da und lauerten im Schatten meines Verstandes darauf herauszukommen, oft genau dann, wenn ich es am wenigsten erwartete.

Ich schüttelte den Kopf. »Sorry, ich treff mich mit Aaron.«

»Verstehe«, murmelte Gavin. »Grüß ihn von mir.«

Ich lächelte. »Werd ich machen.«

Wir verabschiedeten uns, und unsere Wege trennten sich. Und wie jedes Mal nach einer Begegnung mit Gavin fühlte ich mich erleichtert und zugleich war mein Herz schwer. Ein Teil von mir war froh, ein weiteres Treffen überstanden zu haben, während der andere Teil es hasste, dass es überhaupt so schwer sein musste. Ich hatte das nicht kommen sehen, denn ich hatte

Gavin geliebt und angenommen, dass unsere Freundschaft etwas für die Ewigkeit war. Ein Für Immer. Doch unsere Unendlichkeit hatte ein zu frühes Ende gefunden, und das war ganz allein Gavins Schuld.

Nicht meine.

Nicht unsere.

Seine ganz allein.

Während der Sommerferien vor fünf Jahren, nur wenige Tage vor seinem Geburtstag (ich hatte ihm schon ein Geschenk gekauft), hatte er mir von einem Tag auf den anderen die Freundschaft gekündigt. Wir hatten uns drei Wochen lang nicht gesehen, weil ich meine Mom besucht hatte. Ich war gerade dabei gewesen, meinen Koffer auszupacken, als Gavin in meinem Zimmer aufgetaucht war. Überschwänglich hatte ich mich ihm an den Hals geworfen, um ihn zu begrüßen, doch er hatte meine Umarmung nur halbherzig erwidert. In dem Moment hatte ich gewusst, dass etwas nicht stimmte. Und daraufhin hatte er unsere Freundschaft ohne jede Erklärung beendet und mir mitgeteilt, dass er nichts mehr mit mir zu tun haben wollte. Ohne es zu wissen, hatte er mir damals das Herz gebrochen, denn er war meine erste – und bisher einzige – Liebe gewesen.

Die Monate danach waren schlimm gewesen. Ich hatte nicht gewusst, wie ich noch mit ihm sprechen und mit ihm umgehen sollte. Und allein sein Anblick oder die Erwähnung seines Namens hatten ausgereicht, um mich den Tränen nahezubringen. Aber nach einigen langen, schweren Monaten war Gavin für sein Studium endlich aus Brinson weggezogen, und das hatte es mir leichter gemacht – bis ich ebenfalls nach Melview gekommen war und mich ihm erneut hatte stellen müssen. In den ersten zwei, drei Wochen hatte ich alles darangesetzt, Gavin aus dem Weg zu gehen. Es war nicht einfach gewesen, aber mit der Zeit hatte ich mich an seine Anwesenheit gewöhnt. Zwar hallten das Echo unserer Freundschaft und der Schmerz von damals noch immer in meiner Brust wider, aber mit der Zeit war beides leiser geworden. Oder vielleicht hatte ich auch nur gelernt, den Schmerz zu akzeptieren.

Ich holte tief Luft und zwang mich, jeden Gedanken an Gavin und unsere gemeinsame Vergangenheit zu verdrängen, denn ich spürte, wie sich ein vertrauter Druck hinter meinen Augen aufbaute, als hätte ich in meinem Leben nicht schon genug um Gavin geweint. Am liebsten hätte ich diese Erinnerung für immer aus meinem Verstand verbannt, aber sie war ein fester Bestandteil von mir. Sie gehörte zu mir wie die Narbe an meinem Knie von einem Sturz mit meinen Rollerblades, als ich neun Jahre alt gewesen war. Doch anders als die Wunde von damals, die zwar sichtbar, aber bereits verheilt war, schmerzte die Erinnerung noch immer.

Als ich vor einem Jahr nach Melview gezogen war, hatte ein klitzekleiner Teil von mir gehofft, dass sich das zwischen Gavin und mir wieder einrenken würde – immerhin war ich jetzt älter und erwachsener –, aber das war nicht passiert; und mit jedem Tag, den Gavin nicht auf mich zugekommen war, hatten wir uns weiter voneinander entfernt.

Doch ich wollte jetzt nicht länger an ihn denken. Es war ein herrlicher, sonniger Tag. Ein neues Semester voller Möglichkeiten hatte begonnen. Und gleich würde ich Aaron wiedersehen!

Zielstrebig lief ich in Richtung der naturwissenschaftlichen Fakultät. Das Verwaltungsgebäude und die Bibliothek waren das Kernstück der MVU, die einst eine Privatschule gewesen war. Erst in den Fünfzigerjahren war das elitäre Internat zu einem College umfunktioniert worden, das seitdem stetig gewachsen war. Aus diesem Grund bot der Campus einen faszinierenden Architekturmix. Die geistes- und sozialwissenschaftlichen Kurse fanden östlich der Bibliothek in Gebäuden statt, welche mit ihren Backsteinmauern und hohen Sprossenfenstern an die alten Ivy-League-Colleges erinnerten. Die Naturwissenschaften hingegen wurden westlich der Bibliothek in modernen Neubauten unterrichtet. Die Fassade meiner Fakultät war verglast, und das Licht der Sonne brach sich grell in der Fensterfront.

Ich legte mir eine Hand an die Stirn, da mich die Sonne trotz meiner Brille blendete. Suchend ließ ich meinen Blick über die Grünfläche vor dem Gebäude gleiten. Ich entdeckte Aaron im Schatten eines Baumes und unterdrückte ein Grinsen, als ich mich ihm näherte. Als er mich kommen sah, wurde auch sein Gesicht ausdruckslos.

»Martínez!«, begrüßte ich ihn nüchtern.

Er nickte mir zu. »Gibson.«

Ich blieb vor ihm stehen. Aarons Haar war ein Nest aus braunen Locken. Trotz der Hitze war er vollkommen in Schwarz gekleidet, allerdings nicht dieses Emo-Rock-Metal-Schwarz, sondern ein elegantes Schwarz. Er trug ein dunkles Hemd, eine dazu passende Jeans ohne Löcher und Boots, die für die Hitze zu warm sein sollten, dennoch war auf seiner Stirn kein Tropfen Schweiß zu erkennen. Einen Moment starrten wir einander herausfordernd in die Augen. Doch dann begannen Aarons Mundwinkel zu zucken, und kurz darauf brach ein Lächeln seine störrische Miene auf. Gewonnen!

Als er die Arme ausbreitete, ließ ich mich gegen seine Brust fallen, und er drückte mich fest an sich. Aaron hatte den Sommer bei seiner Familie in Mexiko verbracht. Ein-, zweimal hatten wir gefacetimed, aber für öfter war keine Zeit gewesen. Er hatte eine große Verwandtschaft, und irgendein Cousin dritten oder vierten Grades hatte immer seine Aufmerksamkeit gefordert.

»Ich hab dich vermisst«, murmelte ich.
»Ich dich auch«, erwiderte er und ließ mich los. Wir hatten uns zu Beginn unseres Studiums in einer der ersten Vorlesungen kennengelernt. Obwohl es mehr und mehr Frauen in der Physik gab, war mein Studiengang noch immer sehr von Männern dominiert und Aaron war einer der wenigen Kerle gewesen, der mir nie das Gefühl gegeben hatte, fehl am Platz zu sein. Und er hatte auch nie versucht, mit mir zu flirten, oder sich anderweitig an mich rangemacht. Inzwischen hatte ich eine Vermutung, warum das so war …

»Du hättest eben doch mit nach Mexiko kommen sollen.«

»Ich wollte mich nicht aufdrängen«, antwortete ich, außerdem hatte ich die Zeit gebraucht, um das Konzept für die SHS auszuarbeiten. In Mexiko wäre mir das kaum möglich gewesen, zumindest nicht in diesem Ausmaß, und dann wäre die Präsentation am Freitag bei Richmond vielleicht völlig anders gelaufen.

»Du kannst dich nicht aufdrängen, wenn ich dich frage.«

»Trotzdem. Es war ein Familien-Ding. Erzähl mir lieber, wie es war. Ich will alles wissen!«

Aaron lachte. »Ich glaube, dafür reicht die Zeit bis zur Vorlesung nicht.«

»Okay, was war dein Highlight?«

Er legte einen Arm um meine Schultern, und wir setzten uns in Bewegung. »Das absolute Highlight war der Besuch eines Cenote. Das ist eine Art Einstiegsloch zu einer unterirdischen Grotte. Sieht superkrass aus. Hast du sicherlich schon mal auf Instagram oder Pinterest gesehen. Wir haben dort einen Tauchgang gemacht, und meine Mom und ihr Freund haben sich verlobt.«

»Oh mein Gott. Wirklich?«

»Ja.«

»Wusstest du davon?«

Aaron nickte. »David hat mir zwei Tage vorher den Ring gezeigt und mich ganz altmodisch gefragt, ob ich damit einverstanden bin. Als würde ich jemals Nein zu etwas sagen, von dem ich weiß, dass es meine Mom glücklich macht.«

»Hast du Fotos?«

»Klar!« Aaron zückte sein Handy. Seine Galerie war voll mit Erinnerungen aus Mexiko. Er scrollte bis zu den Bildern der Verlobung. Im Hintergrund sah man die Grotte mit ihrem klaren türkisfarbenen Wasser, das vom Sonnenlicht geküsst wurde. Ranken und Lianen hingen von der Öffnung an der Decke hinab wie ein Wasserfall aus Grün. Im Fokus des Fotos standen allerdings zwei Menschen in Neoprenanzügen. Sie waren beide um die fünfzig. Der Mann kniete mit einer Schatulle vor einer Frau mit dem lockigen braunen Haar, das dem von Aaron so ähnlich war. Ein Ausdruck des Entzückens lag auf dem Gesicht seiner Mom. Er wischte weiter zu den nächsten Bildern, welche eine Geschichte erzählten, bei der mir ganz warm ums Herz wurde.

Aaron steckte das Handy weg, als wir das Gebäude betraten, in dem unsere erste Vorlesung stattfand. Kalte Luft schlug uns entgegen und brachte die Abkühlung mit sich, nach der ich mich gesehnt hatte. Ich erschauderte und streifte mir den Cardigan über, den ich genau für diesen Fall mitgenommen hatte. An den Wänden der Flure hingen Porträts nennenswerter Wissenschaftler aus den unterschiedlichsten Fachrichtungen.

»Wisst ihr schon, wann die Hochzeit sein soll?«

»Nein, aber vermutlich noch dieses Jahr.«

»Dieses Jahr?!«

»Ja, sie wollen nicht länger warten und auch keine große und aufwendige Feier. Nur ein paar Freunde und die engste Familie

sollen dabei sein. Das ist zwar etwas gegen die Tradition, und Nana ist nicht allzu begeistert, aber meine Mom möchte es so.«
»Dann sollte sie es auch so machen. Immerhin ist es ihre Hochzeit.«
»Das hab ich ihr auch gesagt.«
Wir erreichten den Saal, in dem der Kurs von Professor Sinclair stattfand. Das Auditorium war bereits gut gefüllt. Ich entdeckte einige bekannte Gesichter aus den vorherigen Semestern, aber auch ein paar Neue waren dabei. Aaron und ich suchten uns einen Platz mittig zur Leinwand. Ich nahm den Rucksack von der Schulter und ließ mich auf den Stuhl fallen, anschließend holte ich meinen Laptop und das Handy aus der Tasche und öffnete die App für Sprachmemos. Ich lernte am besten, wenn ich Sachen hörte und erklärt bekam, weshalb ich im letzten Semester dazu übergegangen war, Aufnahmen der Vorlesungen zu machen, um mir die Vorträge später noch einmal anhören zu können.

»Hast du schon etwas von Richmond gehört?«, fragte Aaron.

Ich hatte ihm und den anderen am Freitag nach meinem Gespräch mit Luca einen ausführlichen Bericht in der Gruppe darüber gegeben, wie das Treffen gelaufen war. Seitdem wartete ich auf Rückmeldung. Übers Wochenende hatte ich mein Postfach mindestes fünfzigmal aktualisiert mit dem Wunsch, eine Nachricht von Richmond darin zu finden, obwohl ich eigentlich wusste, dass es dafür zu früh war, aber die Hoffnung starb bekanntlich zuletzt.

Ich schüttelte den Kopf. »Nein, bisher noch nicht.«

»Schade.«

»Ja. Ich hoffe, sie meldet sich bald.«

»Ganz bestimmt«, sagte Aaron. Er schaltete seinen Laptop ein und öffnete das Skript für die Vorlesung, das er ganz vorbildlich bereits runtergeladen hatte. Er war einer der strebsamsten Studenten, die ich kannte, und wäre er nicht gewesen, wäre ich letztes Semester wohl durch eine meiner Prüfungen gerasselt. Aber unzählige schlaflose Nächte und Vormittage in der Bibliothek mit ihm und seinen unschlagbaren Notizen hatten mir dabei geholfen, in letzter Sekunde das Ruder herumzureißen.

Ich war noch nie in meinem Leben so froh über eine mittelmäßige Note gewesen. Und ich hatte mir geschworen, es nie wieder so weit kommen zu lassen. Meine akademischen Leistungen waren stets hervorragend gewesen, und ich wollte mir gar nicht vorstellen, wie es wäre, meiner Mom erzählen zu müssen, dass ich einen meiner Kurse nicht bestanden hatte. Doch dieser Stolperer gehörte der Vergangenheit an. Neues Semester. Neues Glück.

Schlagartig änderte sich die Stimmung im Raum. Die aufgeregten Gespräche überall um mich herum wurden leiser und leiser, bis sie schließlich verstummten und nur noch Knistern und Rascheln zu hören war. Sämtliche Aufmerksamkeit ruhte nun auf dem Mann, der soeben den Hörsaal betreten hatte. Professor Sinclair. Mit seinem braunen Tweedjackett, der Brille mit den dicken Gläsern und der alten Aktentasche wirkte er wie die Karikatur eines Physikprofessors, doch seine autoritäre Ausstrahlung erlaubte niemandem, Witze darüber zu machen. Mit einem lauten *Umpf*, als würde er eine halbe Bibliothek mit sich herumtragen, stellte er seine Tasche ab. In aller Ruhe packte er die Utensilien für seinen Vortrag aus, ehe er sich uns zuwandte.

»Herzlich Willkommen in Physik 3.«

»Das war's für heute«, beendete Professor Sinclair seine Vorlesung. Kaum hatte er die Worte ausgesprochen, brach auch schon Unruhe im Hörsaal aus, davon ließ sich Sinclair allerdings nicht aus der Ruhe bringen. Er sprach einfach weiter. »Wir sehen uns am Mittwoch in alter Frische um dieselbe Zeit wieder. Genießen Sie das schöne Wetter, und denken Sie daran, den Artikel zu lesen, den mein Assistent Ihnen heute Mittag zukommen lässt. Er ist relevant für die nächste Stunde. Fragen dazu werde ich nicht beantworten!«

Ich machte mir eine Notiz auf dem Laptop, den Artikel zu lesen, bevor ich ihn zuklappte und ebenfalls meine Sachen zusammenpackte, während die ersten Studierenden bereits aus dem Hörsaal stürzten, als hätten sie schon jetzt die Nase voll. Mir schwirrte ein wenig der Kopf, denn Sinclair hatte sich nicht zurückgehalten und ohne Umschweife dort weitergemacht, wo er im vergangenen Semester aufgehört hatte. Ich konnte bereits jetzt sagen, dass Physik 3 nicht weniger anspruchsvoll werden würde als Physik 2, und die Vorlesung war schon eine Herausforderung gewesen.

Ich warf mir den Rucksack über die Schulter. »Lust auf Mensa?«

Aaron grinste. »Dasselbe wollte ich gerade auch fragen.«

Kurz überlegte ich, ob wir Sage und Luca einladen sollten, aber vermutlich verbrachten die beiden ihre Pause Off-Campus, um Sage nicht zu überfordern. Wir verließen das Auditorium und folgten dem Strom aus Studierenden in Richtung der Mensa. Offenbar hatten heute viele die Idee, ihre Pause hier zu verbringen. Die Schlange an der Essensausgabe war so lang, dass sie bis ins Freie reichte. Jemand hatte die Flügeltür mit Tabletts verkeilt, sodass sie offen stehen blieb. Und einige Leute saßen mit ihren Tellern auf der Grünfläche vor der Mensa.

Aaron und ich reihten uns in der Schlange ein.

»Hoffentlich ist noch was da, wenn wir dran sind«, sagte er und reckte den Hals.

»Das will ich doch hoffen.«

Ich war heute Morgen mit dem letztmöglichen Klingeln meines Weckers aufgestanden, und nachdem ich fertig geduscht und geschminkt gewesen war, hatte die Zeit nicht mehr zum Frühstücken gereicht. Mir knurrte der Magen, und heute war ein langer Tag. Wir hatten zwar nur eine richtige Vorlesung, aber später folgten vier Stunden im Labor für Experimentalphysik, worauf ich mich freute. Bisher waren all meine Kurse theoretischer Natur gewesen und voller Grundlagen. Und ich war gespannt darauf, den experimentellen Teil der Physik zu erkunden. Zwar sah ich mich selbst eher als theoretische Physikerin, aber vielleicht konnte mich die Experimentalphysik vom Gegenteil überzeugen. Zumal mir noch jede Menge Zeit blieb, um mich zu spezialisieren. Das konnte problemlos bis zu meinem Master warten; ich kannte sogar einige Leute, die ihren Schwerpunkt erst mit ihrer Doktorarbeit gewählt hatten.

Aaron und ich nutzten die Zeit in der Schlange, indem er mir noch mehr über Mexiko und seine große, chaotische Familie dort erzählte. Seine Mom war wegen seines leiblichen Vaters bereits vor Aarons Geburt in die USA ausgewandert, doch kaum war er auf der Welt gewesen, hatte sein Dad die beiden sitzen gelassen. Seine Großmutter – die Mom seiner Mom – war daraufhin ebenfalls nach Melview gezogen, um ihre Tochter zu unterstützen, die in mehreren Jobs hatte arbeiten müssen, um ihre Familie zu ernähren.

Ich hatte Aarons Mom bisher nicht kennengelernt, aber viele wunderbare Geschichten über sie gehört. Sie schien all das zu sein, was meine Mom nicht war – warm, herzlich, liebenswert und fürsorglich. Doch ich durfte mich nicht beklagen, denn all das hatte ich auch in meinem Dad und seiner neuen Frau Joan, von der sich Luca sogar hatte adoptieren lassen.

Aaron steckte noch mitten in seiner Erzählung darüber, wie

er mit seinen Cousins eine Wasserpistolen-Schlacht ausgetragen hatte, bei der seine sechzigjährige Tante ins Kreuzfeuer geraten war, als wir endlich die Essensausgabe erreichten. Die Studierenden vor uns hatten das Büfett schon ziemlich geplündert. Aaron entschied sich für einen Salat mit einem blassen Dressing, und ich versuchte mich an dem Tortellini-Auflauf.

Wie erwartet waren alle Plätze besetzt, und wir gingen mit unseren Tabletts nach draußen, obwohl es eigentlich verboten war, die Mensa mit Tellern und Besteck zu verlassen, aber heute schien sich niemand dafür zu interessieren. Wir setzten uns in den Schatten eines Baumes, wo wir mit überkreuzten Beinen die Tabletts auf unseren Knien balancierten. Zumindest konnten wir auf diese Weise die Sonne genießen, bevor wir die nächsten Stunden im Labor verbrachten.

Ich schob mir einen Bissen meines Auflaufs in den Mund und ließ meinen Blick über die Grünfläche gleiten, als ich Gavin bemerkte. Er lief einige Meter entfernt abseits des Trubels unter einem Baum nervös auf und ab.

Sein Handy ans Ohr gepresst marschierte er unruhig hin und her. Er war zu weit weg, als dass ich hätte hören können, was er sagte, aber es war nicht zu übersehen, dass ihn das Telefonat aufregte. Sein Gesicht war verzerrt. Er rieb sich über die Stirn, die Augen und den Kiefer, als müsste er die Gefühle abwischen, die der Anruf in ihm auslöste, aber es gelang ihm nicht. Seine Schultern waren steif und seine Muskeln angespannt.

Ich fragte mich, mit wem er redete, als Aaron neben mir plötzlich einen undefinierbaren Laut ausstieß, von dem ich dachte, dass er mir und meinem Starren galt. Doch als ich ihn ansah, erkannte ich, dass er nicht mich beobachtete, sondern jemanden hinter mir. Als ich mich umdrehte, entdeckte ich Connor – und er war nicht allein. Ein Typ mit weißer Haut und hellbraunem Haar, den ich nicht kannte, war bei ihm, und es war ziemlich offensichtlich, dass ihre Beziehung nicht nur freundschaftlicher Natur war. Sie standen dicht beisammen. Connor hatte seine Arme um den Mann geschlungen, und ihre Lippen waren nur Millimeter davon entfernt, sich zu berühren.

»Wer ist das?«

»Derek«, antwortete Aaron. Seine Stimme hatte einen leicht abfälligen Tonfall angenommen. Er kratzte die letzten Reste seines Salats zusammen, vermutlich um seine Worte gleichgültig klingen zu lassen, aber mir konnte er nichts vorspielen. »Die beiden daten seit ein paar Wochen.«

Ich hob die Brauen. Davon hörte ich zum ersten Mal. Connor hatte in der Gruppe nie etwas darüber geschrieben, oder ich hatte es überlesen, was durchaus mal passieren konnte, wenn die Gespräche im Chat heiß hergingen. »Wo haben sich die beiden kennengelernt?«

»In diesem Club, in den mich Connor auch schon öfter schleifen wollte.«

»Das MYdeer?«

»Ja, genau!«

Ich war noch nie in dem Club gewesen, nicht zuletzt, weil ich noch keine einundzwanzig war und der Laden nicht so ganz meine Szene. Es war ein queerer Club, der sich unter den Studierenden großer Beliebtheit erfreute. Sticker, die das Logo des MYdeer zeigten – ein Hirschgeweih in den Farben des Regenbogens –, klebten überall auf dem Campus, auf den Toiletten, den Laternenmasten oder auf den Unterseiten der Mensa-Tabletts.

»Und wie ist dieser Derek so?«

Aaron zuckte mit den Schultern. »Irgendwie nervig.«

»Was genau meinst du mit nervig?«

»Keine Ahnung. Irgendwie nervig eben.«

Ich verkniff mir die Worte, die mir auf der Zunge lagen – dass ich mir sicher war, dass Aaron nicht von Derek genervt war, sondern von der Tatsache, dass er derjenige von ihnen beiden war, der Connor datete. Allerdings tat sich Aaron schwer damit, sich selbst einzugestehen, was er wirklich wollte. Nachdem er Connor vergangenes Silvester geküsst hatte, wenn auch nur zum Scherz, hatte ich gehofft, dass er die Kurve bekommen würde, aber er hatte die Ausfahrt verpasst, und nun war Connor weitergezogen. Was mir für Aaron leidtat, andererseits war es vielleicht der Anstoß, den er brauchte, um sich endlich mit seinen Gefühlen auseinanderzusetzen.

Mein Blick glitt von Aaron zurück zu Derek und Connor, die einander einfach nur fest in den Armen hielten, und ich spürte, wie Neid in mir aufstieg. Ich wünschte mir, ich hätte auch jemanden zum Umarmen. Ich war mit meinen neunzehn Jahren gefühlt die Einzige in meinem Umfeld, die noch nie eine Beziehung gehabt hatte, und ich wollte das auch endlich erleben. Aber ich konnte die Dates, die ich bisher gehabt hatte, an einer Hand abzählen. Nicht weil es an Gelegenheiten oder Angeboten gemangelt hatte, sondern weil ich mich für die meisten Kerle einfach nicht auf diese Art und Weise interessierte. Manchmal war da ein Aufflammen von einem Gefühl, das Anziehung ähnelte, aber auch nicht wirklich. Der einzige Mann – Junge – für den ich jemals so empfunden und den ich mit allem geliebt hatte, was mein vierzehnjähriges Herz zu geben gehabt hatte, war Gavin gewesen. Doch er hatte mir den Rücken gekehrt, bevor ich ihm meine Gefühle hatte gestehen können. Seitdem war da niemand Vergleichbares gewesen.

»Bist du fertig?«, fragte Aaron plötzlich und deutete auf meinen leeren Teller. Offenbar war das Thema Connor und Derek damit auch schon wieder beendet.

Kurz überlegte ich, weiter nachzuhaken, entschied mich jedoch dagegen. Früher oder später würde sich Aaron seinen Gefühlen stellen müssen, aber nicht heute.

Ich nickte. »Ja. Wollen wir los?«

Anstatt zu antworten, sprang Aaron auf die Beine und streckte mir die Hand entgegen, um mir aufzuhelfen. Ich warf mir meinen Rucksack über die Schulter und klopfte mir Gras und Erde vom Hintern. Wie von selbst glitt mein Blick zu Gavin, aber er war fort. Nun hockten an seiner Stelle zwei Studentinnen unter dem Baum. Suchend sah ich mich um, doch von ihm fehlte jede Spur.

3. Kapitel

Die erste Woche des Semesters war vorüber, kaum dass sie begonnen hatte. Vielleicht lag das daran, dass mir inzwischen alles vertrauter war und nicht länger diese aufgeregte, ungewisse Energie mit sich brachte wie in den vorangegangenen Semestern. Ich kannte die meisten meiner Dozenten bereits aus anderen Kursen und wusste, was ich zu erwarten hatte. Zudem hatte ich fast alle Vorlesungen gemeinsam mit Aaron, und auch wenn er nicht da war, war ich größtenteils von bekannten Gesichtern umgeben.

Ich rechnete täglich mit einer Mail von Direktorin Richmond, aber bisher war keine gekommen. Vermutlich sollte ich geduldiger sein, immerhin lag unser Treffen erst eine Woche zurück, und zu Semesterbeginn warteten gewiss viele Aufgaben und Pflichten auf sie, denen sie Vorrang geben musste. Das hielt mich allerdings nicht davon ab, jedes Mal, wenn ich nach dem Handy griff, mein Postfach zu aktualisieren.

»Wie lange brauchst du noch?«, brüllte Luca von der anderen Seite der Badezimmertür und riss mich damit aus meinen Gedanken. Wild hämmerte er gegen die Tür, was sich mit dem Beat der Musik vermischte, die aus meinem Handy schallte.

»Bin gleich fertig!«

»Beeil dich!«

Lucas Drängen hatte zur Folge, dass ich mir am liebsten extra viel Zeit unter der Dusche gelassen hätte, dennoch legte ich einen Zahn zu. Ich wusch mir die Rasierschaumreste vom linken Bein und machte mich sogleich über das rechte her, während die Spülung in meinem Haar einwirkte. Als das andere Bein ebenfalls glatt war, war mein Intimbereich an der Reihe, den heute Abend – wie immer – niemand zu sehen bekommen würde, aber ich fühlte mich damit deutlich wohler.

»April!«, brüllte Luca erneut.

»Ja, gleich!« Ich hängte meinen Rasierer zurück in die Halterung, die an den Fliesen angebracht war, und wusch mir die Spülung aus den Haaren, ehe ich mich in ein Handtuch wickelte und mir den Föhn aus dem Regal schnappte, um damit in mein Zimmer zu gehen.

Kaum hatte ich die Tür aufgesperrt, drängte sich Luca herein. Er trug eine schicke schwarze Jeans und ein dunkles Hemd, das seinen durchtrainierten Körper betonte. Anders als ich besuchte er kein Fitnessstudio, sondern liebte das Joggen und ging im Sommer auf den Sportplatz, um Klimmzüge und Ähnliches im Freien zu machen. Weshalb er im Winter immer etwas an Form verlor, denn sobald es kalt wurde, brachten ihn keine zehn Pferde mehr dazu, freiwillig die Wohnung zu verlassen.

»Was hat denn so lange gedauert?«, fragte Luca gehetzt.

»Ich habe mich rasiert.«

»Was hast du für krasse Behaarung? Musstest du die absäbeln?«

»Haha, sehr witzig.«

»Ja, und nun raus.« Ungeduldig machte er eine scheuchende Handbewegung. Unpünktlich zu sein war für Luca das Allerschlimmste. Er brauchte Ordnung und Struktur in seinem Leben. »Sage wartet schon. Wir haben Karten fürs Autokino!«

Ich verdrehte die Augen, denn das hatte er mir bereits vor Tagen erzählt, und auf meine Frage, ob ich mitkommen könnte, hatte er mir durch die Blume zu verstehen gegeben, dass er mit Sage allein sein wollte. Was wehgetan hatte, auch wenn ich es ihm nicht verdenken konnte, immerhin war er mit Sage zusammen. Allerdings war sie auch meine Freundin, und ich hatte sie zuerst kennengelernt. Es war vielleicht ein bisschen kindisch, aber manchmal fühlte es sich so an, als hätte Luca sie mir weggenommen. Wir verbrachten nur noch selten Zeit zu zweit. Aufgrund von Sages Angststörung blieben wir oft zu Hause, und da war auch immer Luca. Und wenn wir es doch mal wagten, die Wohnung zu verlassen, lud Sage Luca oft ebenfalls ein. Ich wusste, dass sie das tat, weil sie ihn liebte und sich in seiner Nähe sicher fühlte. Aber manchmal weckte dieses Verhalten in mir auch die Frage, ob Sage möglicherweise nicht so gerne Zeit mit mir verbrachte wie ich mit ihr. Es war ein wiederkehrendes Muster in meinem Leben, dass ich mich Leuten verbunden fühlte, die mich fallen ließen. Es hatte mit meiner Mom begonnen, die mich im Stich gelassen hatte, kaum dass ich hatte denken können. Dann hatte Gavin mich verlassen, genauso wie zahlreiche Freundinnen auf der Highschool, nachdem Luca mit ihnen fertig gewesen war, weshalb ich ihn damals ermahnt hatte, nichts mit Sage anzufangen. Doch ich hatte es nicht über mich gebracht, mich den Gefühlen der beiden füreinander in den Weg zu stellen. Dennoch hegte ich die Angst, dass mit Sage – und auch Aaron – dasselbe passieren könnte wie damals mit den anderen Mädchen oder Gavin.

Bevor mir dieser trübsinnige Gedanke den Abend ruinieren konnte, huschte ich in mein Zimmer, um mich fertig zu machen. Nachdem Luca mir freundlich mitgeteilt hatte, dass ich nicht mit ins Autokino konnte, hatte ich mich umgehört und mehrere Partyeinladungen für diesen Abend ergattert. Überall auf und um den Campus herum fanden Partys statt, um den Beginn des neuen Semesters angemessen zu feiern.

Ich schloss die Tür meines Zimmers hinter mir, das gewiss keine Müllhalde war, auch wenn Luca etwas anderes behauptete. Für mich musste nur nicht alles perfekt aufgeräumt sein. Und das war auch gar nicht möglich, denn mein Kleiderschrank platzte aus allen Nähten, weshalb einige meiner Hosen auf dem Hocker in der Ecke lagen. Und ein paar T-Shirts und Sport-BHs, die knittrig sein durften, türmten sich auf dem Boden. Mein Schreibtisch war voll beladen mit Make-up und Parfümflakons, wofür sonst nirgendwo Platz war, weil Luca die Sachen nicht im Bad herumstehen haben wollte. Auf den ersten Blick mochte der Tisch unordentlich wirken, aber ich wusste genau, wo ich was finden konnte. Dasselbe galt für meinen Schmuck. Wie kleine Schätze lagen Ohrstecker, Armbänder und Ringe überall in meinem Zimmer verteilt. Einige Ketten hingen an der Lampe, die in der Mitte des Raumes von der Decke baumelte. Das sparte nicht nur Platz, sondern hatte den dekorativen Effekt, dass sich das Licht der Lampe in den künstlichen Steinen brach und, vor allem in den Abendstunden, herrliche Reflexionen an die Wände zauberte.

Ich steckte den Föhn in die Steckdose, sprühte etwas Hitzeschutz in die Haare und begann sie zu trocknen, damit ich sie gleich mit dem Lockenstab bearbeiten konnte. Ich war gerade fertig geworden und wollte ins Badezimmer, um nachzusehen, ob Luca schon weg war, als mein Handy plötzlich begann, einen Song von Bring Me the Horizon zu spielen. Das Lied kam aus der Richtung meines Betts. Ich fand das Handy zwischen zwei Kissen. Meine Mom rief an. Das passierte nicht oft, aber überrascht war ich nicht, von ihr zu hören, vermutlich wollte sie sich erkundigen, wie das Semester angelaufen war.

Ich ließ mich auf das Bett fallen und nahm den Videocall entgegen. Eine Sekunde später blickte ich in die stürmisch blaugrauen Augen meiner Mom. Luca und ich kamen ganz nach ihr und überhaupt nicht nach unserem Dad. Das blonde

Haar fiel meiner Mom glatt auf die Schultern, und gefühlt sah sie heute jünger aus als vor fünf Jahren, denn sie war ein großer Fan von Botox und anderen Mittelchen, die man sich unter die Haut spritzen lassen konnte.

»Hey, Mom!«

»Wie siehst du denn aus? Bist du krank?«, erwiderte sie ohne Begrüßung.

Ihre Frage ließ mich zusammenzucken, weil sie mich unangenehm an meine Kindheit und Jugend erinnerte. Sofort warf ich einen Blick in den Spiegel, konnte aber nichts Ungewöhnliches erkennen. Meine Wangen waren von der Dusche und dem Föhnen leicht gerötet, und am Kinn hatte ich ein paar kleine Pickel, die aber nicht weiter auffielen.

»Wann warst du das letzte Mal beim Wimpernfärben?«

Ich blinzelte. Meine Wimpern waren ohne Mascara kaum zu sehen, und auch meine Augenbrauen saßen ohne Farbe sehr blass auf meinem Gesicht. Einige Jahre hatte ich sowohl meine Wimpern als auch meine Augenbrauen regelmäßig gefärbt, aber ich hatte damit aufgehört, weil mir die Farbe immer auf der Haut und in den Augen gebrannt hatte.

»Vor einer Weile. Ich hatte keine Zeit dafür«, log ich. In manchen Bereichen war meine helle Körperbehaarung ein Vorteil, in anderen wiederum nicht.

»Mach morgen einen Termin. Du siehst krank aus.«

Ich erwischte mich dabei, wie ich nickte. »Ich bin gerade noch dabei, mich fertig zu machen, und wollte mich gleich schminken«, rechtfertigte ich mich automatisch.

»Verstehe«, erwiderte sie. »Wo geht es hin?«

»Aaron, sein Mitbewohner Connor und ich gehen auf eine Party.«

»Aber trink nicht zu viel«, ermahnte mich meine Mom, die offenbar nicht wusste, dass ich überhaupt nicht trank. Ich hatte dem Alkohol bereits vor Jahren abgeschworen, nachdem ich mich auf einer von Lucas Partys dermaßen betrunken hatte, dass ich bis heute einen Filmriss von dieser Nacht hatte.

»Werde ich nicht«, versprach ich.

Meine Mom nickte und begann, mich über meine erste Uni-Woche auszufragen. Sie wollte wissen, welche Dozenten ich hatte und welche Kurse ich besuchte, was ungewohnt war, denn sie zeigte sich selten so interessiert, wie wenn es um unser Studium ging. Vermutlich, weil sie unsere Studiengebühren bezahlte. Es war ihre Art, für Luca und mich da zu sein. Sie mischte sich nur selten in unser Leben ein, und Joan, die neue Frau unseres Dads, war uns mehr eine Mutter als sie, aber unsere Bildung, gute Noten und die Aussicht auf einen profitablen Job waren Jennifer wichtig. Weshalb sie in der Vergangenheit schon öfter mit Luca aneinandergeraten war, da ihr die Arbeit in einer Bibliothek nicht sonderlich lukrativ erschien. Umso mehr Stolz empfand sie darüber, dass ihre kluge Tochter Physik studierte. Sie hatte mir eine Liste einträglicher Wirtschaftsunternehmen zukommen lassen, für die ich arbeiten könnte, kaum dass ich ihr offenbart hatte, welchen Weg ich an der MVU einschlagen würde.

»Ich habe letzte Woche Direktorin Richmond meine Idee vorgestellt.«

Meine Mom runzelte die Stirn, wobei es kein richtiges Runzeln war, sondern nur ein leichtes Zucken oberhalb ihrer Augenbrauen, zu mehr Regung war ihr Gesicht nicht in der Lage.

»Welche Idee?«

»Die zur SHS. Studierende helfen Studierenden. Ich hab dir davon erzählt.«

»Ach ja. Und konnte sie dir diesen Unsinn ausreden?«

Autsch. Die Frage meiner Mom überraschte mich nicht, dennoch löste sie ein Stechen in meiner Brust aus. Als ich ihr

Anfang des Jahres von meinen Plänen erzählt hatte, einen Mode-Blog zu gründen, hatte sie ähnlich abweisend reagiert und mir einen Vortrag darüber gehalten, dass ich meine Zeit für sinnvollere Dinge nutzen sollte.

Ich hatte gedacht, die SHS wäre etwas Sinnvolles, aber ihrer Meinung nach sollte ich mich lieber auf mein Studium konzentrieren, anstatt mich um die Probleme irgendwelcher Fremden zu kümmern. Doch im Gegensatz zum Blog hatte ich mir die SHS nicht ausreden lassen, weil sich in meinem Leben selten etwas so richtig angefühlt hatte wie dieses Projekt. Dennoch wünschte ich mir, von ihr unterstützt zu werden wie vom Rest der Familie und meinen Freunden.

»Richmond hat die Idee gefallen«, antwortete ich und versuchte, mir nicht anmerken zu lassen, wie sehr mich ihre Worte verletzt hatten, denn ich wusste, dass sie es im Kern ihres Herzens nur gut meinte. »Sie hat mich für mein Engagement gelobt und will das Konzept dem Komitee vorstellen, das dann darüber abstimmt, ob das Projekt so umgesetzt werden kann und soll.«

Meine Mom stieß ein Brummen aus. »Wollen wir nur hoffen, dass dich die Sache nicht zu sehr vom Lernen ablenkt. Wir wollen schließlich nicht, dass sich der Vorfall aus dem letzten Semester wiederholt, nicht wahr? Das Studium muss dieses Jahr an erster Stelle stehen.«

Ich biss mir auf die Unterlippe, denn ich hasste es, daran erinnert zu werden. Am liebsten hätte ich die Sache damals geheim gehalten, aber das war mir leider nicht gelungen, also nickte ich nun gehorsam. Ich wollte nicht mit meiner Mom diskutieren oder einen Streit anzetteln. Sie hatte ihre Ansichten. Ich hatte meine. Und aus Erfahrung wusste ich, dass ich mich auf meine Mom verlassen konnte, wenn es wirklich darauf ankam. Und das war schließlich alles, was zählte, oder nicht?

»Das Studium kommt an erster Stelle«, versicherte ich ihr ehrlich. Der Abschluss an der MVU war mir wichtig, und ich nahm ihn gewiss nicht auf die leichte Schulter, aber ich wollte auch typische Collegeerfahrungen machen, und dazu gehörte mehr, als nur zu lernen. Ich wollte auf Partys gehen, Leute kennenlernen, Dinge ausprobieren und mich Herausforderungen stellen. Ich wollte in einem mittelmäßig bezahlten Job arbeiten und endlich meinen ersten Freund haben. All das gehörte für mich dazu, und ich wollte nicht darauf verzichten. Meine Mom machte sich nur Sorgen, und das wiederum zeigte mir, dass ich ihr nicht gleichgültig war, auch wenn ihr Desinteresse in allen anderen Bereichen unseres Lebens es manchmal so wirken ließ.

»Steht unser Treffen im September noch?«, fragte ich, um sie abzulenken und weil ich sie wirklich schon lange nicht mehr gesehen hatte. Mai bis August waren nach ihrer Aussage die hektischen Monate im Immobiliengeschäft, weshalb unser letztes Treffen im April zu meinem Geburtstag gewesen war. Ich vermisste sie, schließlich war sie aller Meinungsverschiedenheiten zum Trotz meine Mom.

»Ja, mein Assistent wird dir die Details noch schicken.«

»Super. Ich freu mich!«

»Kommt Luca auch?«, fragte sie, ohne zu erwidern, dass sie sich ebenfalls freute, aber diese Art von Sentimentalität war einfach nicht ihr Ding.

»Nein. Wir sind nur zu zweit.«

»Schön«, sagte meine Mom und klang beinahe erleichtert darüber, sich nicht mit Luca herumschlagen zu müssen. Ihr Verhältnis zu ihm hatte sich zwar einen Hauch gebessert, seit sie Sage vor ein paar Monaten bei ihrer Wohnungssuche unterstützt hatte, aber die beiden würden niemals ein Herz und eine Seele werden. Luca hatte nicht viel für unsere leibliche Mutter übrig, und sie mochte ihn auch nur bedingt, vermutlich weil er möglicherweise der lebende Beweis für ihre Seitensprünge war. Meine Mom und ich verabschiedeten uns voneinander, und ich schrieb Aaron eine Nachricht, dass ich ein paar Minuten später kommen würde. Ich brauchte etwas mehr Zeit für meine Haare und mein Make-up.

»Wow«, raunte Aaron, als er mir die Tür öffnete. »Du siehst umwerfend aus.«

»Danke.« Ich drehte eine Pirouette auf meinen High Heels, damit er das Outfit von allen Seiten bewundern konnte. Ich trug ein schwarzes Bodycon-Kleid, das sich wie eine zweite Haut an meinen Körper schmiegte. Der Schlauchrock reichte mir bis zu den Knien, und das Oberteil war durch eine Korsage verstärkt. Dünne Träger spannten über meine Schultern, verschwanden allerdings unter meinem Haar, das dank der Hilfe des Lockenstabs in fein definierten Wellen lag, sodass es auf den ersten Blick wirkte, als wäre das Kleid trägerlos. Abgerundet wurde der Look durch ein klassisches Cateye-Make-up und mehrere vergoldete Armbänder und Ringe. Auf eine Kette hatte ich verzichtet, aber mein Schlüsselbein und mein Dekolleté hatte ich mit Bronzer und Highlighter konturiert, sodass sich das Licht an den richtigen Stellen fing.

»Bist du deswegen zu spät?«

Verlegen biss ich mir auf die Unterlippe. »Vielleicht.«

»Hast du dich für jemanden Bestimmten so in Schale geworfen?«

»Nein, ich hab mich einfach danach gefühlt«, erklärte ich mit einem Schulterzucken, obwohl das nicht ganz der Wahrheit entsprach. Eigentlich hatte ich einen deutlich simpleren Look geplant, aber der Kommentar meiner Mom hatte mich dazu veranlasst, mich etwas mehr ins Zeug zu legen. Ich wusste, dass ich alles andere als hässlich war, vermutlich sogar das Gegenteil davon, aber selbst ich konnte nicht abstreiten, dass die Leute mich anders behandelten, wenn ich aussah wie jetzt – mein Gesicht voller Make-up, meine Haare gestylt, mein Körper perfekt betont. Und das galt nicht nur für Typen in meinem Alter, die mir an die Wäsche wollten.

»Ist Connor fertig?«

»Connor?!«, brüllte Aaron, anstatt mir zu antworten.

»Ich komm gleich!«, kam es von oben, und einen Moment später trampelte er auch schon die Treppe runter. Er war hochgewachsen mit schmalen Schultern und hatte strubbeliges braunes Haar und hellbraune Augen, die wachsam hinter einem schwarzen Brillengestell hervorblickten. Er trug eine beigefarbene Hose mit braunem Gürtel und dazu ein dunkelblaues Hemd mit weißen Punkten.

Connor umarmte mich zur Begrüßung. »Du siehst toll aus.«

»Danke, ich weiß«, antwortete Aaron und strich sein Shirt glatt.

Ich lachte.

Connor verdrehte die Augen. »Ich rede von April.«

»Das heißt, ich gefall dir nicht?«

Nachdenklich tippte sich Connor ans Kinn und ließ seinen Blick über Aaron gleiten, der kaum merklich die Schultern straffte. Wie nicht anders zu erwarten war Aaron von Kopf bis Fuß in Schwarz gekleidet mit einer Jeans und einem schlichten T-Shirt. Er trug ebenfalls Armbänder und Ringe aus Silber, die seinem Outfit etwas Feierliches verliehen. »Du siehst auch ganz okay aus.«

Entrüstet sah Aaron seinen Mitbewohner an. »Nur okay?«

»Mehr als okay«, bestätigte Connor, und ein weicher Ausdruck trat in seine Augen, der allerdings sofort wieder verschwand, als er sich mir zuwandte. »Können wir los?«

Ich nickte, und zu dritt gingen wir zu meinem Wagen, den ich an der Straße vor dem Haus geparkt hatte. Connor rutschte auf die Rückbank, während es sich Aaron auf dem Beifahrersitz bequem machte. Als ich den Motor startete, koppelte ich das Radio mit meinem Handy, und Disturbed schallte aus den Lautsprechern. Ich grinste Connor im Rückspiegel an, und er grinste zurück, während Aaron nur die Augen verdrehte.

Connor beugte sich zwischen den Sitzen vor. »Wie war deine erste Woche?«

»Das weißt du bereits« antwortete ich lachend und fädelte mich in den Verkehr ein. »Meine erste Woche war genauso wie die von Aaron. Den einzigen Kurs, den wir nicht zusammen haben, ist Quantentheorie.«

»Aber ich will wissen, wie die Woche für dich war.«

Ich zuckte mit den Schultern. »Keine Ahnung. Irgendwie fühlt sich dieses Semester wie eine Wiederholung des zweiten Semesters an, auch wenn die Dozenten noch mal eine Schippe drauflegen, was die Anforderungen angeht. Zumindest kommt es mir so vor.«

Aaron nickte zustimmend. »Das wird ein hartes Semester.«

»Ihr packt das.«

»Und ob wir das packen«, erklärte Aaron mit mehr Optimismus, als ich verspürte, allerdings hatte er im letzten Halbjahr im Gegensatz zu mir auch um keine seiner Noten bangen müssen. Er hatte daher jeden Grund, optimistisch zu sein. Vielleicht sollte ich mir davon eine Scheibe abschneiden, schließlich hatte ich bisher immer auf meine akademischen Leistungen vertrauen können.

»Genug von der Uni, Jungs«, sagte ich und wechselte das Thema. »Heute wollen wir unseren Spaß haben. Wir haben jede Menge Partys zur Auswahl. Wohin soll ich uns bringen?«

4. Kapitel

Wir entschieden uns für eine Party, die direkt am Lake Tahoe stattfand. Die Adresse führte uns zu einem Holzhaus im Nirgendwo. Es gab einen kleinen Parkplatz, der bereits komplett zugestellt war, weshalb ich wie einige andere am Straßenrand halten musste. Ein Schild an der Auffahrt verriet mir, dass das Haus einer Firma gehörte, die Partylocations vermietete.

Lichterketten und Lampions erleuchteten die große Veranda des Hauses, die genauso wie der Rest aus dunklem Holz errichtet war. Es gab keine direkte Nachbarschaft, nur dichte Wälder. Die Party war in vollem Gange. Die laute Musik brachte meinen Körper zum Vibrieren, und ich konnte den Bass im Boden spüren, als wir die großzügige Veranda betraten. Überall standen Leute in Grüppchen oder Paaren beisammen. Sie nickten mit den Köpfen und bewegten die Beine im Takt der Musik. Aus dem Inneren des Hauses drangen Schlachtrufe, vermutlich fand dort irgendein Trinkspiel statt.

Ein Schild an der Veranda wies darauf hin, dass es bis zum See nur ein kurzer Fußweg war. Darunter standen auf dem Geländer mehrere Taschenlampen, die man sich für die kleine Nachtwanderung ausleihen konnte.

»Willkommen auf der größten, besten und vermutlich wichtigsten Party an diesem Freitagabend«, begrüßte uns ein Typ, der hinter einem Stehpult direkt am Eingang des Hauses stand. »Der Eintritt kostet dreißig Dollar pro Person, aber Essen und Drinks sind inklusive.«

Wir bezahlten den Eintritt und machten uns anschließend direkt auf den Weg zur Bar, die von einem Barkeeper geführt wurde, der professionell Cocktails mischte. Gekonnt warf er Flaschen in die Luft, um sie hinter seinem Rücken wieder aufzufangen. Es war beeindruckend.

»Was darf ich euch machen?«, fragte er, als wir an der Reihe waren.

»Ich bekomm ein Bier«, sagte Aaron.

»Für mich einen Long Island Iced Tea«, kam es von Connor.

»Und ich nehme eine Cola.«

Mitfühlend sah mich der Barkeeper an. Er hatte dunkles Haar und eine hohe Stirn. Frontal auf seinem Hals saß ein Tattoo, das eine Motte oder einen Falter zeigte, der seine Flügel aufgespannt hatte, als wäre er im Begriff wegzufliegen. »Lass mich raten, du bist heute die Chauffeurin?«

Ich nickte, sagte jedoch nichts weiter. Es stimmte zwar, dass ich die Fahrerin war, aber das war nicht der eigentliche Grund, weshalb ich nüchtern blieb. Doch ich würde einem Fremden gewiss nicht erzählen, wie ich mich damals mit vierzehn auf Lucas Party dermaßen abgeschossen hatte, dass ich mit irgendeinem Typen gevögelt hatte, an den ich mich bis heute nicht erinnern konnte. Mein erstes Mal lag verborgen hinter einer Dunstwand aus Alkohol und schlechten Entscheidungen. Ich erzählte die Geschichte meiner Entjungferung stets mit einem Lächeln und einer wegwerfenden Handbewegung, um dem größten Fehler meines Lebens nicht noch mehr Macht über mich zu geben. Aber die Wahrheit war, dass ich diese Nacht zutiefst bereute.

Ich hatte mir immer gewünscht, dass ich mein erstes Mal gemeinsam mit meiner ersten großen Liebe erleben würde, wie in all den schnulzigen Teenagerfilmen. Dass es romantisch und liebevoll sein würde. Zärtlich und besinnlich. Und eine Erfahrung, an die ich gerne zurückdachte. Stattdessen war da nichts. Nur Leere in meinem Kopf und das Wissen, dass ich das, was ich in jener Nacht verloren hatte, nie mehr zurückbekommen würde. Seitdem hatte ich dem Alkohol für immer abgeschworen.

Der Typ bereitete unsere Drinks vor, und als wir alle ein Getränk in der Hand hatten, bahnten wir uns erneut einen Weg durch die Menschen, um uns ein wenig umzuschauen. Im Erdgeschoss gab es neben der Bar eine Tanzfläche, mehrere Stationen mit verschiedenen Trinkspielen und viel Platz, um beisammenzusitzen, zu quatschen oder miteinander herumzumachen. Im oberen Stockwerk konnte man Billard und Tischfußball spielen. Es gab sogar eine Fotobox und eine kleine Auswahl an Karten- und Brettspielen.

»Auf einen fantastischen Abend«, sagte Aaron, nachdem wir uns einen ruhigen Platz auf der Veranda gesucht hatten.

»Auf einen fantastischen Abend«, wiederholten Connor und ich und stießen an.

Es war eine gute Entscheidung gewesen auszugehen, anstatt allein zu Hause herumzusitzen und mir den Kopf darüber zu zerbrechen, dass Luca mich heute Abend nicht dabeihaben wollte und Sage mich vermutlich auch nicht sonderlich vermisste, weil sie meinen Bruder hatte.

Ich sah zu Connor. »Aaron hat mir erzählt, dass du jemanden kennengelernt hast.«

Ein Funkeln trat in Connors Augen, während sich Aarons Miene zeitgleich verdüsterte. »Ja, Derek. Wir haben uns vor sechs Wochen im MYdeer kennengelernt, und wir haben wirklich viel gemeinsam. Er steht auch auf Metal, liebt jede Art von Brettspielen, und seine jüngere Schwester hat ebenfalls eine LRS.«

»Hast du ein Foto?«, fragte ich. Zwar hatte ich Connor und

ihn auf dem Campus schon zusammen gesehen, aber ich hatte keinen genauen Blick auf Derek erhaschen können.

Connor zückte sein Handy so schnell, als hätte er nur auf diese Frage gewartet. Er wischte auf dem Display herum und reichte es mir. Auf dem Foto trug Derek ein Tanktop, was erkennen ließ, dass er ziemlich durchtrainiert war. Er hatte kurzes hellbraunes Haar und ein perfektes Zahnpastalächeln.

»Er ist süß. Studiert er?«

Connor steckte sein Handy wieder weg. »Ja, Ernährungswissenschaften im dritten Semester.«

»Und wie ernst ist das mit euch?«, hakte ich nach, wobei mir nicht entging, dass Aaron plötzlich sehr durstig zu sein schien. Er klebte an seinem Becher mit Bier, als wäre es ein Glas Wasser und er ein Verdurstender in der Wüste.

Connor zuckte mit den Schultern, aber das glückselige Lächeln, das an seinen Mundwinkeln zog, war nicht zu übersehen. »Darüber haben wir noch nicht geredet, aber ich mag ihn, und wir verbringen gerne Zeit miteinander.«

»Hey, Aaron!«, rief plötzlich jemand quer über die Veranda. Ich drehte mich um und entdeckte zwei Typen, die mir entfernt bekannt vorkamen. Vermutlich hatten sie im ersten oder zweiten Semester einen unserer Kurse besucht. Sie winkten Aaron zu sich, der die Chance ergriff, um vor dem Gespräch zu fliehen. Ein schlechtes Gewissen breitete sich in mir aus, weil ich Connor auf Derek angesprochen hatte. Vielleicht hätte ich das lieber nicht tun sollen, immerhin wusste ich, dass er ein wunder Punkt für Aaron war.

Ich schielte zu Connor, aber er schien nichts Ungewöhnliches an Aarons Verhalten zu finden, zumindest wirkte er unverändert fröhlich. Oder ich interpretierte zu viel in die Sache hinein, weil ich mir zu viele Sorgen machte. Denn ehrlich, was hätte Aaron tun sollen? Seine Freunde ignorieren?

Connor und ich plauderten noch eine Weile über Derek. Er erzählte mir, dass Derek als Kellner in einem Restaurant arbeitete und oft die Schichten am Wochenende übernahm, weil das Trinkgeld an diesen Tagen besonders großzügig ausfiel, weshalb sie sich meist nur unter der Woche trafen.

Er erkundigte sich auch, ob es derzeit einen Mann in meinem Leben gab. Ich musste verneinen, obwohl ich mir wirklich wünschte, dass es anders wäre, aber so etwas ließ sich nun mal nicht erzwingen. Und ich wollte schließlich nicht irgendeinen Typen, sondern den Richtigen. Damit ich mit ihm all die ersten zweiten Male erleben konnte, die mir damals in meinem Rausch entgangen waren.

»Möchtest du tanzen?«, fragte Connor nach einer Weile.

Ich hob die Brauen. »Du tanzt?«

»Nicht sehr gut, aber sehr gerne.«

»Dann lass uns gemeinsam nicht sehr gut tanzen.« Mit einem letzten großen Schluck trank ich meine Cola aus, damit mein Getränk nicht unbeaufsichtigt herumstand.

Wir sagten kurz Aaron Bescheid, dann begaben Connor und ich uns nach drinnen auf die Tanzfläche. Und dort gab es kein Halten mehr. Ich ließ mich vom Rhythmus der Musik treiben, auch wenn ich dabei vermutlich keine besonders gute Figur machte, denn ich war nicht gerade die begabteste Tänzerin, aber in diesem Moment war mir das völlig gleichgültig. Ich warf die Arme in die Luft, ließ den Kopf in den Nacken fallen und grölte die Lyrics eines Songs von Ariana Grande mit, den ich nur aus dem Radio kannte. Einen Moment betrachtete mich Connor mit schrägem Blick, doch dann stieg er zu meiner Überraschung mit in den schiefen Gesang ein. Gemeinsam sangen und tanzten wir uns die Seele aus dem Leib, bis ich nicht mehr an Sage und Luca dachte, die mich nicht dabeihaben wollten. Und nicht an meine Mom, die immer etwas zu kritisieren hatte. Ich dachte auch nicht daran, wie gerne ich eine Beziehung hätte. Und wie viel Angst ich davor hatte, dass das Komitee meine Idee zur SHS abschmettern könnte. Ich dachte an nichts davon, sondern gab mich ganz und gar der Musik hin.

Ich hatte keine Ahnung, wie lange Connor und ich bereits auf der Tanzfläche waren, ein Song folgte auf den nächsten. Doch irgendwann begannen mir die Füße in den High Hells wehzutun und ich musste unbedingt etwas trinken.

»Ich habe Durst«, rief ich Connor über die Musik hinweg zu. Er sah nicht mehr so geordnet und sortiert aus wie zu Beginn des Abends. Das braune Haar fiel ihm verschwitzt in die Stirn. Eine leichte Röte überzog seine Wangen, aber seine Augen funkelten vor Freude und Glück. »Kommst du mit?«

»Ich bleib hier, wenn das okay ist?«

Ich lachte. »Klar, aber ich brauch eine kurze Pause.«

Ich verließ die Tanzfläche und schlängelte mich durch die Menge, wobei ich Ausschau nach Aaron hielt. Er hatte ein-, zweimal nach uns gesehen, aber Connor hatte ihn nicht davon überzeugen können, mit uns zu tanzen. Ich entdeckte ihn mit den beiden Typen, die ihn zuvor gerufen hatten, an einem der Tische, an denen Beer Pong gespielt wurde. Ich steuerte die Bar an, ließ mich auf einen der Hocker fallen und bestellte mir ein großes Glas Wasser.

Der Kerl hinter der Bar schob es mir zu, bevor er sich wieder daranmachte, bunte Cocktails zu mischen. Es war inzwischen fast Mitternacht, aber noch war kein Ende der Party in Sicht. Während auf der Tanzfläche weiterhin das pure Chaos reagierte, war in anderen Bereichen des Hauses das Licht gedimmt worden, was eine fast schon romantische Atmosphäre erzeugte.

»Hey«, erklang eine Stimme neben mir.

Ich drehte mich um und entdeckte einen Typen, den ich

zuvor schon auf der Tanzfläche gesehen hatte. Connor hatte ihm zugenickt, als würden sie sich kennen. Er hatte helle Haut, blondes Haar und einen Bart, der es schwer machte, sein Alter zu schätzen. Er könnte genauso gut achtundzwanzig wie neunzehn sein. Auf seiner Nase saß eine Brille mit goldenem Gestell, die seinem schlichten Outfit aus Jeans und einem karierten Hemd eine besondere Note verlieh.

Ich nahm die Lippen vom Strohhalm. »Hi.«

»Kennen wir uns?«, fragte der Typ.

Ich schüttelte den Kopf. »Ich glaube nicht.«

»Sicher? Ich könnte schwören, dich schon mal gesehen zu haben.«

»Vielleicht sind wir uns auf dem Campus über den Weg gelaufen. Oder in der Bib?« Ich drehte das Wasserglas in meiner Hand. Der Kerl wirkte ebenfalls noch relativ nüchtern, und in seiner Hand hielt er eine Flasche Cola.

»Nein, das ist es nicht.« Er verengte die Augen hinter den Gläsern seiner Brille zu Schlitzen, als plötzlich etwas in seinem Blick aufflackerte. »Du arbeitest nicht zufällig in diesem Bistro? Le Petit, oder?«

Überrascht hob ich die Brauen, denn damit hatte ich nicht gerechnet. Ich hatte seinen Spruch lediglich für eine plumpe Anmache gehalten. Nun drehte ich mich auf meinem Hocker herum. »Doch, ich bin dort Barista.«

Der Kerl lächelte. »Ich liebe eure Triple-Chocolate-Cookies.«

»Ich auch. Die werden von Cam selbst gebacken.«

»Cam?«

»Cameron, der Inhaber des Le Petit«, erklärte ich.

»Ah, der große Kerl mit den braunen Haaren?«

Der Typ musste öfter ins Bistro kommen, wenn er wusste, wer Cam war, da sich dieser die meiste Zeit über in der Küche

oder seinem Büro verschanzte, um den Laden hinter den Kulissen am Laufen zu halten. Dennoch konnte ich mich nicht an sein Gesicht erinnern, aber vielleicht war er öfter dort, wenn ich nicht arbeitete. »Ja, genau der.«
»Cool.« Er grinste. »Magst du mir verraten, wie du heißt?«
»April.«
»Hi, April. Ich bin Eliot«, stellte er sich vor und deutete fragend auf den leeren Barhocker neben mir. Als ich nickte, setzte er sich. Er roch gut, nach einem herb duftenden Aftershave.
»Du studierst also an der MVU?«
Ich nickte. »Du auch?«
»Ja, Psychologie. Und du?«
Was war das nur mit mir und Leuten die Psychologie studierten? Sage, Gavin, Connor ... das erklärte auch, woher die beiden sich kannten.
»Physik.«
Eliot hob überrascht die Brauen. Es war eine Reaktion, die ich gewohnt war. Die meisten gingen aufgrund meines Äußeren oder generell meines Geschlechts davon aus, dass ich etwas Soziales oder Kreatives studierte wie Modedesign oder Literatur. Ich nahm den Leuten diese Vorurteile nicht übel. Wichtig war mir nur, wie sie auf die Wahrheit reagierten. Ich schickte ein Stoßgebet ans Universum, dass Eliot keine sexistische Scheiße von sich gab oder irgendeinen Spruch darüber, dass Blondinen wohl doch intelligent sein konnten.
»Physik? Ist das nicht krass schwer?«, fragte Eliot.
»Das hängt wohl ganz davon ab, wen du fragst.«
»Also, wenn du mich fragst, ist es krass schwer. In der Highschool hätte ich die achte Klasse um ein Haar wegen Physik wiederholen müssen, aber mein damaliger Lehrer hat alle Augen zugedrückt und mir in letzter Sekunde eine gute mündliche Note gegeben.«

Ich lächelte, erleichtert darüber, dass Eliot dieses Fettnäpfchen umschifft hatte. »Ich würde mich mit Psychologie vermutlich deutlich schwerer tun als mit Physik. Ich mag es, wenn sich Sachen wissenschaftlich erklären lassen, Menschen sind mir viel zu komplex und verstrickt.«

»Das macht es doch gerade spannend.«

»Oder unlogisch.«

»Menschen sind nicht unlogisch, nur unterschiedlich«, erwiderte Eliot und lehnte sich mir entgegen, wie um mich seine Worte besser verstehen zu lassen, auch wenn das bei der regulierten Lautstärke überhaupt nicht nötig gewesen wäre. »Die meisten von uns reagieren absolut logisch und berechenbar auf Dinge, geprägt von den Erfahrungen und dem Gelernten aus der Vergangenheit.«

»Gesprochen wie ein wahrer Psychologe.«

Eliot lachte. »Danke, aber bis es so weit ist, dauert es noch eine Weile.«

»In welchem Semester bist du?«

»Im zweiten. Ich hab letztes Halbjahr pausiert.«

Fragend sah ich Eliot an. Ich wollte nicht nachbohren, aber neugierig war ich schon.

»Meine Freundin ... *Ex*-Freundin«, korrigierte er sich, »hat einen Travel-Blog und einige coole Angebote bekommen, die sie nicht ausschlagen konnte, also hab ich mein Studium pausiert, um mit ihr durch die Welt zu reisen und Fotos und Videos von ihr zu machen.«

»Oh, du warst ein Insta-Husband?«

»Sozusagen. Aber das gehört der Vergangenheit an.«

»Was ist passiert?«

Er zuckte mit den Schultern. »Sie hat auch an der MVU studiert. Wir hatten vereinbart, ein halbes Jahr zu reisen und anschließend zurückzukommen, aber nach Ablauf der Zeit

wollte sie nicht zurück. Und ich war nicht bereit, mein Studium für ihre Karriere an den Nagel zu hängen.«
»Und eine Fernbeziehung wolltet ihr nicht?«
Eliot schüttelte den Kopf. »Das ist nicht so mein Ding.«
»Verständlich«, erwiderte ich. Ich hatte zwar noch nie irgendeine Art von Beziehung geführt, aber ich konnte mir auch nicht vorstellen, für Wochen oder gar Monate von der Person getrennt zu sein, die ich mir dauerhaft an meiner Seite wünschte. Vor allem wenn es keine Gewissheit darüber gab, ob und wann die Distanz vielleicht ein Ende fand.
Eliot räusperte sich. »Darf ich fragen, ob du einen Freund hast?«
»Nein.«
»Nein, du hast keinen Freund, oder nein, ich darf nicht fragen?«
Ich lachte. »Nein, ich hab keinen Freund.«
»Eliot!«, brüllte plötzlich jemand quer durch den Raum über die Musik hinweg.
Wir beide sahen uns um, und ich entdeckte einen Typen, der am Durchgang zur Veranda stand. Ungeduldig tippte er sich mit den Fingern auf das Handgelenk, wie um zu sagen: Wir müssen los!
»Sorry, ich glaub, die anderen wollen gehen«, sagte Eliot mit fast schon enttäuschtem Blick und trank seine Cola aus. »Ich bin der Fahrer.«
»Kenn ich.« Ich prostete mit meinem Wasserglas gegen sein leeres. »Womöglich sieht man sich ja mal im Le Petit.«
»Ganz bestimmt, als könnte ich ohne eure Triple-Chocolate-Cookies überleben«, erwiderte Eliot, aber rührte sich nicht vom Fleck. Befangen rieb er sich den Nacken. »Oder du könntest mir deine Nummer geben, wenn du magst?«
Ich lächelte. »Gerne.«

Ein Grinsen trat auf Eliots Gesicht. Ohne zu zögern, zückte er sein Handy. Ich diktierte ihm meine Nummer. Kurz darauf vibrierte mein eigenes Telefon mit einer Nachricht. »Das bin ich.« Schmunzelnd blickte ich auf. »Das hab ich mir schon gedacht.«

»Ich sollte dann mal … man sieht sich!« Er lief zwei, drei Schritte rückwärts, ohne mich aus den Augen zu lassen. Erst dann kehrte er mir den Rücken zu und joggte in Richtung seines Kumpels davon, der nach wie vor ungeduldig an der Tür wartete. Gerade als ich mich abwenden wollte, drehte sich Eliot jedoch noch einmal nach mir um. Er fing meinen Blick auf, und ein Lächeln trat auf seine Lippen. Ich erwiderte es und winkte ihm zu, bevor er aus der Tür verschwand.

Ich wandte mich wieder der Bar zu und stellte fest, dass ich dabei noch immer lächelte, denn es passierte selten, dass ich jemanden kennenlernte, der auch nur im Ansatz mein Interesse weckte. Und das hatte nichts damit zu tun, dass ich zu wählerisch oder dergleichen war. Es fiel mir einfach schwer, auf romantischer Ebene mit Männern zu connecten, und diese Art von Anziehung ließ sich auch nicht erzwingen. Wäre das möglich, hätte ich sie längst erzwungen. Denn ich war so was von bereit für eine Beziehung und dafür, endlich einen Mann zu lieben, der meine Gefühle erwiderte, anstatt mir die Freundschaft zu kündigen und das Herz zu brechen. Keine Ahnung, ob Eliot dieser Mann sein könnte, aber zumindest hatten wir uns gut verstanden.

Ich war noch nicht wieder in der Stimmung, auf die Tanzfläche zurückzukehren, also beschloss ich, einen Abstecher zum See zu machen, bevor Aaron und Connor ebenfalls aufbrechen wollten. Ich verließ das Haus, nahm mir eine der Taschenlampen von der Veranda und lief zu dem Pfad zwischen den Bäumen. Bedacht, um mit meinen High Heels nicht zu stolpern, folgte ich dem Weg. Trotz der Lampe war es unheimlich finster. Das Licht reichte keine fünf Meter weit in den Wald, bevor es von der Dunkelheit verschluckt wurde. Es dauerte allerdings nicht lange, bis sich die Bäume lichteten und sich der Pfad zu einem Felsstrand hin öffnete.

Meine Schritte wurden langsamer, während ich den Anblick, der sich mir offenbarte, andächtig in mich aufnahm. Die Aussicht war atemberaubend. Es wirkte, als wäre ich geradewegs in ein Gemälde gestiegen. Die Nacht war wolkenlos und der Himmel von Sternen übersät, als hätte jemand eine Handvoll Glitzer über die Welt gestreut. Ich erkannte Lichter auf der anderen Seite des Sees. Und die Berge mit ihren weißen Spitzen spiegelten sich in der glatten Oberfläche des Wassers. Grillen zirpten, und der Lärm der Stadt und die Musik aus dem Haus schienen auf einmal unendlich weit weg. Ich entdeckte ein Pärchen, das einige Meter entfernt auf einem umgekippten Baumstamm saß und sich küsste. Sie waren so sehr in ihrer eigenen Welt, dass sie mich überhaupt nicht bemerkten. Rasch wandte ich den Blick ab und stakste zu einem größeren Felsen am Ufer, auf den ich mich setzte. Ich zupfte den Saum meines Kleides zurecht und legte den Kopf in den Nacken, um den Himmel zu bewundern, der in dieser Nacht fast unecht wirkte, so schön wie er war.

Nach einer Weile verließ das Pärchen den Strand. Hand in Hand verschwanden sie zwischen den Bäumen, und ich musste daran denken, wie viel schöner dieser Moment wäre, wenn ich ihn ebenfalls mit jemandem teilen könnte. Aber so war es auch schon ziemlich perfekt.

Ich zog die Beine zu mir auf den Felsen, schlang die Arme um die Knie und ließ meine Gedanken treiben. Das Funkeln der Sterne und das Schimmern des Wassers hatten etwas

Meditatives. Ich war vollkommen in den Anblick versunken, da nahm ich überraschend eine Bewegung in der Ferne wahr. Als ich genauer hinsah, blieb mir fast das Herz stehen. Einige Meter von mir entfernt ragten Holzpflöcke aus dem See, die vor langer Zeit vermutlich Teil eines Stegs gewesen waren – und auf diesen Pflöcken turnte jemand herum. Schwankend sprang die Person von einem Pflock zum nächsten, was verdammt gefährlich aussah, denn die Teile wackelten heftig und wirkten selbst aus der Distanz nicht gerade stabil.

Ich verengte die Augen, um in der Dunkelheit klarer sehen zu können. Denn irgendetwas an der Gestalt, die eindeutig männlich war, kam mir erstaunlich vertraut vor. Ich konnte nicht sagen, was es war. Vielleicht seine Statur. Vielleicht seine Art, sich zu bewegen. Vielleicht war es auch nur ein Bauchgefühl, aber plötzlich erkannte ich den Idioten.

Es war Gavin.

5. Kapitel

Einen Atemzug lang war ich wie zur Salzsäule erstarrt, bevor ich mich in Bewegung setzte. Ich rutschte von dem Felsen und stolperte auf meinen High Heels über den steinigen Strand auf Gavin zu.

Hatte er den Verstand verloren?!

Er war alleine und sprang von einem Holzpflock zum nächsten, immer weiter und weiter auf den See hinaus. Unter ihm nur das dunkle Wasser. Und mit jedem Sprung schien es ihm schwerer zu fallen, das Gleichgewicht zu halten, was vermutlich an der Flasche in seiner Hand lag, die gewiss nicht nur mit Limonade gefüllt war. Ich hätte seinen Namen rufen können, aber ich hatte Angst, ihn vor Schreck im Wasser zu versenken. Er könnte sich den Kopf am Boden anstoßen, das Bewusstsein verlieren und ertrinken.

Ich beschleunigte meine Schritte, blieb jedoch mit einem Absatz zwischen zwei Steinen hängen. Ungeschickt strauchelte ich nach vorne, aber konnte einen Sturz gerade noch verhindern. Ich stieß einen Fluch aus und zog die High Heels aus. Der steinige Untergrund fühlte sich kalt unter meinen Füßen an, und kleine Steinchen bohrten sich in meine Sohlen, aber ich lief weiter auf Gavin zu.

Als ich den Beginn des zerfallenen Stegs erreichte, verlangsamte ich meine Schritte, bis ich schließlich stehen blieb. Gavin war inzwischen fast am Ende des Stegs angekommen. Der See musste an dieser Stelle schon drei oder vier Meter tief sein.

Ich räusperte mich. »Gavin?«

Er wirbelte zu mir herum – und geriet ins Wanken.

»Pass auf!«

Innerlich wappnete ich mich bereits, ins Wasser zu springen und seinen Körper aus dem kalten Nass zu zerren, um ihn davor zu bewahren zu ertrinken. Doch wie durch ein Wunder gelang es ihm, die Balance zu halten.

»April?«, fragte er verwundert.

»Ja, ich bin's.« Meine Stimme klang bemüht ruhig, obwohl sich meine Brust viel zu schnell hob und senkte. Mein Herz raste. Ich war mir sicher, dass mir mein Fitnesstracker in diesem Moment einen Puls von hundertachtzig anzeigen würde. Die Schönheit, welche ich diesem Ort noch vor wenigen Minuten beigemessen hatte, war verloren.

»Was machst du hier?« Gavins Zunge war schwer. Er lallte. War er auch auf der Party gewesen? Wenn ja, wieso hatte niemand auf ihn aufgepasst?

»Ich bin mit Aaron und Connor auf der Party«, antwortete ich und deutete in die Richtung, in der das Haus lag. Ich überlegte, ob ich die Feuerwehr rufen sollte, aber das würde nur einen großen Trubel geben und jede Menge Fragen aufwerfen. Außerdem würde es vermutlich eine ganze Weile dauern, bis hier draußen Hilfe kam. In der Zwischenzeit könnte alles Mögliche passieren.

»Ah, Aaron und Connor«, wiederholte Gavin und sprang plötzlich auf den nächsten Pflock.

Erschrocken machte ich einen Schritt nach vorne in den See, als könnte ich ihn auffangen, wenn er fiel. Kalt umspülte das Wasser meine Füße, aber das war mir egal. Das morsche Holzstück knackte und knarzte unter Gavins Gewicht. Und wackelte, als könnte es jeden Augenblick umkippen. Ich hielt die Luft an, bis er wieder halbwegs sicher stand.

Zischend atmete ich aus. »Lass die Scheiße! Und komm zurück ans Ufer.«

»Ich will nicht.«

»Gavin, bitte«, flehte ich. Ich verstand nicht, was das hier sollte. Eine solch leichtsinnige Aktion sah ihm nicht ähnlich. Nicht, dass ich Gavin noch besonders gut kannte, aber in der Freundschaft mit Luca war immer er der Vernünftige gewesen, der, der seine Grenzen kannte.

Gavin rührte sich nicht vom Fleck. Über die Distanz starrten wir einander an. Ich trat noch einen weiteren Schritt ins Wasser. Trotz der warmen Temperaturen war der See eisig. Ich erschauderte und ballte die Hände zu Fäusten, um das Zittern in meinen Fingern zu verbergen, das allerdings nicht nur von der Kälte des Wassers stammte.

»Wenn du nicht zu mir kommst, komm ich zu dir«, drohte ich Gavin und hoffte, dass er meine Lüge nicht durchschaute. Ganz bestimmt würde ich nicht zu ihm auf diese rutschigen Stegüberreste steigen. Ich wollte ihm zwar helfen, bei dem Versuch aber nicht selbst ertrinken. »Bitte, Gavin. Komm zurück ans Ufer.«

»Verschwinde!«, knurrte er zwischen zusammengebissenen Zähnen.

Es war nur dieses eine Wort. Drei Silben. Elf Buchstaben. Und doch trat es eine Lawine an Gefühlen los, die ich in diesem Moment absolut nicht gebrauchen konnte. Ich war froh, dass Gavin weit genug von mir entfernt war, dass ich sein Gesicht und den Ausdruck in seinen Augen nicht sehen konnte, während er es mir an den Kopf warf.

Vor fünf Jahren hatte er andere Worte gewählt, um mich aus seinem Leben zu verbannen, aber ich erinnerte mich noch genau an seinen Gesichtsausdruck von damals. An die Leere in seinen Augen und die Kälte in seiner Stimme, die mich in meinen Albträumen glauben ließ, es wäre erst gestern geschehen. Weshalb es auch heute noch schmerzte, dieses eine Wort aus seinem Mund zu hören. Und zu wissen, dass er mich nicht bei sich haben wollte. Nicht einmal jetzt, in einer Situation, in der er so offensichtlich Hilfe brauchte. Aber vielleicht war ich tatsächlich nicht die richtige Person, um ihm zu helfen.

»Soll ich Luca anrufen?«

»Nein!« Ruckartig fuhr Gavin zu mir herum, sodass er erneut ins Wanken geriet. Die Glasflasche, die er bei sich trug, fiel mit einem Platsch ins Wasser. Fassungslos blickte er von der Stelle auf. »Ups.«

Mein Mund war trocken, meine Lippen waren taub. »Gavin!«

Er fand sein Gleichgewicht wieder. »Ich komm, aber du darfst Luca nichts erzählen!«

»Das werd ich nicht. Versprochen!«, sagte ich, ohne nachzudenken, weil ich Gavin in diesem Moment wohl alles zugesichert hätte. Hätte er von mir verlangt, auf einem Bein zu hüpfen und dabei das ABC zu singen – ich hätte es getan.

Er nickte und machte einen Sprung vorwärts, der ihn dem Ufer näher brachte. Die Pfosten wackelten besorgniserregend unter seinem Gewicht. Ich konnte kaum hinschauen, ertrug es aber auch nicht wegzusehen. Die nächsten fünf Minuten fühlten sich endlos lang an. Schließlich erreichte Gavin den letzten Pflock nahe dem Ufer. Von dort aus sprang er ins Wasser. Der Stoff seiner Hose hatte sich bereits bis zu den Knien vollgesogen. Es war mir absolut unerklärlich, wie Gavin es geschafft hatte, nicht ins Wasser zu fallen, denn als er nun auf mich zukam, schwankte er stark und stank streng nach Alkohol.

Erleichterung erfasste mich, und meine Angst und Sorge *um* Gavin wich einem anderen Gefühl – Wut und Hass *auf* Gavin. Darauf, dass er sich so leichtfertig in Gefahr gebracht hatte. Hätte es nicht ausgereicht, sich auf dem Parkplatz oder im Haus zu betrinken? Eine Armlänge von mir entfernt blieb er stehen. Ich holte aus und verpasste ihm einen Stoß gegen die Brust. Fest genug, um meiner Wut und dem Hass Ausdruck zu verleihen, aber bei Weitem nicht fest genug, um ihm wehzutun, auch wenn er das verdient hätte für den Schreck, den er mir eingejagt hatte.

»Was sollte die Scheiße!?«, blaffte ich ihn an und verpasste ihm noch einen Hieb. »Hast du den Verstand verloren? Das war gefährlich! Du hättest fallen und dich verletzen oder gar sterben können!«

»Gibt Schlimmeres.«

Fassungslos starrte ich ihn an. »Was?«

Gavin zuckte mit den Schultern. »Ist doch nur die Wahrheit.«

»Das stimmt nicht!«, protestierte ich. Die Anspannung der letzten Minuten lag mir schwer auf der Brust und drängte allerlei Gefühle an die Oberfläche, die ich nicht fühlen wollte. Tränen traten mir in die Augen und nahmen mir die Sicht. »Es gäbe nichts Schlimmeres, und das weißt du!«

Gavins Lippen teilten sich, doch er antwortete mir nicht. Dabei wusste er genau, worauf ich anspielte, nur dass wir nie darüber redeten. Der Selbstmord seines Dads war ein Tabuthema. Ich konnte mich zudem kaum an den Vorfall erinnern, da ich noch sehr jung gewesen war, als es passierte. Doch ich kannte die Erzählungen von meinen Eltern, Luca und den Leuten aus der Gemeinde – aber Gavin redete nicht über das, was damals geschehen war. Niemals. Und das hatte ich respektiert, bis heute.

Bis jetzt.

Aber ich war wütend. So, so wütend, dass ich einfach weitermachte, obwohl ich sehen konnte, dass es ihm selbst in seinem Suff wehtat, von seinem Dad zu hören.»Oder gab es für dich etwas Schlimmeres, als dein Dad gestorben ist? Gab es für dich etwas Schlimmeres, als du seine Leiche gefunden hast? Oder als sie seine Leiche in den Sack gepackt und weggebracht haben?«

»Nein«, gab Gavin kleinlaut zu und schluckte schwer, wobei er seine Zunge nach wie vor bewegte, als wäre sie ein Fremdkörper in seinem Mund, der da eigentlich nicht hingehörte. »Ich ... Es war der schlimmste Tag meines Lebens.«

»Dann lass das heute nicht zum schlimmsten Tag meines Lebens werden«, bat ich Gavin und schenkte ihm ein Lächeln, das allerdings nur an der Oberfläche kratzte und nicht bis in die Tiefe vordrang, denn dort war im Moment nur Platz für Sorge um ihn. Er war total hinüber. Er hatte Anfang der Woche auf dem Campus schon mies ausgesehen, aber jetzt ...

Die dunklen Schatten in seinem Gesicht saßen noch tiefer, und in seinen Augen lag ein unendlicher Schmerz, der so intensiv und greifbar war, dass er selbst mir die Kehle zuschnürte. Und in diesem Moment wurde mir bewusst, dass ich mich geirrt hatte. Gavin kannte seine Grenzen. Doch heute Abend hatte ihn irgendetwas dazu getrieben, sie absichtlich zu überschreiten. Diese Erkenntnis ließ meine Wut verpuffen.

»Komm«, sagte ich und streckte ihm die Hand entgegen.

Er griff danach. Seine Finger waren klebrig und verschwitzt, aber ich ließ ihn nicht los. Und er wehrte sich nicht, als ich ihn über den Strand in Richtung des Pfads zog, der zum Haus führte. Seine Schritte waren wackelig und unbeholfen, und zum zweiten Mal innerhalb kürzester Zeit fragte ich mich, wie es sein konnte, dass er nicht in den See gefallen war. Vermutlich hatte er einfach nur Glück gehabt.

Im Vorbeigehen sammelte ich meine High Heels und die Taschenlampe ein, bevor wir schweigend dem dunklen Weg folgten, bis das Haus in Sicht kam. Ein paar der Leute, die auf der Veranda standen, bemerkten uns, aber niemand rührte sich vom Fleck, um uns zu helfen.

»Wie bist du hierhergekommen?«, fragte ich Gavin.

»Ich ... Ich weiß nicht.«

»Bist du gefahren?«

Er schüttelte den Kopf. »Ich hab mein Auto verkauft.«

Hatte er? Davon hatte Luca gar nichts erzählt, aber das war jetzt auch nicht wichtig. Ich führte Gavin zu meinem Wagen. Er hatte eindeutig genug für heute. Keine Ahnung, ob es ihm egal war, wohin ich ihn brachte, oder ob er keine Kraft mehr hatte, aber auch dagegen wehrte er sich nicht.

»Vorsicht«, mahnte ich und legte eine Hand an die obere Kante des Daches, damit er sich beim Einsteigen nicht den Kopf anschlug.

Wortlos ließ er sich auf den Beifahrersitz fallen. Ich schloss die Wagentür hinter ihm und holte das Handy aus meiner Handtasche.

Ich hatte eine ungelesene Nachricht von Aaron.

Aaron: Wo bist du?
Ich: Ich war am See. Gavin war auch dort.
Ich: Er ist total betrunken. Ich bring ihn nach Hause.
Aaron: Wir sind gleich da!
Ich: Unsinn. Ich schaff das alleine.
Ich: Habt ihr Geld für ein Taxi?
Aaron: Ja.
Ich: Dann bleibt auf der Party.
Aaron: Sicher, dass wir nicht mitsollen?
Ich: Sicher. Genießt den Abend!
Aaron: Okay. Wir sprechen morgen?
Ich: Ja, bis morgen!

Ich steckte mein Handy weg und schielte durch das Fenster zu Gavin. Was hatte ihn nur dazu getrieben, sich dermaßen abzuschießen? Obwohl ich selbst keinen Tropfen getrunken hatte, fühlte ich einen dumpfen Kopfschmerz in meinem Schädel pulsieren, vermutlich von der Aufregung.

Ich atmete tief durch, dann umrundete ich den Wagen und stieg ein. Die Luft im Auto war dick, geschwängert von der schwülen Nachtluft und Gavins Geruch nach Alkohol. Im Schein der Innenbeleuchtung musste ich erkennen, dass ich mir den Schmerz in seinen Augen nicht nur eingebildet hatte, wenn überhaupt hatte die Dunkelheit am Ufer ihn nur kaschiert.

Gavin saß nach vorne gelehnt da. Die Schultern zusammengesunken tippte er auf seinem Handy herum und versuchte jemanden anzurufen. Vielleicht eine Verflossene? Hatte er sich deswegen betrunken? Hatte er Liebeskummer? Aus irgendeinem Grund versetzte mir der Gedanke einen Stich, vermutlich weil ich genau wusste, wie schmerzhaft Liebeskummer sein konnte – seinetwegen.

Ich griff nach dem Handy und nahm es Gavin weg.

»Heh!«, protestierte er. »Ich muss telefonieren.«

»Nein, musst du nicht.«

»Ich muss sie anrufen.«

Sie.

Ich schüttelte den Kopf, denn sturzbetrunken irgendwelche Leute anzurufen, war nie eine gute Idee. Ich sperrte das Handy und packte es in meine Clutch, die ich zusammen mit meinen High Heels auf den Rücksitz schmiss, dann sah ich wieder zu Gavin, der mich betrübt anschaute. Ich legte ihm eine Hand auf den Arm. Er trug ein T-Shirt, und im Gegensatz zu seinen warmen, verschwitzten Fingern war seine Haut kalt und klamm. »Was ist passiert?«

»Du hast mir mein Handy weggenommen.«
»Das meine ich nicht. Warum warst du am See?«
Er zögerte kurz, dann zuckte er mit den Schultern, als würde er es selbst nicht wissen, aber das kaufte ich ihm nicht ab. Es hatte jedoch keinen Sinn, mit ihm zu diskutieren, nicht solange er sich in diesem Zustand befand. Und vermutlich war ich auch nicht unbedingt die Person, der er sich anvertrauen wollte. Vielleicht konnte Luca Antworten aus ihm herausbekommen, sobald er nüchtern und etwas ausgeruht war, denn was Gavin wohl dringender brauchte als eine Strafpredigt war Schlaf.

Ich stieß ein Seufzen aus und startete den Motor. »Ich bring dich nach Hause.«

»Nein!«

»Dann bring ich dich zu uns.«

»Okay, aber Luca darf mich so nicht sehen.«

Warum nicht? Die Frage lag mir auf der Zunge. Ich hielt sie zurück, wohl wissend, dass ich ohnehin keine vernünftige Antwort darauf bekommen würde. Stattdessen log ich: »Wird er nicht.«

Gavin nickte und stellte mein Versprechen nicht infrage. Obwohl es sich nicht würde vermeiden lassen, dass Luca etwas mitbekam. Selbst wenn er heute Nacht bei Sage übernachtete, würde er davon erfahren, weil ich es ihm erzählen würde. Ich wusste nicht, ob Gavin abgesehen von Luca jemanden in seinem Leben hatte, der auf ihn aufpassen konnte, aber ich würde ihn gewiss nicht allein diesem Schmerz überlassen. Irgendjemandem musste er sich anvertrauen, auch wenn dieser Jemand nicht ich war.

Ich ermahnte Gavin, dass er sich anschnallen sollte, was er glücklicherweise allein auf die Reihe bekam. Die Fahrt zurück nach Melview verbrachten wir schweigend, und ich stellte auch die Musik nicht an. Die einzigen Geräusche waren das

Brummen des Motors und das Rauschen der Luft, die durch das einen Spaltbreit geöffnete Fenster ins Innere wehte. Eine Weile beobachtete Gavin die vorbeiziehende Landschaft, doch mit jeder Minute, welcher wir der Stadt näher kamen, wurde sein Kopf schwerer, bis seine Stirn gegen das Fenster sackte, als er einnickte. Kurz schreckte er deswegen auf, aber bereits eine Sekunde später zwang ihn sein träger Verstand dazu, wieder einzuschlafen.

Ein paar Minuten später parkte ich den Wagen auf der Straße vor unserem Haus. Die Gegend war vollkommen ruhig. Es gab keine Anzeichen für irgendwelche Partys. Und in den meisten Häusern war es bereits dunkel. Nur vereinzelt brannte noch Licht. Ich zog den Schlüssel aus dem Zündschloss und sah zu Gavin, der noch immer gegen das Fenster gelehnt schlummerte, als wäre es der bequemste Ort der Welt für ein Nickerchen.

Das schwarze Haar hing ihm fransig in die Stirn, und seine Gesichtszüge waren entspannt, doch selbst im Schlaf wirkte er müde und erschöpft. Nur der Schmerz schien von ihm abgefallen zu sein. Ich überlegte, ihn in meinem Wagen zu lassen, um ihm die Rückkehr des Schmerzes zu ersparen, aber ich wollte auch nicht, dass ihn in drei oder vier Stunden die ersten Frühaufsteher so sahen.

Ich schnappte mir meine Clutch vom Rücksitz, die High Heels ließ ich liegen, und umrundete den Wagen. Vorsichtig öffnete ich die Beifahrertür und fing Gavins Körper auf, der mir entgegenkam. Sein Kopf fiel gegen meine Brust, und ich musste mich mit aller Kraft gegen die Erinnerungen wehren, die auf mich einzuprasseln drohten.

Gavin betrunken und leicht sabbernd an meiner Brust war kaum mit dem Gavin zu vergleichen, der sich auf einer Liege im Garten meiner Eltern an mich geschmiegt hatte. Oder dem Gavin, der sich zu mir ins Bett gekuschelt und mit mir Zeichentrickserien geguckt hatte, obwohl ich hustend und schniefend eine absolute Bazillenschleuder gewesen war. Vier Tage später war auch er krank gewesen, aber er hatte beteuert, dass es ihm das wert gewesen sei, um bei mir zu sein. Heute Abend hingegen war er nur bei mir, weil ich ihm keine andere Wahl gelassen hatte und er zu betrunken gewesen war, um sich dagegen zu wehren.

»Wir sind zu Hause«, flüsterte ich.

Gavin wachte nicht auf. Er stieß lediglich ein zufriedenes Seufzen aus und schmiegte seinen Kopf an meine Brust, die vermutlich um einiges bequemer war als die harte Fensterscheibe.

»Hey, Schlafmütze.« Ich berührte sanft seine Stirn. »Aufwachen. Wir sind da.«

Flatternd öffnete Gavin die Lider und hob den Kopf. »Hä?«

»Wir sind zu Hause«, wiederholte ich und beugte mich über ihn, um ihn abzuschnallen.

Meine Worte schienen nun endlich seinen alkoholvernebelten Verstand zu durchdringen. Schwankend stieg er aus dem Wagen. Ich sperrte ab und schlang einen Arm um seine Taille, um ihm Halt zu geben. Schwer lehnte er sich gegen mich, und weil keine Chance bestand, dass er die Treppen bis in den dritten Stock schaffte, ohne hinzufallen, rief ich den Aufzug und hoffte, dass er nicht stecken bleiben würde. Das hätte mir gerade noch gefehlt. Doch wir hatten Glück und kamen ohne ungewollten Stopp oben an. Ich entriegelte die Wohnungstür und schaltete das Licht ein. Sofort erkannte ich, dass Sage und Luca zu Hause waren, denn auf dem Couchtisch stand ein Eimer, der noch zur Hälfte mit Popcorn gefüllt war.

Ich manövrierte Gavin in Richtung Couch, darum bemüht, leise zu sein. Ich hatte vor, mit Luca über die Sache zu reden, aber nicht mitten in der Nacht.

»Zieh dein Shirt aus«, forderte ich Gavin auf. Er hatte zwar im Auto schon bewiesen, dass er auch in seinem jetzigen Zustand problemlos schlafen konnte, aber er stank dermaßen nach See und Alkohol, als wäre der Inhalt der Whiskyflasche nicht nur in seinem Mund, sondern in Teilen auch auf seinem Shirt gelandet.

Ich ging in mein Zimmer und holte einen Band-Hoodie aus meinem Schrank.

»Ich hoffe, der passt …«, setzte ich an, aber ich verstummte, als ich zurück ins Wohnzimmer kam und Gavin entdeckte, der in seinem T-Shirt feststeckte. Die Arme über den Kopf gestreckt bemühte er sich, sich von dem Stoff zu befreien, aber er war irgendwie hängen geblieben. Mit fahrigen Bewegungen versuchte er sich aus dem Shirt zu kämpfen, aber kam nicht weiter.

Lachend warf ich den Hoodie beiseite. »Warte, ich helf dir.«

Gavin stockte in der Bewegung. Ich trat dicht vor ihn, um ihm das Shirt über den Kopf zu ziehen. Dabei fragte ich mich, wann er so groß geworden war. Das letzte Mal, als wir so nah beisammengestanden hatten, hatte er mich kaum überragt, aber jetzt …? Jetzt musste ich mich auf die Zehenspitzen stellen, um ihm das Shirt über den Kopf zu ziehen.

Ich taumelte gegen seine nackte Brust. »Gleich haben wir's.«

Gavin tauchte hinter dem Stoff auf. Und weil ich noch immer auf den Zehen balancierte, waren sich unsere Gesichter auf einmal ganz nahe. Sein schwarzes Haar war nun noch zerzauster als zuvor.

»Danke«, murmelte Gavin.

»Gern«, erwiderte ich atemlos.

Warum bin ich atemlos?

Jetzt wäre der richtige Moment gewesen, um zurückzuweichen, aber ich wich nicht zurück. Und auch Gavin rührte sich nicht. Er sah mich mit seinen blauen Augen an, und sein Blick erschien mir viel zu intensiv und eindringlich dafür, dass er betrunken war. Er wanderte von meinen Wangen über meine Nase zu meinen Lippen, wo er einen Moment hängen blieb, und zurück zu meinen Augen. Ich glaubte, etwas in seinem Blick aufflackern zu sehen, das da nicht mehr sein sollte. Vielleicht hatte der Alkohol ihn vergessen lassen, dass wir einander nicht länger mochten. Das erklärte allerdings nicht, wieso ich nicht zurückwich. Denn ich war nüchtern und völlig klar im Kopf … oder auch nicht.

Ich hatte als verknallter Teenager oft darüber fantasiert, wie es eines Tages sein würde, Gavin auszuziehen, nachdem ich ihm meine Liebe gestanden hatte. Und er mir die seine. Ich hatte von berauschenden ersten Malen geträumt und darüber nachgedacht, wie es sein würde und wie ich es anstellen würde, damit es so romantisch wurde wie in den Filmen und Serien. Aber in all diesen Fantasien war dieses Szenario nicht vorgekommen.

Ich räusperte mich, wich einen Schritt zurück und griff nach dem Hoodie, den ich Gavin mitgebracht hatte. Ich drückte ihm den Stoff vor die nackte Brust, bevor ich auch nur auf die Idee kommen konnte, ihn zu mustern. »Hier, den kannst du alleine anziehen. Ist mit Reißverschluss.«

»Danke«, sagte Gavin erneut.

Ich ignorierte ihn demonstrativ, während er sich das Teil anzog. Erst als ich das Ratschen des sich schließenden Verschlusses hörte, wagte ich es wieder, ihn anzusehen. Mein Lieblingshoodie mit dem BMTH-Logo passte ihm gerade so. Er hatte den Zippverschluss nicht ganz bis nach oben gezogen, sodass ich sein Schlüsselbein sehen konnte. Was mir eigentlich komplett egal sein könnte, dennoch fühlte ich, wie mein Herzschlag kräftiger wurde. Vermutlich lag das nur am Adrenalin, oder mein Körper war vom vielen Tanzen verwirrt.

Ich riss meinen Blick los. »Du solltest schlafen.«

Er nickte und setzte sich auf die Couch, um sich die Chucks auszuziehen, wobei er so heftig daran zerrte, dass er mit der Hand gegen den Tisch donnerte. Ein dumpfer Knall hallte durchs Wohnzimmer, und die Tüte mit dem Popcorn ergoss sich über den Boden. Fuck. So viel zum Thema leise sein.

Gavin verzog die Lippen. »Sorry.«

»Nicht schlimm. Leg dich hin. Ich mach das weg.«

Er gehorchte.

Ich stieg über das Popcorn auf dem Boden hinweg und holte die Kehrschaufel aus der Küche. Zurück im Wohnzimmer entdeckte ich, dass Gavin bereits eingeschlafen war. Sein Kopf musste kaum das Kissen berührt haben, ehe er eingenickt war. Er wachte auch nicht auf, während ich um ihn herum die Sauerei aufräumte. Ich war gerade dabei, die letzten Körner zusammenzukratzen, als ich hörte, wie sich die Tür zu Lucas Zimmer öffnete.

Mist.

»April?«, raunte Luca mit verschlafener Stimme. Träge blinzelte er gegen das Licht im Wohnzimmer an, doch jede Müdigkeit wich ihm aus dem Körper, als er Gavin vollkommen ausgeknockt auf der Couch liegen sah. Ein finsterer Ausdruck huschte über sein Gesicht. »Was ist hier los?«

Ich deutete in Richtung Badezimmer, damit wir ungestört reden konnten. Luca folgte mir ohne Widerworte. Ich schloss die Tür hinter uns. Gavin wirkte zwar ziemlich weggetreten, aber sollte er aufwachen, wollte ich nicht, dass er etwas von diesem Gespräch mitbekam.

»Also?«, fragte Luca erwartungsvoll und lehnte sich gegen das Waschbecken, die Arme vor der Brust verschränkt.

»Gavin hat sich betrunken.«
»Das konnte ich mir bereits denken.«
Ich seufzte, setzte mich auf den Rand der Badewanne und begann Luca alles zu erzählen, von der Party und der Sache am See und davon, wie Gavin lebensmüde auf den Pflöcken herumgesprungen war. Ich berichtete ihm auch, dass Gavin mich darum gebeten hatte, ihn nicht in die Sache mit reinzuziehen, aber ich wusste, dass es das Richtige war, Luca einzuweihen.

Geduldig hörte er mir zu. Seine Miene wurde mit jedem Wort, das meine Lippen verließ, düsterer, aber in seinem Blick lag keine Wut, sondern Sorge. Sorge, so tief, dass sie seine grauen Augen dunkler werden ließ.

»Ich glaube, es geht ihm nicht gut«, beendete ich meine Erzählung.

Fahrig fuhr sich Luca mit der Hand durchs Haar. »Ich weiß.«

»Du weißt was?«

Luca holte tief Luft und hockte sich auf den heruntergeklappten Toilettensitz gegenüber der Wanne. Gedankenverloren starrte er einige Sekunden auf den Boden, ehe er zu mir aufblickte. »Dass es Gavin nicht gut geht. Ich meine, hast du ihn dir die letzten Wochen mal genauer angeschaut? Seine Augenringe sind tiefer als der Marianengraben. Und er hat über die Ferien abgenommen. Ist dir das nicht aufgefallen?«

Ich schüttelte den Kopf. »Hast du mit ihm darüber geredet?«

»Klar. Er meint, es sei alles gut.«

»Aber du glaubst ihm nicht«, schlussfolgerte ich.

»Nein. Vermutlich hat er dich deswegen darum gebeten, mir nichts zu erzählen, damit ich nicht wieder eine Diskussion mit ihm anfange. Wir haben schon so oft darüber geredet, dass er sich Hilfe suchen soll.«

»Und was sagt er dazu?«

»Nichts. Er faselt dann immer nur etwas davon, dass alles gut sei und er gerade nur viel um die Ohren habe und ich übertreibe. Aber ich mach mir wirklich Sorgen um ihn. Du weißt ja, wie es ihm manchmal geht. Nach dem Umzug nach Melview ist es besser geworden. Der Abstand zu Brinson, seiner Mom und der ganzen Vergangenheit dort hat ihm gutgetan, aber seit ein paar Monaten wird es wieder schlimmer.«

Der Kummer ließ Lucas Stimme dumpf klingen.

Ich presste die Lippen fest aufeinander. »Was meinst du damit?«

»Seine Schlafstörungen sind so schlimm wie seit Jahren nicht mehr. Manchmal schläft er nur zwei oder drei Stunden pro Nacht, wenn überhaupt. Dafür lebt er von Kaffee und Energydrinks. Seine Noten sind letztes Semester ziemlich abgesackt. Und wie gesagt hat er abgenommen. Nicht die Welt, aber ... du weißt ja, wie es mit ihm ist.«

Ich rutschte am Wannenrand näher an die Toilette heran und legte Luca tröstend eine Hand auf die Schulter, damit er wusste, dass ich für ihn da und bereit war zuzuhören, auch wenn es um Gavin ging. Unabhängig davon, wie holprig mein eigenes Verhältnis zu ihm war, wünschte ich mir nur das Beste für Lucas und seine Freundschaft. Und so schmerzhaft es war, Gavin deswegen ständig sehen zu müssen, so sehr freute es mich, dass Luca in ihm einen solch treuen und langjährigen Freund hatte.

»Wieso hast du mir nichts davon erzählt?«

»Ich wollte dich damit nicht belasten.«

»Das hättest du nicht.«

Müde lächelte Luca mich an. Er wirkte auf einmal unglaublich erschöpft. »Manchmal frage ich mich, ob das meine Schuld ist.«

Ich blinzelte. »Wie kann das deine Schuld sein?«

»Weil ich nicht mehr so viel Zeit für ihn habe wie früher.«

»Wegen Sage?«

Sein Kehlkopf hüpfte nervös. »Ja.«

»Unsinn«, widersprach ich und konnte nicht verhindern, dass ich dabei ein bisschen laut wurde. »Du bist ein toller Freund. Und es ist lieb, dass du dir Sorgen um Gavin machst, aber du kannst seine Probleme nicht zu deinen machen, vor allem wenn er deine Hilfe ablehnt. Du hast es verdient, glücklich zu sein, auch wenn Gavin unglücklich ist.«

Luca verzog die Lippen zu einem schmalen Lächeln, das seine Augen nicht erreichte und mich wünschen ließ, ich könnte mehr für ihn tun. »Er ist nun mal mein bester Freund. Ich kann nicht einfach aufhören, mir Sorgen zu machen.«

»Das erwartet auch niemand, aber du musst auch auf dich selbst achten. Und auf Sage.« Liebevoll tätschelte ich Luca die Schulter. In Momenten wie diesen war ich froh, einen solch guten Draht zu ihm zu haben, trotz all der Unterschiede, die uns trennten.

Er lächelte. »Danke. Ich mach mir einfach …«

»Sorgen«, beendete ich den Satz für ihn. »Ich weiß.«

Und um ehrlich zu sein, machte ich mir nun auch welche. Gavin war schließlich Gavin. Manchmal, wenn die Erinnerungen zu schmerzhaft wurden, hatte ich mir in der Vergangenheit eingeredet, dass ich ihn hasste, aber das stimmte nicht. Ich hasste, was er uns angetan hatte. Und ich hasste, nie eine richtige Erklärung bekommen zu haben. Aber ich hasste nicht ihn, denn dafür war er ein zu wertvoller Teil meiner schönsten Erinnerungen. Und genau jene Erinnerungen machten es mir auch nach all den Jahren unmöglich, die Augen zu verschließen und Gavin sich selbst zu überlassen. Selbst wenn die realistische Chance bestand, dass ich mein kaum verheiltes Herz damit erneut in Gefahr brachte.

6. Kapitel

Ich besaß nicht viele Talente, aber eines davon war, dass ich immer und überall einschlafen konnte. Mein Kopf musste nur ein Kissen berühren, und ich war ausgeknockt. Und manchmal brauchte es nicht mal ein Kissen. Im Flugzeug pennte ich oft schon während des Abflugs ein, und wer mich in den Abendstunden als Beifahrer hatte, konnte zu neunzig Prozent davon ausgehen, dass ich einschlafen würde. Denn ich liebte es zu schlafen, neben Sport und Serien gucken war es meine absolute Lieblingsbeschäftigung, weshalb ich es auch hasste aufzustehen, denn wer wurde schon gerne bei etwas unterbrochen, das er liebte?

Doch heute war an Schlaf nicht zu denken. Zum gefühlt hundertsten Mal in dieser Nacht wälzte ich mich im Bett herum, klopfte mein Kissen zurecht und drapierte meine Decke neu, aber es half nichts. Eigentlich sollte ich todmüde sein, von der Party und dem stundenlangen Tanzen mit Connor, aber jedes Mal, wenn ich kurz davor war einzuschlummern, kehrten meine Gedanken zu Gavin zurück, wie er wankend auf den Pflöcken im See gestanden hatte. Alkohol in der Hand und im Blut. Unter ihm das dunkle Wasser. Nicht stürmisch wie auf hoher See, aber nicht weniger bedrohlich in seiner sanften Stille. Wenn ich daran dachte, kroch mir eine Gänsehaut über die Arme. Und ich musste mich daran erinnern, dass Gavin nur ein paar Meter von mir entfernt in unserem Wohnzimmer schlief und in Sicherheit war.

Ich wälzte mich zum hundertundeinsten Mal in meinem Bett herum, als das Handy auf meinem Nachttisch vibrierte. Ich kannte nur eine einzige Person, welche an einem Samstag um diese unmenschliche Uhrzeit wach sein konnte. Es war nämlich *erst* kurz nach fünf oder *schon* kurz nach fünf, je nachdem aus welchem Winkel man es betrachtete. So oder so war ich mir sicher, dass wenn ich den Vorhang aufzog, in der Ferne bereits das Schimmern der aufgehenden Sonne sehen zu können. Der Gedanke war frustrierend.

Ich entsperrte mein Handy.

Cam: Vermutlich schläfst du und liest diese Nachricht zu spät, aber ich versuch trotzdem mein Glück. Beck hat zu hart gefeiert und mir spontan für die Frühschicht heute abgesagt. Könntest du ab 7 Uhr einspringen? Oder ab 8? 9 Ginge auch. Ich brauch Hilfe!
Ich: Ich bin um 7 da.
Cam: Danke! Aber warum bist du schon wach?
Ich: Falsche Frage. Die richtige Frage lautet: Warum bin ich noch immer wach?
Cam: Du hast nicht geschlafen?
Ich: Nope. Gab hier einen kleinen Zwischenfall.
Cam: Alles in Ordnung?
Ich: Mehr oder weniger.
Cam: Sicher, dass du arbeiten kannst?
Ich: Ich muss nur Kaffee kochen und keinen Lkw fahren.
Cam: Stimmt. Aber könntest du ausgeschlafen einen Lkw fahren?
Ich: Nein. Deswegen bin ich auch keine Truckerin geworden.
Cam: Verstehe, war sicherlich eine schwere Entscheidung.
Ich: Du ahnst gar nicht, wie schwer.
Cam: Wir sehen uns später. Und danke!

Ich ließ mein Handy sinken und schwang die Beine über die Bettkante, um aufzustehen, denn selbst wenn es mir noch gelingen sollte einzuschlafen, würde mich die Stunde, die mir jetzt noch blieb, vermutlich nur träger und matschiger machen. Eigentlich hatte ich den Samstagvormittag zum Lernen nutzen wollen, aber nach der heutigen Nacht wäre ich ohnehin nicht aufnahmefähig, da konnte ich genauso gut arbeiten und zumindest Cam eine Last von den Schultern nehmen. Außerdem war am Montag Labor Day, und der Campus blieb geschlossen. Ich hatte also genügend Zeit, alles nach- und vorzubereiten, bevor die neue Uniwoche startete.

Ich nahm eine schnelle Dusche und legte etwas Make-up auf, um zumindest auf den ersten Blick den Anschein zu erwecken, ich wäre ausgeschlafen. Anschließend zog ich mich für meine Schicht im Bistro an – schwarze Leggins, ein weißes Top und Sneakers, wofür mir meine Füße dankbar waren, die sich noch von den High Heels und den Steinen am Ufer des Lake Tahoe erholten.

Ich ergänzte das schlichte Outfit mit ein paar Armbändern, einer Kette und Ohrringen, und als ich mich dreißig Minuten später im Spiegel betrachtete, sah ich nur noch halb so müde aus, wie ich mich fühlte. Und ich fühlte mich ziemlich beschissen. Nicht nur, weil ich übernächtigt war, sondern weil ich zudem nicht aufhören konnte, über Gavin nachzugrübeln. Wenn ich jetzt an die gestrige Nacht und den Moment am See zurückdachte, erschien mir die Szene wie aus einem schlechten Film und nicht wie aus meinem Leben.

Ich schüttelte den Kopf und beschloss, Cam etwas früher im Le Petit zu überraschen. Zwar hatte das Bistro noch geschlossen, aber er war bereits dort, um für den Tag zu backen. Vielleicht konnte ich ihm dabei helfen. Ich schnappte mir meine Tasche und schlich ins Wohnzimmer. Gavin lag unverändert auf der Couch, nur sein Arm war vom Polster gerutscht. Neben ihm stand eine Schüssel auf dem Tisch, von der ich vermutete, dass Luca sie hingestellt hatte, sollte ihm plötzlich übel werden. Gavin hatte davon keinen Gebrauch gemacht, aber er wirkte noch immer bis auf die Knochen erschöpft, und ich musste an Lucas Worte denken, wie wenig er derzeit schlief. Wie konnte er so leben? Ich fühlte mich nach bereits einer Nacht ohne ausreichend Schlaf halb tot.

Mit angehaltenem Atem tapste ich an Gavin vorbei und war schon fast aus der Tür, als ich aus irgendeinem Grund plötzlich an Jack denken musste, oder Captain, wie Luca Gavins Hund nannte. Vermutlich wartete er bereits sehnsüchtig auf die Rückkehr seines Herrchens, aber wie ich die Sache einschätzte, wäre Gavin für weitere vier, fünf Stunden ausgeknockt und für nichts zu gebrauchen. Eigentlich war es nicht meine Aufgabe, nach Jack zu sehen, und es ging mich auch nichts an, aber nun, da ich an ihn dachte, konnte ich nicht so tun, als wäre er nicht seit Stunden allein.

Ich presste die Lippen aufeinander und ermahnte mich, dass das nicht meine Angelegenheit war, aber bevor ich mich versah, trugen mich meine Füße auch schon zur Couch zurück, und ich ging neben Gavin in die Hocke. Er war völlig weggetreten und nahm mich überhaupt nicht wahr.

»Gavin?« Vorsichtig, um ihn nicht zu erschrecken, berührte ich seine Schulter.

Er brummte, ohne wirklich aufzuwachen. Dabei kippte sein Kopf zur Seite weg, sodass meine Hand nun zwischen seiner Schulter und seiner Wange eingeklemmt war. Sein Bart fühlte sich rau und ungewohnt auf meiner Haut an; als ich Gavin zuletzt so nahe gewesen war, hatte er noch damit geprahlt, dass ihm ein erstes einsames Härchen am Kinn gewachsen war.

»Gavin?«, fragte ich noch einmal und rüttelte ihn abermals an der Schulter, dieses Mal etwas fester. Seine Lider zuckten, ohne dass er die Augen öffnete. Er schmiegte seine Wange an meine Hand, als wäre sie ein Kissen, wie er es am Abend zuvor an meiner Brust auch schon getan hatte. Doch sein Atem veränderte sich, was mir verriet, dass er wach war oder zumindest in einem Stadium, in dem er nicht mehr völlig weggetreten war. »Darf ich mir Lucas Ersatzschlüssel für deine Wohnung nehmen? Ich würde gerne nach Jack gucken.«
»Was ist mit Jack?«, murmelte Gavin mit kratziger Stimme.
»Nichts. Ich will einfach nach dem Rechten sehen.«
»Okay. Danke, May.«

Ich erstarrte bei dem Klang des alten Spitznamens, den ich seit Jahren nicht mehr gehört hatte. Gavin hatte geglaubt, mich damit ärgern zu können, weil mein Name April war und ich im April Geburtstag hatte und Mai eben nicht mehr April war. Es war lächerlich, aber auch süß. Und mir wurde erst in diesem Moment klar, wie sehr ich es vermisst hatte, den doofen Spitznamen zu hören, den ausschließlich Gavin benutzt hatte und niemand sonst. Doch er hatte nach unserem Streit aufgehört, mich so zu nennen, vermutlich weil May seine Freundin gewesen war. Und diese Freundin gab es jetzt nicht mehr.

Ich verdrängte den aufkommenden Kloß in meinem Hals mit einem Räuspern. Wie oft wollte ich noch zu diesen alten Erinnerungen zurückkehren? Gavin und May gab es nicht mehr. Es gab noch nicht einmal mehr April und Gavin, und ich sollte endlich aufhören, einer Sache nachzutrauern, die seit fünf Jahren vorüber war, aber das war leichter gesagt als getan.

Langsam zog ich meine Hand unter Gavins Wange hervor, um ihn nicht erneut zu wecken. Er folgte der Bewegung, als wollte er mich nicht gehen lassen, doch schließlich waren meine Finger frei. Wieder kippte sein Kopf zur Seite, und Sträh-

nen seines Haars fielen ihm ins Gesicht. Aus einem Impuls heraus wollte ich sie ihm aus der Stirn streichen, doch kurz bevor meine ausgestreckte Hand ihn berühren konnte, zog ich sie hastig zurück und ballte sie zur Faust. Ich schüttelte den Kopf über mich selbst.
Was war nur los mit mir?
Entschlossen stand ich vom Boden auf und lief zurück zur Tür. Ich nahm mir Lucas Schlüsselbund vom Haken und löste den Ersatzschlüssel zu Gavins Wohnung, um dort einen kleinen Zwischenstopp auf meinem Weg zum Le Petit einzulegen.

Gavins Wohnung war weitaus mehr als nur ein Zwischenstopp, denn sie lag auf der gegenüberliegenden Seite des Campus', im früheren Industrieviertel der Stadt, was einen ziemlichen Umweg für mich bedeutete. Alte Fabrikgebäude säumten die Straße, und ihre Fassaden aus rotem Backstein leuchteten im Licht der aufgehenden Sonne. Das Viertel war eine Mischung aus Leerstand mit vernagelten Fenstern und hippen Geschäften mit kreidebeschrifteten Schiefertafeln vor den Eingängen, die mit Angeboten warben oder einem Instagram-Lebensweisheiten mit auf dem Weg gaben. Die Gegend war bei den Studierenden beliebt. Die Wohnungen waren günstig, und es gab all jene spannenden Cafés und Bars, die ich bei Luca und mir um die Ecke vermisste.

Ich parkte vor der alten Fabrik, jetzt Wohnhaus, in dem Gavin lebte. Ich hatte das Gebäude noch nie betreten, sondern bisher immer nur Luca vor der Haustür abgesetzt. Nun jedoch stieg ich aus und verschaffte mir mit meinem geborgten Schlüssel Zutritt. Anhand der Anordnung der Klingelschilder versuchte ich herauszufinden, auf welchem Stockwerk Gavin lebte, da ich keine Ahnung hatte. Lange musste ich zum Glück nicht suchen, bis ich auf der zweiten Etage eine Tür mit dem

Schild *Forster* daran fand. Dahinter hörte ich das wilde Tapsen von Hundepfoten, die aufgeregt vor der Tür auf und ab marschierten.

Ich sperrte auf, und kaum hatte ich die Wohnung betreten, schwänzelte auch schon Jack voller Freude um meine Beine. Er war ein zuckersüßer Australian Shepherd mit beigefarbenen und braunen Flecken und Schlappohren. Ich ging in die Hocke, um ihn zu begrüßen und an meinen Händen schnuppern zu lassen, froh darüber, dass er mich offenbar erkannte, auch wenn er mich nicht allzu oft zu Gesicht bekam.

»Guter Junge.« Ich tätschelte seine Seite, nachdem ich ihn gestreichelt hatte, und richtete mich wieder auf, um mich in Gavins Wohnung umzuschauen. Sie sah völlig anders aus, als ich es erwartet hatte. In Brinson waren die Wände seines Zimmers mit Postern seiner Lieblingsgames und -animes zugekleistert gewesen, sodass man keinen Zentimeter Farbe mehr darunter gesehen hatte. Hier dagegen waren die Wände nackt und kahl. Überhaupt war das gesamte Apartment ziemlich minimalistisch eingerichtet. Es gab auch keine Deko, nur eine kleine, durchgesessene Couch und ein Hundebett sowie eine alte Kommode, auf der ein Fernseher stand, darunter eine PlayStation und nur eine Handvoll Spiele, was mich überraschte, weil Gavin meinem Gefühl nach eigentlich eine gigantische Sammlung hätte besitzen müssen.

In einer Ecke stand eine Art Kleiderschrank mit abgestoßenen Türen, dessen Holz weder zur Maserung der Kommode noch der Farbe der Couch passen wollte. Links vom Wohnzimmer gab es eine kleine, halb offene Küche, und rechts davon zweigte eine Tür ab, die vermutlich zum Schlafzimmer mit Bad führte. Ich unterdrückte das Verlangen herumzuschnüffeln. Es war ohnehin ein komisches, fast schon beklemmendes Gefühl, in dieser Wohnung zu sein. Denn ich konnte Gavin hier überhaupt nicht sehen. Es war die Wohnung eines Fremden. Sie fühlte sich kalt und leblos an. Nur Jack hauchte den fahlen, schmucklosen Wänden und dem leeren Raum zwischen Küche und Couch etwas Leben ein.

Es war traurig, aber ich war nicht hier, um über Gavins Wohnung zu urteilen. Ich schnappte mir Jacks Leine, die an einem Haken neben der Tür hing. Er ließ sich problemlos anleinen, und wir drehten eine Runde um den Block, damit er sich erleichtern konnte. Zurück in der Wohnung fütterte ich ihn und präparierte eine Art Beschäftigungsspielzeug mit Leckerli, damit er was zu tun hatte, bis Gavin seinen Rausch ausgeschlafen hatte.

Ich streichelte Jack zum Abschied, ehe ich ging und die Tür hinter mir zuzog, wohl wissend, dass ich heute vermutlich das erste und zugleich letzte Mal hier gewesen war.

7. Kapitel

»Ein großer Karamell-Latte mit Sahne für Amy!«
Eine junge Frau mit rotem Haar trat an den Tresen. Mit hoher Wahrscheinlichkeit war sie Studentin, wie der Großteil der Kundschaft des Le Petit. Das Bistro befand sich direkt am Rande des Campus' und war damit nur einen Katzensprung von den Fakultäten entfernt. Nicht selten versuchten meine Kommilitonen, mit ihren Studentenausweisen zu bezahlen, weil sie dachten, das Bistro würde aufgrund der Nähe noch zur MVU gehören.

Ich reichte Amy ihren Kaffee und schenkte ihr ein freundliches Lächeln, obwohl mir bereits der Schweiß den Rücken hinablief, weil die Klimaanlage mal wieder ausgefallen war. Amy schien meinen fröhlichen Vibe allerdings nicht zu fühlen. Sie erwiderte mein Lächeln nicht und warf mir stattdessen einen finsteren Blick zu, als hätte ich ihr liebstes Kuscheltier durch den Mixer gedreht. Unhöfliche, gestresste Studierende waren für mich nichts Neues, immerhin arbeitete ich bereits seit einem Jahr im Le Petit. Ich hatte mir angewöhnt, diese Griesgrämigkeit nicht persönlich zu nehmen. Die meisten Studierenden reservierten ihre düsteren Mienen allerdings für das Semesterende, wenn die Abschlusstests anstanden und sich Prüfungsangst und Notenpanik ausbreiteten. Davon waren wir Anfang September und nach nur einer Semesterwoche jedoch weit entfernt.

»Ich wünsch dir noch einen schönen Tag!«, rief ich Amy

hinterher, denn ich hatte es mir zur Aufgabe gemacht, meinen Mitmenschen stets das Gefühl zu vermitteln, dass heute ein guter Tag war. Auch wenn uns die Welt dort draußen mit aller Kraft vom Gegenteil zu überzeugen versuchte. Die Tür fiel hinter Amy ins Schloss, und ich war wieder allein im Café.

Hinter mir wurde die Tür zur Küche aufgestoßen. Weitere Hitze schlug mir entgegen, brachte aber einen herrlich süßen Duft mit sich. Cam balancierte ein Blech mit Cookies in den Händen. Mein gieriger Blick blieb von ihm nicht unbemerkt, und er machte vor mir halt, damit ich mir einen der Cookies stibitzen konnte, bevor er den Rest in der Auslage platzierte. Beherzt biss ich in den noch warmen Keks, worauf in meinem Mund Geschmacksnuancen aus bitterer Schokolade und süßem Teig mit einem Hauch von Nuss explodierten. Ich seufzte genüsslich. Man sollte meinen, dass ich das Gebäck im Le Petit inzwischen satthatte, aber dem war nicht so. Cam war ein zu guter Bäcker, als dass ich seinen Leckereien hätte überdrüssig werden können.

»Und?«, fragte er und wischte sich die Hände an der roten Schürze ab, die er sich umgebunden hatte. Mit seinen breiten Schultern sah er darin immer etwas ulkig aus. Sein schwarz kariertes Holzfällerhemd und die zerschlissene Jeans mit den Löchern an den Knien verstärkten diesen Eindruck noch. Einen Mann wie Cam erwarteten die meisten Leute mit Axt oder Kettensäge im Wald stehen zu sehen und nicht mit einer Spritztüte voller Frosting in der Backstube.

»Superlecker!«

Cam lächelte und stemmte die Hände in die Hüften, dann ließ er seinen Blick durch das leere Café gleiten. Er stieß ein frustriertes Seufzen aus. Vermutlich hatte er auf mehr Andrang zu Semesterbeginn gehofft.

»Viel Laufkundschaft?«, fragte er optimistisch.

Mir wurde schwer ums Herz. Gerne hätte ich ihm Hoffnung gemacht, doch spätestens beim Kassensturz heute Abend würde er die Wahrheit erfahren. »Nein, es ist eher ruhig.« Cam nickte, aber der Frust über diesen Zustand war ihm deutlich anzusehen. Trotz der Nähe zum Campus war das Bistro leider für die wenigsten Studierenden die erste Anlaufstelle für ihren täglichen Koffeinfix. Da das Le Petit ein unabhängiges Café war und zu keiner bekannten Kette gehörte, waren Kaffee & Co. teurer als bei der Konkurrenz, und die Auswahl war überschaubarer. Dennoch hätte ich das Le Petit jederzeit einem Starbucks oder dergleichen vorgezogen, und das nicht nur, weil ich hier arbeitete. Ich liebte das Ambiente des kleinen Bistros, alles wirkte so gemütlich und heimelig. Die Tische und Stühle waren aus massivem Holz. Sie stammten noch aus der Zeit, in der Camerons Dad das Le Petit gehört hatte, aber all die Kratzer und Dellen der letzten Jahre verliehen dem Mobiliar etwas authentisch Rustikales. Sitzauflagen in der Farbe von dunklem Efeu polsterten die Stühle, und in einer Ecke des Raumes stand sogar ein kleines durchgesessenes Sofa. Mein persönliches Highlight war allerdings die verglaste Wand rechts von der Theke, die den Gästen einen unglaublichen Blick über den Campus gewährte. Im Sommer war der Raum von Licht geflutet, und im Winter – vor allem wenn es schneite – konnte man ein wahres Winterwunderland beobachten. Die Tatsache, dass dieselbe Glaswand aufgrund der kaputten Klimaanlage ein tropisches Gewächshaus aus dem Bistro machte, ignorierte ich. Womöglich war das auch einer der Gründe, warum so wenig los war, aber mir kam das in meiner aktuellen Verfassung ganz gelegen. Die ersten drei, vier Stunden meiner Schicht hatte ich gut über die Bühne gebracht, aber allmählich setzte die Müdigkeit ein.

Ich unterdrückte ein Gähnen, was Cam nicht entging. »Sicher, dass du noch zwei Stunden durchhältst? Ich bin in der Küche fertig und kann gerne übernehmen, wenn du nach Hause willst.«

Ich schüttelte den Kopf. »Die zwei Stunden pack ich noch.« Er warf mir einen skeptischen Wenn-du-das-sagst-Blick zu. »Okay, wenn du mich hier vorn nicht brauchst, würde ich mich um die Buchhaltung kümmern, eure Gehälter und ein paar Rechnungen bezahlen.« Die Art und Weise, auf die er bei den letzten Worten das Gesicht verzog, bestätigte all meine Vermutungen über die finanzielle Lage des Bistros.

»Falls es dir hilft, kannst du mir mein Gehalt diesen Monat gerne später ausbezahlen«, bot ich an, denn ich arbeitete gerne im Le Petit und wollte, dass es bestehen blieb, zumal ich wusste, wie viel Cameron dieses Vermächtnis seines Vaters bedeutete. Ich hatte zwar nicht viel Erspartes, dafür aß ich zu gerne auswärts und liebte Shoppen zu sehr, aber ich hatte immer noch das Geld meiner Mom von meinem achtzehnten Geburtstag. Es lag auf der Bank, und für gewöhnlich rührte ich es nicht an, dennoch war es da. Zudem musste ich Luca keine Miete bezahlen, sondern mich nur an den Nebenkosten beteiligen, und gewiss würde er ein Auge zudrücken, wenn ich ihm Cams Situation erklärte.

Doch mein Chef schüttelte den Kopf. Eine Strähne seines dunkelbraunen Haars, das über die letzten Wochen ziemlich lang geworden war, fiel ihm in die Stirn. »Danke, aber das kommt nicht infrage. Bevor ich dich nicht bezahle, kürze ich lieber mein eigenes Gehalt.«

Ich lächelte ihn an. Genau das war der Grund, warum er ein fantastischer Chef war und weshalb ich das Bistro nicht scheitern sehen wollte. Aber ich befürchtete, dass es früher oder später darauf hinauslief, wenn sich nicht bald etwas änderte und die Leute das Le Petit endlich zu schätzen lernten. Darauf hatte ich allerdings keinen Einfluss. Alles, was ich tun konnte, war, meinen Job zu erledigen und Cam so viel Arbeit wie nur möglich abzunehmen.

»Ich glaube, ich dreh mal eine Runde«, verkündete ich und schnappte mir die Wanne für die dreckigen Teller und Tassen. Eigentlich gab es einen Wagen, auf dem die Leute ihr benutztes Geschirr abstellen konnten, aber die meisten ließen ihre Sachen dennoch am Platz stehen.

Im Takt der sanften Instrumentalmusik, die aus den Lautsprechern des Bistros drang, sammelte ich das Geschirr ein, wischte über die verklebten Tische und rückte die verschobenen Stühle zurecht. Zweimal wurde ich dabei von Kundschaft unterbrochen, aber es war eine willkommene Unterbrechung, und es gelang mir, beiden Kunden Cams frische Cookies aufzuschwatzen, wobei das nicht schwer war. Mit ihrem himmlisch süßen Duft und den großen Schokostückchen verkauften sie sich quasi von selbst. Die Leute brauchten nur einen Schubs in die richtige Richtung.

Nachdem ich das restliche Geschirr eingesammelt hatte, räumte ich es in die Spülmaschine, reinigte die Kaffeemaschine, füllte die Bohnenbehälter auf und sortierte das Gebäck in der Vitrine neu. Als all das erledigt war, gab es ohne Kundschaft nichts mehr zu tun, also holte ich mein Handy hervor und checkte mal wieder mein Postfach in der Hoffnung, eine Nachricht von Direktorin Richmond vorzufinden, aber es warteten nur ein paar Spam-Mails und Newsletter auf mich. Ich löschte die Mails und öffnete Instagram. Mein Feed war eine Mischung aus privaten Fotos von Freunden und Bekannten, Physiker-Memes, Coffeeshop Aesthetics und Fashion. Ich likte einige der Fotos und schaute mir ein paar Storys an, als ich plötzlich ein vernehmliches Räuspern hörte. Oh verdammt, ich hatte nicht bemerkt, dass jemand reingekommen war. Eilig steckte ich mein Handy zurück in die Schürze.

»Entschuldigung, ich hab dich nicht ... gehört.« Ich verhaspelte mich bei dem letzten Wort, als ich erkannte, wer vor mir stand. Es war Gavin. Und Jack war bei ihm. Erfreut, mich zu sehen, wedelte Jack aufgeregt mit dem Schwanz, doch nichts von seiner Freude spiegelte sich in Gavins Gesicht wider. Was machte er hier? War er gekommen, um mir eine Standpauke zu halten, dass ich in seiner Wohnung gewesen war? Zwar hatte er mir theoretisch seine Erlaubnis gegeben, aber allein die Tatsache, dass er mich dabei *May* genannt hatte, war ein deutliches Zeichen gewesen, dass er nicht wirklich zurechnungsfähig gewesen war.

Ich schluckte schwer. »Hey.«

»Hey.« Er setzte die Sonnenbrille ab, die er trug, und steckte sie an den Kragen seines Shirts, der ausgeleiert war, als hätte er in der Vergangenheit oft nervös daran gezerrt.

»Wie fühlst du dich?«

Er lächelte, aber er sah auch müde aus. Das Weiß seiner Augen war rot unterlaufen und bildete einen starken Kontrast zu dem kräftigen Blau seiner Iriden. »Als hätte ich gestern Nacht jede Menge falsche Entscheidungen getroffen.«

»Das kannst du laut sagen«, erwiderte ich, denn es ließ sich wohl kaum abstreiten, dass er Mist gebaut hatte. Er konnte von Glück reden, dass ich an den See gegangen war. Wäre ich nicht gekommen und er gestürzt ...

Gibt Schlimmeres.

Seine Worte hallten noch immer in meinem Kopf wider. Ich wollte glauben, dass sie das bedeutungslose Gefasel eines Betrunkenen gewesen waren. Doch wenn ich an den tiefen Schmerz zurückdachte, den ich vergangene Nacht in seinen Augen gesehen hatte, musste ich mich ehrlich fragen, ob er sie womöglich ernst gemeint hatte. Und ob ein Sturz in den Lake Tahoe das gewesen war, worauf er insgeheim gehofft hatte, um nicht mehr fühlen zu müssen, was immer ihn quälte.

»Können wir reden?«, fragte Gavin leise. Ich liebte seine Stimme. Sie hatte einen tiefen, leicht rauen Klang, aber sie war alles andere als dunkel, sondern vielmehr sanft und von einer vertrauten Wärme.

»Ich dachte, das tun wir gerade.«

»Ich meine richtig«, antwortete er, und mein Herz schlug schneller, genau wie in der vergangenen Nacht. Warum wollte er mit mir reden? Warum nicht mit Luca? Nervös wischte ich mir die Hände an der Schürze ab, während Gavins Blick vielsagend durch das leere Bistro und wieder zurück zu mir glitt. Ich war mir sicher, dass er das Hämmern in meiner Brust hörte.

»Nur für ein paar Minuten. Bitte.«

Verunsichert biss ich mir auf die Unterlippe und nickte, weil ich nicht anders konnte. Und weil ich wissen musste, was er zu sagen hatte, auch wenn sich ein Teil von mir vor seinen nächsten Worten fürchtete. Denn das letzte Mal, als Gavin und ich *richtig* miteinander geredet hatten, war das nicht glimpflich für mich ausgegangen. Zwar konnte er mir nicht erneut das Herz brechen, dafür hatte ich ihn in den letzten fünf Jahren zu weit auf Abstand gehalten, dennoch war da dieses ungute Gefühl in meinem Magen, dass mir möglicherweise nicht gefallen würde, was er zu sagen hatte.

»Möchtest du einen Kaffee?«, fragte ich, um Zeit zu schinden. »Geht aufs Haus.«

»Gerne.«

»Was magst du?«

»Einen Latte macchiato mit Hafermilch, wenn das geht.«

»Kommt sofort.« Erleichtert wandte ich mich von ihm ab und der Kaffeemaschine zu. In aller Ruhe, um meine Gedanken zu sortieren, kippte ich die Hafermilch in den Aufschäumer, der leise zu rattern begann, und stellte ein Glas unter die Kaffeemaschine. Kurz darauf erfüllte das Dröhnen der Mahlwerke das Bistro.

Ich schielte zu Gavin. Er hatte sich von mir abgewandt und starrte krampfhaft aus dem Fenster, als gäbe es dort mehr zu sehen als das Flirren der warmen Luft. Mit einer Hand fuhr er sich nervös durch das schwarze Haar, das sich leicht um seine Ohren kringelte. Es war dicht und seidig und lud dazu ein, mit den Fingern hindurchzufahren. Ich erinnerte mich noch genau daran, wie es sich unter meinen Fingerspitzen angefühlt hatte, damals vor langer, langer Zeit, als ich meinen besten Freund noch ohne nachzudenken hatte berühren können. Heute tat ich in Gavins Gegenwart allerdings nichts anderes mehr als nachzudenken. Über das, was gewesen war. Über das, was hätte sein können. Und über das, was vermutlich nie wieder sein würde.

Ich wandte mich wieder ab und beobachtete, wie der Kaffee aus der Maschine kam. Tropfen für Tropfen. Es dauerte eine gefühlte Ewigkeit, bis der Espresso zubereitet war, und doch ging es zu schnell. Schließlich kippte ich die Milch zu dem Kaffee in das hohe Glas und schob es Gavin über die Theke zu. Dann bedeutete ich ihm, sich an einen der Tische zu setzen, während ich noch eine Metallschüssel mit Wasser für Jack füllte, der dabei war, das Bistro zu erkunden, da Gavin ihn von der Leine gelassen hatte. Eigentlich war das verboten, aber es war niemand da, der sich hätte beschweren können. Ich stellte sie ihm auf den Boden, bevor ich mich zu Gavin an den Tisch setzte.

Er rührte mit einem Löffel in seinem Kaffee – gegen den Uhrzeigersinn. Dabei sah er mich an, ohne etwas zu sagen. Warum schwieg er? Er hatte doch reden wollen. Die Stille zwischen uns erschien mir merkwürdig laut. War das überhaupt möglich? Laute Stille? Ich war mir nicht sicher, aber für mich fühlte es sich danach an, denn das Fehlen der anderen Gäste und das Wegfallen der surrenden Klimaanlage betonte die Stille zwischen uns. Eine Stille, die früher nicht existiert hatte. Einst war sie erfüllt gewesen von lautem Lachen bei Tag und langen Gesprächen bei Nacht, von geflüsterten Geheimnissen und gemeinsamen Zukunftsplänen, aber heute hatten wir uns scheinbar nichts mehr zu sagen. Normalerweise war dies der Augenblick, in dem sich einer von uns Hilfe suchend an Luca wandte, damit er uns aus der unangenehmen Situation befreite, die wir für uns erschaffen hatten, aber Luca war nicht da.

Nervös fuhr ich mir mit der Zunge über die Zähne, da mein Mund vor Aufregung trocken geworden war, und sammelte all meinen Mut zusammen. »Also, worüber willst du reden?«

Gavin stoppte mit der rührenden Bewegung und legte den Löffel ruckartig zur Seite, als müsste er sich dazu zwingen, nicht nervös mit dem Stück Metall herumzuspielen. »Ich wollte mich bei dir bedanken. Für heute Morgen. Und gestern Nacht.«

»Okay.«

»Und außerdem möchte ich mich entschuldigen. Was ich da am See abgezogen habe …« Er beendete den Satz nicht, sondern schüttelte nur den Kopf, als könnte er seinen eigenen Leichtsinn nicht in Worte fassen, was mich beruhigte. Immerhin erkannte er, wie naiv und unachtsam sein Verhalten gewesen war. »Normalerweise mach ich so was nicht.«

»Und warum hast du es gestern gemacht?«

Gavin zuckte mit den Schultern, als wüsste er es nicht. Aber ich hatte den Eindruck, dass er es ganz genau wusste, mir jedoch die Wahrheit nicht sagen wollte. Und ich konnte es ihm nicht einmal übel nehmen, immerhin war ich ich und er war er, und wir waren kein *Wir*. Warum sollte er sich mir also anvertrauen?

»Weißt du noch, was du gestern zu mir gesagt hast?«, fragte ich. Gavin nickte und sah mir fest in die Augen. Etwas in meinem Magen regte sich, aber ich schenkte der Empfindung keine Beachtung. »Ja, und ich hätte das nicht sagen dürfen. Ich hab es auch nicht ernst gemeint, falls du dir deswegen Sorgen machst.« Vermutlich wäre es das Klügste gewesen, das Gespräch an dieser Stelle zu beenden. Gavin war erwachsen, und wir waren keine Freunde mehr. Ich schuldete ihm nichts. Dennoch brachte ich es nicht über mich, ihn sich selbst zu überlassen. Zwar hatte er eben beteuert, dass es ein Fehler gewesen war, sich am See zu betrinken, aber nicht selten wiederholten wir Menschen unsere Fehler, getrieben von der Hoffnung, dass es das nächste Mal anders laufen würde. Und manchmal war es schlichtweg leichter, Fehler zu begehen und sich den bekannten Konsequenzen zu stellen, anstatt den schweren Weg der Veränderung zu wählen, der von unbekannten Enttäuschungen gepflastert war.

Ich rutschte auf meinem Stuhl nach vorne, bis ich auf den letzten Zentimetern hockte, und alles, was meinen Körper noch aufrecht hielt, war die Anspannung, welche dieses Gespräch begleitete. »Gavin, wenn du Hilfe brauchst …«

»Ich bin kein Alkoholiker.«

»Das meinte ich nicht, und das weißt du. Aber was immer dich dazu gebracht hat, dich gestern so zu betrinken – du musst das nicht allein durchstehen.«

Ein Muskel in Gavins Kiefer zuckte. »Es geht mir gut. Ehrlich. Andere Leute in unserem Alter betrinken sich ständig. Und bei denen ist das auch kein großes Thema, warum also bei mir? Darf ich nicht mal unvernünftig sein?«

Ich seufzte. »Natürlich darfst du das. Es ist nur ...«

»Es war ein Ausrutscher«, unterbrach er mich, bevor ich weiterreden konnte, und für den Bruchteil einer Sekunde flackerte etwas in seinen Augen auf, das ich nicht deuten konnte. Langsam schob er seinen Stuhl zurück und klopfte auf seinen Oberschenkel. Jack, der in Ruhe das Bistro durchstreift hatte, lauschte auf und kam zu ihm gerannt. »Ich glaube, ich sollte jetzt besser gehen. Danke, dass du dir Zeit für mich genommen hast, und sorry, dass ich dir gestern einen Schrecken eingejagt habe. Ich wollte dir den Abend nicht verderben.«

»Hast du nicht«, murmelte ich tonlos und beobachtete mit einer wachsenden Enge in der Brust, wie Gavin Jack anleinte und mir ein letztes Mal zum Abschied zunickte. Die Tür fiel hinter ihm ins Schloss, und was zurückblieb, war eine noch lautere Stille als jene, die wir gemeinsam erschaffen hatten.

8. Kapitel

»Welches findest du besser? Das hier ...« Ich hielt mir ein mintgrünes Kleid vor die Brust. Es war hauteng geschnitten und ziemlich kurz, aber die langen Laternenärmel verliehen ihm dennoch eine gewisse Eleganz, vor allem gepaart mit den richtigen Accessoires. »Oder das hier.« Ich wechselte zu einem anderen Kleid, das ich vor einer Weile auf einem Flohmarkt erstanden hatte, auf dem Sage ihren Schmuck verkauft hatte. Es war altrosa mit einem verspielten Blumenmuster, was es auf den ersten Blick unschuldig wirken ließ, aber der tiefe Ausschnitt war alles andere als das.

Ich war dabei, mich auf mein erstes Date mit Eliot vorzubereiten. Er hatte mir noch am Samstag geschrieben, und nachdem wir eine Weile hin- und hergetextet und uns unterhalten hatten, hatten wir uns für den heutigen Dienstag verabredet.

Sage neigte den Kopf. »Sie sind beide schön.«

Ich schnaubte. »Sehr hilfreich. Und was sagst du?« Fragend wandte ich mich meinem Laptop zu, der auf dem Schreibtisch stand.

Megan, die sich in ihrem Badezimmer in Maine befand, um sich für eine Vernissage fertig zu machen, zu der sie eingeladen war, griff nach ihrem Handy und brachte es ganz nah an ihr frisch geschminktes Gesicht. »Die sind beide schön, aber ich glaube, ich würde das Rosane nehmen.«

»Nur weil es zu deinen Haaren passt«, stichelte Sage.

»Ich finde, das ist ein guter Grund«, sagte Megan mit einem Grinsen und machte sich wieder daran, ihre Wimpern zu tuschen. Sage und sie waren seit ihrer Kindheit miteinander befreundet, was man nicht erwartete, wenn man sie getrennt voneinander erlebte. Sage war ruhig und schüchtern und stand nicht gerne im Mittelpunkt. Megan hingegen war laut und schrill und stach mit ihren bunten Haaren meistens wie ein Anime-Charakter aus der Masse heraus, von der Sage lieber ein Teil war.

Ich betrachtete mich noch einmal im Spiegel und wechselte die Kleider vor meiner Brust hin und her. Schließlich gab ich Megan recht. Das mintgrüne Kleid war sexy, aber vielleicht eine Spur zu viel für ein erstes Date. Ich hängte es zurück in den Kleiderschrank. »Was wirst du eigentlich anziehen?«

»Wartet! Ich zeig es euch. Bin gleich wieder da!« Megan verschwand von ihrem Handy.

Ich nutzte die Gelegenheit, um in mein Kleid zu schlüpfen, unter dem ich aufgrund des tiefen Ausschnitts keinen BH tragen konnte. Ich lief zu meinem Schreibtisch und holte Klebeband aus einer der Schubladen, um alles abzukleben und zu befestigen.

»Und was habt ihr heute vor?«, fragte ich und sah im Spiegel zu Sage.

»Wenn Luca vom Joggen zurück ist, holen wir uns etwas aus dem Drive-in und gucken einen Film, also das Übliche«, antwortete Sage mit einem Lächeln, das sehr deutlich zeigte, wie glücklich sie über *das Übliche* war.

»Hier oder bei dir?«

»Haben wir uns noch nicht überlegt, aber wir können gerne zu mir. Falls es mit Eliot gut läuft und du ihn mit hochnehmen willst.«

Ich lachte, denn das würde nicht passieren. Selbst wenn das

Date mit Eliot fantastisch lief, würde ich ihn am Ende des Abends nicht in die Wohnung bitten. Eine solche Einladung schürte Erwartungen, die ich nicht erfüllen konnte und wollte, denn damit würde ich das Versprechen brechen, das ich mir selbst gegeben hatte. Nämlich dass mein zweites Mal all das werden würde, was mein erstes Mal nicht gewesen war, an das ich mich bedauerlicherweise – oder auch glücklicherweise – nicht erinnern konnte.

Und es war niemand da, der meinen Filmriss hätte schließen können. Denn der Kerl, mit dem ich damals Sex gehabt hatte, hatte es nicht einmal für nötig gehalten, die Nacht mit mir zu verbringen. Er hatte mich gefickt und anschließend nackt in meinem Zimmer liegen lassen, das benutzte Kondom auf dem Nachtschrank. Selten hatte ich mich so dreckig und benutzt gefühlt wie an jenem Morgen, und das würde mir nicht noch einmal passieren. Aus diesem Grund hatte ich mir geschworen, dass ich mein zweites Mal mit jemandem haben würde, den ich liebte und der mich liebte und dem ich mit Herz und Seele vertraute, weshalb Sex nach dem ersten Date für mich nicht infrage kam. Und vermutlich auch nicht nach dem vierten, fünften oder gar sechsten Date. Dieses Mal würde ich mir die Zeit nehmen, die ich mir damals nicht gegeben hatte.

Außerdem war da noch der Faktor mit der Anziehung. Denn während ich in der Theorie Sex haben wollte, konnte ich es mir in der Praxis nicht so recht vorstellen. Natürlich wusste ich, wie Sex funktionierte, und ich hatte meine Fantasien, meistens mit irgendwelchen fiktiven Charakteren oder Schauspielern, denen ich im echten Leben nie begegnen würde. Aber ich konnte mich selbst nicht mit einer Person, wie Eliot in diesem Szenario, sehen. Die Vorstellung wirkte befremdlich auf mich, vermutlich weil sie das auch war. Denn obwohl ich in jener Nacht Sex gehabt hatte, so wusste ich doch nicht, wie es sich anfühlte, mit einem anderen Menschen auf diese Weise zusammen zu sein.

»Da bin ich wieder!«, grölte Megan und riss mich aus meinen Gedanken.

Ich blinzelte und blickte zu meinem Laptop, auf dem sich Megan gerade in Pose warf, um uns ihr Outfit zu zeigen. Es bestand aus einem schwarzen Oberteil, das vermutlich ein Body war, so straff wie es an ihrem Oberkörper saß. Dazu trug sie eine zerrissene Jeans und ein Paar Dr. Martens Stiefel. Ihr Haar in Pastellrosa hatte sie in sanfte Wellen gedreht, und an ihrer Brust saß ein kleiner Regenbogen-Pin.

Megan drehte sich im Kreis. »Und, was sagt die Mode-Expertin?«

»Das Outfit ist süß, aber es könnte noch etwas mehr Kontrast vertragen. Ich würde es mal mit ein paar Armbändern oder Ringen versuchen. Gerne auch Silber und Gold gemischt. Ich glaube, das würde spannende Nuancen setzen«, schlug ich vor, während ich den letzten Klebestreifen an meinem Kleid befestigte, damit Eliot nichts zu sehen bekam, was er noch nicht sehen sollte.

»Danke, das probiere ich gleich aus«, sagte Megan und verschwand von ihrem Handy. Ein paar Sekunden später war sie wieder da und schob sich einige Armreifen über die Hände. Sie bewegte ihr Handgelenk hin und her, was das Metall zum Klirren brachte. »Du hast recht, das sieht cool aus. Du solltest Leuten Modetipps geben«, stichelte sie mit einem Zwinkern.

Ich brummte. Sage und Megan versuchten mich seit einer Weile davon zu überzeugen, einen eigenen Mode-Blog zu gründen. Eine Weile war ich für die Idee offen gewesen, denn ich liebte Mode. Es gefiel mir, mich rauszuputzen und auszuprobieren, mit verschiedenen Stilen zu experimentieren und durch kleine Änderungen und Accessoires einem Outfit einen ganz neuen Vibe zu geben. Kleidung war für mich das, was für Sage ihr Schmuck war. Eine Flucht aus der Realität und die Möglichkeit, für eine Weile jemand anderes zu sein. Aber die Reaktion meiner Mom auf den Blog hatte mir die Lust genommen. Zuerst war ich enttäuscht gewesen, aber rückblickend hatte sie mir vielleicht sogar einen Gefallen getan. Denn hätte ich den Blog gegründet, wäre mir eventuell nie die Idee zur SHS gekommen, die mir um einiges wichtiger und bedeutsamer erschien. Weshalb ich mehr als alles andere hoffte, dass das Komitee von meinem Konzept genauso begeistert sein würde wie Richmond.

»Was ist das heute Abend für eine Vernissage?«, fragte Sage.

»Die von Paul«, antwortete Megan.

Sage runzelte die Stirn. »Paul?«

»Paul Devaux, der Kerl, den ich vor zwei Jahren kurz gedatet habe.«

»Ahh, ich erinnere mich.«

»Und zwischen euch ist alles cool?«, hakte ich nach, als ich mich vor den Spiegel stellte und begann, die Klammern aus meinen Haaren zu nehmen. Mein Haar war von Natur aus leicht wellig, aber ich hatte den sanften Locken noch etwas mehr Definition gegeben.

»Ja, wir haben schnell gemerkt, dass wir als Freunde und Kollegen besser dran sind. Er hat sich vor ein paar Tagen diese megacoole Kooperation mit einer Whisky-Marke an Land gezogen«, sagte Megan, wobei in ihrer Stimme ein Hauch von Wehmut lag. Sie war selbst Künstlerin und in meinen Augen ziemlich gut, aber der gewünschte Erfolg blieb bei ihr bisher leider aus. In den letzten Monaten hatten sich für sie zwar immer wieder Chancen aufgetan, aber sie hatten sich stets im Sand verlaufen.

Ich lächelte mitfühlend. »Irgendwann wird es bei dir auch noch klappen.«

»Ja, hoffentlich bald«, sagte Megan mit einem Seufzen und erwiderte tapfer mein Lächeln, obwohl ich selbst durch den Bildschirm hindurch ihre Enttäuschung spüren konnte.

Plötzlich schrillte ein lautes Klingeln durch die Wohnung. Aufgeregt sprang Sage vom Bett auf. »Das ist Eliot!«

Ich warf einen Blick auf meine Uhr. »Der ist aber früh dran.«

»Tja, er kann es eben kaum erwarten, mit dir auf ein Date zu gehen.« Sage flitzte aus meinem Zimmer, um den Summer zu betätigen.

Ich holte meine Handtasche aus dem Kleiderschrank, um sie mit dem Nötigsten auszustatten – Taschentüchern, Handy, Geldbeutel und dem Lippenstift, den ich trug, um ihn später aufzufrischen. Anschließend schlüpfte ich in meine Sandalen und wünschte Megan eine schöne Vernissage. Sie winkte mir zum Abschied, und ich klappte den Laptop zu, als es auch schon an der Wohnungstür klopfte.

Eilig schnappte ich mir meine Tasche und flitzte ins Wohnzimmer, wo es sich Sage auf der Couch bequem gemacht hatte, ein dümmliches Grinsen auf dem Gesicht. Mit einer ungeduldigen Handbewegung bedeutete sie mir, die Tür zu öffnen. Ich rollte mit den Augen, aber tat genau das.

»Wow«, raunte Eliot zur Begrüßung, als er mich sah.

Ich lachte. »Ich hoffe ein gutes Wow?«

»Das allerbeste Wow. Du siehst fantastisch aus.«

»Danke, du machst dich aber auch gut.«

Verlegen strich sich Eliot über sein Hemd. »Findest du?«

»Klar, als wüsstest du nicht, dass du aussiehst wie ein sexy Hipster-Thor.«

Ein lautes Lachen brach aus Eliot hervor. »Das habe ich noch nie gehört.«

»Wirklich nicht?«

Er trug ein weißes Hemd, das er in den Bund seiner Jeans

gesteckt hatte. Die Ärmel des Hemdes hatte er hochgekrempelt, und sein blondes Haar war zu einem sauberen Knoten gebunden, der an seinem Hinterkopf saß. Sein Bart war getrimmt, und das Gold seines Brillengestells spiegelte sich in dem Metall seiner Armbanduhr wider.

»Nein, aber jetzt wo du es sagst, kann ich es irgendwie sehen«, sagte er amüsiert, wenn auch leicht betreten, als wäre ihm das Kompliment unangenehm. Er räusperte sich und streckte mir eine dunkelrote Schachtel entgegen. »Ich hab dir etwas mitgebracht.«

Verdutzt starrte ich die Verpackung an. Damit hatte ich nicht gerechnet. »Das ist ja lieb. Ich hab gar nichts für dich.«

»Nicht schlimm. Es ist auch nur eine Kleinigkeit.«

Ich hob den Deckel der Schachtel an, die in etwa die Größe eines Buches hatte. Darin lagen Süßigkeiten, die an Lutscher erinnerten, doch statt hartem Zucker war Schokolade an den Köpfen der Stiele angebracht, die man in warmer Milch auflösen konnte.

»Du hast geschrieben, dass du Trinkschokolade magst«, erklärte Eliot.

Fassungslos schüttelte ich den Kopf. »Das hast du dir gemerkt?«

Er zuckte mit den Schultern, als wäre das keine große Sache, aber das war es.

»Danke«, sagte ich und umarmte ihn.

Er schlang ebenfalls einen Arm um mich und drückte mich für einen kurzen Augenblick an sich, ehe er mich wieder losließ. Ich lächelte ihn an. Er lächelte zurück. Mein Herz machte einen kleinen Satz, der mir Hoffnung gab. Hoffnung auf diesen Abend. Und darauf, dass Eliot möglicherweise der Mann sein könnte, der in mir das reparierte, was Gavin Forster kaputt gemacht hatte.

9. Kapitel

Das Date mit Eliot lief fantastisch. Es war genau so, wie ein erstes Date sein sollte. Er war lieb, und wir hatten uns jede Menge zu sagen. Es entstand kein einziges Mal eine Pause in unserem Gespräch. Mühelos wanderten wir von einem Thema zum nächsten. Weshalb ich eigentlich euphorisch über das ganze Gesicht strahlen sollte, aber wie sich herausstellte, hatte der kleine Stolperer in meiner Brust von vorhin rein gar nichts zu bedeuten gehabt. Vermutlich hatte ich mich nur sehr über die Schokolade gefreut, denn wenn ich jetzt in mich hineinhorchte, war da nur Leere. Ich empfand nichts für Eliot.

Gar nichts.

Ich hatte das ganze Date über darauf gewartet, dass etwas passierte. Dass Eliots Blicke und flüchtige Berührungen irgendetwas in mir auslösten, aber der Funke war nicht übergesprungen. Und ich verstand es nicht. Eliot war toll. Ich würde mich nicht so weit aus dem Fenster lehnen und sagen, dass er perfekt war. Kein Mensch war perfekt. Aber dieses erste Date mit ihm war perfekt. Und eigentlich sollte ich unser zweites schon jetzt kaum mehr erwarten können, aber in Wirklichkeit sehnte ich mich nur danach, dass dieses Treffen vorbei war, weil das mit uns nicht funktionieren würde, zumindest nicht auf einer romantischen Ebene.

»Du hast fünf Schwestern? Fünf?!«, fragte ich ungläubig.

Eliot lachte und steckte die Kreditkarte weg, mit der er unser Essen bezahlt hatte. »Ja, Erica, Emely, Ember, Eliza und Edith.«

»Wow, deine Eltern haben das E-Thema echt durchgezogen.«
»Ja, irgendwie kitschig«, sagte er.
»Aber auch süß. Wer ist die Älteste?«
»Edith und Ember sind Zwillinge und die Ältesten. Sie werden bald dreiundzwanzig. Dann komme ich mit zwanzig. Ember ist sechzehn, und Erica und Eliza waren vor sechs Jahren eine Überraschung.«
»Wow, zweimal Zwillinge?«
»Ja, das liegt in der Familie. Mein Dad ist auch Zwilling.«
»Wärst du auch gerne einer?«
»Ich weiß nicht, manchmal ja, aber dann wären wir noch mehr. Und es ist jetzt schon immer unglaublich chaotisch. Ich glaube, meine Eltern haben eine Party geschmissen, als ich ausgezogen bin. Jetzt haben sie nur noch drei Mäuler zu stopfen. Erica und Eliza halten sie auf Trapp.«

»Das glaube ich gerne.« Ich rutschte von der Bank, einen Karton mit meinem Nachtisch in der Hand. Nach dem Essen war ich zu voll dafür gewesen, aber Eliot hatte darauf bestanden, dass ich mir ein Dessert zum Mitnehmen bestellte, um später was davon zu haben.

Wir verließen das Diner, und obwohl sich ein eigentlich fantastisches Date damit dem Ende neigte, verspürte ich keine Wehmut, sondern viel mehr Erleichterung, dass es endlich vorüber war. Nun musste ich Eliot nur noch schonend beibringen, dass es kein zweites Treffen geben würde, denn ich hatte das Gefühl, dass bei ihm der Funke durchaus übergesprungen war.

Er führte mich zu seinem Wagen. Die Sonne war bereits untergegangen, aber die Hitze des Tages hielt sich um diese Jahreszeit hartnäckig. Schwül hing sie in der Luft und gab einem das Gefühl, mit jedem Atemzug einen Schluck Wasser zu inhalieren.

Ich stieg in Eliots Auto, und wir machten uns auf den Weg zurück nach Hause, wobei sich unser Gespräch mühelos fortführte. Es war so leicht, mit Eliot zu reden, weshalb ich mich selbst nicht verstand. Jede andere Frau in meiner Situation könnte ein zweites Date mit ihm vermutlich kaum erwarten oder die Aussicht auf einen Abschiedskuss nach diesem ersten Date, aber ich wollte nichts von beidem. Was stimmte nur nicht mit mir?

Kurze Zeit später parkte Eliot seinen Wagen auf der Straße vor meinem Haus. Bevor ich etwas sagen konnte, stieg er ebenfalls aus, um mich bis zur Tür zu begleiten.

»Danke für den schönen Abend«, sagte Eliot mit einem Lächeln. »Und auch danke dafür, dass du mich nur ein bisschen ausgelacht hast, als ich mich mit Ketchup bekleckert habe.« Er blickte an sich hinab auf den rötlichen Fleck, der mitten auf seiner Brust prangte.

»Das hätte jedem passieren können«, sagte ich mit einem Lächeln.

Ein Lächeln, das Eliot deutlich wärmer und glücklicher erwiderte, und ich wünschte mir von ganzem Herzen, dass es irgendetwas in mir auslöste, aber da war nichts. »Ich weiß, vielleicht sollte ich das nicht sagen, aber das war mit Abstand das beste Date, das ich seit meiner Trennung hatte.«

»Das freut mich. Ich hatte auch viel Spaß.«

»Aber nicht genug«, ergänzte Eliot. Sein Lächeln wurde schmaler, und ein Ausdruck des Bedauerns trat in seine Augen.

Ich hasste es, ihm wehzutun, und es lag mir auf der Zunge, ihm zu widersprechen und ein zweites Date vorzuschlagen, aber das wäre ihm gegenüber nicht fair gewesen. Ich konnte uns nicht zusammen sehen, und ein weiteres Treffen würde daran nichts ändern, denn wenn ich eines wusste, dann dass ich meinem Bauchgefühl vertrauen konnte.

Ich presste die Lippen aufeinander. »Tut mir leid.«
Er schüttelte den Kopf. »Das muss dir nicht leidtun. Ich hatte trotzdem eine tolle Zeit.«
»Wir können uns gerne wiedersehen, wenn du magst – als Freunde.«
»Als Freunde«, wiederholte Eliot. Er lächelte weiterhin tapfer, aber die Enttäuschung war ihm deutlich anzusehen, und ich wünschte mir, ihm erklären zu können, dass ich mindestens genauso enttäuscht war wie er, wenn nicht sogar noch mehr. Denn wie sollte ich mich jemals verlieben, wenn es nicht einmal ein Kerl wie Eliot schaffte, mein Herz zu erobern?

Ich holte meinen Schlüssel hervor, sperrte die Tür auf und schob sie einen Spaltbreit auf, um gleich die Flucht anzutreten. »Falls du irgendwann Lust hast, was als Freunde zu unternehmen, melde dich, aber wenn nicht, kann ich das auch verstehen«, sagte ich und stellte mich auf die Zehenspitzen, um Eliot einen Kuss auf die Wange zu drücken. »Man sieht sich.«

Eliot nickte. »Ja, man sieht sich ...«

Mit einem letzten Blick auf ihn huschte ich ins Haus und schloss schnell die Tür hinter mir. Zwar pochte mein Herz heftig, aber bedauerlicherweise nicht aus dem Grund, den ich mir erhofft hatte. Ich nahm die Treppen nach oben. Den Aufzug nutzten wir nur selten. Er war nicht unbedingt vertrauenerweckend und mindestens einmal im Monat für ein paar Tage außer Betrieb, nachdem wieder irgendjemand stecken geblieben war. Und in einem Metallkasten eingesperrt zu sein, würde meine Pläne für den restlichen Abend – das Dessert und meine Lieblingsserie – durchkreuzen.

Im dritten Stock angekommen hörte ich Geräusche aus unserer Wohnung, die mich kurz innehalten ließen. Hatten Sage und Luca nicht zu ihr fahren wollen? Offenbar hatten sich ihre Pläne geändert. Freude und Enttäuschung breiteten sich bei dieser Erkenntnis gleichermaßen in mir aus. Ich liebte die zwei von ganzem Herzen, allerdings hatte ich keine Lust, mich ihren Fragen über mein Date mit Eliot zu stellen.

»Hey!«, begrüßte mich Sage, kaum dass ich die Wohnung betreten hatte. Ihre Stimme war so heiter und erfreut, dass ich mich augenblicklich schlecht fühlte, sie mir weggewünscht zu haben. Sie lag mit Luca ineinander verschlungen auf der Couch. Er hatte einen Arm um sie gelegt und seine Hand unter ihr T-Shirt geschoben, das genau genommen sein Shirt war. Sage wirkte trotz der Berührung vollkommen entspannt. In diesem Moment war sie das komplette Gegenteil von der schreckhaften und ängstlichen Person, die ich vor knapp einem Jahr das erste Mal in unsere Wohnung eingeladen hatte, um sie von der Straße zu holen.

»Was ist das in deiner Hand?«, fragte Luca.

»Dessert.«

»Darf ich es haben?«

Ich verdrehte die Augen, aber neben meinem Dad und Joan gehörten Luca und Sage wohl zu den einzigen Menschen, mit denen ich bereit war, meinen Nachttisch zu teilen. Also ging ich in die Küche, um uns Gabeln zu holen.

Wir wohnten nicht nur in einer für Studierende untypischen Gegend, sondern auch unsere Wohnung war untypisch. In der Küche stapelte sich kein dreckiges Geschirr in der Spüle. Das Fenster war nicht vom Dreck der letzten Jahre verdunkelt. Und der Mülleimer drohte nicht überzuquellen, was vor allem Luca zu verdanken war. Er war leicht zwanghaft, wenn es um die Ordnung und das Putzen in der Wohnung ging. An unserem Kühlschrank hingen dafür mehrere laminierte Excel-Tabellen. Die oberste Liste war auf rotes Papier gedruckt und gab vor, welches Zimmer an welchem Tag geputzt werden musste. Die

Listen darunter schlüsselten genau auf, was in welchem Raum wie oft erledigt werden musste. So sollten die Deckenstrahler im Badezimmer nur alle zwei Wochen von Staub befreit werden, während der Fernseher jede Woche abgewischt werden wollte. Sonntags war mein Zimmer mit Aufräumen an der Reihe, aber weil ich mich weigerte, mich an Lucas strenges Putzregiment zu halten, stand in seiner Handschrift auf meinen Plan geschrieben:

April lebt auf einer Müllhalde!

Ich verzog die Lippen zu einem schmalen Lächeln und öffnete den Kühlschrank, um mir eine Cola rauszunehmen. Zurück im Wohnzimmer ließ ich mich auf den Sessel fallen. Luca und Sage kauerten bereits wie ausgehungerte Hyänen über dem Stück Schokokuchen, und ich wollte lieber nicht daran denken, was die beiden zuvor getrieben hatten, um ihren Appetit so anzuregen. Ich reichte ihnen die Gabeln. Sofort machten sie sich über den Kuchen her.

»Wie war es mit Eliot?«, fragte Luca mit vollem Mund.

»Schön.«

Er hob die Brauen. »Das ist alles? Schön?«

»Ja, es war nett. Wir haben uns gut unterhalten und alles, aber es hat nicht wirklich klick gemacht.«

Sage tätschelte mir den Arm. »Tut mir leid.«

»Du kannst ja nichts dafür.«

»Es tut mir trotzdem leid.«

Ich lächelte und versuchte, meine Enttäuschung mit einem Schulterzucken zu überspielen. Ich fragte mich, wie es sein konnte, dass mich ein so toller Mann wie Eliot nichts fühlen ließ. Damals auf der Highschool hatte ich die Schuld bei den Jungs gesucht, mit denen ich ausgegangen war. Doch allmählich fragte ich mich, ob das Problem nicht bei mir lag. Denn wenn etwas immer und immer wieder schieflief und nicht funktionierte, war es naheliegend, den Fehler bei der Variablen zu suchen, welche all diese Fehlversuche gemeinsam hatten. Im Kontext meiner Dates war diese Variable ich, ob ich das nun wahrhaben wollte oder nicht.

»Willst du einen Film mit uns gucken?«, fragte Sage, nachdem wir den Kuchen vernichtet hatten.

»Gerne, aber ich will vorher noch duschen.«

»Meine Nase wird es dir danken«, stichelte Luca.

Ich streckte ihm die Zunge raus, und er erwiderte die Geste, was ihm ein Augenrollen von Sage einbrachte. Schnell holte ich mir bequeme Sachen aus meinem Zimmer und huschte anschließend ins Bad. Der Raum war im Vergleich zum Rest der Wohnung eher klein. Doch der wenige Platz war optimal genutzt, sodass wir sowohl eine Dusche als auch eine Badewanne besaßen. Ich schminkte mich ab, auch wenn es schade war, das Kunstwerk zu zerstören, das ich extra für Eliot kreiert hatte. Anschließend sprang ich flink unter die Dusche. Erfrischt schlüpfte ich in ein luftiges Top und Shorts. Mein Haar würde ich an der Luft trocknen lassen, um Sage und Luca nicht länger warten zu lassen.

Die beiden saßen noch immer auf der Couch und hatten sich wieder eng aneinandergekuschelt. Sage hatte ihren Kopf auf Lucas Schulter gelegt. Er küsste ihre Stirn. Sie streichelte seine Brust. Er beugte sich zu ihr und küsste sie auf den Mund. Sie schloss die Augen und erwiderte die Liebkosung. Es war ein sanfter Kuss, begleitet von noch sanfteren Blicken und Berührungen. Die Liebe strahlte in Wellen von ihnen aus, riss mich förmlich von den Füßen, und mir wurde eng in der Kehle. Ich sehnte mich mit jeder Faser meines Körpers nach dieser Art von Nähe.

Ich wusste nicht, ob ich einen Laut von mir gab oder die Dielen unter meinen nackten Füßen quietschten, aber Sage hob den Kopf und entdeckte mich. Ein Lächeln trat auf ihre Lippen, das mir sogleich ein schlechtes Gewissen bereitete, weil sie keine Ahnung hatte, wie sehr ich sie um ihre Beziehung mit Luca beneidete.

»Kommst du?«, fragte sie mit wachem, offenem Blick.

Ich lächelte, aber das Lächeln fühlte sich falsch und ungelenk auf meinem Gesicht an. »Nein, ich bin doch schon ziemlich müde und hau mich lieber aufs Ohr.«

Sage schob die Unterlippe vor. »Schade.«

»Das nächste Mal«, beteuerte ich.

»Okay. Schlaf gut.«

»Gute Nacht!«, rief Luca mir nach.

In meinem Zimmer ließ ich mich aufs Bett fallen und zog meinen Laptop heran, um darauf meine Serie zu gucken. Denn die Wahrheit war, dass ich nicht müde war, aber ich fühlte mich heute nicht danach, das dritte Rad am Wagen zu sein. Ich freute mich für Sage und Luca. Noch vor einem Jahr hätte ich nicht gedacht, dass mein Fuckboy von einem Bruder überhaupt dazu in der Lage wäre, eine gesunde Beziehung zu führen, aber ich hatte mich geirrt. Und obwohl die beiden mir nie das Gefühl vermittelten, unerwünscht zu sein, gab es Tage wie heute, an denen ich lieber für mich allein war, anstatt mir vor Augen führen zu lassen, was ich wollte, aber nicht haben konnte.

Ich war nicht unglücklich mit meinem Leben. Im Gegenteil, ich hatte alles, was ich mir wünschen konnte. Eine tolle Familie und großartige Freunde, die mich unterstützten. Einen Job, der mir Spaß machte. Ich studierte an meiner Wunschuniversität und hatte ein absolutes Herzensprojekt bei der Direktorin vorstellen dürfen. Und doch war da dieses nagende Gefühl, dass etwas fehlte.

Nein, nicht *etwas*, sondern *jemand*. Ein Partner, mit dem ich alles teilen konnte. Jemand, der für mich das war, was Sage für Luca war. Oder Joan für meinen Dad. Oder scheinbar Derek nun für Connor. Jemand, der selbst in den dunkelsten Zeiten zum Hoffnungsschimmer für mich wurde. Der mich nachts in den Armen hielt und mir tagsüber eine Nachricht nach der anderen schickte, um mich auch, wenn wir getrennt waren, an seinem Leben teilhaben zu lassen. Jemand, der mich von ganzem Herzen vermisste, wenn ich nicht da war. Und jemand, mit dem ich all die ersten Male erleben konnte, an die ich mich nicht erinnern konnte.

Ich sehnte mich nach dieser Person, vermisste sie sogar, obwohl ich sie nicht einmal kannte. Und ich verstand nicht, warum es mir nicht gelang, jemanden zu finden, der mich so liebte und den ich im Gegenzug genauso lieben konnte. Der einzige Mann, der mich jemals so hatte empfinden lassen, war Gavin gewesen. Doch bevor ich ihm meine Gefühle hatte gestehen können, hatte er mich fallen gelassen. Womöglich war während diesem Fall etwas in mir irreparabel zu Bruch gegangen, das es mir unmöglich machte, diese Art Gefühle für jemand anderen zu empfinden.

Seit Gavin war da niemand mehr gewesen. Niemand, bei dem ich ein nervöses Ziehen in der Brust verspürt hatte. Niemand, der mir ein aufregendes Flattern in den Magen gezaubert hatte. Und niemand, der meine Haut mit seinen Berührungen zum Kribbeln gebracht hatte. Vielleicht war ich auch desillusioniert von all den perfekten Liebesgeschichten in Filmen und Serien, aber ich wollte genau das.

Das Ziehen.
Das Flattern.
Das Kribbeln.
Und eine Liebe, so gewaltig, dass sie mir den Atem raubte.

10. Kapitel

»Glaubst du, ich sollte bei Richmond anrufen?«, fragte ich Luca nachdenklich. Seit meinem Treffen mit der Direktorin waren inzwischen zwei Wochen vergangen. Ich checkte meine Mails jeden Morgen nach dem Aufstehen und jeden Abend vor dem Zubettgehen. Und in der Zeit dazwischen mindestens auch drei Dutzend Mal. Jedes Mal, wenn ich eine neue Mail entdeckte, stand ich kurz vor einem Herzstillstand, umso größer war die Enttäuschung, wenn es nicht die herbeigesehnte Mail war.

»Du willst sie jetzt anrufen? An einem Freitagabend?«

Ich saß mit verschränkten Beinen auf dem heruntergeklappten Toilettensitz, während Luca vor dem Spiegel am Waschbecken stand, um sich für sein Date mit Sage zu rasieren. In den letzten Wochen und Monaten hatte sich das als kleine Tradition bei ihnen herauskristallisiert. Obwohl sie sich fast täglich sahen, planten sie für freitagabends immer etwas Besonderes, wenn Sages Angstlevel es zuließ. Letzte Woche war es das Autokino gewesen, diese Woche wollten sie ins Planetarium. Und weil ich das Gefühl hatte, mir nur wieder einen Korb einzufangen, wenn ich fragte, ob ich mitdurfte, hatte ich es sein lassen.

»Nein, ich würde am Montag anrufen.«

»Klar, warum nicht?«

»Ich will sie nicht nerven.«

»Tust du bestimmt nicht«, erwiderte Luca und spritzte sich

etwas Wasser ins Gesicht, um es von den letzten Schaumresten zu befreien, anschließend schlüpfte er in sein Hemd, das er ausgezogen hatte, um es nicht versehentlich nass zu machen.

Entschlossen nickte ich. »Du hast recht. Ich ruf am Montag an.«

»Gut so«, sagte Luca und knöpfte sich das Hemd zu. Er sah wirklich gut darin aus, aber ich verkniff es mir, ihm ein Kompliment zu machen, denn sein Ego war ohnehin schon groß genug.

»Kommen Sage und du später zurück?«

Er stellte sich noch einmal vor den Spiegel, um seine Haare in Form zu bringen. »Nein, wir pennen heute bei ihr. Du bleibst zu Hause?«

»Ja, mir ist nicht nach Feiern zumute.«

Luca betrachtete mich durch die Reflexion, und so etwas wie Sorge trat in seinen Blick. »Das hat aber nichts mit der Sache mit Gavin letztes Wochenende zu tun, oder?«

Ich hatte Luca von Gavins Besuch im Bistro vergangenen Samstag erzählt und auch von seiner Entschuldigung. Die mich beruhigt hatte, mich die Angelegenheit aber nicht vergessen ließ. Denn wir hatten noch immer keine Ahnung, was Gavin überhaupt dazu getrieben hatte, sich derart zu betrinken und in Gefahr zu bringen.

»Nein, mir ist einfach nicht nach Feiern zumute.« Ich zuckte mit den Schultern, entknotete meine Beine und setzte die Füße auf dem Boden ab. »Und ich hab jede Menge Zeugs für meine Kurse zu erledigen, wenn ihr nicht da seid, hab ich meine Ruhe. Außerdem befürchte ich, dass du mich morgen zum Putzen und Aufräumen zwingst, wenn am Abend die anderen kommen.«

»Damit liegst du richtig.«

Ich verdrehte die Augen und ging aus dem Bad, damit sich

Luca in Ruhe fertig machen konnte. Ich hatte mir meinen Laptop und die Lernunterlagen auf dem Couchtisch schon bereitgestellt. Ich holte mir noch ein großes Glas Wasser aus der Küche, dann machte ich mich an die Arbeit. Zuerst las ich noch einmal über das Paper, das Aaron und ich wöchentlich für Experimentalphysik verfassen mussten, um unsere Ergebnisse und Erkenntnisse festzuhalten, bevor ich es abschickte.

Luca verabschiedete sich zu seinem Date mit Sage. Ich wünschte ihm viel Spaß und öffnete als Nächstes die Notizen auf meinem Laptop, die ich mir während der Vorlesung von Professor Vaughn gemacht hatte. Parallel hörte ich mir seinen Vortrag noch einmal an und schrieb mir die wichtigsten Punkte auf Dateikarten.

Nach gut zwei Stunden war ich mit Professor Vaughns Lernstoff fertig und beschloss, bei Professor Sinclair weiterzumachen. Ich öffnete die Notizen, suchte mir die Tonspur raus und loggte mich bei meinen Mails ein, um mir den Link zu dem Artikel rauszusuchen, den er uns Anfang der Woche geschickt hatte, als mir unerwartet ein rotes Symbol entgegenleuchtete.

Sie haben 1 ungelesene Nachricht.

Ich konnte gar nicht schnell genug auf das Symbol klicken. Die Seite lud, und mir blieb vor Aufregung fast das Herz stehen, als ich entdeckte, von wem die Mail war.

Absender: Dr. Sophia Richmond
Betreff: Studierende helfen Studierenden

»Oh mein Gott. Oh mein Gott. Oh mein Gott«, murmelte ich und sprang von der Couch auf. Den Laptop in der Hand begann ich aufgeregt im Wohnzimmer herumzulaufen. Natürlich passierte das, wenn ich am allerwenigsten damit rechnete. Mein Herz wummerte nun kräftig in meiner Brust, als ich die Mail mit zittrigen Fingern öffnete.

Liebe Miss Gibson,
ich hoffe, Sie hatten zwei gute Wochen an der MVU. Eigentlich wollte ich mich schon früher bei Ihnen melden, aber in den letzten Tagen hat ein Termin den nächsten gejagt. Jedenfalls freut es mich, Ihnen mitteilen zu dürfen, dass das Komitee von Ihrem Konzept begeistert war. Und dass wir Ihnen gerne die finanziellen Mittel stellen, um das Projekt SHS zu verwirklichen.
Hätten Sie kommenden Montag um 13 Uhr Zeit für ein Treffen? Ich würde die Details gerne persönlich mit Ihnen besprechen, damit Sie schnellstmöglich loslegen können. Sollte der Termin für Sie nicht infrage kommen, würde ich Sie bitten, mir drei Terminvorschläge zu machen.
Herzliche Grüße
Dr. Sophia Richmond
(Direktorin der Melview Universität)

»Oh mein Gott«, hauchte ich noch einmal und ließ mich zurück auf die Couch fallen. Mein Konzept hatte ihnen gefallen. *Mein Konzept.* Freudentränen schossen mir in die Augen, und ich stieß einen schrillen Jubelschrei aus, den man vermutlich im ganzen Block hören konnte, aber das war mir egal. Ich wischte mir die Tränen aus den Augenwinkeln und las die Mail ein zweites Mal, bevor ich auf den Antwort-Button klickte.

Liebe Direktorin Richmond,
es freut mich, dass mein Konzept das Komitee überzeugt hat und ich das Projekt SHS mit der Unterstützung der MVU

verwirklichen kann. Einem Treffen am Montag um 13 Uhr steht nichts im Wege.
Vielen Dank und ein schönes Wochenende!
Herzliche Grüße
April Gibson

Ich las zur Sicherheit noch einmal über meine Antwort, dann erst schickte ich sie ab. Nur um sie im »Gesendet«-Ordner ein weiteres Mal zu überfliegen, als könnte ich jetzt noch etwas daran ändern, aber glücklicherweise hatte sich kein Fehler eingeschlichen. Aufgeregt las ich auch die Nachricht der Direktorin ein drittes Mal. Ich konnte es nicht glauben. Die SHS – mein Herzensprojekt – würde Wirklichkeit werden. Meine Hände bebten noch immer vor Aufregung, als ich den Gruppenchat öffnete, in dem Luca zuletzt alle für morgen Abend zu uns eingeladen hatte.

Ich: Richmond hat mir geschrieben!!
Ich: Dem Komitee hat meine Idee gefallen!!!
Ich: Wir treffen uns am Montag, um alles zu besprechen.
Ich: Die SHS wird real! 🙈

Gebannt starrte ich auf das Display und wartete darauf, dass mir jemand antwortete, aber es verging eine Minute, dann noch eine zweite, dritte, vierte und fünfte, ohne dass einer von meinen Freunden auf die guten Neuigkeiten reagierte. Und auch nach einer Viertelstunde hatte sich niemand gemeldet.
Ich rief bei Aaron an. Das Freizeichen ertönte, ohne dass er meinen Anruf entgegennahm. Bei Connor war es das Gleiche. Megan reagierte ebenfalls nicht auf meinen Anruf. Bei Sage und Luca wollte ich es erst gar nicht versuchen, da sie vermutlich gerade in der Vorstellung im Planetarium saßen.

Als Nächstes probierte ich es bei meinen Eltern, die aber auch nicht rangingen. Meine Hoffnung sank. Hatten an diesem Abend wirklich alle was Besseres zu tun, als sich mit mir zu freuen?

Der Gedanke verpasste mir einen Dämpfer, als mein Handy plötzlich doch vibrierte. Aufgeregt entsperrte ich es und entdeckte, dass Luca auf meine Nachricht reagiert hatte.

Luca: Cool, lass uns morgen darauf anstoßen!

Cool, lass uns morgen darauf anstoßen?
Das war alles?

Enttäuschung stieg in mir auf und verdrängte meine Freude über die gute Nachricht. Ich wusste, dass Luca es nicht böse meinte und auf einem Date war, und es war auch nicht seine Aufgabe 24/7 für mich da zu sein. Er hatte sein eigenes Leben, dennoch hatte ich auf mehr gehofft.

Ich las die Mail von Richmond noch einmal, um die Freude, die ich eben verspürt hatte, wieder heraufzubeschwören, aber es wollte mir nicht gelingen. Die Enttäuschung darüber, dass ich niemanden hatte, dass da niemand war, der sich mit mir freuen konnte, hatte sich bereits zu tief in meiner Brust festgesetzt, als dass ich sie noch hätte abschütteln können – und das tat weh.

Ich schob meinen Laptop beiseite und schlang die Arme um meine Knie, um zumindest für mich selbst da zu sein. Mich selbst zu halten. Doch es half nichts. In diesem Moment fühlte ich mich wirklich und wahrhaftig einsam.

11. Kapitel

Es klingelte an der Tür.

»Ich mach auf!«, rief ich zu Sage und Luca in die Küche, die gerade dabei waren, Snacks und Dips für den Abend mit unseren Freunden vorzubereiten, auf den ich mich bereits den ganzen Tag freute. Wir waren schon lange nicht mehr als vollständige Gruppe zusammengekommen, das letzte Mal war vor den Semesterferien gewesen, und ich konnte es kaum erwarten, all meine Freunde mal wieder auf einem Fleck zu haben.

Ich drückte auf den Summer und wartete an der offenen Tür. Schritte von mehreren Leuten erklangen im Treppenhaus, was mir verriet, dass das Aaron, Connor und Derek sein mussten. Connor hatte gefragt, ob er Derek mitbringen durfte, und natürlich hatte es für Luca keinen Grund gegeben, seine Bitte auszuschlagen. Die Stimmen der drei hallten durch den Flur, und kurz darauf tauchten sie am oberen Treppenabsatz auf.

»Hey«, begrüßte ich sie.

»Hey«, erwiderte Aaron und umarmte mich.

Connor tat es ihm gleich. »Hi. Darf ich dir Derek vorstellen?«

Er deutete auf den Mann, der hinter ihm stand. Ich kannte Derek bereits von dem Foto, das Connor mir letztes Wochenende auf der Party gezeigt hatte. Sein hellbraunes Haar war etwas länger als auf dem Bild. Er hatte es zu einer dieser Frisch-aus-dem-Bett-Frisuren gestylt. Er trug ein Jeanshemd, das er hochgekrempelt hatte, und auf seinem linken Unterarm saß ein One-Line-Tattoo, das zwei Männergesichter zeigte, die übereinander schwebten, als würden sie sich jeden Augenblick küssen.

Ich lächelte Derek an. »Hey, ich bin April.«

»Ich weiß. Connor hat mir schon viel von euch erzählt. Freut mich, dich kennenzulernen.«

»Ich freu mich auch. Kommt rein.« Ich winkte die drei in die Wohnung.

In diesem Moment kamen Luca und Sage aus der Küche. Sage trug ein Tablett mit mehreren Schälchen voller Dips, und Luca balancierte ein Brett auf den Händen, auf dem hübsch angerichtet Käse, Brot und Weintrauben lagen sowie jede Menge geschnittene Karotten, Gurken und Paprika. Er stellte das Tablett auf dem Couchtisch ab.

»Ein Charcuterie Board?«, fragte Connor mit hochgezogenen Brauen. »Ich fühle mich ein bisschen wie auf einer der Sonntagsfeiern meiner Eltern, da gibt es so was auch immer. Heißt das, ich werde alt?«

Aaron lachte und legte einen Arm um Connors Schultern. »Nein, keine Sorge, das macht dich nicht alt. Was dich alt macht, ist die Tatsache, dass du das Ding Charcuterie Board nennst.«

»Aber das heißt so!«

»Ja, und du bist zu jung, um das zu wissen.«

»Ich bin einfach nur gebildet.«

»Du nennst es gebildet. Ich nenn es versnobt.«

Connor schnaubte und ließ seinen Blick über Aarons Körper gleiten. »Pass lieber auf, sonst steckt dich meine Versnobtheit noch an.«

»Von dir lass ich mich jederzeit versnoben«, brummte Aaron mit suggestivem Tonfall. Die Röte, die Connor daraufhin in die Wangen kroch, war nicht zu übersehen. Ich erbarmte mich und beschloss, ihn aus der Situation zu retten.

»Luca. Sage. Das ist Derek. Connors … Begleitung.« Ich

stolperte über das Wort, weil ich mir nicht ganz sicher war, ob Connor und Derek inzwischen offiziell zusammen waren, und ich wollte in kein Fettnäpfchen treten. Derek winkte in die Runde. »Hey.«

Das schien Connor wieder zur Besinnung zu bringen. Er schüttelte Aarons Arm ab und griff stattdessen nach Dereks Hand. Die Geste entlockte diesem ein warmes Lächeln, während sie Aarons Mundwinkel nach unten wandern ließ. Doch bevor es irgendjemandem außer mir auffallen konnte, hatte er seine Miene auch schon wieder unter Kontrolle gebracht.

»Was wollt ihr trinken?«, fragte Sage, die an Lucas Seite lehnte. Sie wirkte etwas angespannter als noch vor fünf Minuten, was vermutlich an Derek lag. Obwohl er offensichtlich kein Interesse an ihr hatte, gehörte er mit seiner Statur und Größe genau zu der Art von Männern, die ihr oft Angst einjagten, aber Luca gab ihr den Halt, dennoch zu lächeln. »Wir haben Wasser, Cola, Saft, Bier, Wein und auch ein paar Sachen von dem härteren Zeug, wenn es euch danach verlangt.«

»Ich nehm ein Bier«, sagte Aaron.

»Ich auch«, schloss sich Derek an.

»Für mich erst mal nur ein Wasser«, erwiderte Connor.

Bevor Sage in die Küche verschwinden konnte, bedeutete ich ihr, sich hinzusetzen. Sie war schließlich ebenfalls unser Gast, auch wenn wir das hin und wieder zu vergessen schienen. Manchmal fühlte es sich so an, als würde Sage noch immer hier wohnen, so viel Zeit, wie sie bei uns verbrachte. Nicht, dass mich das stören würde, immerhin war sie meine beste Freundin. Gelegentlich würde ich mir nur etwas mehr Zeit mit ihr allein wünschen und nicht als Trio mit Luca.

Ich holte drei Flaschen Wasser und drei Flaschen Bier, die ich mir zwischen die Finger klemmte, bevor ich den Kühlschrank mit der Hüfte zuschob.

Im Wohnzimmer hatten sich alle einen Platz gesucht. Luca saß auf dem Sessel und Sage auf seinem Schoß. Aaron hockte auf dem Boden, und Connor und Derek hatten es sich auf der Couch gemütlich gemacht. Ich setzte mich zu ihnen.

»Lasst uns anstoßen«, verkündete Luca und hob sein Bier. »Auf ein gutes Semester, auf einen schönen Abend, aber vor allem auf April. Die sich in den letzten Wochen den Arsch für die SHS aufgerissen hat und gestern endlich die Zusage dafür bekommen hat. Cheers!«

»Cheers!«, echote ich im Chor mit den anderen. Und obwohl Luca, Sage und ich heute über kaum etwas anderes geredet hatten als die SHS, während wir die Wohnung auf Vordermann gebracht hatten, war da noch immer das Echo der gestrigen Enttäuschung.

»Ich hab uns etwas mitgebracht.« Connor griff in den Stoffbeutel, der zuvor über seiner Schulter gehangen hatte. Er zog ein kleines Kästchen hervor, auf dem in schwarzen Lettern *Deep Talk* stand. »Da stehen ganz coole Fragen drauf, falls uns die Gesprächsthemen ausgehen.«

Sage streckte die Hand nach dem Spiel aus. »Zeig mal.«

Connor reichte es ihr. Sie nahm den Deckel ab und zog einige Karten hervor, ohne sie vorzulesen. Ich schielte zu Derek, der etwas beklemmt an seinem Bier nippte, da Aaron nicht gerade bemüht war, ihn in ein Gespräch zu verwickeln.

»Ich mag dein Tattoo. Wie lange hast du es schon?«

Derek setzte sein Bier ab und sah auf die Linien, die seinen Unterarm zierten. »Seit zwei Jahren. Ich bin ein Ganz-oder-gar-nicht-Typ und dachte, das wäre eine super Idee für mein Outing. *Hier, mein neues Tattoo. Ja, das sind zwei Männer. Ja, ich bin schwul – wusstest du das nicht?*«

Ich lachte. »Gewagt, aber warum nicht. Wie haben deine Eltern reagiert?«

»Mein Dad war supercool, meine Mom schockiert, nicht wegen dem Outing, sondern wegen dem Tattoo. Sie hasst die Dinger und hat sich wochenlang darüber aufgeregt, warum ich mich nicht *normal* habe outen können. Es war irgendwie witzig. Hast du Tattoos?«
»Nein, noch nicht.«
»Aber du willst eines?«
»Ich weiß nicht. Vielleicht, wenn mir die richtige Idee kommt. Willst du noch mehr?«
»Ich habe noch eines am rechten Oberschenkel und eines hier.« Er deutete auf seinen rechten Rippenbogen. »Irgendwann hätte ich gerne einen ganzen Sleeve, aber Tattoos sind nicht gerade billig, und die Bezahlung im Restaurant lässt ziemlich zu wünschen übrig.«

Derek verriet mir, dass er im Picasso arbeitete, dem überteuerten Restaurant, in das meine Mom Luca, Sage und mich Anfang des Jahres ausgeführt hatte. Ich erzählte von meiner Arbeit im Le Petit. Wir tauschten uns eine Weile darüber aus, wie es war, im Servicebereich zu jobben, wobei Derek weitaus bessere Geschichten auf Lager hatte als ich.

»Ich hol mir noch ein Bier«, verkündete Derek. »Mag noch jemand was?«

»Das kann ich auch ...«

»Bleib sitzen«, unterbrach mich Derek. Er selbst war bereits aufgestanden und blickte fragend in die Runde.

Luca bedeutete ihm, dass er ebenfalls noch ein Bier wollte. Der Rest von uns schüttelte den Kopf.

Ich sah Derek nach und schnappte mir dann einen Cracker und ein Stück Käse von dem Tablett, das mittlerweile ziemlich geräubert war und demnächst wieder aufgefüllt werden musste. Was mich einen Blick auf die Uhr werfen ließ. Es war inzwischen über eine Dreiviertelstunde vergangen, und von Gavin fehlte noch immer jede Spur. Unpünktlichkeit sah ihm nicht ähnlich.

Ich beugte mich zu Luca. »Hey, wollte Gavin nicht auch kommen?«

»Er hat mir geschrieben, dass es bei ihm etwas später wird.«

»Ah, verstehe.«

Ich schnappte mir noch einen Cracker vom Board und wandte mich Connor und Sage zu, die sich über die Bewerbungen unterhielten, welche sie vorletzte Woche rausgeschickt hatten. Sage hatte leider schon ein paar Absagen kassiert, was zu erwarten gewesen war. Der Stellenmarkt war um diese Zeit des Jahres mit dem Beginn eines neuen Semesters hart umkämpft.

Erwartungsvoll sah Connor mich an. »Und?«

»Und was?«

»Wie findest du ihn?« Er nickte in Richtung Küche.

»Derek? Ich mag ihn.«

Connor grinste. »Ich auch.«

»Könnte es etwas Festes werden?«, fragte Sage.

Verlegen fuhr sich Connor mit der Hand durch das Haar, das ihm in alle Richtungen vom Kopf abstand und ihm gepaart mit seiner Brille einen unschuldigen Look verlieh. »Vielleicht, aber wir haben beschlossen, es langsam anzugehen. Wir haben mit dem Studium beide viel um die Ohren und kennen uns schließlich erst ein paar Wochen.«

»Bei Luca und mir hat es auch nicht mehr gebraucht als ein paar Wochen«, warf Sage ein und schielte zu meinem Bruder, dem es irgendwie gelungen war, Aaron in eine politische Diskussion zu verwickeln.

Connor nippte an seinem Wasser. »Ich lass das alles einfach auf mich zukommen, aber ich mag Derek. Ich wünschte nur ...« Er hielt inne, zögerte und sprach dann leise weiter. »Ich wünschte nur, Aaron würde ihn auch mögen. Er kann

Derek nicht leiden. Heute Abend ist das erste Mal, dass wir etwas zusammen machen. Seit Aaron aus Mexiko zurück ist, habe ich ständig das Gefühl, mich zwischen den beiden entscheiden zu müssen.«

»Hast du versucht mit ihm darüber zu reden?«, fragte ich.

»Ja. Er meint, ich würde mir das einbilden und er hätte nichts gegen Derek«, antwortete Connor mit einem Augenrollen, und auch ich musste ein Schnauben unterdrücken, denn Aaron gab sich nicht sonderlich viel Mühe, seine Abneigung gegenüber Derek zu verbergen. Es tat mir leid, dass er so fühlte und die Situation für ihn so scheiße war, aber er war teils auch selbst daran schuld. Connor und er lebten zusammen. Es hatte in den letzten Wochen und Monaten vermutlich Dutzende, wenn nicht Hunderte Gelegenheiten für ihn gegeben, Connor seine Gefühle zu gestehen oder ihn zumindest wissen zu lassen, dass es eine Chance für sie gab, aber er hatte keine davon genutzt.

Aaron hatte sich bisher nicht geoutet, was sein gutes Recht war, aber er konnte nicht verlangen, dass Connor auf einen Mann wartete, von dem er nicht wusste, ob er jemals für ihn verfügbar sein würde. Genau genommen wusste noch nicht einmal ich, ob Aaron wirklich auf Connor stand, da wir dieses Thema bisher immer umschifft hatten und Aaron mir auswich, sobald ich nur eine Andeutung in die Richtung machte. Aber ich war mir ziemlich sicher, dass es so war. Zwar hatte ich nicht viel Erfahrung in Sachen Liebe, doch ich erkannte die Anzeichen, vor allem die eines gebrochenen Herzens.

»Vielleicht müssen die beiden erst miteinander warm werden«, sagte Sage.

Connor nickte, aber er wirkte alles andere als zuversichtlich.

Ich wollte gerade noch etwas dazu sagen, als es an der Tür klingelte. Luca, der noch immer in seine Diskussion mit Aaron vertieft war, rührte sich nicht, also sprang ich auf.

Ich betätigte den Summer und wartete an der Wohnungstür. Ein paar Sekunden später schob sich die Tür des Aufzugs auf, und Jack sprang daraus hervor. Er begrüßte mich schwanzwedelnd, ehe er eilig an mir vorbei in die Wohnung huschte, vermutlich um Luca zu suchen, der fast immer Spielzeug oder Leckerli für ihn hatte. Ich blickte dem Fellknäuel kurz nach, ehe ich wieder zu Gavin sah, der mit einem Rucksack über der Schulter nun ebenfalls aus dem Aufzug trat. In ihm schien nichts von der Energie zu stecken, die sein Hund an den Tag legte. Die Hände in die Hosentaschen geschoben und mit hängenden Schultern blieb er vor mir stehen, sein Haar unter einer seiner Mützen versteckt, eine tiefe Furche zwischen den Augenbrauen.

»Hey«, begrüßte ich ihn.

»Hey«, erwiderte Gavin mit einem schmalen Lächeln, bei dem sich nur sein rechter Mundwinkel hob. Ich hatte keine Ahnung, wie das möglich war, aber selbst diese kleine Geste, wirkte angestrengt.

Ich neigte den Kopf. »Alles klar bei dir?«

»Ja, alles bestens«, sagte er, aber ich glaubte ihm nicht. Er konnte mich vielleicht mit seiner Stimme und seinen Worten belügen. Jedoch nicht mit seinen Augen, darin erkannte ich die Wahrheit, nämlich dass nichts *bestens* war. Doch so offensichtlich seine Lüge war, so offensichtlich war das Flehen in seinem Blick, nicht nachzubohren.

Ich presste die Lippen aufeinander. Trotz allem, was sich zwischen Gavin und mir abgespielt hatte, konnte ich nicht anders, als mir Sorgen um ihn zu machen. Denn der Gavin, der nun vor mir stand, war nicht der Gavin von früher. Er war nur noch ein Schatten seiner selbst. Und ich konnte nicht aufhören, mich zu fragen, was aus dem Jungen von damals geworden war.

12. Kapitel

»Wenn du für drei Monate irgendwo auf der Welt leben könntest, wo wäre das und warum?«, las Derek die Frage von der Karte vor, die er aus dem Stapel gezogen hatte.

Eine Weile hatten wir uns kreuz und quer unterhalten. Wir hatten uns über das aktuelle Semester ausgetauscht, und Aaron hatte uns ausführlich von seiner Zeit in Mexiko berichtet, bis Sage vorgeschlagen hatte, das Spiel zu spielen, das Connor mitgebracht hatte.

»Island«, antwortete dieser auf die Frage. Er hockte auf dem Boden, vor dem Sessel, auf dem Derek saß, und lehnte sich an dessen Beine. »Ich stell es mir dort sehr friedlich vor.«

»Wo liegt Island?«, fragte Aaron.

»Nördlich von Großbritannien bei Grönland.«

»Ist es da nicht unglaublich kalt?«, erkundigte sich Sage.

Connor zuckte mit den Schultern. »Es geht. Die Sommer sind eher kühl, aber dafür bleiben die Winter relativ mild. Und man kann sich das ganze Jahr gemütlich in Decken einkuscheln.«

Luca erschauderte. »Das wäre nichts für mich. Ich brauche Wärme.«

Ich verdrehte die Augen, das war so typisch. »Wo würdest du für drei Monate hinreisen, du Frostbeule?«

»In den Süden von Italien. Vielleicht nach Palermo. Ich würde jeden Tag an den Strand gehen, mich mit einem Buch in den Schatten legen und die Seele baumeln lassen.«

Sage grinste. »Darf ich mitkommen?«

»Du darfst nicht nur, du *musst*«, antwortete Luca, schon fast entrüstet darüber, dass Sage glaubte, er könnte drei Monate ohne sie überstehen. Um seinen Worten Nachdruck zu verleihen, legte er einen Arm um ihre Schultern und zog sie an sich. Sanft hauchte er ihr einen Kuss auf die Schläfe, was ihr augenblicklich ein Lächeln auf die Lippen zauberte, aus dem all die Liebe und Zuneigung sprach, die sie für meinen Bruder empfand.

»Und wohin würdest du gehen?«, fragte Derek an Aaron gewandt.

»Kanada, aber nicht nach Vancouver, Ottawa oder eine andere Großstadt«, antwortete er in die Runde, ohne Connor und Derek anzusehen. »Ich würde irgendwo hingehen, wo es viel Natur und wenig Menschen gibt. Und erst recht keine nervigen Cousins und Cousinen.«

Ich lachte. »Die Wochen bei deiner Familie haben dich wirklich nachhaltig geschädigt.«

Aaron sah mich mit todernstem Blick an. »Du hast ja keine Ahnung.«

»Und vielleicht ist das auch besser so.«

»Das nächste Mal nehm ich dich mit. Ob du willst oder nicht.«

Empört schnappte ich nach Luft. »Drohst du mir?«

»Ja, war das nicht deutlich genug?«

Ich machte eine vage Handbewegung, die ihn zum Lachen brachte.

»Wohin würdest du reisen?«, fragte mich Derek.

Nachdenklich tippte ich mir gegen das Kinn. »Könnte ich die drei Monate auch aufteilen? Dann je einen Monat nach Paris, Berlin und New York, und jeweils während der dortigen Fashion Week. Die wollte ich schon immer mal besuchen!«

Derek hob die Brauen. »Du interessierst dich für Mode?«
Ich nickte.

»April liebt Mode. Sie folgt ungefähr einer halben Million Mode-Blogs«, sagte Aaron und betonte das Wort *liebt* übertrieben, aber ganz falsch lag er damit nicht. Ich wusste selbst, dass ich mit meinen Klamotten ziemlich obsessiv sein konnte, weshalb ich mich meistens zurückhielt, um meine Freunde nicht zu nerven. Sage und Luca trugen immer dieselben Basics. Aaron war etwas stylischer, aber besaß nichts, was bunter war als dunkelgrau, und selbst das war schon sehr gewagt für ihn.

Ich schnaubte. »Ganz so viele sind es nicht.«

»Aber fast.«

»Sie wollte sogar mal einen eigenen Blog gründen«, warf Sage ein.

»Wirklich?«, fragte Derek. »Was ist daraus geworden?«

»Nichts«, sagte ich mit einem Schulterzucken, weil ich das Thema nicht vertiefen wollte, und wandte mich an Gavin, welcher die Unterhaltung bisher nur schweigend verfolgt hatte. Er hockte auf dem Boden, vor sich seine dritte Tasse Kaffee. Jack hatte sich neben ihm zu einer Kugel zusammengerollt. Abwesend kraulte Gavin ihn hinterm Ohr. »Was ist mit dir? Wo würdest du gerne für drei Monate wohnen?«

»Mexiko«, antwortete Gavin, ohne zu zögern, als hätte er nur darauf gewartet, uns seine Antwort mitzuteilen. Aaron schnaubte, hielt sich jedoch mit seinen Kommentaren zurück. »Meine Uroma väterlicherseits kommt aus einem Dorf bei Jalisco. Sie ist nach Amerika ausgewandert. Ich würde gerne irgendwann dorthin, um mehr über meine Familie zu erfahren.«

Ich musste lächeln, denn das war eine so typische Gavin-Antwort. Er redete schon seit er ein Teenager war davon, eines Tages nach Mexiko reisen zu wollen, um sich seinem Dad näher zu fühlen. Obwohl Curtis und dessen eigene Eltern bereits in den Staaten geboren worden waren, hatte er sich seinen mexikanischen Wurzeln stets verbunden gefühlt. Er hatte Gavin auch Spanisch beigebracht, aber nach Curtis' Tod hatte dieser das Erlernen der Sprache nicht weiterverfolgt.

Connor legte den Kopf in den Nacken und sah zu Derek auf.

»Und wohin würdest du gehen?«

»Bali. Einfach mal entspannt drei Monate Urlaub.«

»Klingt gut. Nimmst du mich mit?«

»Klar, aber nur, wenn du mich auch mit nach Island nimmst.«

»Jederzeit. Du darfst auch mit unter meine Decke«, antwortete Connor.

Lächelnd beugte sich Derek vor und hauchte ihm einen Kuss auf die Nase. Connor presste daraufhin die Lippen fest zusammen, doch das schüchterne Lächeln, das in seinen Mundwinkeln zuckte, war unverkennbar.

»Ich glaub, ich hab genug von dem Spiel«, kam es wenig überraschend von Aaron. Er stand von der Couch auf und reckte die Arme über den Kopf, wie um sich zu dehnen. »Ich muss kurz für kleine Jungs. Hat danach jemand Lust auf ein paar Runden Mortal Kombat?«

»Immer«, antwortete Luca und sprang ebenfalls von der Couch auf, um seine PlayStation anzuschmeißen.

Während sich die anderen um die Konsole versammelten, ging ich in die Küche. Überall standen leere Flaschen und benutzte Gläser. Sage und Luca hatten sich einen Wein geöffnet, und Käse- und Cracker-Verpackungen lagen von vorhin auf der Theke, als ich in Eile das Brett mit den Snacks aufgefüllt hatte. Nun räumte ich den Müll weg und stellte die leeren Flaschen unter die Spüle. Anschließend schenkte ich mir ein Glas von dem alkoholfreien Sekt ein, den ich mir extra für heute Abend gekauft hatte, um auf die SHS anzustoßen.

Mit meinem Glas in der Hand ging ich auf den Balkon, weil

mich Mortal Kombat oder was immer die Jungs zockten, nicht weniger hätte interessieren können. Ich hockte mich auf einen der hölzernen Klappstühle, die Luca und ich vor einer Weile gekauft hatten, um die alten Plastikteile zu ersetzen, die hier zuvor gestanden hatten.

Allmählich wurden die Nächte wieder frischer. Zwar war es noch immer warm, aber die Hitze des Tages stagnierte nicht mehr in der Luft wie in den vergangenen Wochen. Es war ruhig auf der Straße. Die Dunkelheit war dicht und der Himmel klar genug, dass ich die Sterne sehen konnte. Hier in der Stadt waren sie allerdings nicht einmal annähernd so beeindruckend wie draußen am See.

Mit einem Seufzen lehnte ich mich zurück und nippte an meinem Sekt, der angenehm in der Kehle prickelte ohne die Konsequenzen von echtem Sekt. Hinter mir erklangen aus der Wohnung aufgeregte Rufe und Anfeuerungen, während sich die Jungs scheinbar einen bitteren Kampf an der Konsole lieferten.

Ich hatte Videospielen noch nie viel abgewinnen können. Früher hatte ich versucht, mich ebenfalls dafür zu begeistern, weil ich wusste, wie sehr Luca und Gavin es liebten zu zocken, und ich dabei oft außen vor gewesen war, aber ich hatte einfach keine Leidenschaft dafür aufbringen können. Ich hatte mich dann immer neben die beiden gesetzt und zugeguckt, während ich parallel durch mein Handy gescrollt oder irgendwelche Modezeitschriften durchgeblättert hatte. Von außen hatte es vermutlich den Anschein erweckt, als würde ich mich langweilen, aber ich hatte es geliebt. Einfach bei ihnen zu sein – vor allem bei Gavin – hatte mir gereicht.

Plötzlich spürte ich eine kalte Berührung an meiner Hand. Ich sah nach unten und entdeckte Jack, der mich mit großen Augen ansah. Ich lächelte und streichelte ihn. Zufrieden begann er mit dem Schwanz zu wedeln, dabei legte er seinen Kopf auf meinem Oberschenkel ab. Ich wusste nicht, wie lange wir so beisammensaßen, als ich Schritte hinter mir hörte. Ich spähte über meine Schulter und entdeckte Gavin, der auf den Balkon gekommen war. Wortlos setzte er sich auf den Stuhl mir gegenüber. Er wirkte wacher und lebendiger als bei seiner Ankunft, aber es war offensichtlich, dass ihn etwas beschäftigte. Die Falte zwischen seinen Augenbrauen war den ganzen Abend nicht verschwunden, und während wir anderen bei Connors Fragespiel gelacht und gescherzt hatten, war er die ganze Zeit über ungewohnt ernst geblieben. Es lag mir auf der Zunge, ihn zu fragen, was mit ihm los war, aber ich verkniff es mir, denn ich wusste, dass ich keine ehrliche Antwort bekommen würde.

»Herzlichen Glückwunsch noch mal zur Zusage für die SHS«, sagte Gavin. Trotz der Dunkelheit, die nur vom Licht gebrochen wurde, das aus dem Wohnzimmer kam, konnte ich das Blau seiner Augen klar erkennen. Es schien sich der Farbe des Himmels anzupassen. Bei Tageslicht und in der Sonne funkelten seine Iriden in strahlendem Blau. Doch nun waren seine Augen dunkel wie die Nacht selbst.

»Danke«, erwiderte ich und sah wieder in die Sterne. »Ich freu mich auch sehr. Richmond und ich treffen uns am Montag, um alles zu besprechen. Und dann kann es losgehen. Das wird sehr spannend und sehr viel Arbeit.«

»Ja, aber du packst das. Die SHS ist ein super Konzept.«

Überrascht sah ich ihn an. »Findest du?«

Ich wusste, dass Luca Gavin von der Sache erzählt hatte, und natürlich hatte er auch in unserem Gruppenchat einiges mitbekommen, aber er hatte sich noch nie persönlich zu der Idee geäußert, zumindest nicht mir gegenüber.

»Ja. Es wird für viele eine Entlastung sein, vielleicht auch für mich.«

Überrascht hob ich den Blick. »Du wirst dich anmelden?« Er nickte. »Du weißt ja, dass es bei mir seit einer Weile finanziell etwas schwierig ist. Aktuell arbeite ich neben dem Studium in zwei Jobs, vielleicht kann ich zumindest bei einem die Stunden reduzieren, wenn ich für die SHS zugelassen werde.«

»Könnte ich darüber entscheiden, würde ich dich zulassen.«

»Danke.« Er zog sich die Mütze vom Kopf. Sein Haar war statisch aufgeladen, und ich konnte das Knistern hören, das dabei entstand. Wirr standen die dunklen Strähnen in alle Richtungen, bis er mit der Hand hindurchfuhr.

Ich wusste, ich sollte ihn nicht anstarren, dennoch konnte ich meinen Blick nicht abwenden. Gavin hatte sich in den letzten Jahren verändert, sein Gesicht war kantiger, seine Stimme tiefer. Er war größer geworden und hatte sich den Dreitagebart stehen lassen, den er als Teenager immer gewollt hatte, aber seine Augen waren noch dieselben wie aus meiner Erinnerung. Einst hatten sie mir Geborgenheit und Sicherheit vermittelt. Was nur einer der Gründe war, warum ich in meiner Kindheit so viel Unsinn mit Luca und ihm angestellt hatte. Denn Gavin hatte mir mit einem einzigen Blick das Gefühl geben können, dass mir nichts passieren konnte, solang ich nur bei ihm war. Und dann war *er* passiert und hatte mir mehr wehgetan als jeder Sturz, jeder Stolperer und jeder Fall es jemals hätte tun können.

»Wo arbeitest du denn?«, fragte ich, um mich von meinen Gedanken abzulenken.

Verlegen rieb sich Gavin den Nacken, wobei sich die Muskeln in seinem Arm anspannten. »Ich weiß nicht, ob ich dir das sagen sollte.«

»Wieso? Arbeitest du als Geheimagent?«

»Nein, als Stripper.«

Ich stockte in der Bewegung. Fassungslos sah ich zu Gavin auf und starrte ihn an. Sein Gesicht lag im Halbschatten, da es nur von einer Seite beschienen wurde. »Ist das dein Ernst?«

»Ja.«

»Und du verarschst mich auch nicht?«

»Nein.«

»Du arbeitest als Stripper?«

»Ja.«

»Wirklich?«

»Ja.«

»Du lügst doch.«

»Nein. Ehrlich«, sagte Gavin mit nüchterner Miene.

Er schien es tatsächlich ernst zu meinen. Ich hatte noch nie im Leben einen echten Stripper gesehen, aber ich kannte *Magic Mike* und hatte bei gewissen Szenen vielleicht zwei-, dreimal zurückgespult, um sie noch einmal anzusehen. Nun stellte ich mir unweigerlich vor, wie Gavin sich leicht bekleidet, praktisch nackt, wie die Männer in dem Film bewegte. Und ich dachte an die Nacht am See zurück, als ich ihm dabei geholfen hatte, sein T-Shirt auszuziehen; damals hatte er sich ganz und gar nicht geschmeidig bewegt, dennoch schoss mir Hitze in die Wangen ...

... als Gavin plötzlich zu lachen begann. Ein richtiges Lachen, tief aus der Brust, das seinen ganzen Körper zum Vibrieren brachte. Ich hatte diesen Klang seit einer Ewigkeit nicht mehr gehört, und das Geräusch ging mir durch und durch. Es löste ein merkwürdiges Flattern in meiner Brust aus, das da eigentlich nicht sein sollte. Ich war versucht nachzusehen, ob ich möglicherweise normalen statt alkoholfreien Sekt gekauft hatte, da ich es mir anders nicht erklären konnte oder nicht erklären wollte.

»Das war nur ein Scherz«, sagte Gavin mit noch immer zuckenden Mundwinkeln. »Ich arbeite nicht als Stripper, aber du hättest dein Gesicht sehen müssen. Pures Gold.«

»Es freut mich, dass ich zu deiner Erheiterung beitragen konnte«, erwiderte ich. Vielleicht hätte ich ihm böse dafür sein sollen, dass er mich auf den Arm genommen hatte, aber ihn lachen zu hören, wenn auch auf meine Kosten, war mir das wert. Denn ich hatte diese fröhliche, ausgelassene Version von Gavin – *meinem* Gavin – vermisst.

Er wischte sich über die Augen, als hätte er Tränen gelacht. »Sorry, ich wollte mich nicht über dich lustig machen.«

»Wolltest du schon«, erwiderte ich trocken.

»Stimmt«, gestand Gavin, noch immer amüsiert.

Ich lächelte, und mein Herz fühlte sich voll und leer zugleich an. Voll, weil ich diesen Moment wider besseres Wissen genoss. Und leer, weil diese Momente so selten geworden waren. Früher hatte es unzählige von ihnen gegeben, denn so war es mit Gavin und mir gewesen: Wir zogen uns gegenseitig auf und lachten übereinander, aber immer voller Liebe füreinander. Heute war davon nichts mehr übrig.

»Wo arbeitest du wirklich?«, fragte ich.

»Im Elevated.«

»Hör auf, mich zu verarschen.«

»Dieses Mal ist es kein Witz.«

Ich runzelte die Stirn. »Du arbeitest im Elevated?«

»Ja.«

»Dem Sexshop an der Hillside Road?«

»Ja.« Gavin klang verdutzt. »Woher weißt du das?«

»Weil mein Fitnessstudio in derselben Straße liegt.« Und weil ich schon zwei-, dreimal darüber nachgedacht hatte, dem Elevated einen Besuch abzustatten, allerdings hatte ich mich bisher nicht getraut. Nun war ich ziemlich froh darüber, denn wie merkwürdig wäre es gewesen, dort reinzugehen in der Absicht, mir ein Sexspielzeug zu kaufen, nur um Gavin hinter der Kasse sitzen zu sehen.

»Natürlich«, sagte Gavin mit einem amüsierten, leicht neckischen Unterton. »Das ist mit Sicherheit der einzige Grund, weshalb du das weißt.«

»Ist es wirklich!«

»Schon klar.«

»Ernsthaft!«

Gavin gab ein wissendes Brummen von sich.

»Hör auf damit!«, ermahnte ich ihn und wollte ihm einen Klaps gegen die Schulter verpassen. Doch er fing meine Hand geschickt ein und gab mich nicht wieder frei. Seine Finger waren warm und fühlten sich gut an, obwohl sie das eigentlich nicht sollten.

»Lass dich nicht von mir ärgern«, sagte Gavin, noch immer mit einem Lächeln auf den Lippen.

Ich schluckte schwer. »Dann hör auf damit.«

»Sorry. Es macht einfach zu viel Spaß, die Leute aus der Fassung zu bringen.« Er klang nach wie vor amüsiert, und ich stellte mir vor, wie er durch Reihen und Regale voller Dildos, Vibratoren, Handschellen und anderem Spielzeug für Erwachsene lief. Bei der Vorstellung wurden meine Wangen erneut rot. Gott sei Dank gab Gavin in diesem Moment meine Hand frei.

Ich zog sie zurück und verschränkte die Arme vor der Brust, bevor ich mich räusperte. »Ist es dir überhaupt nicht unangenehm, dort zu arbeiten?«

»Nein, warum sollte es?«

»Ich stell mir das seltsam vor.«

»Es ist nur seltsam, wenn man es seltsam werden lässt. Ich hatte zwei Semester lang Sexualtherapie als Wahlfach, und glaub mir, nichts ist unangenehmer, als deinen fast sechzigjäh-

rigen Dozenten über Fetische reden zu hören. Außerdem ist das Elevated kein schmuddeliger Pornoshop. Bei uns ist alles sehr geschmackvoll eingerichtet, aber das weißt du ja.«
»Haha, sehr witzig.« Ich rollte mit den Augen, hatte aber Mühe, ein Grinsen zu unterdrücken. »Dir ist es also wirklich noch nie peinlich gewesen, dort zu arbeiten?«
»Nein.«
»Und das soll ich dir glauben?«
»Ja.«
Nachdenklich schürzte ich die Lippen. »Was wäre, wenn ich vorbeikommen würde und eine Beratung will?«
»Das wäre vermutlich nur dir peinlich.«
»Und was wäre, wenn Luca eine Beratung will?«
»Die hatte er schon.«
»Ewww! Das will ich nicht wissen!«
»Du hast danach gefragt.«
»Das war ein Fehler«, gab ich zu. »Aber ernsthaft, wie ist es, dort zu arbeiten? Gefällt es dir?«
Gavin zuckte mit den Schultern. »Es ist ein Job wie jeder andere. Ich fülle Regale auf und steh an der Kasse. Es ist ja nicht so, als würde ich den Kunden Live-Demonstrationen der Produkte geben. Außerdem erlaubt mir meine Chefin, Jack mitzubringen, was ziemlich cool ist. Er darf nicht im Laden rumlaufen, aber wir haben ein großes Lager und einen Pausenraum, sodass ich nach ihm sehen kann, wenn nicht viel los ist.«
Bei der Erwähnung seines Namens hob Jack kurz den Kopf von meinem Oberschenkel. Fragend blickte er mit seinen treuen Hundeaugen von Gavin zu mir und wieder zurück zu Gavin. Ein flüchtiges Lächeln huschte über seine Lippen, als er Jack ansah, der seinen Kopf wieder auf mir ablegte, damit ich ihn weiterstreichelte. Eine stumme Bitte, der ich nur zu gerne nachkam.

»Und der zweite Job?«, hakte ich nach, weil ich neugierig war.

»Ist in einem veganen Supermarkt. Hauptsächlich räume ich dort Regale ein und nehme Lieferungen entgegen. Nichts Spannendes. Ein Job als Stripper wäre garantiert interessanter und lukrativer.«

Herausfordernd hob ich die Augenbrauen. »Und warum machst du es dann nicht? Angst, nicht gut zu sein?«

»Heh«, protestierte er mit gespielter Empörung. »Ich wäre ein fantastischer Stripper!«

»Behaupten kann das jeder«, erwiderte ich skeptisch, obwohl ich keinen Zweifel daran hatte, dass viele Frauen dafür bezahlen würden, Gavin strippen zu sehen, denn er sah gut aus. Richtig gut. Das war eine Tatsache, die ich mir in den letzten Jahren verboten hatte wahrzunehmen, aber abzustreiten war es nicht. Mit seinem dichten schwarzen Haar, den langen Wimpern, der gebräunten Haut und dem kantigen Kiefer war er wahnsinnig attraktiv. Schon als Teenager war er nett anzusehen gewesen, aber in den letzten Jahren war er gereift wie feiner Wein. Wein, den ich nicht trank, weil Alkohol inzwischen ein No-Go für mich war – genau wie Gavin.

»Was? Willst du eine Kostprobe?«, fragte er herausfordernd.

Und dann geschahen mehrere Dinge gleichzeitig. Bei seinem Angebot schoss mir erneut Hitze in die Wangen. Und ein unerwartetes Kribbeln, wie ich es sonst meistens nur bei meinen sexy *The-Flash*-Fantasien verspürte, erfasste mich bei der Vorstellung, wie sich Gavin halb nackt vor mir bewegte – und mein Handy vibrierte.

Völlig überrumpelt von diesen unangebrachten Empfindungen für Gavin, nutzte ich die Chance und griff danach, als würde die Welt untergehen, wenn ich nicht umgehend die Nachricht las, die mir eben geschickt worden war.

Eliot: Ich musste eben an dich denken. Erica, Eliza und ich machen uns gerade Kakao. Ich hoffe, du hast einen schönen Samstagabend!

Ich las die Nachricht mehrmals, um etwas Zeit zu schinden und meine Gefühle unter Kontrolle zu bringen. Eventuell war doch Alkohol in dem Sekt gewesen, anders konnte ich mir das nicht erklären. Denn ich mochte Gavin nicht mehr, nicht auf diese Weise – oder vielleicht doch?

»Scheint ja eine lange Nachricht zu sein«, bemerkte er.

»Sorry.« Ich steckte mein Handy weg, obwohl ich noch immer völlig durcheinander war von dem Verrat meines Körpers. Gavin und ich hatten kaum Zeit miteinander verbracht, und schon reagierte er auf ihn wie damals vor all den Jahren. »Das war nur ... dieser Typ.«

Gavin neigte den Kopf. »Dieser Typ?«

»Ja, mit dem ich diese Woche ein Date hatte.«

»Und wie war es?«

»Schön, aber das mit uns wird nichts.«

»Tut mir leid.«

Ich zuckte mit den Schultern. »Schon in Ordnung. Was ist mit dir?«

»Was soll mit mir sein?«

»Datest du?«

Und warum interessiert es mich?

Er schüttelte den Kopf. »Nein, schon seit einer Weile nicht mehr.«

»Wann hattest du deine letzte Verabredung?« Ich hoffte, nicht zu interessiert zu klingen. Hin und wieder erzählte mir Luca beiläufig Dinge über Gavin, wie es in seinem Studium lief, was Jack trieb oder welche Spiele er gerade zockte, aber das Thema Frauen hatte er nie angeschnitten.

»Vor gut einem Jahr.«
»Wow, das ist wirklich schon eine Weile her.«
»Sag ich doch.«
»Warum?«
Gavin zuckte mit den Schultern.
»Bist du denn glücklich?«
»Wow, eine ganz schön tiefgründige Frage.«
»Eigentlich nicht. Bist du glücklich – ja oder nein?«, wiederholte ich, denn das war wohl die wichtigste Frage. Man konnte als Single genauso glücklich sein wie in einer Beziehung. Und manchmal war es besser, Single zu sein, als unglücklich in einer Partnerschaft oder gestresst zu daten.
Gavin sah mich aus dem Augenwinkel an. »Bist du denn glücklich?«
»In diesem Moment? Ja.«
»Und generell?«
Ich dachte kurz darüber nach und daran, dass ich mir zwar eine Beziehung wünschte, aber das machte nicht mein ganzes Leben aus, und der Rest war annähernd perfekt. Zumindest so perfekt, wie die Realität eben sein konnte. »Zu neunzig Prozent, ja. Zu zehn Prozent, nein.«
»Neunzig Prozent sind gut.«
Ich lächelte. »Find ich auch.«
Gavin erwiderte mein Lächeln, doch dann konnte ich beobachten, wie es ihm langsam von den Lippen rutschte, bis es vollständig verschwunden war. Stattdessen lag nun ein besorgter Ausdruck auf seinem Gesicht, und die Schwere von zuvor war zurück. Tief in meinem Magen zog sich etwas zusammen, und ich fragte mich, ob Gavin möglicherweise in diesem Augenblick klar geworden war, mit wem er hier redete und scherzte. Nervös begann er seine Hände zu kneten, was meinen Blick auf seine Finger lenkte.

»Ich … Ich muss mit dir reden«, sagte Gavin.

Ich versteifte mich, denn kein gutes Gespräch hatte jemals mit diesen Worten begonnen. Unruhig rutschte ich an die Kante meines Stuhls vor. »Okay. Ich dachte, das machen wir bereits – also reden«, scherzte ich in Andeutung an die Unterhaltung, die wir im Le Petit geführt hatten.

Ein freudloses Schmunzeln verzog Gavins Mund für die Dauer eines Herzschlages. »Ja, aber ich wollte dich um einen Gefallen bitten.«

Seine Worte machten mich nervös. »Was ist los?«

»In der Wohnung über meiner gab es einen Wasserrohrbruch, weshalb ich vorhin auch zu spät war. Ich hatte noch Handwerker da, welche die Lage abgecheckt haben. Es ist wohl ziemlich übel, und ich werde dort die nächste Zeit nicht wohnen können, solange alles getrocknet wird. Der Vermieter hat mir angeboten, mir ein Motelzimmer zu bezahlen, aber die sind ziemlich klein und Jack …« Er schüttelte den Kopf, als müsste er sich dazu zwingen, endlich auf den Punkt zu kommen. »Also wollte ich fragen, ob ich vielleicht bei euch wohnen könnte.«

Okay, damit hatte ich nicht gerechnet. »Für wie lange?«

»Eine Weile.«

»So eine Weile, wie dein letztes Date her ist? Oder eine kürzere Weile?«

»Eine kürzere Weile. Zwei oder drei Wochen. Aber ihr könnt mich auch jederzeit rausschmeißen, wenn ich euch auf die Nerven gehe.«

»Hast du Luca schon gefragt?«

»Ja.«

»Und was hat er gesagt?«

»Dass es deine Entscheidung ist.«

Großartig. Mir blieben also nur zwei Möglichkeiten. Ich war entweder das Arschloch, das Gavin und Jack auf die Straße setzte, oder ich würde mich damit abfinden müssen, ihn von nun an jeden Tag zu sehen.

Jeden.

Verdammten.

Tag.

Die Vorstellung gefiel mir nicht, aber noch im selben Moment traf ich eine Entscheidung. Denn ich war nicht der Typ dafür, eine solche Bitte abzuschlagen, vor allem wenn Jack und Gavin nirgendwo anders hinkonnten. Und vielleicht würde es gar nicht so schlimm werden wie befürchtet. In den vergangenen Monaten hätte ich nicht geglaubt, dass Gavin und ich noch in der Lage wären, eine Unterhaltung zu führen, die über belangloses Geschwätz und überfreundliche Floskeln hinausging, doch das Gespräch von gerade eben war tatsächlich ganz schön gewesen …

»Okay.«

Gavins Augenbrauen zuckten. »Okay?«

»Okay, du kannst hier wohnen.«

»Wirklich?«

»Ja.«

»Sicher? Du klingst nicht sehr überzeugt.«

»Sicher«, bestätigte ich, obwohl ich mir ganz und gar nicht sicher war, denn auch nach all den Jahren machte Gavins Gegenwart etwas mit mir, das ich nicht kontrollieren konnte. Das gefiel mir nicht, und zugleich gefiel es mir viel zu sehr. Und das machte überhaupt keinen Sinn, aber wenn es um Gavin ging, ergab nichts einen Sinn.

Weder sein Verhalten von damals noch meine Gefühle von heute.

13. Kapitel

Das ohrenbetäubende Kreischen des Weckers holte mich aus dem Schlaf. Ich stöhnte und tastete blind nach meinem Handy. Meine Finger fanden die Snooze-Taste instinktiv, weil ich sie jeden Morgen mindestens vier-, fünfmal drückte. Das nervige Piepsen verstummte, und ich zog mir das Kissen über den Kopf, um die sanften Sonnenstrahlen, die durch das Fenster fielen, für eine Weile auszublenden. Wie konnte bereits Morgen sein? Gefühlt war ich erst vor fünf Minuten ins Bett gefallen. Ich versuchte noch, die Motivation zu finden, um aufzustehen, als mein Wecker erneut losging.

Ächzend drückte ich ein weiteres Mal auf die Snooze-Taste. An einem Sonntag auf diese brutale Art und Weise geweckt zu werden, war wirklich unmenschlich! Aber ich musste ins Le Petit, da ich meine Nachmittagsschicht von gestern gegen die heutige Frühschicht getauscht hatte, und ich wollte Cam nicht im Stich lassen. Ich schaltete den Wecker aus.

Schlaftrunken rollte ich mich von der Matratze und vermisste sogleich das Gewicht der Decke. Ich war absolut kein Morgenmensch. War es noch nie gewesen. Das Einzige, was mich in den Ferien davon abgehalten hatte, meinen Biorhythmus komplett gegen die Wand zu fahren, indem ich bis spät in die Nacht wach blieb und am nächsten Tag bis nachmittags schlief, war die Arbeit im Café gewesen. Benommen torkelte ich aus dem Zimmer den Flur entlang. Es war erstaunlich ruhig in der Wohnung, unter der Woche ratterte um diese Uhrzeit normalerweise bereits die Kaffeemaschine in der Küche, damit Luca seinen Koffeinfix bekam.

Die Tür zu seinem Zimmer war noch geschlossen, was allerdings nichts Ungewöhnliches war, denn sie war fast immer zu. Luca schätzte seine Privatsphäre. Und vor allem die wertvollen Bücher, die er bei sich aufbewahrte und die niemand anfassen durfte. Wertvoll nicht im monetären, sondern im emotionalen Sinne. Seine Lieblingsbücher waren zerlesen bis in den Zerfall und mit Post-its und Markierungen versehen, die ihm erlaubten, die schönsten Stellen immer und immer wieder zu erleben.

Mit einem Gähnen stieß ich die Tür zum Badezimmer auf und …

»Oh mein Gott!«, entfuhr es mir, denn mitten im Raum stand Gavin.

Nackt.

Vollkommen nackt.

Hitze schoss mir in die Wangen, und mit einem Knall zog ich die Tür wieder zu. Mit einem Schlag war sämtliche Müdigkeit aus meinem Körper gewichen. Was machte Gavin hier? Und warum stand er nackt in meinem Badezimmer? Ich hatte nichts gesehen, weil ich die Tür so schnell wieder zugemacht hatte, aber … irgendwie hatte ich doch alles gesehen. *Alles.* Und … oh mein Gott, wie peinlich!

Ich hatte noch nicht ganz begriffen, was da soeben geschehen war, als sich die Tür zum Badezimmer erneut öffnete und plötzlich Gavin vor mir stand. Er hatte sich ein Handtuch umgebunden, das tief auf seiner schmalen Hüfte saß und zumindest sein Ding verdeckte. Mein Blick traf jedoch ungehindert auf seine nackte Brust, die von dunklen Härchen überzogen war. Sanfte Muskeln, die fest wirkten, aber nicht protzig, zeichneten sich unter seiner glatten Haut ab, die einen natürlichen

Teint besaß. Hitze kroch mir den Hals empor, und ich musste an unser Stripper-Gespräch vom Abend zuvor denken. Er hatte auf jeden Fall den Körperbau für diesen Job.

Plötzlich hörte ich ein Räuspern. Entsetzt riss ich den Kopf in die Höhe. Hatte Gavin mein Starren bemerkt? Vermutlich. Wie hätte er es übersehen sollen? Ich zwang mich, ihm ins Gesicht zu gucken, bereute dies aber sofort, denn mein Herz geriet ins Stolpern. Er sah viel zu gut aus. Sein Haar, das von der Dusche noch feucht war, hatte er sich aus dem Gesicht gekämmt, und sein Dreitagebart war frisch gestutzt.

Unsere Blicke trafen sich, und ich hätte schwören können, dass in Gavins Augen ein amüsiertes Funkeln lag, als wüsste er genau, was ich gedacht und wohin ich geguckt hatte.

»Sorry«, murmelte ich.

»Unsinn. Das war meine Schuld«, sagte Gavin. Seine ohnehin tiefe Stimme klang an diesem Morgen noch rauer, als wären dies die ersten Worte, die er heute von sich gab. Mir lief ein Schauder über den Rücken. »Ich Idiot hab vergessen abzusperren. Zu Hause muss ich das nicht. Da bin ich allein, und Jack kann keine Türen öffnen.«

»Tja, ich schon.«

Seine Mundwinkel zuckten. »Das hab ich bemerkt.«

Ich wollte Gavin fragen, was er hier machte, als ich mich daran erinnerte, dass wir auf dem Balkon nicht nur darüber gesprochen hatten, was für einen fantastischen Stripper er abgeben würde, sondern dass ich ihm auch erlaubt hatte, eine Weile hier zu wohnen. Shit. Gavin würde hier wohnen. Er. Würde. Hier. Wohnen. Er würde jeden Morgen nach dem Aufstehen da sein und jeden Abend vor dem Schlafengehen. Und in all den Stunden dazwischen.

Was hatte ich mir dabei gedacht?

Vermutlich hatte ich gar nicht nachgedacht. Ich war noch dabei, das Durcheinander in meinem Kopf zu sortieren, als plötzlich ein braunes Fellknäuel an mir vorbei ins Badezimmer flitzte und mich in seiner Eile beinahe über den Haufen rannte. Sofort schoss Gavins Hand nach vorne, um mich festzuhalten. Seine Finger schlossen sich um meinen Arm. Ich schnappte nach Luft. Die Berührung war bestimmend, aber nicht fest. Ich hätte mich jederzeit wieder von ihm lösen können, doch ich tat es nicht – zumindest nicht sofort.

Reglos starrte ich Gavin an. Und auch er rührte sich nicht, als wären wir beide in diesem Moment eingefroren. Nur das Wasser tropfte aus den Spitzen seiner Haare. Ich verfolgte den Verlauf eines Tropfens, wie er auf seine Schulter perlte und seine Brust hinablief, bis ich ihn aus den Augen verlor. Anschließend sah ich wieder zu Gavin auf, der mich mit undurchdringlicher Miene musterte. Sein Blick ließ mein ohnehin heftig pochendes Herz noch schneller schlagen. Dann ließ er mich los, so plötzlich, wie er mich gepackt hatte. Doch das Echo seiner Berührung verweilte auf meiner Haut, die ich überall dort kribbeln spürte, wo seine Finger gelegen hatten.

Ich räusperte mich. »Danke.«

Er nickte. »Kein Problem. Vor seinem Morgenspaziergang ist er immer etwas aufgedreht.«

Um ein Haar hätte ich *Wer?* gefragt, aber zum Glück holte mein Verstand wieder auf, bevor ich mich noch mehr zum Affen machen konnte. Ich spähte an Gavin vorbei und entdeckte Jack in der Dusche. Hingebungsvoll leckte er das Wasser von den Fliesen, das noch nicht im Abfluss verschwunden war.

»Jack, komm!«, rief Gavin, ohne mich dabei aus den Augen zu lassen.

Jack gehorchte sofort und tapste mit nassen Pfoten aus dem Bad, wobei er feuchte Abdrücke auf dem Parkett hinterließ.

Gavin machte einen Schritt beiseite, um mir aus dem Weg zu gehen. »Das Bad gehört dir.«

Ich lächelte verkniffen. »Danke.« Dann trat ich an ihm vorbei ins Badezimmer, ohne ihn erneut zu berühren. Schleunigst schloss ich die Tür hinter mir und sperrte ab. Mit einem Seufzen sank ich gegen das kühle Material und kniff die Augen zusammen, um mich zu sammeln. Das Herz schlug mir noch immer bis zum Hals.

Was zur Hölle war das gewesen?

Nichts.

Es war nichts.

Ich war einfach nur verwirrt von dem Umstand, dass Gavin hier wohnen würde, und von alten Gefühlen, die dies scheinbar zum Anlass nahmen, wieder an die Oberfläche zu kommen, obwohl ich sie schon vor langer Zeit begraben hatte. Ich brauchte nur ein, zwei Tage, um mich an diese neue Situation zu gewöhnen, das war alles.

Entschlossen stieß ich mich von der Tür ab, schlüpfte aus meiner Pyjamahose und dem Top, das ich zum Schlafen trug, und stieg unter die Dusche. Normalerweise war die morgendliche Dusche mein Ritual, um wach zu werden, aber nach der Begegnung mit Gavin fühlte ich mich bereits hellwach.

Ich drehte den Brausekopf auf – und mir entfuhr ein greller Schrei.

Fuck! Das Wasser war eiskalt!

Panisch drehte ich den Brausekopf wieder ab. Kalte Luft – nicht ganz so kalt wie das Wasser – streifte meine Haut. Ich erschauderte, und die Härchen an meinen Armen stellten sich auf. Mein Blick fiel auf das Thermostat. Es war auf kalt geschoben worden.

»Was zur Hölle«, murmelte ich und drehte den Regler in die entgegengesetzte Richtung. Ich fühlte mit meiner Hand, ob das Wasser warm war. Erst dann trat ich wieder unter den Strahl. Mein Kopf dem Wasser entgegengestreckt ließ ich mich für ein paar Sekunden berieseln, um die Kälte davonzuspülen, ehe ich nach Shampoo und Duschgel griff. Nachdem ich fertig war, drehte ich das Wasser ab und trat in ein Handtuch gewickelt vor den beschlagenen Spiegel.

Erst jetzt entdeckte ich die zusätzliche Zahnbürste, die am Beckenrand lag. Ich starrte sie einige Sekunden an, während die Erkenntnis, dass Gavin nun hier wohnen würde, mich ein zweites Mal packte. Ich war mir dieser Tatsache zwar bewusst, aber etwas zu wissen und es wirklich zu begreifen, waren zwei unterschiedliche Dinge.

Ich löste den Blick von Gavins Zahnbürste und schnappte mir meine eigene. Anschließend föhnte ich mir das Haar trocken. Bedauerlicherweise hatte ich meine Klamotten nicht mit ins Bad gebracht, was bedeutete, dass ich nur in ein Handtuch gewickelt rausmusste. Ich schob die Tür auf und spähte zögerlich in den Flur hinaus. Es war ruhig in der Wohnung. Ich schielte ins Wohnzimmer, konnte Gavin aber nirgendwo entdecken. Vielleicht war er mit Jack Gassi. Ich packte den Knoten meines Handtuchs so fest ich konnte und huschte den Gang entlang in mein Zimmer, wobei ich die Tür einen Hauch zu schwungvoll schloss und sie zuknallte. Ups.

Ich zog die Sachen an, die ich mir bereits gestern rausgelegt hatte, und legte Make-up auf, bestehend aus einem leichten Lidschaden, Eyeliner, Mascara, Augenbrauengel und etwas Concealer. Die ganze Prozedur dauerte nicht länger als fünfzehn Minuten. Anschließend schnappte ich mir meine Tasche, froh darüber, rauszukommen und die nächsten Stunden nicht mit Sage, Luca und Gavin verbringen zu müssen. Das ließ mir Zeit, mich zu sortieren.

Eine zerwühlte Decke und ein platt gedrücktes Kissen lagen

auf der Couch im Wohnzimmer, daneben stand Gavins Rucksack. Aus der Küche hörte ich das Rattern der Kaffeemaschine, aber es war nicht Gavin, der sie in Betrieb genommen hatte, sondern Luca. In Shorts und einem knittrigen T-Shirt stand er gegen die Theke gelehnt.
»Guten Morgen«, begrüßte ich ihn.
Er gähnte. »Was macht ihr für einen Lärm um diese Uhrzeit?«
»Sorry. Ich wollte dich nicht wecken.«
Er brummte missbilligend, als würde er mir nicht glauben, dass es ein Versehen gewesen war.
Ich lief zum Kühlschrank, um mir den Orangensaft zu nehmen. Die Packung war fast leer, weshalb ich das Glas einfach wegließ und einen Schluck aus dem Karton nahm.
»Danke, dass Gavin bei uns wohnen darf«, sagte Luca.
Ich zuckte mit den Schultern. »Es ist deine Wohnung.«
»Schon, aber ... trotzdem danke.«
Ich lächelte und hoffte inständig, dass es aufrecht genug wirkte, um Luca zu überzeugen. Gavin hier wohnen zu lassen war für mich persönlich nicht der beste Entschluss, den ich hatte treffen können. Denn nun würde ich in den nächsten zwei, drei Wochen täglich mit ihm konfrontiert werden. Ein Szenario, das ich die letzten fünf Jahre auf Teufel komm raus hatte vermeiden wollen, aber Gavin wegzuschicken und ihn sich selbst zu überlassen in einer Situation, für die er nichts konnte, hätte sich absolut falsch – wenn nicht sogar gemein – angefühlt.
»Ich werde wohl für ein paar Tage zu Sage ziehen.«
Ich verschluckte mich an dem Orangensaft und begann heftig zu husten. Tränen schossen mir in die Augen, während ich mir mit der Hand Luft zufächelte, um wieder zu Atem zu kommen. Als sich mein Husten ein paar Sekunden später be-

ruhigte, spürte ich noch immer ein Kratzen in der Kehle. Mit verschleiertem Blick starrte ich Luca an. »Was?! Warum willst du zu Sage?!«

»Meine Allergie, schon vergessen?«, sagte Luca leichthin und trank einen Schluck von seinem Kaffee. »Außerdem wird es hier mit drei Menschen und einem Hund doch ein bisschen eng, glaubst du nicht? So kann Gavin mein Zimmer haben. Und wir alle haben etwas mehr Platz.«

Er wollte mich ernsthaft mit Gavin allein lassen? »Wie wäre es, wenn Sage bei uns einzieht und Gavin ihre Wohnung bekommt?«

Luca verengte die Augen und musterte mich misstrauisch. »Wenn du nicht willst, dass Gavin hier …«

»Schon in Ordnung«, schnitt ich ihm das Wort ab, bevor er den Satz beenden konnte, und stellte die leere Saftpackung zurück in den Kühlschrank. »Ich dachte nur, dass Gavin es gewohnt ist, allein zu wohnen. Und es für ihn so vielleicht angenehmer wäre. Aber er kann natürlich auch hierbleiben. Ich muss jetzt los. Die Arbeit ruft. Bis heute Abend. Oder auch nicht. In dem Fall bis morgen. Oder übermorgen. Egal. Wir seh'n uns. Bis dann!«, stammelte ich in einem Schwall, der es Luca nicht erlaubte, mich zu unterbrechen.

Und schneller, als er reagieren konnte, verließ ich die Küche. Und die Wohnung.

Die Wohnung, die ich mir ab jetzt mit Gavin teilte.

Großartig.

14. Kapitel

Ich war ein Feigling. Nach meiner Schicht im Le Petit am Sonntag war ich zu Aaron gefahren und hatte den Rest des Tages bei ihm in der WG verbracht. Wir hatten in seinem Zimmer abgehangen und bis spät in die Nacht Filme geguckt, ehe ich nach Hause gefahren war. Dort hatte ich eine halbe Minute vor der Tür ausgeharrt, um zu horchen, ob Gavin im Wohnzimmer war. Erst als ich mir sicher gewesen war, dass er sich in Lucas Zimmer zurückgezogen hatte, war ich reingegangen, nur um sofort in mein Zimmer zu verschwinden. Und heute Morgen hatte ich extra seinen Morgenspaziergang mit Jack abgewartet, um mich auf den Weg zur MVU zu machen.

Während der Vorlesung bei Sinclair wurde ich von meinem schlechten Gewissen geplagt, weil ich mich Gavin gegenüber so verhielt, obwohl unsere letzten Begegnungen okay verlaufen waren und er sich nichts zuschulden hatte kommen lassen. Und weil ich ihn mit zum Campus hätte nehmen können, anstatt ihn bei diesen Temperaturen den öffentlichen Verkehrsmitteln auszusetzen. Doch mein schlechtes Gewissen hielt sich nur eine Vorlesung lang, ehe es von Vorfreude abgelöst wurde, da mein Treffen mit Richmond bevorstand.

Ich verabschiedete mich von Aaron und machte mich auf den Weg zum Verwaltungsgebäude, das im Herzen des Campus' lag. Ich konnte kaum erwarten zu hören, was Richmond mit dem Komitee besprochen hatte. Mich neben meinem Studium um den Aufbau der SHS zu kümmern, würde anstrengend werden, dennoch konnte ich es kaum erwarten, damit anzufangen.

Richmond wartete bereits in ihrem Sekretariat auf mich. Doch zu meiner Überraschung bat sie mich nicht in ihr Büro, sondern bedeutete mir, ihr zu folgen. Wir verließen den ersten Stock und stiegen die Stufen bis in den Keller hinab, in dem es nur wenig für Studierende gab, abgesehen von Toiletten und einem Kopierraum. Die meisten der Zimmer waren abgeschlossen und dienten als Lagerräume für Equipment und alte Dokumente aus vergangenen Jahrgängen. Es gab auch keine Fenster, nur die harte Beleuchtung der Leuchtstoffröhren. Dieser Keller war nicht gerade der gemütlichste Teil des Campus', aber er war sauber und angenehm kühl, ganz ohne Klimaanlage.

Vor einem der abgeschlossenen Räume blieb Richmond stehen. Sie zog einen Schlüsselbund aus ihrer Hose und entriegelte die Tür. Das Licht dahinter sprang mit etwas Verzögerung automatisch an. Ich erkannte, dass wir in einer Art Lagerraum standen oder vielmehr einer sehr großzügigen Abstellkammer, denn das Zimmer maß mindestens dreißig Quadratmeter. In einer Ecke standen mehrere aufeinandergestapelte Tische, die bereits von einer Staubschicht überzogen waren. Kartons, deren Inhalt ich nicht ausmachen konnte, türmten sich daneben, und in einer anderen Ecke lagen jede Menge Bretter und Stangen aus Metall, von denen ich vermutete, dass sie zu auseinandergebauten Regalen gehörten.

»Bitte versuchen Sie, sich diesen Raum frisch geputzt vorzustellen und ohne alte Kartons«, sagte Richmond und beschrieb eine ausladende Geste mit den Händen, wie um meine Fantasie zu aktivieren. »An dieser Wandseite könnten Regale stehen und hier Tische mit Körben und Kisten. Dort drüben könnte man die Kasse aufbauen. Und das Beste an diesen

Räumlichkeiten ist, dass es eine Verbindungstür zu einem Nebenzimmer gibt.«

Richmond lief auf eine Tür neben den gestapelten Tischen zu, hinter der ein kleiner Raum lag, der tatsächlich den Begriff *Abstellkammer* verdient hatte. »Hier könnten Sie Spenden sammeln und aufbewahren, bis Sie nach vorne kommen.«

»Das wäre praktisch.«

Ein wichtiges Element der SHS sollte es werden, dass die freiwilligen Helfer die Spenden durchgingen und auf Qualität und Unversehrtheit prüften. Denn nichts, was sie nicht selbst essen, benutzen oder tragen würden, sollte an die bedürftigen Studierenden gehen. Sie sollten sich nicht fühlen, als würden sie den Müll der Gesellschaft bekommen.

Richmond knipste das Licht in der Kammer wieder aus. »Was denken Sie?«

»Ich finde es perfekt«, antwortete ich. Der Raum hatte genau die richtige Größe, wie ein kleiner Tante-Emma-Laden, und war von allen Fakultäten gleich gut zu erreichen. Man müsste vermutlich Schilder anbringen, um die Studierenden in die richtige Richtung zu weisen, damit sie den Weg in den Keller fanden, aber das sollte kein Problem darstellen.

Richmond lächelte. »Es freut mich, dass Sie das sagen. Ich denke auch, die SHS würde hier gut reinpassen. Es gibt allerdings noch einiges zu tun. Ich würde den Hausmeister darauf ansetzen, die Kartons wegzuräumen, hier einmal ordentlich durchzufegen und die Spinnweben aus den Ecken zu entfernen, aber um den Rest, wie den Aufbau der Regale, müssten Sie sich kümmern.«

»Das ist kein Problem.«

»Haben Sie dafür Unterstützung?«

»Nein, noch nicht. Aber ich könnte ein paar Freunde fragen.«

»Tun Sie das. Ich würde auch eine Anzeige ins Intranet stellen für die Suche nach Helfern. Dafür würde ich Ihre E-Mail-Adresse hinterlegen, damit sich die Leute direkt bei Ihnen melden können, wenn das in Ordnung ist?«

»Absolut! Ich würde mich um Aushänge auf und um den Campus kümmern.«

»Wunderbar. Wenn Sie Ausdrucke oder Kopien brauchen, wenden Sie sich an meine Sekretärin. Ich möchte nicht, dass Ihnen Kosten dafür entstehen«, sagte Richmond, die in ihrem teuren Kostüm und den High Heels in diesem staubigen Raum ziemlich fehl am Platz wirkte. Dennoch schien sie sich rundum wohlzufühlen und machte keine Anstalten, zurück in ihr Büro zu gehen, um den Rest dort zu besprechen. »Sollten Sie irgendwelche Ausgaben haben, behalten Sie die Rechnungen, die MVU wird Ihnen alles erstatten.«

»Gerne. Wer ist mein Ansprechpartner dafür?«

»Das bin ich.«

Erstaunt hob ich die Brauen. »Sie? Sie sind die Direktorin.«

Richmond lachte. »Schauen Sie nicht so überrascht. Ich weiß, dass die Betreuung solcher Projekte für gewöhnlich nicht in meinen Aufgabenbereich fällt, aber ich mag Ihre Idee, Miss Gibson – darf ich Sie April nennen?«

Ich nickte.

»Ihr Konzept der SHS hat viel Potenzial, April. Und ich nehme mir gerne die Zeit, Sie zu unterstützen. Ich bin bereits seit einigen Jahren Direktorin. Ich kann die Abwechslung gebrauchen und freue mich darauf, dieses Projekt wachsen zu sehen.«

»Danke. Ich fühle mich geehrt«, stammelte ich etwas überfordert von den lieben Worten, aber plötzlich auch ziemlich nervös. Richmond war nicht irgendeine Dozentin. Sie war ein hohes Tier. Sie war Direktorin dieser Universität, selbst Doktorandin der Physik und eine namhafte Person in Akademikerkreisen. Mit ihr zu arbeiten und auf diesem Weg vielleicht sogar eine persönliche Empfehlung zu bekommen, würde mir vollkommen neue Möglichkeiten eröffnen. Nach meinem Bachelorabschluss an der MVU könnte ich damit womöglich sogar einen Platz im Physics Department von Yale oder Princeton ergattern. Aber das lag noch weit in der Zukunft. Ich war immerhin erst im dritten Semester und hatte mich noch nicht entschieden, ob ich mein Studium nach dem Abschluss an der MVU fortsetzen würde oder ob ich in die Wirtschaft ging, wie meine Mom sich das wünschte. Ganz davon abgesehen musste ich erst einmal die SHS auf die Beine stellen und Richmond von mir überzeugen, ehe ich daran denken konnte, eine Empfehlung anzufragen.

Ich räusperte mich. »Hat das Komitee auch über meinen Vorschlag beraten, die freiwilligen Helfer mit Credits zu motivieren?«

»Ja, das Komitee hat zugestimmt, jedem Helfer und jeder Helferin zwei Credits gutzuschreiben, sofern er oder sie auf mindestens fünfzig Arbeitsstunden pro Semester kommt. Sie selbst würden von uns vier Credits für Ihr Engagement bekommen.«

»Ernsthaft?«

Richmond nickte. »Thematisch fällt dieses Projekt zwar nicht in Ihren Fachbereich, aber Sie werden viel organisieren, delegieren und vermitteln. Das sind Fähigkeiten, die überall gern gesehen werden. Und ich werde Ihnen zwar mit Rat und Tat zur Seite stehen, aber es wird viel an Ihnen hängen bleiben, und dafür sollten Sie entlohnt werden, immerhin wird die MVU langfristig von Ihrer Arbeit und Ihrem Engagement profitieren, finden Sie nicht?«

Ihre Frage erschien mir wie eine rhetorische, die keine Antwort erforderte, also setzte ich nur ein Lächeln auf, um meine Dankbarkeit auszudrücken.

Das restliche Treffen über besprachen Richmond und ich die nächsten Schritte, abseits der Rekrutierung von freiwilligen Helfern. Sie würde sich darum kümmern, dass der Hausmeister den Raum noch heute entrümpelte, damit ich so schnell wie möglich loslegen konnte. Wir planten eine Eröffnung der SHS unter Vorbehalt für Anfang November, damit die ersten Studierenden noch in diesem Semester Unterstützung bekamen. Bis es so weit war, würde noch viel Arbeit auf mich zukommen, aber ich konnte es auch kaum erwarten loszulegen.

Seit einer geschlagenen Minute hielt ich den Schlüssel für die Wohnung in der Hand, ohne die Tür zu entriegeln. Das Metall war bereits warm und schwitzig von meinen Fingern. Eigentlich gab es für mich keinen Grund, im Hausflur herumzulungern, außer dass Gavin da war. Ich konnte ihn hören und zog ernsthaft in Erwägung, auf dem Absatz kehrtzumachen und mich für den Abend wieder zu Aaron zu flüchten. Aber es war meine Wohnung, und ich war erschöpft von dem langen Tag an der Uni und meiner Schicht im Le Petit. Außerdem konnte ich mich nicht wochenlang wie ein Feigling vor Gavin verstecken. Zumal ich beteuert hatte, dass es für mich okay war, dass er hier wohnte, also sollte ich mich auch so verhalten.

Ich holte tief Luft, nahm all meinen Mut zusammen und entriegelte die Tür.

Ich hatte sie kaum aufgeschoben, als Jack mich begrüßte. Er ließ mir keine Zeit, meine Schuhe auszuziehen und meinen Rucksack abzulegen. Also ging ich in die Hocke, um ihn zu streicheln. Aufgeregt schwänzelte er um mich herum und stupste meine Wange mit seiner feuchten Hundenase an, wie um mir ein Küsschen zu geben. Lächelnd kraulte ich ihn hinter den Ohren und sah mich im Wohnzimmer um. Gavins Rucksack stand auf einem Stuhl am Esstisch, und auf dem Fernseher war das Menü eines pausierten Games zu sehen. Geräusche drangen aus der Küche. Gegen meinen eigenen Fluchtinstinkt ankämpfend richtete ich mich auf und folgte den Lauten.

»Hey, ich bin ... da«, stolperte ich über meine eigenen Worte, als ich die Küche betrat.

Gavin stand halb nackt an der Theke. Immerhin war er nicht ganz nackt, aber ... oh Mann. Er hatte sein T-Shirt ausgezogen, was mir einen ungehinderten Blick auf die glatte Haut seines Rückens gewährte. Die Muskulatur in seinen Schultern arbeitete, während er sich bewegte. Ich entdeckte mehrere Pigmentflecke zwischen seinen Schulterblättern, die sich wie ein Sternbild zusammensetzten. Seine Beine steckten in einer dunklen Shorts, in der sein Hintern absolut phänomenal aussah. Was eine unerwartete Erkenntnis war, denn für gewöhnlich bemerkte ich solche Dinge nicht, aber wie hätte es mir in diesem Moment nicht auffallen können?

Gavin wandte sich zu mir um, und ich wünschte mir, er hätte es nicht getan, denn ich hatte ein schlagartiges Déjà-vu zu unserem Zusammenstoß von gestern, als er nur mit einem Handtuch bekleidet vor mir gestanden hatte. Bereits da hatte ich den feinen Flaum auf seiner Brust registriert. Was ich da allerdings noch nicht bemerkt hatte, war, wie die Härchen einen sanften Verlauf über seinen Brustkorb nahmen, hinab bis zu seinem Bauchnabel und tiefer, bis sie im Bund seiner Shorts verschwanden.

Ich räusperte mich. »Hey.«

Wieso klang meine Stimme so kratzig?

»Ich hab mich schon gefragt, wann du endlich reinkommst.«

»Was?«, fragte ich verdattert.

Gavins Lippen zuckten kaum merklich, ehe er mir wieder den Rücken zuwandte. Offenbar machte er sich gerade ein Sandwich. »Du hast vor der Tür herumgestanden.«

»Das stimmt nicht!«, protestierte ich automatisch, obwohl es eine Lüge war, und stemmte die Hände in die Hüften. »Und selbst wenn, woher willst du das wissen? Hast du mich durch den Spion beobachtet?«

»Nein. Jack hat dich gehört und darauf gewartet, dass du reinkommst.«

Ich sah zu dem Australian Shepherd zu meinen Füßen, der mir in die Küche gefolgt war und mit seinen großen dunklen Knopfaugen zu mir aufblickte, vermutlich in der Hoffnung, dass ich ihn mit einem Leckerli fütterte. Darauf konnte der kleine Verräter lange warten. Ich schaute wieder zu Gavin, und erneut heftete sich mein Blick auf das Sternbild an seinem Rücken. »Sind all deine T-Shirts in der Wäsche?«

Gavin schielte über seine Schulter zu mir. »Was?«

»Ich frag mich nur, warum du halb nackt in meiner Küche rumstehst.«

»Sorry, mir war warm. Stört es dich? Dann zieh ich mir etwas über.«

»Nein, tut es nicht.«

Er hob die Brauen. »Sicher?«

Ich nickte mit erstaunlich trockener Kehle und lief zum Kühlschrank, um mir eine kalte Cola zu holen, auch wenn Koffein meinem ohnehin schon rasenden Herzen vermutlich nicht guttun würde. Gavin hatte es schon immer geschafft, meinem Körper eine Reaktion zu entlocken. Früher war es pure Freude, später bloße Panik gewesen. Und heute? Heute war es etwas ganz anderes.

»Möchtest du auch ein Sandwich?« Er deutete mit dem Messer in der Hand auf die Utensilien, die um ihn herum auf dem Tresen verteilt lagen.

Am liebsten hätte ich abgelehnt, aber ich hatte Hunger, und nachdem er mitbekommen hatte, wie ich vor der Tür herumgelungert hatte, konnte ich mich nicht einfach in mein Zimmer flüchten. Er sollte nicht wissen, wie schwer es für mich war, ihn um mich zu haben. Nach unserem Gespräch auf dem Balkon hatte ich wirklich geglaubt, es könnte vielleicht funktionieren, aber nun war ich mir da nicht mehr so sicher.

Ich räusperte mich. »Gerne. Ich zieh mich eben kurz um.«

Bevor Gavin noch etwas erwidern konnte, eilte ich in mein Zimmer und schloss die Tür hinter mir. Mein Herz wummerte heftig. Erschöpft von dieser kurzen Begegnung ließ ich mich gegen die Tür sinken, um mich zu sammeln und dieses eigenartige Gefühl in meiner Brust zu verdrängen.

15. Kapitel

5 Jahre zuvor

Ich hörte das Zirpen von Grillen. Das Plätschern des Baches. Schnelle Schritte und das ratschende Geräusch des Reißverschlusses meines Zelts, der aufgezogen wurde. Ein Lächeln trat mir auf die Lippen, denn ich hatte keine Angst. Hätte ich Gavin nicht bereits an seinen Schritten erkannt, dann an seiner Silhouette.
»Bist du wach?«, fragte er mit gesenkter Stimme.
»Nein.«
Er lachte und schlüpfte zu mir ins Zelt. Den Verschluss zog er wieder zu. Ich rückte an die dünne Wand des Zeltes, um Platz für ihn zu machen, aber er nutzte diesen Platz nicht aus, sondern legte sich direkt neben mich auf den harten Boden. Es war stockfinster, aber Gavins Gesichtszüge hatten sich derart in mein Gedächtnis eingebrannt, dass ich glaubte, ihn selbst in vollkommener Dunkelheit sehen zu können.
Sein warmer Atem streifte meine Wange.
Mir wurde schwindelig.
»Kannst du nicht schlafen?«, fragte ich.
»Nein, aber es ist morgen.«
»Was?«
»Es ist morgen, also heute, also ... Happy Birthday, May.«
Ich grinste übers ganze Gesicht, froh darüber, dass Gavin nicht sehen konnte, wie unglaublich glücklich mich seine Worte machten. Früher hätte ich mir nichts dabei gedacht, aber seit einer Weile

verspürte ich in seiner Gegenwart diese nervöse Aufregung in der Brust, die mich die ganze Zeit kichern und grinsen ließ, so sehr, dass ich glaubte, dass es Luca schon aufgefallen war.

»Wie fühlt es sich an, vierzehn zu sein?«

»Das weißt du doch.«

»Ach, bei mir ist das schon lange her.«

Ich rollte mit den Augen. Gavin und Luca redeten gerne so, als wären sie viel älter und weiser als ich, dabei war ich die Reifste von uns dreien. Sie stellten so viel Unsinn an. Und klüger war ich auch. Erst neulich hatte ich Luca bei seinen Matheaufgaben geholfen, dabei war ich drei Stufen unter ihm!

»Hast du ein Geschenk für mich?«

Ich hörte Gavins Lächeln mehr, als dass ich es sah. »Natürlich. Mach die Augen zu.«

»Es ist komplett dunkel!«

»Trotzdem, mach sie zu«, bat mich Gavin, und ich gehorchte, weil ich ihm vertraute und auf das gespannt war, was kommen würde.

Ich hörte ein Rascheln und das Klicken der Taschenlampe, die an der Decke des Zeltes hing, und dann lagen plötzlich Gavins Finger an meinem Hals. Sanft streichelten sie meinen Nacken empor. Ich erschauderte und fröstelte, auch wenn mir warm wurde. Und ich konnte Gavins Atem nicht mehr spüren, obwohl er mir ganz nahe war, fast so, als würde er die Luft anhalten. Kaltes Metall streifte mein Schlüsselbein.

Eine Kette.

Er band sie mir um. Seine Finger glitten aus meinem Nacken, und sofort vermisste ich das Gefühl seiner Berührung.

»Du kannst die Augen wieder aufmachen.«

Ich blinzelte gegen das Licht an, und das Erste, was ich sah, war Gavins strahlendes Lächeln, bevor ich den Blick senkte und auf die Kette guckte, die er mir umgebunden hatte. Sie war aus Silber mit einem runden Anhänger mit kleinen glitzernden Steinchen, die *keine bestimmte Anordnung zu haben schienen, allerdings mit einer dünnen, eingestanzten Linie verbunden waren.*

»Das ist das Sternbild des Sternzeichens Löwe«, erklärte Gavin. Ich blickte auf. »Aber ich bin Stier.«

»Ich weiß, aber ich bin Löwe«, sagte Gavin und griff unter den Kragen seines Shirts. Er zog eine Kette hervor, die genauso aussah wie meine, nur die Anordnung der Steinchen war eine andere. »Das ist das Sternzeichen für Stier. So denkst du immer an mich. Und ich denk immer an dich.«

Ich kniff die Augen zusammen und schob die Erinnerung von mir weg. Die Erinnerung an jene Nacht, in der ich ein für alle Mal erkannt hatte, dass ich Gavin Forster liebte. Damals war ich zu jung gewesen, zu unerfahren, um diesem Gefühl einen Namen zu geben, aber rückblickend erkannte ich, was es gewesen war: Liebe.

So denkst du immer an mich. Und ich denk immer an dich.

Ich hatte an Gavin gedacht. Viel. Lange. Jeden Tag. Und diese Kette hatte ich gehütet wie meinen Augapfel, obwohl ich schon damals nicht an Astrologie geglaubt hatte, aber ich hatte an Gavin geglaubt. An uns. Und an das, was wir miteinander hatten. Daran, dass unsere Freundschaft genauso unvergänglich war wie die Sterne. Erst später hatte ich gelernt, dass Sterne durchaus vergingen, dass sie erloschen und starben wie auch alles andere.

Ich zwang mich dazu, nicht länger an diese Nacht und diese verfluchte Kette zu denken. Wie von selbst wanderte mein Blick dabei zu der Schublade meines Nachttisches. Es kribbelte mir in den Fingern, sie aufzuziehen und nach der kleinen schwarzen Schachtel darin zu greifen, aber ich unterdrückte das Verlangen und ballte meine Hand stattdessen zur Faust. So fest, bis sich die Sicheln meiner Nägel schmerzhaft in meine

Haut drückten und der Schmerz mich wieder klar denken ließ, denn aus diesen Erinnerungen, aus dieser Nostalgie, konnte nichts Gutes entstehen.

Ich stieß mich von der Tür ab und zog mich um, da ich von meiner Schicht im Le Petit ziemlich verschwitzt war. Anschließend überprüfte ich mein Make-up im Spiegel, das wie durch ein Wunder von der Hitze nicht zerlaufen war, und trug etwas Deo auf, das eine Dusche später zwar nicht ersetzen würde, aber mir zumindest für den Moment das Gefühl gab, etwas frischer zu sein, als ich mich nach diesem langen Tag fühlte.

Als ich zurück ins Wohnzimmer kam, hockte Gavin bereits auf dem Sofa. Er hatte sich ein T-Shirt angezogen, und ich wusste nicht, ob ich erleichtert oder enttäuscht sein sollte. Er balancierte einen Teller auf dem Schoß, der andere stand für mich auf dem Couchtisch bereit. Ich schnappte ihn mir, murmelte ein »Danke« und ließ mich auf den Sessel fallen.

Im Bistro hatte ich mir zwar einen Bagel gegönnt, dennoch war ich ziemlich ausgehungert. Herzhaft biss ich in das Sandwich, denn Sandwiches, die andere für einen zubereiteten, schmeckten immer besser als die, die man sich selbst machte, das war ein Naturgesetz. Doch Gavins Sandwich schmeckte irgendwie seltsam. Ich legte es zurück auf meinen Teller, hob die geröstete Toastscheibe an und schielte auf den Belag. »Was ist das für ein Käse?«

»Veganer.«

Das erklärte einiges. Ich legte die Toastscheibe wieder zurück.

»Schmeckt es dir nicht?«

»Doch, schon. Es schmeckt nur … anders.«

Gavin schmunzelte. »Daran gewöhnt man sich.«

»Wie lange bist du schon vegan?«, fragte ich.

»Seit ich den Job im Supermarkt habe«, antwortete Gavin, ohne mich anzusehen. »Wenn du ständig von Leuten umgeben bist, die diesen Lifestyle leben und auch noch ziemlich gute Gründe dafür haben, ist es irgendwann schwer wegzuhören.«
»Verstehe«, murmelte ich, und damit war unser Gespräch auch schon wieder beendet.

Ich nahm noch einen Bissen. Das Spiel auf dem Fernseher war noch immer pausiert, weshalb es nichts gab, was die Stille, die nun aufkam, hätte füllen können. Um mich davon abzulenken, beobachtete ich Jack, der neben Gavin auf dem Boden saß und ihn erwartungsvoll ansah in der Hoffnung, ebenfalls etwas abzubekommen. Doch nun, da ich die Stille wahrgenommen hatte, konnte ich sie nicht ignorieren. Und mit jeder Sekunde, die verging, schien sie dichter und undurchdringlicher zu werden, wie immer stärker werdender Regen, der einem mehr und mehr die Sicht raubte, bis man nichts mehr sehen konnte außer den besagten Regen.

Händeringend suchte ich nach einem Thema, über das ich mit Gavin reden konnte, aber mir wollte partout nichts einfallen. Mein Verstand war wie leer gefegt. Und wenn mir doch Worte in den Sinn kamen, hörten sie sich bereits in meinem Kopf so dämlich an, dass ich mich nicht traute, sie auszusprechen. Immer wieder spürte ich dabei Gavins Blick auf mir, aber auch er sagte nichts.

Die Härchen in meinem Nacken stellten sich auf. Eilig aß ich mein Sandwich, wobei ich jeden Bissen nur drei-, viermal kaute und mich fast verschluckte. Ich verputzte das Ding in Windeseile, um von hier wegzukommen und der Stille zu entfliehen. Noch während ich mir den letzten Bissen in den Mund schob, sprang ich vom Sessel auf, murmelte etwas von Lernen und Vorlesung und wünschte Gavin eine gute Nacht, obwohl es draußen noch hell war. So schnell ich konnte, ohne dass es so wirkte, als würde ich wegrennen, huschte ich in mein Zimmer und schloss die Tür.

Es wurde still um mich herum. Es war nicht diese laute, unangenehme Stille, die ich in Gavins Nähe verspürte, sondern normale Stille. Ich stieß ein Seufzen aus. Was hatte ich mir nur dabei gedacht, Gavin hier wohnen zu lassen? Ich hatte gar nichts gedacht, das war die einzige Erklärung. Und zudem war ich unfassbar schlecht darin, Nein zu sagen. Das war eine Fähigkeit, an der ich wirklich arbeiten sollte. Aber nun saß ich hier mit Gavin fest. Er hatte zwar beteuert, dass ich ihn jederzeit wegschicken konnte, wenn es mir zu viel wurde, aber ich befürchtete, dass das nur Fragen aufwerfen würde, vor allem bei Luca. Und ich wollte nicht mit ihm über mein Verhältnis zu Gavin reden oder darüber, dass er mir das Herz gebrochen hatte; das würde nur ihre Freundschaft belasten, was ich auf keinen Fall wollte.

Also musste ich mich zusammenreißen, aber das war leichter gesagt als getan. Denn Gavin und ich hatten unsere Leichtigkeit vor fünf Jahren verloren. Hier und dort flackerte sie noch auf, wie bei unserem Moment auf dem Balkon, aber sie war nur der Funke eines Feuers, das früher groß und strahlend gebrannt und mein Leben erleuchtet hatte. Doch nun saß ich in der Dunkelheit und hatte zu große Angst, das Feuer wieder zu entzünden, aus Sorge, mich erneut daran zu verletzen.

16. Kapitel

»Könnte ich davon bitte fünfhundert Kopien haben? Und hiervon fünfzig?«, fragte ich die Sekretärin in Richmonds Büro am Dienstagmittag und reichte ihr die Entwürfe, die ich am Morgen bereits vor der ersten Vorlesung bei Professor Sinclair ausgedruckt hatte. Dafür war ich extra eine halbe Stunde früher aufgestanden, um mich aus der Wohnung zu schleichen, während Gavin im Badezimmer gewesen war. Ich hatte ihm nach dem gestrigen Abend nicht unter die Augen treten können. Und wenn das die nächsten Wochen so weiterging, würde ich gezwungenermaßen zur Frühaufsteherin werden.

Mrs Nelson, wie ihr Namensschild mich wissen ließ, nahm die beiden Zettel ohne ein Wort, aber mit zuckenden Augenbrauen entgegen. Stumm rollte sie mit ihrem Stuhl zu dem Hightech-Kopierer, der auf einem Tisch hinter ihr stand. Sie legte den ersten Entwurf ein, checkte das Papierfach und drückte auf Start. Anschließend rollte sie wieder zurück zu ihrem Platz, um sich der Aufgabe zu widmen, bei der ich sie offenbar gestört hatte.

Um nicht nur Löcher in die Luft zu starren, zückte ich mein Handy und scrollte durch Instagram, bis ein gigantischer Papierstapel mit einem lauten Klatschen auf der Theke des Sekretariats landete. »Ihre Kopien.«

Ich steckte mein Handy weg. »Hätten Sie zufällig ein Schneidegerät für mich?«

Es schien Mrs Nelson einiges an Überwindung zu kosten,

nicht mit den Augen zu rollen. Offenbar hatte sie einen schlechten Tag, aber davon ließ ich mich nicht aus der Ruhe bringen. Sie stellte mir das Schneidegerät ebenfalls auf die Theke, und ich bedankte mich mit einem breiten Lächeln, das es zwar nicht schaffte, ihre harte Miene zu erweichen, aber es brachte sie immerhin dazu, ein »Gern geschehen« zu murmeln.

Ich machte mich daran, die fünfhundert Kopien in der Mitte zu zerteilen. Es waren Handouts, die ich direkt an Studierende verteilen wollte und auf denen ich nach Helfern für die SHS suchte. Die anderen fünfzig Kopien hingegen waren für Aushänge. Das Prozedere, die Flyer zu teilen, dauerte länger als erwartet, da der Schneider nur zehn Blatt auf einmal schaffte. Als ich das Sekretariat schließlich verließ, war ich zu spät dran für meine Vorlesung Mathe der Physik 3 bei Professorin Wong. Kurz überlegte ich, zu schwänzen und die Flyer direkt zu verteilen, aber diesen Gedanken verwarf ich augenblicklich wieder. Ich hatte meiner Mom und auch mir selbst geschworen, dass mein Studium nicht unter der SHS leiden würde, also machte ich mich auf den Weg zum Hörsaal. Wong steckte bereits mitten in ihrem Vortrag. So leise wie möglich huschte ich in den Saal und hockte mich auf den erstbesten freien Platz.

Die Vorlesung zog sich in die Länge, und mehrfach driftete ich mit meinen Gedanken ab, sodass ich mich immer wieder ermahnen musste, Wong zuzuhören, aber glücklicherweise hatte ich meine Tonaufnahme, um später nachzuholen, was ich verpasst hatte. Schließlich endete die Vorlesung, und offenbar war ich nicht die Einzige, die sich gelangweilt hatte, denn die anderen konnten es anscheinend ebenfalls kaum erwarten, den Raum zu verlassen. Eilig sprang ich von meinem Platz auf, schnappte mir einen Packen der Flyer und stellte mich damit an die Tür. Im Vorbeigehen versuchte ich, meinen

Kommilitonen die Zettel in die Hand zu drücken, doch die meisten von ihnen winkten ab oder ignorierten mich.

»Hey, wo warst du?«

Ich lächelte Aaron an, der die Stufen nach unten kam. Während der Vorlesung hatte ich mich immer wieder nach ihm umgesehen, ihn aber nirgendwo entdecken können. »Ich habe die hier drucken lassen, und das hat etwas länger gedauert als erwartet.« Ich reichte ihm einen der Flyer.

»Sieht gut aus. Wie lang hast du dafür gebraucht?«

»Zwei Stunden«, gestand ich, während ich parallel weiterhin versuchte, meine Flyer an die Leute zu verteilen, die den Saal verließen, jedoch ohne großen Erfolg. »Allerdings ist mir zwischendrin auch mal das Programm abgestürzt. Und ich habe auch Zettel für den Aushang, die sehen etwas anders aus und man kann sich meine Mail-Adresse unten abreißen.«

Aaron nickte und gab mir den Flyer zurück.

»Du hilfst mir doch mit der SHS, oder?«

Beschämt zog Aaron den Kopf ein. »Hin und wieder kann ich dir sicherlich unter die Arme greifen, aber ich kann nichts versprechen. Du weißt, dass ich dieses Semester einen zusätzlichen Kurs belegt habe. Und ich habe meiner Mom versprochen, ihr bei den Hochzeitsvorbereitungen zu helfen. Sorry!«

»Dafür musst du dich doch nicht entschuldigen«, sagte ich, auch wenn ich wirklich auf seine Unterstützung gehofft hatte.

»Wann ist die Hochzeit?«

»November.«

»Wollte deine Mom nicht in ihrem Garten heiraten?«

»Jup.«

»Ziemlich riskant.«

Aaron rieb sich den Nacken, wobei die silbernen Ketten, die er heute trug, klimpernd aneinanderschlugen. »Ja, das hab ich ihr auch gesagt, aber sie will unbedingt eine Herbsthochzeit mit bunten Blättern, Kerzen, einen beleuchteten Pavillon und, und, und. Wir müssen einfach auf das Beste hoffen. Außerdem werden wir Zelte und Heizlüfter aufbauen. Solang es keinen Sturm gibt, sollte das funktionieren.«

»Ich werde zu den Wettergöttern beten.«

»Danke, das wird meine Mom zu schätzen wissen.«

Ich grinste und lief zurück zu meinem Platz, um meine Sachen einzupacken, da Aaron und ich die beiden Letzten im Saal waren. Obwohl das Auditorium voll besetzt gewesen war, war ich nur eine Handvoll Flyer losgeworden.

»Wo wir gerade über die Hochzeit reden, hättest du Lust, mit mir hinzugehen, als meine Begleitung?«

Ich schulterte meinen Rucksack. »Du willst mich als dein Plus eins mitnehmen?«

Er nickte.

Ich war überrascht, dass er mich fragte und nicht Connor. Die beiden hatten zuletzt deutlich mehr Zeit miteinander verbracht als wir, zumindest bevor Connor Derek kennengelernt hatte. »Ich komm gern mit.«

»Yes! Das wird meine Mom freuen. Sie will dich schon lange kennenlernen.«

Wir verließen den Hörsaal, und das Erste, was ich entdeckte, als wir in den Flur traten, war ein Papierknäuel auf dem Boden, direkt hinter der Tür. Obwohl der Flyer so zerknautscht war, erkannte ich ihn sofort. Ich stieß ein frustriertes Seufzen aus und hob den Zettel auf, um ihn zumindest im Papierkorb zu entsorgen. Aaron schenkte mir ein mitfühlendes Lächeln. Ich begleitete ihn bis zur Bibliothek, während ich selbst zu den geistes- und sozialwissenschaftlichen Fakultäten weiterlief in der Hoffnung, dass mein Projekt bei den Pädagogen, Psychologen und Sozialwissenschaftlern mehr Anklang fand.

Meine Hoffnung war vergebens.

Es war, als würden mir die Flyer die Superkraft der Unsichtbarkeit verleihen. Die Leute ignorierten mich und gaben sich alle Mühe, nicht in meine Richtung zu schauen. Einige holten sogar übertrieben geschäftig ihr Handy hervor und umfassten es mit beiden Händen, als wäre es ihnen damit unmöglich, nach meinen Flyern zu greifen. Es war frustrierend.

Ich verstand, wenn die Leute keine Zeit oder Lust hatten, mir zu helfen, aber dass sie nicht einmal bereit waren, sich anzuschauen oder anzuhören, was ich zu sagen hatte, war zermürbend. Und ließ Zweifel bezüglich des Projekts in mir aufkommen, denn allein konnte ich die ganze Arbeit unmöglich stemmen. Was, wenn die SHS schon in ihrer Gründungsphase scheiterte?

»Hey.«

Gavins Stimme ließ mich zusammenzucken.

Mit angehaltenem Atem drehte ich mich langsam zu ihm um und hoffte darauf, dass er abdrehte und zu jemand anderem lief, weil er in Wirklichkeit überhaupt nicht mich angesprochen hatte, doch er steuerte geradewegs auf mich zu. Etwas rührte sich in meinem Magen, das ich hinter einem verkrampften Lächeln zu verstecken versuchte, als ich an die unangenehme Stille von gestern Abend dachte.

Gavin blieb vor mir stehen. Seine blauen Augen hinter einer Sonnenbrille versteckt und sein Haar zerzaust, als wäre er sich während der Vorlesungen immer wieder vor Frustration hindurchgefahren. »Was machst du hier?«

»Leute für die SHS anwerben.« Ich reichte ihm einen der Flyer.

Er griff danach. »Und wie läuft's bisher?«

Ich zog eine Grimasse. »Darüber möchte ich lieber nicht reden.«

»Oh, doch so gut?«

»Die Leute tun so, als wäre ich Luft«, antwortete ich mit einem Seufzen. Ich versuchte einem Mädchen, das gerade an uns vorbeilief, einen Flyer zu überreichen, aber sie steckte die Hände demonstrativ in die Hosentaschen. Ich seufzte ein weiteres Mal. »Wenn das so weitergeht, kann ich die SHS gleich an den Nagel hängen. Allein bekomm ich das niemals alles auf die Reihe.«

Gavin schenkte mir ein aufmunterndes Lächeln. »Du fängst gerade erst an. Gib der Sache etwas Zeit, und wenn sich niemand findet, helfe ich dir.«

Ungläubig riss ich die Augen auf, und einen Moment lang meinte ich, mich verhört zu haben, dabei war ich mir eigentlich sicher, Gavin richtig verstanden zu haben. »Ist das dein Ernst?«

»Ja. Warum auch nicht?«

»Du hast doch schon so viel zu tun.«

»Ja, aber die SHS ist eine gute Sache. Da unterstütze ich dich gerne.«

Ein Teil von mir fragte sich, ob er mir dieses Angebot nur machte, weil er das Gefühl hatte, sich dafür revanchieren zu müssen, dass er bei Luca und mir wohnen durfte; was nicht der Fall war. Ich wollte Gavins Wohnsituation nicht ausnutzen oder der Grund dafür sein, dass seine Noten weiter abrutschten, die Lucas Aussage nach ohnehin schon unter seinen zwei Jobs litten. »Danke, das ist lieb von dir, aber wie du selbst gesagt hast: Ich fange gerade erst an. Sicher finden sich noch Leute.«

Gavin nickte, und erneut wurde es still zwischen uns, weil wir mal wieder den Punkt erreicht hatten, an dem wir uns nichts zu sagen hatten, weil es zu viel zu sagen gab. Weil wir nie über die Sache von damals geredet hatten. Und nun lag das

Gewicht dieser unausgesprochenen Worte wie tausend Tonnen auf unseren Schultern.

Gavin räusperte sich. »Ich muss leider los. Ich hab gleich eine Lerngruppe. Die anderen warten bestimmt schon auf mich. Wir seh'n uns heute Abend.«

Ich lächelte verkniffen und wünschte mir sehnlichst, ich hätte eine Ausrede parat, aber die hatte ich nicht, also hörte ich mich sagen: »Bis heute Abend.«

Ich hatte einen Plan. Ob es ein guter Plan war oder nicht würde sich in den nächsten Stunden zeigen, doch Gavin und ich konnten nicht so weitermachen wie in den letzten Tagen. Vielleicht hätte ich mit dieser verkrampften Stimmung und dem unbequemen Schweigen leben können, wenn ich wüsste, dass es nach diesen zwei, drei Wochen vorbei wäre, aber das würde es nicht sein.

Niemals.

Nicht solange Gavin Lucas bester Freund war. Wir würden uns unweigerlich immer und immer und immer wieder begegnen, und es gab keine Garantie dafür, dass wir nicht irgendwann wieder in einer ähnlichen Situation landeten wie dieser. Zudem lag das, was Gavin und mich einst verbunden hatte, inzwischen fünf Jahre zurück.

Fünf.

Lange.

Jahre.

An manchen Tagen fühlten sich diese Jahre wie Minuten an, so tief saßen der Schmerz und die Sehnsucht von damals noch in meiner Brust, weil ich das, was wir einst hatten, einfach nicht vergessen konnte. In meinem Kopf spielte sich dann immer wieder der Film unserer einstigen Freundschaft ab, obwohl mir das überhaupt nicht guttat. Weshalb es vielleicht an der Zeit war, diese Kassette zu überspielen und sie mit etwas Neuem zu füllen. Neuen Erfahrungen. Neuen Erlebnissen. Neuen Gedanken. Und neuen Gefühlen. Was Gavin und ich brauchten, war ein Neuanfang. Eine Neuauflage. Ein Remake. Ich war mir nicht hundertprozentig sicher, ob das eine gute Idee war oder eine, die zum Scheitern verurteilt war. Denn Remakes waren ein heikles Thema. Neuverfilmungen waren selten so gut wie die Originale, und am Ende verließ man das Kino enttäuscht und wünschte sich, das eben Gesehene vergessen zu können. Aber Ausnahmen bestätigten die Regel. Aus diesem Grund hatte ich auf dem Heimweg zwei Zwischenstopps eingelegt. Der erste Stopp war mein liebstes Sushi-Restaurant gewesen. Der zweite Stopp Aaron, um mir dieses dämliche Deep-Talk-Spiel von Connor auszuleihen, auf diese Weise hatte die Stille zwischen uns keine Chance.

Ich öffnete die Tür zur Wohnung. Wie bereits am Vortag wurde ich überschwänglich von Jack und seinem breiten Hundelächeln begrüßt. Das war zumindest eine Sache, die ich vermissen würde, sobald Gavin nicht mehr hier wohnte. Ich ging in die Hocke und streichelte Jack, während ich in die Wohnung lauschte, aber Gavin konnte ich nicht hören. Offenbar war er nicht zu Hause. Ich lief in die Küche und fütterte Jack mit dem Spezialfutter, das er wegen seiner Unverträglichkeiten für seinen Magen bekam.

Das mitgebrachte Sushi stellte ich in den Kühlschrank, denn die *Mission Remake* sah vor, dass ich mit dem Essen auf Gavin wartete. Um die Zeit zu überbrücken, bis er nach Hause kam, ging ich eine kurze Runde mit Jack Gassi, bevor ich mich mit dem Laptop auf die Couch hockte. Zuallererst checkte ich meine Mails. Leider hatte ich noch keine Bewerbungen für die SHS, aber eine Nachricht vom Assistenten meiner Mom, der mir unser Treffen für übernächsten Samstag bestätigte. Und eine Mail von Direktorin Richmond, die mir mitteilte, dass das Gesuch für Helfer nun auch im Intranet zu finden war. Ich besuchte den Link, den sie mir geschickt hatte, und überflog den Ausschreibungstext, den ich längst kannte, da ich ihn selbst verfasst hatte.

Sorge und Unsicherheit, dass ich mich mit diesem Projekt möglicherweise übernommen haben könnte, flammten in mir auf, aber ich verdrängte die Gefühle sofort, anderenfalls bestand das Risiko, dass meine Angst mich lähmen würde, und dafür war keine Zeit, denn es gab viel zu tun. Also machte ich mich daran, ein Infoblatt für die Geschäfte zu erstellen, welche die SHS hoffentlich als Partner unterstützen würden, und arbeitete anschließend die heutigen Vorlesungen durch, während ich auf Gavin wartete.

Es war bereits nach acht Uhr, als ich meinem Hungergefühl schließlich nachgab und das Sushi aus dem Kühlschrank holte, um meine Hälfte zu essen. Nebenbei ließ ich eine Folge von *The Flash* laufen. Von Gavin fehlte weiterhin jede Spur, und allmählich wurde ich unruhig. Er hatte mir versichert, dass wir uns heute Abend sehen würden, und selbst wenn sich spontan andere Pläne ergeben hätten, so wäre er zumindest nach Hause gekommen, um nach Jack zu sehen – oder nicht?

Mein Blick wanderte von dem Hund, der neben mir auf der Couch lag, zu der Uhr am DVD-Player, und noch bevor ich die Entscheidung bewusst getroffen hatte, griff ich nach meinem Handy. Ich scrollte durch meine Kontakte, bis ich bei Gavin *Forscher* landete. Ich hatte mich damals, vor knapp acht Jahren, als ich seine Nummer das erste Mal eingespeichert hatte, vertippt und den Fehler nie behoben.

Nun öffnete ich unseren Nachrichtenverlauf – einen leeren Nachrichtenverlauf. Die Leere ließ mich einen Moment innehalten, denn plötzlich hatte ich dasselbe Gefühl, wie ich es immer verspürte, wenn ich in ein neues Notizbuch schrieb. Diese ersten Worte wirkten elementar, denn sie waren das Erste, was man beim Aufschlagen des Buches sehen würde.

Meine Finger kribbelten, als ich zu tippen begann:

Ich: Hey, wann kommst du nach Hause?
Ich: Jack vermisst dich.

Ich aktivierte die Kamera und knipste ein Foto von Jack, das ich Gavin schickte. Die Nachricht wechselte binnen Sekunden von verschickt zu zugestellt – aber nicht zu gelesen. Vergebens wartete ich zwei geschlagene Minuten, doch von Gavin kam nichts zurück. Mit einem Seufzen legte ich das Handy beiseite und widmete mich wieder meinen Lernunterlagen, doch meine Konzentration schwand wie das Licht der untergehenden Sonne, als Gavin eine Stunde später immer noch nicht zu Hause war.

Ich ärgerte mich über mich selbst, weil ich viel zu tun und eigentlich keine Zeit hatte, mir um Gavin Sorgen zu machen, zumal es mir auch egal sein konnte, was er tat und wo er sich herumtrieb, aber es war mir verdammt noch mal nicht egal. Vermutlich war er nur mit Freunden unterwegs oder bei einer Lerngruppe. Oder auf der Arbeit. Und würde mich auslachen, wenn er wüsste, was gerade in meinem Kopf vorging. Gewiss war dieses ungute Gefühl, das mir im Nacken saß, nur das entfernte Echo jener Sorgen, die ich damals am See verspürt hatte. Logisch hatte ich mit der Sache abgeschlossen, und Gavin hatte beteuert, dass er bereute, was geschehen war, aber vielleicht steckte mir der Schock des Augenblicks noch immer in den Knochen. Er war nur spät dran. Nicht mehr und nicht weniger.

Alles war gut.
Kein Grund zur Sorge.

17. Kapitel

Kein Grund zur Sorge.
Ich hielt mich an diesen Worten fest, auch als ich zwei Stunden später ins Bett ging. Ohne dass ich je eine Antwort von Gavin auf meine Nachrichten bekommen hatte. Jack, mit dem ich noch eine zweite Gassirunde gedreht hatte, folgte mir in mein Zimmer und machte es sich am Fußende meines Bettes bequem. Er schien sich keine Sorgen um sein Herrchen zu machen.

Ich war von der Zeit draußen in der Hitze und vom Verteilen der Flyer todmüde, dennoch konnte ich nicht einschlafen, obwohl Schlafen eigentlich zu meinen größten Talenten gehörte. Aber offenbar besaß Gavin ein noch größeres Talent dafür, mich um den Schlaf zu bringen. Zumindest war es inzwischen das zweite Mal in weniger als zwei Wochen, dass ich ausgerechnet seinetwegen wach im Bett lag.

Doch es war keine gute Art von Schlaflosigkeit, nicht wie früher, als wir die Nächte durchgequatscht hatten. Nein, es war eine zermürbende Schlaflosigkeit. Eine Schlaflosigkeit, welche die Nacht nicht erschreckend kurz, sondern unerträglich lang erscheinen ließ.

Irgendwann musste ich zwischen Müdigkeit und Sorge dennoch eingeschlafen sein, denn eine unbestimmte Zeit später wurde ich von Jack geweckt, der aus meinem Bett sprang und wie vom Blitz getroffen aus dem Zimmer stürmte. Gähnend warf ich einen Blick auf die Uhr. Es war kurz nach zwei. Den Geräuschen nach zu urteilen war Gavin endlich zu Hause. Ich schlug die Decke zurück und tapste den dunklen Flur entlang. Im Wohnzimmer war es finster. Nur die Straßenlaterne vor dem Gebäude spendete einen Lichtschimmer, der mich Gavins Silhouette erkennen ließ. Er hockte zusammengesunken und vornübergebeugt auf der Couch. Seine Stirn hatte er gegen die von Jack gepresst, der vor ihm auf dem Boden saß und ihm über das Gesicht leckte. Mich hatte Gavin noch nicht bemerkt.

Ich schaltete das Licht ein.

Erschrocken fuhr er in die Höhe und rieb sich hastig mit dem Handrücken über die Augen. »He…« Seine Stimme brach am Ende des Wortes, was ihn dazu veranlasste, sich zu räuspern und noch mal anzusetzen. »Hey, hab ich dich aufgeweckt?«

Ich schüttelte den Kopf, obwohl ich mir sicher war, dass meine verwuschelte Frisur und mein Outfit – dünne Shorts, ein trägerloses Top und kein BH – eine andere Geschichte erzählten. Ich musterte Gavin. Er sah vollkommen fertig aus. Der Kragen seines Hemdes war eingerissen. Sein Haar war ungekämmt, und an seinem Hals leuchteten mehrere rote Striemen, die aussahen wie die Spuren von Fingernägeln. Und dann waren da noch seine Tränen, die er so eilig versucht hatte wegzuwischen, aber ihre Rückstände lagen als glasiger Schimmer in seinen Augen und hingen als Tropfen in seinen dunklen Wimpern.

Scheiße.

Männertränen war das Schlimmste. Ich wusste nicht warum, aber jedes Mal, wenn ich einen Mann weinen sah, wurde es auch in meiner Kehle eng. Als Sage damals an Weihnachten mit Luca Schluss gemacht hatte und ich ihn in seinem Zimmer schluchzen gehört hatte, hatte ich auch zu weinen begonnen, als wäre es meine eigene Trennung gewesen. Und auch jetzt spürte ich, wie sich ein ungewollter Druck hinter meinen Augen aufbaute.

Zögerlich näherte ich mich der Couch, wobei Gavin jeden meiner Schritte beobachtete. Während ich für gewöhnlich versuchte, einen gewissen Abstand zwischen uns zu bewahren, setzte ich mich nun direkt neben ihn. Er roch nach Alkohol und Rauch, aber er wirkte vollkommen nüchtern, was mich aus irgendeinem Grund erleichterte. Wortlos sahen wir einander an. Tiefer Kummer lag in seinen Augen. Er erinnerte mich an jenen Schmerz, den ich am Ufer des Lake Tahoe darin gesehen hatte. Und obwohl der Schmerz in seinem Blick nur schwer zu ertragen war und mein Herz ein kleines Stück für Gavin brach, konnte ich nicht wegsehen – und das wollte ich auch nicht.

Ich beugte mich vor und zog ihn in eine Umarmung, etwas, das ich schon sehr, sehr lange nicht mehr getan hatte. Er versteifte sich unter meiner Berührung, und einen Augenblick lang fürchtete ich, dass er sich von mir losreißen könnte, weil ich die Grenze überschritten hatte, die er vor fünf Jahren für uns gezogen hatte. Doch dann wurde sein Körper ganz weich in meinen Armen. Seine Schultern sackten nach vorne, und sein Oberkörper sank gegen mich. Und ich fragte mich, was um Himmels willen seit unserem Treffen am Campus geschehen war.

»Alles ist gut«, murmelte ich an Gavins Ohr und musste daran denken, wie ich mir diese Worte vor ein paar Stunden selbst noch in Gedanken gesagt hatte, um mich zu beruhigen. Aber offenbar war nichts gut. Gavin wirkte so enttäuscht, so kraftlos und gebrochen, als könnte er auseinanderfallen, wenn ich ihn nicht zusammenhielt, weshalb ich ihn noch fester an mich drückte.

Zittrig holte er Luft, und ich konnte fühlen, wie er seine

Arme, die bisher matt heruntergehangen hatten, anhob und um mich legte. Die Umarmung war zuerst zögerlich, gar vorsichtig, als hätte er Angst, mich oder vielleicht auch sich selbst damit zu verletzen. Doch als er erkannte, dass es okay war, zog er mich ganz fest an sich. Seine Hände krallten sich in mein Oberteil, und er vergrub sein Gesicht an meiner Schulter. Seine Nase streifte mein Schlüsselbein, und sein warmer Atem kitzelte meine Haut.

Gavin zu umarmen, fühlte sich befremdlich und gleichermaßen vertraut an. Fremd, weil Gavin sich verändert hatte, so wie auch ich mich verändert hatte. Seine Schultern waren breiter, seine Arme muskulöser. Und wo sich früher unsere beiden Oberkörper beinahe vollkommen flach aneinandergedrückt hatten, waren nun meine Brüste im Weg, die nur von dem dünnen Stoff meines Tops bedeckt wurden. Doch trotz dieser körperlichen Unterschiede fühlte sich Gavin zu umarmen an, wie nach einer sehr langen Reise nach Hause zu kommen. Da war Staub auf den Möbeln, und die Luft war stickig, weil so lange kein frischer Wind durch die Räume geweht war. Dennoch fühlte man sich sofort wieder wohl, weil einem alles so vertraut erschien.

Es hatte mir gefehlt, nach Hause zu kommen.

Denn Gavin hatte mir gefehlt.

Und mir das einzugestehen, tat auf wunderbare Art und Weise weh.

Ich drückte Gavin an mich. Und er drückte mich an sich, bis es schwer zu sagen war, ob er mich festhielt oder ich ihn oder wir einander. Ich konnte hören, wie sich seine zittrige Atmung beruhigte und gleichmäßiger wurde, während mein Herz immer schneller zu pochen schien, je länger die Umarmung andauerte. Doch ich ließ Gavin nicht los, denn er sollte entscheiden, wann es für ihn okay war.

Zwei Minuten später war es anscheinend so weit. Zögerlich lockerte er seinen Griff und ließ mich los.

Sofort vermisste ich das Gefühl, von ihm gehalten zu werden. Ich sah ihn an, wusste aber noch immer nicht so recht, was ich sagen sollte, also platzte ich mit dem Erstbesten raus, was mir in den Sinn kam. »Im Kühlschrank ist Sushi.«

»Was?«

»Ich dachte, du kommst früher heim. Deswegen habe ich dir Abendessen mitgebracht.«

Gavin verzog seine Lippen zu etwas, das wohl ein Lächeln hätte sein sollen, aber eher einer schmerzhaften Grimasse glich.

»Danke, aber ich hab keinen Hunger.«

»Wann hast du das letzte Mal etwas gegessen?«, fragte ich, weil ich plötzlich an Lucas Worte denken musste, dass Gavin abgenommen hatte. Er wirkte alles andere als ausgemergelt, und die Male, die ich ihn nun bereits oben ohne gesehen hatte, hatten mir deutlich gezeigt, dass er bei Kräften war, aber ganz unbegründet war Lucas Sorge nicht. Nach dem Selbstmord seines Dads hatte Gavin phasenweise immer wieder Schwierigkeiten mit dem Essen gehabt, bisher hatte er aber stets die Kurve bekommen, sodass sich daraus keine größeren Probleme ergeben haben.

Gavin erwiderte meinen Blick, ohne etwas zu sagen, aber in manchen Fällen war keine Antwort auch eine Antwort.

Ich stand von der Couch auf und holte das Sushi und eine Flasche Wasser aus dem Kühlschrank. Wortlos stellte ich beides vor ihm auf dem Couchtisch ab, die Aufforderung dahinter ziemlich deutlich.

Zu meiner Erleichterung verzichtete er auf eine Diskussion. Er griff nach den Stäbchen und begann zu essen. Er hatte mir das Profil zugewandt, was mir einen ungehinderten Blick auf die Striemen an seinem Hals gewährte.

»Was ist passiert?«, fragte ich und deutete auf die Stellen, die sich glühend rot von seiner Haut abhoben, aber vermutlich in ein, zwei Tagen schon nicht mehr zu sehen sein würden.

»Ich wurde gekratzt.«

»Das sehe ich, aber von wem?«

»Niemandem.«

»Gavin ...«

»Es war ein Unfall, okay?!« Seiner Stimme haftete ein aufgebrachtes Zittern an. Es war kaum hörbar, und doch nahm ich es mit aller Deutlichkeit wahr. Wobei es schon fast erschreckend war, wie ich auch nach all den Jahren noch die feinsten Nuancen in seiner Stimme deuten konnte. Mir wäre es lieber gewesen, ich könnte es nicht. Vielleicht hätten mir Gavin und seine Gefühle dann egaler sein können, so wie ihm meine Gefühle damals egal gewesen waren. Dennoch lösten seine Worte und Emotionen etwas in mir aus, nämlich den Wunsch, ihm zu helfen. Ich konnte nicht einfach aufstehen, in mein Zimmer gehen und so tun, als wäre nichts.

»Und diesem *niemand* geht es auch gut?«, fragte ich vorsichtig.

Gavin riss den Kopf herum. »Ich hab ihr nicht wehgetan, wenn du das meinst.«

»Ich weiß«, erwiderte ich. Gavin würde niemals die Hand an jemanden legen. Vor allem nicht an eine Frau. Ich fragte mich, ob er von derselben Frau sprach, die er betrunken nachts am See versucht hatte anzurufen. Allerdings hatte er mir auf dem Balkon gesagt, dass er derzeit nicht datete. Wer war sie? Ich hätte ihn gerne danach gefragt, aber ich war mir sicher, keine Antwort zu bekommen, also änderte ich die Richtung meiner Fragen. »Und wie geht es dir?«

»Kannst du dir das nicht denken?«

»Schon, aber ich möchte es von dir hören.«

Gavin hob den Kopf. »Warum?«

Ich erwiderte seinen Blick. Seine Tränen waren getrocknet, aber der Schmerz in seinen Augen war unverändert. Am liebsten hätte ich mich nach vorne gebeugt und ihn erneut in den Arm genommen. Und noch lieber hätte ich ihn ins Bett gesteckt, denn er sah müde aus. So *richtig* müde. Die Art von müde, die nicht von Energydrinks und Kaffee gefixt werden konnte. Nein, es war eine Müdigkeit, die tief in die Knochen gedrungen war und den ganzen Körper bleischwer werden ließ. Eine Müdigkeit, bei der ich mich wunderte, wie Gavin überhaupt noch aufrecht sitzen konnte, anstatt sich von dem Gewicht der Erschöpfung nach unten ziehen zu lassen.

»Weil ich wissen will, was du denkst. Was du *wirklich* denkst.«

Er erwiderte nichts und starrte so lange an mir vorbei ins Leere, dass ich glaubte, keine Antwort mehr auf meine Frage zu bekommen. Doch dann sah er mich wieder an. Seine Miene erstaunlich gefasst, sein Blick eindringlich. »Ich denke, dass alles ziemlich scheiße ist.«

Die Worte aus seinem Mund klangen nüchtern, als könnten sie ihm nichts anhaben. Aber es gehörte nicht viel dazu zu erkennen, dass diese Gleichgültigkeit nur eine Schutzmauer war. Die in mir mehr denn je das Verlangen weckte, Gavin noch einmal in meine Arme zu nehmen. Von dem Fluchtinstinkt, den ich für gewöhnlich in seiner Nähe spürte, war nichts mehr übrig. Vielleicht weil ich wusste, dass er mich brauchte, und davor konnte ich meine Augen nicht verschließen.

»Kann ich etwas für dich tun, was es weniger scheiße macht?«

Ich hatte die Frage kaum ausgesprochen, als Gavin schon den Kopf schüttelte und sich wieder dem Sushi zuwandte. Allerdings nur, um meinem Blick auszuweichen, das erkannte ich, weil er das Maki nicht aß, sondern nur lustlos hin und her schob, obwohl es bereits dabei war auseinanderzufallen. »Du hast schon genug für mich getan.«

»Ich entscheide, wann ich genug getan habe.« Ein Beben hatte sich in meine Stimme geschlichen, weshalb sie leider nicht so fest klang, wie ich es mir gewünscht hätte. Doch so wankelmütig meine Worte auch erschienen, so entschlossen war ich. »Also, kann ich noch etwas für dich tun?«

»Könntest du noch ein bisschen bei mir bleiben, nur für ein paar Minuten?«, fragte er fast schon schüchtern. Vom Weinen waren seine Augen rot geschwollen, wodurch das Blau darin noch kräftiger, noch strahlender wirkte. Und in diesem Moment der Verletzlichkeit erinnerte er mich so schmerzhaft an meinen besten Freund von damals, dass dasselbe aufgeregte Herzklopfen von früher in meine Brust zurückkehrte. Um mich davon abzulenken, zog ich die Beine auf die Couch als Zeichen dafür, dass ich nicht vorhatte zu gehen.

»Möchtest du einen Film schauen?«

»Nein, ich glaube nicht.«

»Willst du eines deiner blöden Videospiele spielen? Ich guck auch zu.«

»Meine Videospiele sind nicht blöd.«

»Doch, sind sie, aber heute könnte ich ausnahmsweise darüber hinwegsehen«, erklärte ich. Obwohl mir nicht nach Lächeln zumute war, hoben sich meine Mundwinkel ein kleines bisschen.

»Danke, aber auf Zocken hab ich gerade keine Lust.«

Ich nickte, eigentlich ganz froh darüber, aber das ließ Gavin und mich mit ziemlich wenig Optionen zurück. »Ich hab mir dieses Deep-Talk-Spiel von Connor ausgeliehen. Hast du darauf Lust?«

Gavin schnaubte. Es war kein amüsiertes Geräusch, dennoch klang es heiterer als jeder andere Laut, den er in den letzten

Minuten von sich gegeben hatte. »Ich glaube nicht, dass Deep Talk gerade das Richtige für mich ist.«

»Wir können die zu deepen Fragen einfach auslassen. Oder nur ich beantworte sie.«

»Ist das nicht unfair?«

»Nein. Ich kenne die meisten deiner Antworten vermutlich eh.«

Gavin hob die Brauen. »Ach ja?«

»Ja«, antwortete ich ohne jeden Zweifel. Ich wusste vielleicht nicht, was Gavins derzeitige Lieblingsserie war, wie seine Arbeitskollegen hießen oder welche Dozenten er in diesem Semester hatte, aber ich kannte *ihn*. Ich wusste, wer er in seinem tiefsten Inneren war, denn er hatte es mir gezeigt, und die Person, die ich dort gesehen hatte, würde ich niemals vergessen.

18. Kapitel

»Wollen wir das Spiel etwas interessanter gestalten?«

Fragend sah ich Gavin an. »Willst du um Geld spielen?«

»Nein, aber wenn du glaubst, mich so gut zu kennen, lass uns die Rollen tauschen. Du beantwortest die Fragen für mich und ich die für dich. Dann werden wir sehen, wer wen besser kennt«, sagte Gavin mit einer herausfordernden Note in der Stimme. Er liebte Herausforderungen, hatte es schon immer getan. Keine Ahnung, ob es daran lag, dass er Videospiele spielte, oder ob das der Grund war, weshalb er sie spielte. Aber er war sich nie zu schade für eine Wette oder Challenge.

Ich schnaubte. »Das könnte ziemlich peinlich für dich werden.«

»Glaubst du, du kennst mich besser als ich dich?« Etwas Schelmisches blitzte in seinen Augen auf, das jedoch nicht über den Schmerz der vergangenen Stunden hinwegtäuschen konnte. Weshalb ich sofort wusste, dass ich mich auf seinen Vorschlag einlassen würde, denn in diesem Moment hätte ich wohl alles getan, um ihn auf andere Gedanken zu bringen. Auch wenn ich nur zu gerne wissen wollte, was genau geschehen war.

»Ich wette, ich kann mindestens vier von fünf Fragen beantworten«, tönte ich großspurig.

»Nur vier von fünf? Kommen dir schon Zweifel?«

Ich lachte und schnappte mir das Spiel vom Couchtisch, das ich für Gavin und mich bereitgestellt hatte. Ich zog die erste Karte aus der Schachtel. »Okay, das ist eine leichte Frage zum

Einstieg: Wenn du für den Rest deines Lebens nur noch eine einzige Sache essen dürftest, was wäre das?«

»Sushi«, antwortete Gavin.

»Stimmt«, gab ich zu. »Bei dir sind es Burritos.«

Er nickte widerwillig und ließ sich gegen das Rückenpolster der Couch sinken. Wie von selbst wanderte mein Blick zu dem eingerissenen Kragen seines Hemds. Wer immer die Frau war, die ihm die Kratzer an der Kehle verpasst hatte, sie musste den Stoff ziemlich fest gepackt haben, um einen solchen Schaden zu verursachen. Sie musste wütend auf Gavin gewesen sein, aber warum? Wäre das Luca vor einem Jahr passiert, wären mir ein Dutzend Gründe eingefallen, denn es war leicht gewesen, auf Fuckboy-Luca sauer zu sein, doch so war Gavin nicht.

»April?«

Mein Blick zuckte von seinem zerrissenen Kragen zu seinem Gesicht, das nicht weniger mitgenommen aussah. Ich musste das Verlangen unterdrücken, ihn in einen Decken-Burrito zu rollen und darin festzuhalten, bis er nicht mehr aussah, als hätte er wochenlang durchgefeiert – wobei, hätte er gefeiert, hätte er wenigstens seinen Spaß gehabt.

»Wenn du müde bist und lieber ins Bett …«

»Nein, alles gut«, sagte ich und setzte ein Lächeln auf. »Wie war die Frage?«

»Welche kriminelle Tat würdest du begehen, wenn es *The Purge* in Wirklichkeit geben würde?«, zitierte Gavin von der Karte.

»Keine.«

Er hob die Brauen. »Du glaubst nicht, dass ich ein Verbrechen begehen würde?«

»Nein, niemals. Dafür bist du nicht der Typ.«

»Heh! Ich hab schon mal ein Verbrechen begangen.«

»Die Schokoriegel, die du in der fünften Klasse geklaut hast, zählen nicht.«

»Wieso nicht?«

»Weil du sie am nächsten Tag zurückgebracht hast.«

Gavins Mundwinkel zuckten. Es reichte nicht für ein Lächeln aus, doch das erwartete ich auch nicht. Alles, was ich wollte, war, die Tränen von ihm fernzuhalten und diesen Abend für ihn ein klein bisschen weniger scheiße zu machen.

»Oh, stimmt. Das hatte ich schon wieder vergessen.«

Abwartend neigte ich den Kopf. »Was glaubst du, würde ich anstellen?«

Gavin musterte mich eingehend, und das machte etwas mit mir. Ich konnte nicht genau sagen, was es war, aber plötzlich war ich mir meiner selbst überdeutlich bewusst. Der Art, wie ich meine Beine auf der Couch angewinkelt hatte und wie meine Hände in meinem Schoß lagen. Mir wurde bewusst, dass ich ungeschminkt war und meine Haare vermutlich wild und verknotet waren von den unruhigen Stunden, die ich im Bett verbracht hatte.

»Du würdest eine teure Designer-Handtasche klauen?«, antwortete er schließlich. Seine Worte klangen dabei mehr wie eine Frage als wie eine Antwort.

Ich schnaubte. »Was Besseres fällt dir nicht ein?«

»Nein. Keine Ahnung. Was würdest du denn machen?«

»Ich würde die Leichen einsammeln, welche die anderen Leute zurücklassen, und ihre Organe auf dem Schwarzmarkt verkaufen.«

Gavin runzelte die Stirn. »Das ist eigenartig spezifisch. Muss ich Angst haben?«

Ich grinste. »Frag nicht, warum, aber ich hab mir mal ein Video dazu auf YouTube angeschaut. Das Problem am Purge ist, dass du eine Tat begehen solltest, für die sich niemand beim nächsten Purge an dir rächen will. Und irgendjemand muss die ganzen Leichen ja schließlich wegräumen. Auf diese Weise schade ich niemandem, räume auf und verdiene Geld.«

»Klingt vernünftig«, murmelte Gavin.

»Damit steht es zwei zu eins für mich! Wenn du die nächste Frage auch nicht weißt, hab ich gewonnen«, erklärte ich, obwohl ich nicht wusste, was mir dieser Gewinn bringen sollte, außer mir vor Augen zu führen, dass ich ganz offensichtlich mehr an Gavin hing als er an mir. Und das war eigentlich nur traurig und kein Grund zum Feiern.

Ich wählte eine neue Karte. »Was war der erste Film, den du je im Kino gesehen hast?«

»*Madagascar.* Luca, Russell, du und ich sind zusammen gegangen«, antwortete Gavin.

Ich hatte im Kino zwischen Luca und Gavin gesessen, eine riesige Packung Popcorn auf dem Schoß, überwältigt von dem Gefühl, das erste Mal in meinem Leben einen Film auf der großen Leinwand zu sehen. »Ich kann den Film bis heute nicht gucken, ohne an diesen Tag zu denken.«

»Ich auch nicht«, sagte Gavin und unterdrückte dabei ein Gähnen.

»Und vor dem Kino waren wir im Freibad.«

»Stimmt! Du hattest einen mega Sonnenbrand.«

Ich konnte nicht glauben, dass er sich daran erinnerte. Vielleicht hatte ich mich geirrt und er war genauso wenig in der Lage, mich zu vergessen wie ich ihn. »Meine Wangen haben tagelang geglüht.«

»Ja, aber du sahst auch sehr süß aus.«

»Allerdings nur, bis sich meine Haut geschält hat.« Ich lachte verlegen und kehrte zu der ursprünglichen Frage zurück, weil es gefährlich war, mit Gavin auf diese Art und Weise in Erinnerungen zu schwelgen. Eigentlich hatte ich an diesem

Abend einen Neustart für uns geplant und keine nostalgische Reise in die Vergangenheit. »Ich bin mir nicht ganz sicher, aber ...*Lilo & Stitch*?«

»Nope.«

»Shit! Welcher Film war es?«

»*Spider-Man 2*. Luca und ich haben uns reingeschlichen.« Ich schlug mir mit dem flachen Handballen gegen die Stirn. »Natürlich! Die Story hab ich mir mindestens ein Dutzend Mal anhören müssen. Wie hab ich das vergessen können?«

Schmunzelnd zog Gavin die nächste Karte. Er las die Frage zuerst stumm, wobei seine Mundwinkel in die Höhe wanderten. »Ich hab schon so gut wie gewonnen, das weißt du niemals.«

»Das werden wir sehen.«

»Wer war dein erster Crush?«

»Katee Sackhoff aus *Battlestar Galactica*.«

Gavins Grinsen fiel in sich zusammen. »Woher weißt du das?«

»Du hast mir davon erzählt.«

Eine steile Falte bildete sich zwischen seinen Augenbrauen. »Hab ich?«

»Ja, hast du, auch wenn ich es nicht hören wollte«, bestätigte ich und sah ihn herausfordernd an, während ich auf seine Antwort wartete.

»Tuxedo Mask aus *Sailor Moon*?«

Er hatte nicht ganz unrecht, und vermutlich wäre es das Klügste gewesen, Ja zu sagen und ein Unentschieden hinzunehmen, aber aus irgendeinem Grund brachte ich es nicht über mich zu schwindeln. Vielleicht war es falscher Ehrgeiz. Vielleicht hoffte ich, Gavin aufmuntern zu können. Oder vielleicht versuchte ich auch nur, mir selbst etwas zu beweisen, als ich den Kopf schüttelte. »Das ist falsch.«

»Du lügst doch!«
»Nein, tu ich nicht. Er war cool, aber einen Crush hatte ich nicht.«
Nachdenklich kniff Gavin die Augen zusammen. »War es Sokka aus *Avatar*?«
»Nein.«
»Der Bäckerjunge aus *Panem*?«
»Nein.«
»Justin Bieber?«
Ich lachte. »Nein, ganz falsch!«
»Okay, ich geb auf. Wer war dein erster Crush?«
Hitze stieg mir in die Wangen, noch bevor ich antwortete: »Du, du Idiot!«
Verdutzt sah Gavin mich an. »Ich?«
Ich nickte. Es war nicht ganz die Wahrheit, da er für mich so viel mehr gewesen war als nur ein Crush. Er war meine erste große, wenn auch unerwiderte Liebe gewesen. Der erste Junge, den ich hatte küssen wollen. Der Junge, mit dem ich mein erstes Mal hatte erleben wollen. Und der erste und letzte Junge, der mir das Gefühl gegeben hatte, fliegen zu können, wenn er bei mir war.

»Aber bilde dir bloß nichts drauf ein. Das lag vor allem daran, dass du drei Jahrgänge über mir warst. All meine Klassenkameradinnen fanden dich supercool und haben mich um dich und Luca beneidet. Es gab sogar #TeamLuca und #TeamGavin, wie bei Jacob und Edward.«

Ein verschmitztes Lächeln trat auf Gavins Gesicht, das mich überproportional glücklich machte. »Ernsthaft?«

»Ja. Ich war natürlich Team Gavin.«

»Das ist wirklich ...«

»Peinlich? Seltsam? Merkwürdig?«, schlug ich vor.

»Ich wollte eigentlich niedlich sagen.«

»Oh, okay. Das ist besser.«

»Und wie lange hattest du diesen Crush?«

»Eine Weile, aber lass uns jetzt nicht darüber reden«, antwortete ich, weil ich das Thema nicht weiter vertiefen wollte. Zwar hatte ich meine Gefühle für Gavin hinter mir gelassen, dennoch musste er nicht alles darüber wissen. »Lass uns lieber darüber reden, dass ich gewonnen habe.«

»Nein, hast du nicht. Du sagtest, du kannst vier von fünf Fragen beantworten. Ich hab vielleicht verloren, aber du hast auch erst gewonnen, wenn du noch eine letzte Frage richtig beantworten kannst.«

Ich klatschte in die Hände und rieb sie gierig aneinander, als könnte ich es kaum erwarten, den Sieg offiziell für mich zu beanspruchen. »Okay, schieß los.«

Gavin straffte die Schultern und nahm eine Karte vom Stapel. Ich hielt den Atem an, aber er machte es spannend. Stumm las er die Karte, dann wanderte sein Blick zu mir, ehe er wieder zurück zur Karte zuckte, als wäre er der Gamemaster in einer Fernsehshow. Er räusperte sich …

»Jetzt mach schon!«

»Nicht so ungeduldig.«

Ich machte eine scheuchende Handbewegung.

Gavin verdrehte die Augen, las die Karte aber endlich laut vor: »Welcher ist dein liebster Feiertag?«

»Thanksgiving!«, rief ich überambitioniert.

»Das ist …«, Gavin legte eine Kunstpause ein, »… falsch!«

»Was?! Aber du liebst Thanksgiving!«

»Nein, tue ich nicht. Nicht mehr.«

»Warum?«

Er hob die Schultern. »Es ist einfach nicht mehr dasselbe wie früher.«

Ich verengte die Augen, denn ich wusste nicht, ob ich ihm

glauben sollte. Er hatte Thanksgiving immer geliebt. In den Jahren nach dem Tod seines Dads hatten unsere Familien den Feiertag gemeinsam gefeiert. Gavin und seine Mom waren dann zu uns gekommen. Monica, Joan und mein Dad hatten zusammen das Essen vorbereitet, während Luca, Gavin und ich das Haus und den Tisch dekoriert hatten. Letztes Jahr hatten wir mit dieser Tradition allerdings brechen müssen, da Monica krank geworden war, aber dieser einmalige Ausfall konnte unmöglich dazu geführt haben, dass Gavin Thanksgiving nicht mehr mochte.

»Du weißt, dass du bei diesem Spiel nicht lügen darfst, oder?«

Gavin schob die Karte zurück in den Stapel. »Ich lüge nicht.«

Unschlüssig musterte ich ihn. »Und was ist jetzt dein neuer Lieblingsfeiertag?«

»Keiner.«

»Keiner?«, echote ich.

Er schüttelte den Kopf.

»Warum nicht?«

»Weil es in den letzten Monaten für mich nicht viel zu feiern gab.«

Kaum hatte er die Worte ausgesprochen, wünschte ich mir, die Frage nicht gestellt zu haben. Denn der Schmerz, den ich die letzte halbe Stunde zu vertreiben versucht hatte, kehrte nun mit voller Wucht in Gavins Augen zurück.

»Das tut mir leid«, murmelte ich.

Gavin senkte den Kopf, wie um meinem Blick auszuweichen. Als wollte er mich vor dem Schmerz beschützen, der ihn quälte, aber ich wollte nicht beschützt werden. Es wäre eine Lüge zu behaupten, sein Schmerz könnte mir nichts anhaben, denn das verräterische Ziehen in meiner Brust bewies das

Gegenteil. Aber ich würde mich nicht abwenden. Das hatte ich vorhin nicht getan, und ich würde es auch jetzt nicht tun. Ich machte mir Sorgen um ihn, und ich wollte für ihn da sein. Dabei verstand ich nicht mal, warum ich das wollte. Es ergab keinen Sinn, dass Gavins Schmerz diesen Wunsch in mir auslöste, während mein Schmerz seinetwegen ihn vor fünf Jahren so kaltgelassen hatte. Aber vermutlich war es zwecklos, nach dem Sinn zu suchen. Gefühle ergaben in den seltensten Fällen Sinn, denn würden sie das tun, hätte ich schon vor langer Zeit aufgehört, an Gavin zu denken, stattdessen saß ich hier bei ihm, und er war alles, woran ich dachte.

Entschlossen rutschte ich näher an ihn heran, um nach seiner Hand zu greifen, als sich diese zu einer Faust ballte, als wollte er sich selbst den Trost verweigern, den ich ihm zu geben hatte. Die Haut über seinen Knöcheln spannte, und die Venen auf seinen Handrücken traten deutlich hervor, aber das schreckte mich nicht ab. Behutsam legte ich meine Hand auf seine Faust.

»Rede mit mir«, bat ich mit kratziger Stimme.

Er schüttelte den Kopf. »Es gibt nichts zu sagen.«

»Wirklich? Oder gibt es so viel zu sagen, dass du nicht weißt, wo du anfangen sollst?«, fragte ich, denn so empfand ich oft, wenn es um Gavin ging. Ich hatte das Gefühl, dass ich ihm so viel zu sagen hatte, dass meine Worte einem verstrickten Wollknäuel glichen. Und ich hatte Angst, dass wenn ich am falschen Ende zog, sich der Knoten nur noch fester schnürte.

Gavin sah mich an. Der Schmerz in seinen Augen unverändert. »Es ist gerade einfach zu viel.«

»Was ist zu viel?«

»Alles. Die Jobs. Das Studium. Die Wohnung. Heute Abend«, zählte er auf, aber ich hatte das Gefühl, dass da noch viel mehr war, was er mir nicht sagte. »Ich bin einfach so scheißmüde, April. Die ganze Zeit bin ich müde. Und wenn ich es dann doch einmal ins Bett schaffe, kann ich nicht schlafen. Da sind zu viele Gedanken, die mich einfach nicht loslassen. Dabei möchte ich doch einfach nur meine verdammte Ruhe haben. Ist das zu viel verlangt?«

Ich drückte Gavins Faust fester und spürte, wie er langsam den Widerstand aufgab. »Hast du dich deswegen an diesem Abend am See betrunken? Um Ruhe vor deinen Gedanken zu haben?«

»Ja.«

Sein Flüstern ging mir durch Mark und Bein. »Machst du das öfter?«

Er schüttelte den Kopf, sagte aber nichts. Und in dem Schweigen, das meiner Frage folgte, wurden seine Gedanken so laut, dass selbst ich glaubte, sie hören zu können. Seine Sorgen und Zweifel hatten sich als Schatten unter seinen Augen, als Leere in seinem Blick und als Blässe auf seiner Haut manifestiert. Und ich konnte mir nicht vorstellen, wie anstrengend es sein musste, tagein, tagaus dagegen ankämpfen zu müssen.

Ich räusperte mich. »Was ... Was hältst du davon, schlafen zu gehen?«

»Ich glaube nicht, dass ich jetzt schlafen kann.«

»Du könntest es versuchen«, erwiderte ich, und bevor Gavin mir sagen konnte, dass seine Gedanken zu viel, zu laut, zu grausam waren, um ihn in Frieden zu lassen, schob ich hinterher: »Leg dich hin und mach die Augen zu. Ich bleib bei dir, und dann sehen wir, was passiert.«

Ich rechnete mit weiteren Widerworten, aber zu meiner Überraschung nickte er. Vielleicht weil er einfach zu erschöpft war, um zu diskutieren. Er bestand jedoch darauf, eine kurze Dusche zu nehmen, um den Gestank nach Rauch und Alkohol loszuwerden. Während ich auf ihn wartete, verrückte ich den

Sessel, damit er näher an der Couch stand. Fünf Minuten später kam Gavin mit frischem T-Shirt und noch feuchtem Haar zurück. Er legte sich auf die Couch, während ich neben ihm saß. Trotz der Finsternis, die uns nun einschloss, glaubte ich, seinen Blick auf mir zu spüren.

Er war nur eine Armlänge von mir entfernt, sodass mir der Duft seines Shampoos in die Nase stieg. Es war das Gleiche, das er damals schon benutzt hatte, das nach Sonnencreme duftete. Manchmal, nachdem wir Zeit in meinem Zimmer verbracht hatten und Gavin auf meinem Bett gelegen hatte, hatte mein Kissenbezug danach gerochen. Inzwischen war mir das etwas peinlich, aber damals hatte ich ohne Scheu mein Gesicht darin vergraben. Nicht auf sexuelle Art und Weise, sondern einfach nur, weil ich den Geruch gemocht hatte. Weil er mich an meinen besten Freund erinnerte.

»April?«

»Mhh«, brummte ich.

»Was machst du da?«

Mir war zuerst nicht klar, was er meinte, bis ich realisierte, dass ich ungewollt meine Hand nach ihm ausgestreckt und in seinem Haar vergraben hatte. Meine Finger glitten durch seine feuchten Strähnen. Vermutlich wäre es das Klügste gewesen, meine Hand zurückzuziehen, weil sich das hier ziemlich verwirrend anfühlte, etwas zu sehr wie früher, aber es war vier Uhr morgens und ich nicht mehr klug.

»Stört es dich?«, fragte ich und kratzte dabei mit meinen Fingernägeln sanft über seine Kopfhaut. Ich spürte, wie Gavin unter der Berührung erschauderte, also wiederholte ich sie.

»Nein.« Seine Stimme klang etwas rauer.

Ich lächelte und ließ meine Hand, wo sie war. Bedächtig glitt ich mit den Fingern durch seine Haare. Es war eine Mischung aus streicheln und massieren. Immer wieder hörte ich

Gavin wohlig seufzen, und diese Laute machten etwas mit mir. Sie gingen mir durch und durch und weckten in mir den Wunsch, von Gavin ebenfalls berührt zu werden, aber das war eine schlechte Idee, aus vielen Gründen. Wir sprachen kein Wort mehr, und nach einer Weile fand meine Hand einen Rhythmus, der Gavin einlullte. Seine Atmung wurde flacher, bis er schließlich einschlief. Vorsichtig zog ich meine Hand zurück. Es war ruhig im Raum, so ruhig, dass ich meinen Herzschlag als Pochen in meinen Ohren hören konnte. Ich könnte zurück in mein Zimmer gehen, aber ich rührte mich nicht. Reglos saß ich in der Dunkelheit mit dem Jungen, den ich einst geliebt hatte. Und dem Mann, den ich zu meiden gelernt hatte. Keine Ahnung, wie das hatte passieren können, aber es war passiert. Und ich würde es nicht ändern, selbst wenn ich könnte.

19. Kapitel

Ich wusste nicht, was mich weckte. Ob es die Sonnenstrahlen waren, die durch das Fenster fielen. Das Klingeln meines Weckers in der Ferne. Oder die Nackenschmerzen, die mir bis in den Schädel zogen und einen dumpfen Druck in meinen Schläfen auslösten. Ächzend und mit trockenem Mund, als hätte ich ihn die ganze Nacht offen gehabt, schlug ich die Augen auf und stellte fest, dass ich nicht in meinem Bett lag. Ich hockte noch immer auf dem Sessel im Wohnzimmer. Mein Kopf in einem seltsamen Winkel geneigt, der das Dröhnen in meinem Schädel erklärte. Verdammt, ich musste eingeschlafen sein, bevor ich es zurück in mein Zimmer geschafft hatte.

Gähnend rieb ich mir über das Gesicht und richtete mich auf, wobei mir eine Decke von den Schultern rutschte. Ich konnte mich nicht daran erinnern, sie mir genommen zu haben, was bedeutete, dass Gavin sie über mir ausgebreitet haben musste. Gegen die Helligkeit anblinzelnd sah ich mich nach ihm um, aber konnte ihn nirgendwo entdecken. Von Jack fehlte auch jede Spur. Ich lauschte in die Wohnung, doch alles, was ich hörte, war das penetrante Klingeln meines Weckers, das von meinem Nachttisch kam.

Ich stand auf und wankte in mein Zimmer, um das Klingeln verstummen zu lassen. Anschließend schnappte ich mir frische Unterwäsche und die Sachen, die ich heute anziehen wollte, und lief ins Badezimmer. Der Stille nach zu urteilen war Gavin nicht mehr da. Vermutlich drehte er mit Jack seine morgendliche Runde. Ich legte die sauberen Klamotten auf dem geschlossenen Toilettensitz ab und wagte einen Blick in den Spiegel.

Ich sah ziemlich zerstört aus. Mein Haar glich einem Vogelnest. Meine Augen waren glasig und leicht geschwollen, die Schatten darunter tief und meine Haut fahl. Meine Augenbrauen, die ich zum Missfallen meiner Mom schon lange nicht mehr gefärbt hatte, saßen blass auf meinem Gesicht, weshalb es so aussah, als besäße ich überhaupt keine. Ein Teil von mir konnte und wollte nicht glauben, dass Gavin mich so gesehen hatte. Dem anderen Teil von mir war es vollkommen gleichgültig, denn er hatte mich auch schon in weitaus schlimmeren Zuständen erlebt.

Ich schälte mich aus meinem Schlafzeug und stellte mich unter die Dusche – kalt. Kalt. Kalt! Erschrocken wich ich vor dem Wasserstrahl zurück. Was sollte die Scheiße? Machte Gavin das mit Absicht? Ich erschauderte und drehte das Thermostat bis zum Anschlag in die entgegengesetzte Richtung, bis warmer Dampf die Duschkabine beschlagen ließ. Mit einem wohligen Seufzen stellte ich mich unter den Strahl. Sogleich spürte ich, wie sich die verkrampften Muskeln in meinem Nacken zu entspannen begannen.

Während ich einfach nur dastand und mich berieseln ließ, kehrten meine Gedanken zur gestrigen Nacht zurück. Zu Gavin, seinem zerrissenen Hemd, den Kratzern an seinem Hals und seinen Tränen, aber auch zu seinen aufrichtigen Worten, mit denen er ausgerechnet mir seine Gefühle anvertraut hatte.

Bei der Erinnerung beschleunigte sich mein Herzschlag, denn nach dem, was ich gesehen und von Gavin gehört hatte, war nichts mehr wie zuvor. Unmöglich könnten wir nach dieser Nacht dort weitermachen, wohin uns die letzten fünf Jahre geführt hatten. Doch zu dem, was wir gehabt hatten, konnten wir auch nicht einfach so zurückkehren – oder?

Ich hatte keine Ahnung, wie es von nun an für uns weitergehen sollte, aber das musste ich zum Glück auch nicht jetzt entscheiden. Jetzt musste ich meinen Hintern nur aus der Dusche und auf den Campus befördern, was mir in Anbetracht meiner Kopfschmerzen und der Müdigkeit wie ein unüberwindbares Hindernis erschien, aber ich konnte es mir nicht erlauben zu fehlen. Dann müsste ich die Vorlesungen nachholen, und dafür hatte ich keine Zeit, denn bis die SHS ihre Pforten öffnete, war mein Leben durchgetaktet. Es war viel, was in den nächsten Wochen auf mich zukommen würde, aber solange ich nicht ins Wanken geriet und keinen Dominoeffekt anstieß, der meine Planung in sich zusammenfallen ließ, sollte es klappen.

Ich stieg aus der Dusche, schlüpfte in meine Klamotten und beschloss, mein Haar lufttrocknen zu lassen, um etwas mehr Zeit für mein Make-up zu haben, denn das brauchte ich heute dringend. Nach einer halben Stunde war ich fertig. Ich holte meinen Rucksack, den ich glücklicherweise bereits am Abend zuvor gepackt hatte, aus meinem Zimmer und ging in die Küche, um mir noch eine Flasche Wasser zu holen, als mein Blick auf eine weiße Papiertüte fiel, die auf der Theke auf mich wartete. Mein Name war darauf geschrieben, und daneben stand ein Pappbecher mit dem Logo einer bekannten Cafékette.

Ich griff nach dem Becher und hob den Deckel an. Kakao. Er war nur noch lauwarm, was bedeutete, dass er schon eine ganze Weile dastand. In der Tüte waren ein Schokomuffin und ein Cream-Cheese-Bagel. Obwohl ich nirgendwo einen Zettel entdecken konnte, wusste ich, wem ich mein Frühstück zu verdanken hatte.

Ich holte mein Handy hervor, um Gavin zu schreiben. Die letzte Nachricht zwischen uns war immer noch das Foto von

Jack, das ich ihm gestern geschickt hatte. Auf meine Fragen hatte er nie reagiert.

Ich: Danke für das Frühstück.
Gavin: Gerne. Das war das Mindeste.
Ich: Warum hast du mich nicht geweckt?
Gavin: Oh, das habe ich versucht. Du hast nach mir geschlagen und mir gesagt, ich soll verschwinden. In meiner Erinnerung warst du kein so schlimmer Morgenmuffel.
Ich: Ups. Sorry!
Gavin: Mach dir nichts draus. Für gestern Nacht hast du mindestens 1000 Schläge bei mir gut.
Ich: Aber ich will dich gar nicht schlagen.
Gavin: Nett von dir.
Ich: Konntest du denn schlafen?
Gavin: Ja, ganze 6 Stunden.
Ich: Das ist nicht genug.
Gavin: Es ist deutlich mehr als sonst.
Ich: Nicht. Genug!
Gavin: Ich weiß, aber besser als nichts, oder?
Ich: Klar …

Die letzte Nachricht tippte ich leicht resigniert. Natürlich waren sechs Stunden Schlaf besser als kein Schlaf. Aber wenn ich bedachte, wie sehr Gavin gerade zu kämpfen hatte, wirkten diese sechs Stunden unbedeutend und wären schnell wieder vergessen, wenn er keinen vernünftigen Weg fand, mit allem umzugehen – was immer dieses *alles* auch sein mochte.

Ich schnappte mir das Frühstück und machte mich auf den Weg zur MVU. Wie erwartet fiel es mir schwer, den Vorlesungen zu folgen. Mein Kopf war wie benebelt, und wenn es meinem Verstand doch gelang, aus dem Nebel hervorzubrechen, wanderten meine Gedanken zu Gavin. Ich fragte mich, was er gerade machte, in welcher Vorlesung er saß und was seine Pläne für den Rest des Tages waren. Wäre er heute Abend zu Hause?

Meine gedankliche Abwesenheit blieb von Aaron nicht unbemerkt. Er fragte mich, ob alles okay sei. Ich beteuerte, dass ich schlecht geschlafen hatte, was zumindest keine Lüge war. Aber ich konnte unmöglich mit ihm über Gavin reden. Er wusste nichts von dessen tragischer Vergangenheit, und obwohl dieses Wissen in den Nachrichtenarchiven offen zugänglich war, fühlte es sich falsch an, Aaron davon zu erzählen. Aber mit irgendjemandem musste ich über Gavin reden, also machte ich mich nach meiner letzten Vorlesung auf den Weg in die Bibliothek.

Dort roch es nach alten Büchern, frischem Leim und dem Wissen von Jahrhunderten, das ordentlich sortiert und kategorisiert in massiven Holzregalen aufbewahrt wurde. Das Licht, das durch die Fenster in den Raum fiel, reichte nicht aus, um die ganze Bibliothek auszuleuchten, weshalb hier rund um die Uhr Lampen brannten. Sanfte Schritte und gesenkte Stimmen hallten durch die Gänge, und wohin ich auch sah, entdeckte ich Studierende, die konzentriert über ihren Büchern und Laptops saßen. Etwas, das ich auch ganz dringend tun sollte.

Ich durchstreifte die Reihen, bis ich Luca vor einem der Regale entdeckte. Er schob einen Wagen vor sich her, auf dem etliche Bücher gestapelt waren, die vermutlich darauf warteten, von ihm wieder an der richtigen Stelle einsortiert zu werden. Er war völlig in seine Arbeit vertieft und schien weder mich zu bemerken noch die zwei Frauen am anderen Ende der Regalreihe, die ihm flirtende Blicke zuwarfen.

»Hey!«

Überrascht sah Luca mich an. »Hey, was machst du denn hier?«

»Ich besuche meinen Lieblingsbruder.«

»Was hast du angestellt?«

Ich lachte. »Nichts.«

Luca verengte die Augen und musterte mich skeptisch, als würde er mir nicht glauben. Doch bereits einen Moment später wurde seine Miene weicher. »Alles in Ordnung? Du siehst müde aus.«

»Ja, weil ich müde bin.«

»Schlecht geschlafen?«, fragte Luca und machte sich wieder daran, weiter Bücher einzuräumen.

»Könnte man sagen.«

»Ist es wegen der SHS?«

»Nein, wegen Gavin.«

Das ließ Luca innehalten. Er wandte sich mir zu. »Was soll das heißen?«

Ich seufzte, und dann erzählte ich ihm mit gesenkter Stimme von gestern. Von Gavin, wie er nicht nach Hause gekommen und erst spät in der Nacht mit Kratzern am Hals und einem zerrissenen Hemd wiederaufgetaucht war. Ich erzählte ihm von Gavins Tränen und den Gedanken, die ihn plagten – auch wenn ich nicht wusste, welche das waren. Nur das Spiel, das Gavin und ich gespielt hatten, die Fragen, die wir füreinander beantwortet hatten, behielt ich für mich. Ich wusste nicht, warum, aber irgendwie fühlte es sich falsch an, dieses Detail mit Luca zu teilen.

Er hörte mir geduldig zu und sagte nichts, aber das musste er auch nicht, denn ich konnte ihm seine Gefühle vom Gesicht ablesen – da waren Sorge und Zweifel. Unsicherheit und Verwirrung. Und noch mehr Sorge.

»Das ist heftig«, sagte Luca, nachdem ich meine Erzählung

beendet hatte, und fuhr sich mit der Hand durch das blonde Haar.

»Du weißt nicht zufällig, von wem die Kratzer stammen könnten?«, fragte ich.

Wir hatten uns während meiner Erzählung auf den Boden, mit dem Rücken gegen die Regale gelehnt, hingesetzt. Ich hatte meine Beine angewinkelt, während Luca seine ausgestreckt hatte. Dass die Leute, die an uns vorbeiwollten, über seine Füße steigen mussten, schien ihm egal zu sein.

Er schüttelte den Kopf. »Vermutlich sollte ich es wissen, aber ich tu es nicht.«

»Woher solltest du es wissen, wenn Gavin nicht mit dir redet?«

»Vielleicht hätte er es mir gesagt, wenn ich …«

»Wehe du beendest diesen Satz«, fiel ich Luca ins Wort und warf ihm einen mahnenden Blick zu. »Ich habe es dir schon einmal gesagt, und ich sag es dir noch mal: Sage und du, was ihr habt, das hat nichts mit Gavin zu tun. Euer Glück ist nicht für seine Probleme verantwortlich. Er würde es furchtbar finden, wenn er wüsste, dass du so denkst. Dass er nicht mit dir redet, ist ganz allein seine Entscheidung. Lass dir davon nicht deine Beziehung sabotieren.«

Lucas Mundwinkel zuckten, formten aber kein ganzes Lächeln. »Das werde ich nicht.«

»Gut, das will ich auch hoffen«, sagte ich, denn so was wie in den Wochen nach dem letzten Weihnachten wollte ich nicht noch einmal erleben. Damals hatten sich Luca und Sage für eine Weile getrennt. Ich hatte noch nie zwei Menschen erlebt, denen es ohneeinander schlechter ging als den beiden. Sie waren füreinander bestimmt. Und ich wollte ihre Herzen nicht noch einmal brechen sehen, mir reichte bereits Gavins zerbrochene Seele.

Ich ließ den Kopf gegen das Regal sinken. Das Pochen in meinem Schädel hatte glücklicherweise in den letzten Minuten nachgelassen, beinahe so, als hätte sich der Druck in mir abgebaut, während ich Luca alles erzählt hatte. »Wirst du mit Gavin reden?«

»Nein.«

Mit dieser Antwort hatte ich nicht gerechnet. »Warum nicht?«

»Weil er sich dir anvertraut hat, nicht mir«, sagte Luca, wobei es ihm nicht gelang, die Enttäuschung darüber aus seiner Stimme herauszuhalten, was ich ihm nicht verdenken konnte. Mir war es ähnlich ergangen, als Sage mit ihm geredet hatte und nicht mit mir. Natürlich war ich froh, dass sie sich überhaupt jemandem gegenüber geöffnet hatte, aber ein kleiner Teil von mir hatte gehofft, dass sie zu mir kommen würde und nicht zu meinem Bruder.

»Aber er ist dein bester Freund«, beteuerte ich.

»Er ist auch dein Freund.«

»Nein, er *war* mein Freund.« Und nun war ich diejenige, die die Enttäuschung nicht aus ihrer Stimme heraushalten konnte. Eigentlich hatte ich geglaubt, darüber hinweg zu sein, oder zumindest hatte ich mir das sehr erfolgreich eingeredet, aber nach der gestrigen Nacht und mit all den geteilten Erinnerungen konnte ich mit Sicherheit sagen, dass ich niemals über Gavin Forster hinweg sein würde.

Luca neigte den Kopf. »Was ist passiert? Ich meine damals. Warum seid ihr keine Freunde mehr?«

Mein Magen zog sich zusammen. Es war das erste Mal in fünf Jahren, dass er sich danach erkundigte. Denn aus seiner Perspektive war nichts passiert. Für Außenstehende war es ein schleichender Prozess gewesen und kein harter Bruch. Diesen hatten Gavin und ich einvernehmlich maskiert. Ich hatte mich an seinem Geburtstag angeblich krank gefühlt. Und er hatte dafür keine Zeit gehabt, als Luca ihn ein paar Tage später zum BBQ eingeladen hatte. Das nächste Mal hatte ich keine Lust, den beiden beim Zocken zuzugucken. Und das darauffolgende Mal hatte Gavin zu unserem Treffen leider schon etwas anderes geplant. So war es hin und her gegangen, mit Ausnahme weniger Berührungspunkte, bis Gavin Brinson verlassen hatte, um aufs College zu gehen.

»Nichts«, murmelte ich. »Nichts ist passiert.«

Luca musterte mich noch eine Weile. Ich konnte ihm ansehen, dass er mir nicht glaubte, was nicht verwunderlich war, denn die Lüge klang nicht einmal in meinen eigenen Ohren überzeugend. Dennoch ließ er mich damit davonkommen. Er stieß ein Seufzen aus und wandte sich von mir ab, seinen Blick starr auf das Regal vor uns gerichtet. »Ist es wirklich okay für dich, dass er bei uns wohnt?«

Meine Antwort kam ohne Zögern. »Klar. Ist ja nur für zwei, drei Wochen.«

»Falls sich daran etwas ändert ...«

»Gebe ich dir Bescheid«, versprach ich.

Er lächelte. »Gut.«

Ich rappelte mich vom Boden auf. »Ich muss jetzt los. SHS-Dinge erledigen.«

»Haben sich schon Helfer beworben?«

Ich wollte verneinen, als mir klar wurde, dass ich heute noch kein einziges Mal meine Mails gecheckt hatte, was einiges über den heutigen Tag und meine Verfassung aussagte. Ich holte mein Handy hervor und aktualisierte meinen Posteingang. Tatsächlich hatte ich zwei neue Nachrichten, deren Betreffs nicht eindeutiger hätten sein können. Ein Lächeln trat auf mein Gesicht.

Vielleicht war der Tag doch noch nicht ganz verloren.

20. Kapitel

Shit. Shit. Shit. Ich war spät dran, weil ich die Snooze-Taste einmal zu viel gedrückt hatte. Okay, ich hatte sie mindestens fünfmal zu oft gedrückt, aber in meinem Bett war es so warm und kuschelig, und ich hatte keine Lust auf die Uni. Allerdings würde ich nicht zu spät zu meiner ersten Vorlesung kommen, sondern zu meinem Kennenlernen mit Riley und Mara im Le Petit. Ich hatte den beiden gestern umgehend auf ihre Bewerbungen geantwortet und ein Treffen für heute Morgen vereinbart. Immerhin sollte die SHS bereits in eineinhalb Monaten eröffnen, und ich konnte jede Hilfe gebrauchen, die man mir anbot.

Eilig schlüpfte ich in die Klamotten, die ich mir am Abend zuvor rausgelegt hatte, marschierte ins Badezimmer und ...

»Fuck, Gavin!« Hektisch wirbelte ich herum und wandte der Duschkabine den Rücken zu. Zumindest stand er dieses Mal nicht nackt mitten im Raum, sondern unter der Dusche, allerdings verbarg das mit Wassertropfen übersäte Glas nicht sehr viel. »Lern, die Tür abzuschließen!«

»Sorry, alte Angewohnheit.« Seine Stimme klang dumpf unter dem Rauschen des Wassers.

»Mhh«, brummte ich. Ich warf einen Blick auf meinen Fitnesstracker und stieß abermals einen Fluch aus. Ich war echt spät dran. Normalerweise störte es mich nicht, wenn ich ein paar Minuten zu spät war, aber ich wollte bei Mara und Riley einen guten ersten Eindruck machen.

Ich seufzte. »Stört es dich, wenn ich mir schnell die Zähne putze?«

»Tu dir keinen Zwang an, aber nicht gucken«, säuselte Gavin neckisch.

»Keine Sorge, ich werde schon nicht über dich herfallen.«

»Das sagst du nur, weil du nicht siehst, was du verpasst.«

Ich verdrehte die Augen. »Du solltest nicht so viel Zeit mit Luca verbringen. Sein Ego färbt ab.«

Gavin lachte.

Ich stellte mich ans Waschbecken, den Blick gesenkt, während ich die Zahnpasta auf meine Bürste drückte. Krampfhaft fixierte ich mein eigenes Gesicht im Spiegel und versuchte, nicht auf die Silhouette neben mir zu achten. Zwei-, dreimal ging mein Blick auf Wanderschaft, aber Gavin hatte mir den Rücken zugewandt, sodass ich nur seinen Hintern sehen konnte. Doch der reichte aus, um mir die Hitze in die Wangen zu treiben. Er hatte einen tollen Hintern und einen schönen, starken Rücken, vermutlich vom Heben der Kisten im Supermarkt.

Erst jetzt bemerkte ich, dass es überhaupt nicht aus der Dusche dampfte, als wäre das Wasser gar nicht warm. Aber diesen Gedanken behielt ich für mich, denn damit würde ich Gavin nur zeigen, dass ich mich mehr für seine Dusche interessierte, als ich bereit war zuzugeben. Ich legte nur das Nötigste an Make-up auf, dann rief ich Gavin ein »Bis später« zu und machte mich auf den Weg ins Le Petit.

Wie bereits befürchtet, war ich spät dran, und Mara und Riley warteten längst auf mich. Ich erkannte sie sofort, weil sie die einzigen beiden Studentinnen im Bistro waren, die an einem Tisch zusammensaßen. Ich winkte Cam zu, der gerade an der Theke arbeitete. Eigentlich hätte ich Lust auf eine kühle Eisschokolade gehabt, um dem chaotischen Morgen etwas entgegenzusetzen, aber ich wollte die beiden nicht noch länger warten lassen.

»Entschuldigt die Verspätung. Mein Wecker hat heute Morgen nicht geklingelt«, flunkerte ich und setzte mich zu ihnen an den Tisch. Ich wusste, dass die beiden sich kannten, da sie die jeweils andere in ihren individuellen Mails an mich erwähnt hatten. »Ich bin April.«

»Hi, ich bin Mara«, sagte eine von ihnen und reichte mir die Hand. Sie trug mehrere goldene Armbänder und Ringe, was sie mir sofort sympathisch machte. Das schwarze Haar kräuselte sich in festen Locken um ihr Gesicht, dessen Highlight ein ebenfalls goldenes Septum-Piercing war, das einen wunderbaren Kontrast zu ihrer tiefbraunen Haut bildete.

»Und ich bin Riley«, stellte sich die zweite Frau vor. Sie hatte braunes Haar, in dem schmale rote Strähnen leuchteten, die ihr Gesicht einrahmten. Ihre Haut war hell, aber ihr rechter Arm voll mit bunten Tattoos.

»Es ist schön, euch kennenzulernen. Ich hab mich wirklich sehr über eure Bewerbungen gefreut und dass es so kurzfristig mit einem Treffen geklappt hat«, sagte ich mit einem Lächeln. »Und ich will auch gar nicht lange um den heißen Brei herumreden: Ich brauche ganz dringend Hilfe!«

Mara lachte. »Wobei genau?«

Ich sammelte mich, noch immer etwas konfus von dem schnellen Start in den Tag, und dann erzählte ich den beiden alles, was es über die SHS zu wissen gab. Ich berichtete ihnen, was anstand und was für Aufgaben auf sie warteten, wenn sie sich bereit erklärten, für die SHS zu arbeiten. Ich konnte die To-do-Liste, die sich in meinen Verstand eingebrannt hatte, inzwischen auswendig runterrattern.

»… wir brauchen auch noch Spendenschränke und die entsprechenden Aufstellgenehmigungen. Und es müssen Verträge für Spendenpartner aufgesetzt werden, in denen wir zusichern, mit den gespendeten Waren keinen Gewinn zu erzielen«, schlüsselte ich alle Punkte auf und zählte sie dabei an meinen Fingern ab. Ich ließ meine Hand sinken. »Vermutlich werden sich in den nächsten Wochen noch weitere Aufgaben und Herausforderungen herauskristallisieren, an die ich jetzt noch überhaupt nicht denke.«

»Puh«, sagte Mara. »Das ist echt einiges.«

Ich lächelte entschuldigend. »Ja, aber ich hoffe sehr, dass sich noch ein paar mehr Leute finden, die helfen wollen, sodass sich der Workload gut verteilt. Außerdem bekommt ihr ab fünfzig Arbeitsstunden pro Semester zwei Credits für euer Studium gutgeschrieben.«

Aus dem Augenwinkel vernahm ich eine Bewegung und entdeckte Cam, der zu uns an den Tisch kam. Kommentarlos stellte er mir eine Eisschokolade vor die Nase und einen Teller mit drei Cookies zwischen uns. Ich sah zu ihm auf. »Danke, du bist der Beste.«

Er brummte, als wäre es keine große Sache, und ging zurück an die Theke, an der niemand wartete, vermutlich weil er unser Treffen nicht stören wollte.

Mara blickte mich fragend an. »Kennst du den?«

»Ja, das ist Cameron. Mein Boss. Ich arbeite hier.«

»Der ist süß«, kam es von Riley, die sich einen der Cookies nahm. »Ist er Single?«

»Ich glaube schon.« Zumindest hatte Cam mir gegenüber nie eine Frau erwähnt. Ich war bis heute davon überzeugt, dass er mir während meiner ersten Wochen im Bistro schöne Augen gemacht hatte, aber er hatte dahingehend nie etwas unternommen, wofür ich ihm dankbar war. Ich mochte ihn, sehr sogar. Er war lieb und nett und überaus attraktiv. Es passierte nicht selten, dass Frauen, die ins Bistro kamen, mit ihm flirteten, sogar Megan war Cams rauem Charme verfallen, aber zu keinem Zeitpunkt hatte ich mir vorstellen können, etwas mit ihm anzufangen, auch wenn ich hin und wieder mit Sage darüber gescherzt hatte. Vor allem, weil ich damals das Gefühl gehabt hatte, dass es das war, was Frauen in meinem Alter taten, wenn der eigene Boss in einen verknallt war. Doch hätte ich früher über Sage gewusst, was ich heute wusste, wäre ich wohl ehrlich zu ihr gewesen und hätte ihr gesagt, dass ich mich rein gar nicht zu Cam hingezogen fühlte, weil ich mich genau genommen zu niemandem hingezogen fühlte. Die einzige Ausnahme war der Kerl, der heute Morgen nackt unter der Dusche gestanden hatte, aber mit dem nichts passieren würde.

»Was dagegen, wenn ich ihn anquatsche?«, fragte Riley.

Ich schüttelte den Kopf. »Tu dir keinen Zwang an.«

»Cool.« Sie grinste und biss in ihren Cookie.

Wir redeten noch eine Weile. Ich fragte die beiden, warum sie für mich und die SHS arbeiten wollten, und Riley gestand, dass sie ebenfalls aus eher ärmeren Verhältnissen kam und die Organisation selbst gerne nutzen würde. Mara war ihre Mitbewohnerin und beste Freundin, weshalb sie mitgekommen war. Ich mochte die beiden, und am Ende des Gesprächs sicherten sie mir ihre Hilfe für die SHS zu, was für mich eine große Erleichterung war.

Am Samstag, nach einer Woche voller Vorlesungen, Lerngruppen, Arbeit und Vorbereitungen für die SHS, hatte ich endlich mal wieder etwas Zeit für mich. Wobei, das stimmte nicht ganz. Es gab genügend Dinge zu erledigen und jede Menge zu lernen, aber ich zwang mich, mir etwas Zeit für mich zu nehmen, weil ich anderenfalls wohl durchdrehen würde.

Ich startete mit einer langen Dusche in den Tag. Anschließend cremte ich meine von der Sonne ausgetrocknete Haut ein und lackierte mir die Finger- und Zehennägel, während ich mir eine Folge *The Flash* ansah.

Gavin war vorhin auf die Arbeit gegangen. Wir hatten nicht mehr über seinen Zusammenbruch von vor ein paar Nächten geredet. Die Kratzer an seinem Hals waren inzwischen verblasst, sodass nichts an diesen Zwischenfall erinnerte – außer das dünne, zarte Band, das seitdem wieder zwischen uns zu existieren schien. Und das es deutlich angenehmer machte, mit ihm zusammenzuwohnen.

Wir hatten in den letzten Tagen zwar keine Zeit miteinander verbracht, nicht zuletzt, weil wir beide ständig irgendetwas zu tun gehabt hatten, aber wir waren uns auch nicht länger aus dem Weg gegangen. Hin und wieder hatten wir uns Nachrichten geschrieben. Ich hatte ihn am Donnerstag mit zur MVU genommen, und er hatte am Freitagabend, als Entschädigung für den erneuten Dusch-Zwischenfall, Burritos für uns gemacht, weil er meinte, dass er seit unserem Spiel an nichts anderes mehr denken konnte.

Das Zusammenleben mit ihm war bei Weitem nicht so schlimm, wie ich anfangs befürchtet hatte. Was allerdings schlimm war, war der Zustand der Wohnung. Ich hatte immer geglaubt, Luca würde mich nur aufziehen, wenn er sich darüber beschwerte, wie unordentlich ich sei, aber vielleicht hatte er überhaupt nicht gescherzt. Denn offenbar hatte er in der Wohnung mehr aufgeräumt, als ich mitbekommen hatte. Er war gerade einmal eine Woche weg, und das Apartment versank im Chaos. In der Küche stapelte sich das Geschirr. Der Mülleimer war voll – in der Küche wie im Badezimmer. Der Wäschekorb drohte überzuquellen. Bücher und Unterlagen für die Uni türmten sich auf dem Esstisch. Der Couchtisch war ebenfalls so vollgestellt, dass man die Platte kaum mehr sehen konnte. Und der Boden war voller Krümel und vor allem Hundehaaren. Daher beschloss ich aufzuräumen, anderenfalls würde Luca einen Herzanfall erleiden, sollte er für einen spontanen Besuch vorbeikommen.

Ich setzte meine Kopfhörer auf, drehte meinen Mix der Woche laut auf und machte mich an die Arbeit, wobei mir Lucas lächerliche Liste am Kühlschrank eine gute Hilfestellung war, damit ich nichts vergaß. Jack, den Gavin zu Hause gelassen hatte, verfolgte mich eine Weile auf Schritt und Tritt, bis es ihm zu langweilig wurde.

Eine Stunde später erstrahlte die Küche wieder in ihrem alten Glanz, und auch das Badezimmer war lupenrein. Als Nächstes widmete ich mich dem Wohnzimmer. Es war weniger dreckig als einfach nur unordentlich. Ich begann die Bücher und Unterlagen zu sortieren und machte einen Stapel für Gavin und einen für mich. Das ließ die Sachen zwar nicht verschwinden, aber zumindest wirkte es sortierter. Ich schichtete gerade eines seiner Psychologie-Bücher auf seinen Stapel, als meine Bewegung ins Stocken geriet. Auf dem Tisch lagen ausgedruckte Wohnungsanzeigen. Einzimmerapartments rund um Melview. Am Rand standen Anmerkungen, unverkennbar in Gavins Handschrift verfasst. Offenbar suchte er nach einer neuen Wohnung. Hatte das etwas mit dem Wasserrohrbruch zu tun, oder überlegte er schon länger umzuziehen?

Ich dachte an seine kahle Wohnung zurück, die nicht besonders heimisch und einladend auf mich gewirkt hatte, als ich plötzlich Schritte vor der Tür hörte. Eilig ließ ich die Papiere fallen und drapierte Gavins Buch wieder darauf, damit er nicht glaubte, ich würde in seinen Sachen herumschnüffeln. Und so gesehen tat ich das auch nicht. Ich räumte auf! Dennoch hatte ich das Gefühl, ziemlich schuldbewusst auszusehen, als ich mich eine Sekunde später zu Gavin umdrehte.

Ich lächelte. »Hey.«

»Hi«, sagte er und stellte die Einkaufstüte ab, bevor er in die Hocke ging, um Jack zu begrüßen, der ganz außer sich vor Freude darüber war, dass sein Herrchen wieder zurück war. Gavin überschüttete Jack mit süßen Worten, als hätte er seinen Hund tage- oder wochenlang nicht gesehen, die mich zum Grinsen brachten. »Jaja, wir gehen gleich spazieren«, sagte er mit vor Freude funkelnden Augen. Es war schwer zu sagen, wer sich mehr über den anstehenden Spaziergang freute. Gavin oder Jack, dessen Schwanz noch aufgeregter zu wedeln begann. Es war goldig, wie sehr Gavin in seinen Hund vernarrt war. Und ich bedauerte es, dass ich die beiden so lange nicht miteinander erlebt hatte. Natürlich hatte ich Gavin und Jack in den letzten Jahren immer wieder zusammen gesehen, schließlich traten die zwei meistens im Doppelpack auf. Aber ich hatte sie nicht gesehen-*gesehen*, weil ich mir nicht erlaubt hatte, Gavin zu viel Beachtung zu schenken – bis jetzt. Und nun fand ich es irgendwie schade, all diese tollen Momente zwischen Jack und ihm verpasst zu haben.

»Darf ich mitkommen?«, hörte ich mich fragen.

Gavin richtete sich auf und nahm die Einkäufe wieder an sich. Ihm war deutlich anzusehen, dass er in den vergangenen Nächten keine sechs Stunden geschlafen hatte, vermutlich nicht mal vier. »Du willst mit spazieren gehen?«

Ich nickte.

»Gerne.«

Er packte die Einkäufe weg, während ich die Putzutensilien aufräumte. Anschließend trafen wir uns an der Tür wieder, wo Jack auf uns gewartet hatte. Gavin leinte ihn an, und wir machten uns auf den Weg in Richtung des großen Hundeparks. Obwohl ich nur Shorts und ein Top trug, war es ziemlich warm, und ich hatte bereits nach wenigen Schritten das Gefühl, vor Hitze zu zergehen, aber Jacks Elan schien die Wärme nicht im Geringsten zu drosseln. Aufgeregt lief er vor uns her und schnüffelte von links nach rechts.

»Wie war es auf der Arbeit?«

»Angenehm klimatisiert«, antwortete Gavin und blickte verkniffen gen Himmel. Seine Augen lagen im Schatten der Basecap, die er sich aufgesetzt hatte.

Ich schmunzelte. »Wenn du nett fragst, lassen sie dich bestimmt unbezahlte Überstunden machen.«

Er schnaubte. »Nein, danke. Da schwitz ich lieber.«

»Das dachte ich mir«, sagte ich mit einem Lachen, wobei ich mich bemühen musste, mit Gavin Schritt zu halten. Würde er noch etwas schneller gehen, müsste ich anfangen zu joggen, um mitzuhalten. »Und wie geht es dir sonst so?«

Gavin seufzte schwer. »Bitte nicht.«

»Was?«

»Bitte frag mich das nicht.«

»Warum? Das war eine normale Frage.«

»Nicht so, wie du sie stellst.«

Ich hob die Augenbrauen. »Und wie stelle ich sie?«

»So, als würdest du bereits mit der schlimmsten Antwort rechnen.«

Einen Moment war ich zu perplex, um etwas zu sagen. Er hatte nicht ganz unrecht, und ich hätte ihm erklären können, dass diese Vermutung auf Fakten basierte. Er hatte selbst zugegeben, dass es ihm seit Monaten nicht gut ging, aber ich verkniff mir die Klugscheißerantwort, denn im Gegensatz zu Luca konnte ich das. »Sorry, das war nicht meine Absicht.«

»Ich weiß, es ist nur ...« Gavin holte tief Luft und warf mir einen Seitenblick zu, wobei seine Schritte endlich ein wenig langsamer wurden. »Ich mag die Frage nicht sonderlich. Nach dem Tod meines Dads haben mich die Leute wochen-, monatelang immer wieder gefragt, wie es mir geht, obwohl sie genau wussten, dass es mir scheiße geht. Seitdem reagiere ich immer etwas allergisch darauf. Ist nicht böse gemeint. Wirklich nicht.«

»Okay«, sagte ich zögerlich, und dann: »Geht es dir denn scheiße?«

Gavin stieß ein kehliges Lachen aus, und die feinen Fältchen, die sich dabei um seine Augen und seine Mundwinkel bildeten, waren absolut entzückend. »Nein, gerade ist alles ziemlich gut.«

Mein Herzschlag geriet ins Stolpern, was nur daran lag, dass ich mich für Gavin freute. Er hatte es verdient, dass es ihm gut ging. Weil jeder das verdient hatte. Ich erwiderte sein Lächeln, und anschließend verfielen wir in ein lockeres Gespräch über Jack, seine Gewohnheiten und seine Hundefreunde, von denen hoffentlich auch welche im Park sein würden. Gavin erzählte mir auch von Jacks Magenproblemen. Er hatte nämlich mit einigen Unverträglichkeiten zu kämpfen, die Gavin anfangs viel Zeit, Nerven und Geld gekostet hatten, bis er und seine Tierärztin herausgefunden hatten, was mit dem Kleinen nicht stimmte. Inzwischen war seine Ernährung angepasst, und es ging ihm besser.

»Da fällt mir ein, dass ich dich schon die ganze Zeit etwas fragen wollte«, setzte ich an. Erwartungsvoll sah Gavin mich an. »Warum zur Hölle ist das Thermostat in der Dusche immer eiskalt, wenn du rauskommst? Ich wäre heute Morgen schon wieder fast gestorben. Eines Tages bekomme ich deswegen noch einen Herzinfarkt.«

»Oh, sorry. Manchmal vergesse ich, es zurückzudrehen.«

»Zurückzudrehen? Das heißt, du duschst so kalt? Absichtlich?«

»Das ist gut für das Immunsystem. Und eine Alternative zum Eisbaden, wenn man keine Zeit hat, an den See zu fahren.«

Verständnislos starrte ich ihn an. »Eis-was?«

»Baden.«

»Baden? Im Eis?«, wiederholte ich.

»Na ja, zumindest in kaltem Wasser.«

»Warum?«

Gavin hob die Schultern. »Wie gesagt, ist gut fürs Immunsystem.«

Ich erschauderte schon bei der Vorstellung. »Das ist Folter. Und purer Selbsthass!«

»Man gewöhnt sich daran.«

»Niemals!«

»Sag das nicht, solang du es nicht ausprobiert hast.«

»Das wird nicht passieren.«

»Abwarten«, sagte Gavin mit einem beinahe verschwörerischen Lächeln.

Fünfzehn Minuten später erreichten wir dank seines straffen Tempos den Hundepark, der eigentlich eine knappe halbe Stunde von unserer Wohnung entfernt lag. Gavin ließ Jack von der Leine, der sich umgehend ins Getümmel stürzte und von einem Rottweiler und einem Schäferhund begrüßt wurde. Sie hüpften umeinander herum, ehe sie zu dritt über die Wiese hechteten, die von Bäumen eingefasst war. Es gab schmale Fußwege, einen Brunnen im Zentrum und zahlreiche Bänke für die Besitzer sowie eine Liegewiese zum Entspannen. Der Duft von Gegrilltem lag in der Luft, und ein halbes Dutzend Leute nickten Gavin zur Begrüßung zu, während wir uns einen Platz im Schatten suchten.

Nachdem Jack sich ein paar Minuten mit seinen Freunden ausgetobt hatte, kam er zurück zu Gavin gerannt, damit dieser eine Frisbeescheibe für ihn werfen konnte. Er rannte ihr nach, fing sie noch in der Luft und brachte sie anschließend zurück. Das wiederholte sich einige Male, bis ein großer schwarzer Hund den Park betrat. Jack stürzte sich aufgeregt auf ihn, und sie begannen sofort herumzutollen. Die Besitzerin des schwarzen Hundes schenkte Gavin ein Lächeln und kam ein paar Schritte auf uns zu, aber als sie mich bemerkte, drehte sie sie unauffällig ab, als wollte sie uns nicht stören.

Gavin lehnte sich auf der Bank zurück und legte einen Arm über die Lehne, sodass ich ihn in meinem Rücken spüren konnte. Obwohl er mich nicht direkt berührte, reichte es aus, um mich ein Prickeln in meinem Nacken spüren zu lassen.

Ich räusperte mich. »Hat Luca dir je die Geschichte erzählt, wie Sage sich als Hundesitterin versucht hat und einen ihrer Schützlinge verloren hat?«

»Oh ja, ich wäre ausgerastet.«

»Wenn dir das passiert wäre?«

»Nein, wenn das mein Hund gewesen wäre«, sagte Gavin in ernstem Tonfall. »Ich mag Sage, aber ich hätte ihr die Hölle heißgemacht. Das ist auch der Grund, weshalb ich Jack nie bei irgendwelchen Hundesittern lasse, sondern immer nur in offiziellen Hundegruppen abgebe. Das ist zwar teurer, aber das ist es mir wert. Immerhin ist er mein bester Freund.«

»Oha, wenn Luca das hört, wird es ihm das Herz brechen.«

»Ich glaube, er weiß das bereits.«

Ich presste die Lippen aufeinander, um nichts Falsches zu sagen. Vermutlich wäre es besser gewesen, das Thema zu wechseln, aber … »Luca macht sich manchmal Vorwürfe.«

Argwöhnisch sah Gavin mich an. »Weswegen?«

»Weil er wegen Sage nicht mehr so viel Zeit für dich hat.«

»Hat er das gesagt?«

Ich nickte.

»Oh, das wusste ich nicht.« Gavin hielt kurz inne. »Ich meine, klar hängen wir nicht mehr so viel zusammen ab wie früher, aber ich freu mich für ihn. Sage tut ihm gut. Er muss sich keine Vorwürfe machen.«

»Das hab ich ihm auch gesagt.«

»Glaubst du, ich sollte mit ihm darüber reden?«

Ich hob die Schultern. »Wenn du das möchtest.«

Nachdenklich biss sich Gavin auf die Unterlippe. »Ich glaube schon.«

»Dann solltest du es tun«, sagte ich und starrte auf die Wiese. Jack spielte noch immer mit dem schwarzen Hund. Inzwischen hatten sie den Brunnen für sich entdeckt und tollten im Wasser herum. Ich beobachtete sie einen Moment, dann sah ich wieder zu Gavin und musterte sein Profil. »Darf ich dir etwas sagen, was ich noch nie jemandem gesagt habe?«

Erwartungsvoll schaute Gavin mich an.

Ich umklammerte die Sitzfläche der Bank, wie um mir selbst Halt zu geben, und sprach aus, was ich in den letzten Monaten in mir gehalten hatte, weil es niemanden gegeben hatte, dem ich meine Gefühle hätte anvertrauen können. Sicherlich hätte Sage es verstanden, aber ich wollte ihr kein schlechtes Gewissen machen, denn was ich fühlte, war mein Problem, nicht ihres und auch nicht Lucas. »Ich bin ziemlich neidisch auf die beiden.«

»Jack und Rufus?«

Ich lachte. »Nein, Sage und Luca. Ich beneide die zwei um das, was sie haben. Manchmal so sehr, dass ich es kaum ertrage, mit ihnen in einem Raum zu sein. Ich gönne ihnen ihr Glück von ganzem Herzen, aber hin und wieder tut es weh zu sehen, wie glücklich sie sind und selbst … keine Ahnung, nicht unglücklich zu sein, aber sich das eben auch für sich zu wünschen. Verstehst du?«

Gavin nickte. »Ja, mir geht es manchmal genauso.«

»Ach ja?«

»Klar. Ich meine, wer wäre da nicht neidisch? Zumindest ein bisschen, aber du solltest dir keine Sorgen machen. Eines

Tages wirst du das auch haben. Und dann hast du deine hundert Prozent.«

Verwundert sah ich Gavin an, weil ich im ersten Moment nicht verstand, was er meinte, aber dann dämmerte es mir. Unser Gespräch auf dem Balkon. Ich hatte ihm gesagt, dass ich zu neunzig Prozent glücklich war. Weshalb die anderen zehn Prozent fehlten, hatte ich ihm nicht verraten, aber offenbar war er von selbst darauf gekommen.

Ich lächelte. »Du hast mir nie gesagt, was deine Glücksprozente sind.«

Er rümpfte die Nase. »Glaub mir, das willst du nicht wissen.«

»Klar, sonst würde ich nicht fragen.«

Gavin ließ seinen Blick wieder in die Ferne schweifen. Er dachte nach. Lange. So lange, dass ich schon nicht mehr glaubte, eine Antwort zu erhalten, bis sie ihm schließlich doch über die Lippen kam, wenn auch nur zögerlich. »Dreißig Prozent glücklich, siebzig Prozent unglücklich. Nein, warte. Vierzig zu sechzig.«

»Warum die zehn Prozent mehr?«

Gavin wandte sich mir wieder zu. Erst jetzt wurde mir bewusst, wie dicht wir beieinandersaßen. Sein Gesicht war meinem so nah, dass ich glaubte, seinen Atem auf den Lippen zu spüren, auch wenn das vermutlich nur Einbildung war. Keine Einbildung war allerdings sein kleiner Finger, der sanft gegen meine Hand stupste, mit der ich noch immer die Sitzfläche umklammerte.

»Die zehn Prozent sind für dich.«

»Für mich?«

»Ja, weil ich hier mit dir sitzen darf. Das macht mich glücklich.«

»Oh«, entwich es mir wenig eloquent. Ich war mir nicht sicher, ob Gavin die Worte so meinte, wie sie bei mir ankamen.

Denn so, wie ich sie verstand, sorgten sie bei mir für ziemliches Herzklopfen. Ich hatte das Gefühl, dass Gavins Tränen in jener Nacht vor ein paar Tagen meinen alten Freund wieder hervorgespült hatten. Das freute mich und machte mir gleichzeitig Angst.

Angst, dass ich mir das alles nur einbildete.

Angst, dass es viel zu schnell wieder vorbei sein könnte.

Angst, mein Herz erneut an Gavin zu verlieren.

Und Angst davor, abermals zu fallen und nicht von Gavin aufgefangen zu werden.

21. Kapitel

»Bei dem Andrang hier könnte man meinen, das Essen wäre gut«, kommentierte Luca den Zustand der überfüllten Mensa. Die Schlange vor der Essensausgabe reichte bis nach hinten, und sämtliche Tische schienen besetzt, obwohl die Luft im Raum stickig und warm war und unangenehm nach Fett und aufgewärmtem Essen roch.

Ich rümpfte die Nase. »Wir könnten auch Off-Campus was essen.«

»Oder wir ziehen uns Sandwiches aus dem Automaten«, schlug Sage vor, die dicht neben Luca stand und seine Hand so fest drückte, dass seine Finger ganz gequetscht aussahen, aber er ließ sich Sage zuliebe nichts anmerken und wurde zu ihrem persönlichen Stressball.

»Nein, die sind echt widerlich«, kam es von Aaron.

»Stimmt«, sagte Connor und ließ seinen Blick durch den Raum schweifen. Er war der Größte von uns und hatte den besten Überblick über die Lage. »Ich glaube, da vorne wird ein Tisch frei!«

Er deutete in die Richtung, und sofort stürzten wir los, um den Platz zu ergattern. Die Gruppe, die vor uns an dem Tisch gesessen hatte, war kaum aufgestanden, da quetschten wir uns schon auf die Stühle. Um den Platz nicht zu verlieren, beschlossen Aaron, Connor und ich für Luca, Sage und Gavin das Essen zu holen, während sie unsere Stühle frei hielten. Wir machten uns auf den Weg zurück zum Eingang und stellten uns an.

»Wie läuft es mit den Hochzeitsvorbereitungen?«, fragte ich Aaron.

»Ganz gut. Meine Mom hat endlich ein Kleid gefunden und konnte sich für einen Caterer entscheiden. Heute Nachmittag darf ich sie und David mit zur Konditorei zum Kuchen-Tasting begleiten.«

Connor seufzte. »Ich bin hart neidisch.«

»Dito. Such ja den besten Kuchen aus. Ich hab vor, viel davon zu essen.«

Connors Augen wurden hinter seinen Brillengläsern schmal. »Du bist zur Hochzeit eingeladen?«

»Ja, ich bin Aarons Plus eins.«

Etwas flackerte in Connors Blick auf, doch dieser kurze Moment reichte, um mich erkennen zu lassen, was es war: Eifersucht. Ich hatte diesen Ausdruck in den letzten Wochen bereits des Öfteren auf Aarons Gesicht erkannt. Was in mir einmal mehr den Wunsch weckte, dieser würde endlich über seinen eigenen Schatten springen und mit Connor reden. Aber falls Aaron etwas von Connors Eifersuchtsanflug mitbekam, so entschloss er sich, diesen zu ignorieren. Stattdessen erzählte er davon, dass seine Mom darauf bestand, dass er einen weißen Anzug zur Hochzeit trug – keinen schwarzen, sehr zu seinem Missfallen, aber seine Mom wollte, dass alle Gäste in Weiß kamen.

Er beklagte sich darüber, bis wir bei der Essensausgabe an der Reihe waren. Für Sage, Luca und mich bestellte ich die Lasagne, und für Gavin wählte ich die einzig vegane Auswahl, einen trocken aussehenden Gemüsebratling mit labbrigen Pommes. Ich bezahlte das Essen, und wir quetschten jeweils einen der Teller für die anderen mit auf unsere Tabletts.

Luca und Gavin quatschten mal wieder über irgendein Game, als wir an den Tisch zurückkamen. Wir setzten uns, wobei es nur fünf Stühle gab, weshalb es sich Sage auf Lucas Knie bequem machen musste. Überhaupt saßen wir alle ziemlich eng beisammen.

»Hast du schon was von deiner Wohnung gehört?«, fragte Luca, nachdem Gavin und er ihr Gespräch über Games beendet hatten. Er schob sich mit der rechten Hand einen Bissen Lasagne in den Mund, während sein linker Arm um Sages Taille lag, als wollte er sichergehen, dass sie nicht aus Versehen von seinem Knie plumpste.

Gavin schüttelte den Kopf. »Nein, leider noch nicht.«

»Vielleicht solltest du mal vorbeifahren«, schlug ich vor.

»Ja, vielleicht sollte ich das.«

»Ich kann gerne mitkommen«, bot Luca an.

»Nein, kein Stress, das bekomm ich schon allein geregelt«, winkte Gavin ab und wandte sich wieder seinem Essen zu. Damit schien das Thema für ihn beendet. Ich musste an die Wohnungsanzeigen denken, die ich zu Hause gefunden hatte. Doch ich wollte Gavin nicht vor allen anderen darauf ansprechen und ihn möglicherweise in eine missliche Lage bringen.

Sage sah mich an. »Wie läuft es mit Riley und Mara?«

»Richtig gut, die beiden sind wirklich engagiert. Sie kümmern sich gerade um die Beschaffung der Spendenschränke«, antwortete ich. Das war eine Aufgabe, vor der ich mich selbst gerne drücken wollte; zu viel Bürokratie.

»Haben sich inzwischen noch mehr Leute beworben?«, erkundigte sich Gavin. Er trug heute wieder eine seiner Beaniemützen, die er stylisch auf dem Kopf nach hinten geschoben hatte, und ein dunkles T-Shirt, auf dem ganz groß *DARE TO PLAY* stand und an dem jede Menge Hundehaare klebten.

Ich nickte. »Gestern kam noch eine Bewerbung rein, von einem Glenn. Wir treffen uns am Montag vor meiner Schicht im Le Petit. Ich hoffe, er ist cool. Ich könnte echt noch ein paar Leute gebrauchen.«

Gavin musterte mich, wobei sein Arm meinen streifte. Wäre er Aaron oder Connor, hätte ich die Berührung vermutlich überhaupt nicht wahrgenommen, doch er ließ sie mich deutlich spüren. Vermutlich legte er es nicht darauf an, aber mein Körper reagierte auf ihn, es gab nichts, was ich dagegen tun konnte. Und mein Magen zog sich zusammen, und das nicht wegen des schlechten Essens, sondern weil ich mir entgegen jeder Vernunft wünschte, mehr davon zu spüren.

Als könnte Gavin meine Gedanken lesen, drückte er seinen Arm noch ein wenig fester gegen meinen. »Brauchst du Hilfe?«

Ich musste an sein ursprüngliches Angebot denken, mir zu helfen. Ein Angebot, das ich bisher nicht angenommen hatte.

»Vielleicht.«

»Wobei?«

»Die Liste ist ziemlich lang.«

»Du bekommst das schon hin. Es sind ja noch ein paar Wochen bis zum Start des Programms«, sagte Luca mit einem aufmunternden Lächeln.

Ich hatte gehofft, dass Luca mir mit dem Aufbau der SHS helfen würde, aber er behauptete, wegen des Studiums und der Arbeit in der Bibliothek keine Zeit zu haben. Allerdings ging ich davon aus, dass das nur die halbe Wahrheit war; vermutlich hatte er nur keine Lust und wollte lieber lesen und seine Zeit mit Sage verbringen. Verdenken konnte ich es ihm nicht. Er hatte seine Freizeit verdient, zumal er mir bei der Erstellung des Konzepts schon eine große Hilfe gewesen war. Mehr konnte und wollte ich von ihm nicht verlangen.

»Was steht denn als Nächstes an?«, fragte Gavin. Er ließ nicht locker. Und sein Arm berührte noch immer meinen.

Mein Blick zuckte zu der Stelle. Seine von Natur aus gebräunte Haut hob sich deutlich von meiner hellen ab.

Ich schluckte. »Ich wollte heute Nachmittag die Regale im Keller aufbauen.«

»Helfen dir Riley und Mara dabei?«

Ich schüttelte den Kopf.

Gavins Lippen teilten sich, und es wirkte, als wollte er etwas sagen, als er plötzlich vom Klingeln seines Handys unterbrochen wurde. Er bückte sich nach seinem Rucksack, der zwischen seinen Füßen stand, ging jedoch nicht dran, sondern drückte den Anrufer weg. »Sorry für die Unterbrechung.«

Ich lächelte. »Nicht schlimm.«

»Wo waren wir?«

Ich glaube, du wolltest mir gerade deine Hilfe beim Aufbau der Regale anbieten, schoss es mir durch den Kopf, aber ich wollte auch nicht aufdringlich sein. Doch bevor ich etwas erwidern konnte, begann Gavins Handy erneut zu klingeln. Seine Miene wurde ausdruckslos, und das Szenario von gerade eben wiederholte sich. Er bückte sich, drückte den Anruf weg und stopfte das Handy zurück in seinen Rucksack. Wer immer der Anrufer war, seine Versuche, Gavin zu erreichen, schienen diesen alles andere als glücklich zu machen. Sorge keimte in mir auf, und ich wünschte mir, Gavin danach fragen zu können, ohne dass die anderen jedes Wort, das wir sagten, mitbekamen.

Ich drückte meinen Arm gegen seinen.

Er blickte auf.

Ich lächelte ihn an.

Er lächelte zurück.

Mein Herz klopfte wie wild.

Und dann fiel sein Lächeln in sich zusammen, als sein Handy erneut losging. Ein verzweifelter Ausdruck, den nur ich sehen konnte, huschte über sein Gesicht. Doch er verschwand so schnell, wie er gekommen war. Gavin stieß einen Fluch aus und bückte sich wieder; dieses Mal holte er sein Handy hervor. In derselben Bewegung schnappte er sich seinen Rucksack und stand vom Tisch auf. »Sorry, da muss ich rangehen. Wir sehen uns später.« Er nickte in die Runde, und dann war er auch schon weg und drängte sich durch die Massen in Richtung Ausgang, sein Handy ans Ohr gepresst.

Ich musste an den ersten Tag des Semesters denken, als er so aufgebracht unter dem Baum telefoniert hatte. Und an die Tränen und Kratzer von letzter Woche. Und ich fragte mich, ob es einen Zusammenhang gab, den ich nicht sehen konnte.

Die Gespräche am Tisch hatten sich bereits anderen Themen zugewandt. Connor erzählte davon, dass er morgen zu einem Vorstellungsgespräch bei einem Milchshake-Laden eingeladen war, der Ende des Monats Neueröffnung hatte. Und Sage berichtete, dass sie noch ein paar Bewerbungen rausgeschickt hatte, aber ich war nicht bei der Sache. Ein Teil von mir war mit Gavin gegangen und würde auch nicht wieder zurückkommen, bis ich wusste, was mit ihm los war. Der Ausdruck der Verzweiflung in seinem Gesicht, so flüchtig er auch gewesen war, hatte sich in meinen Verstand eingebrannt.

Scheiße.

»Entschuldigt mich, ich muss auf Toilette«, murmelte ich, auch wenn jeder am Tisch wusste, dass ich log. Denn ich steuerte nicht die WCs im hinteren Bereich der Mensa an, sondern schlug denselben Weg ein, den Gavin genommen hatte.

Gavin war verschwunden.

Mit ausgefahrenen Ellenbogen hatte ich mich aus der Mensa gekämpft und war hinaus ins Freie getreten, doch ich hatte ihn nirgendwo mehr entdecken können. Ein paar Minuten war ich auf dem Campus herumgeirrt in der Hoffnung, ihn zu finden, aber er war wie vom Erdboden verschluckt. Geknickt war ich zurück zu den anderen gegangen. Fragende Blicke hatten mich den Rest des Mittagessens begleitet, aber ich war nicht darauf eingegangen. Connor und Aaron hätten nur Wind von Gavins Problemen bekommen. Und ich hätte Luca und Sage beichten müssen, warum ich mich auf einmal, nach all den Jahren der Ignoranz und Gleichgültigkeit, plötzlich für Gavin interessierte, aber das konnte ich nicht. Einerseits weil ich es mir selbst nicht ganz erklären konnte. Und andererseits, weil das, was Gavin und mich heute verband, mit all den Dingen zusammenhing, die ich schon damals für ihn gefühlt hatte, von denen sie ebenfalls nichts wussten.

Gemeinsam mit den anderen verließ ich die Mensa, und unsere kleine Gruppe löste sich auf. Ich machte mich auf den Weg zum Verwaltungsgebäude, um die Regale in der SHS aufzubauen. Der Raum war deutlich sauberer als bei meinem letzten Besuch. Ich spielte Musik über mein Handy ab, die als dumpfes Echo von den kahlen Wänden widerhallte, und machte mich an die Arbeit.

Eine halbe Stunde später tropfte mir bereits der Schweiß von der Stirn, obwohl es in dem Kellerraum kühl war. Ich hatte nicht erwartet, dass der Aufbau der Regale so anstrengend sein würde. Und vor allem hatte ich geglaubt, dass es mir leichter von der Hand gehen würde. Immerhin waren das nur ein paar Metallstangen und Bretter. Aber ich hatte mein handwerkliches Geschick deutlich überschätzt, denn es hatte mich dreißig Minuten gekostet, ein einziges dieser Dinger aufzubauen.

Ich ließ den Schraubenzieher los und wischte mir mit dem Unterarm über die Stirn. Mein Haar hatte ich zu einem Knoten gebunden, allerdings fielen mir die ersten Strähnen bereits wieder lästig vor die Augen. Ich versuchte sie mir hinters Ohr zu schieben, ohne mir mit meinen dreckigen Fingern ins Gesicht zu fassen. Mit einem Seufzen rappelte ich mich auf, um das zusammengebaute Regal aufzurichten. Ich umfasste das Gestell und hob es an. Doch während die Einzelteile selbst ziemlich leicht waren, war das Teil im Gesamten deutlich schwerer, als ich erwartet hatte. Es entglitt meiner Hand und knallte mit voller Wucht zurück auf den Boden – und auf meine Finger!

»Fuck!«, jaulte ich auf, wobei ich nicht wusste, was lauter war: mein Fluch oder das metallische Klirren des Regals, das beim Aufprall auf den harten Betonboden selbst die Musik übertönte. Mit der anderen Hand umklammerte ich den Finger, den ich mir eingequetscht hatte. Er pochte so arg, dass ich nicht draufschauen wollte aus Angst, eine tiefe Fleischwunde vorzufinden, denn das Metall hatte an einigen Stellen ziemlich scharfe Kanten. Tränen schossen mir in die Augen, und ich begann tief Luft zu holen, um den Schmerz wegzuatmen. Scheiße tat das weh!

»Alles in Ordnung?«, erklang plötzlich eine Stimme neben mir.

Ich schüttelte den Kopf.

Gavins Silhouette war von meinen Tränen verschwommen, aber ich erkannte ihn dennoch. Unmittelbar vor mir blieb er stehen. Er ließ den Rucksack von seiner Schulter gleiten, der mit einem dumpfen Geräusch auf dem Boden aufkam, und trat neben mich. Er roch nach Sonnencreme und Schweiß, aber seltsamerweise nicht unangenehm.

»Lass mal sehen.« Er griff nach meiner Hand.

Zögerlich reichte ich sie ihm und blinzelte die Tränen fort, bis ich Gavin klar erkennen konnte. Seine Mütze war verschwunden, und seine Wimpern warfen unter der harten Deckenbeleuchtung des Kellers lange Schatten auf seine Wangen. Mit gesenktem Kopf inspizierte er meinen Finger. Sanft hielt er ihn mit seinen umfasst und begann ihn vorsichtig hin- und herzubewegen.

»Tut das weh?«

»Nein.«

»Und das?«

»Auch nicht.«

Er brummte. »Das ist gut.«

»Ich wusste gar nicht, dass du unter die Medizinstudenten gegangen bist«, sagte ich, ohne Gavin aus den Augen zu lassen. Der Anflug von Verzweiflung, den ich vorhin in seinem Gesicht gesehen hatte, war verschwunden, stattdessen zuckte nun sein rechter Mundwinkel.

»Bin ich nicht, aber im Supermarkt haben wir ständig irgendwelche Unfälle mit schweren Kisten, daher ist meine fachmännische Meinung, dass du es überleben wirst.«

Ich seufzte in gespielter Erleichterung. »Puh, zum Glück. Ich hab mein Leben schon an mir vorbeiziehen sehen.«

»Das glaub ich dir. So eine Nahtoderfahrung kann einen ganz schön aus der Bahn werfen«, erwiderte Gavin in ernstem Tonfall. Seine blauen Augen tanzten amüsiert. Er hatte meine Hand noch nicht freigegeben. Sanft rieb er mit dem Daumen über meinen gequetschten Finger, als könnte er den Schmerz wegwischen. Und vielleicht konnte er das tatsächlich, denn das Pochen ebbte unter seiner Berührung ab.

Ich entzog Gavin meine Hand, nicht weil es sich nicht gut anfühlte, sondern weil es sich *zu* gut anfühlte, *zu* vertraut, *zu* intim, *zu* sehr nach einer Version von uns, die wir nicht mehr waren. »Was machst du hier?«

»Ich dachte, du brauchst Hilfe.« Er sah von mir zu dem umgekippten Regal und den zahlreichen Einzelteilen, die noch um mich herum verteilt lagen und darauf warteten, zusammengebaut zu werden. »Und offenbar hatte ich recht.«

»Du musst mir nicht helfen.«

»Nein, aber ich möchte gerne.«

Ich zögerte, obwohl ich ganz offensichtlich Hilfe brauchen könnte, wie mein geröteter Finger deutlich zeigte, aber ich wusste nicht, ob es eine gute Idee wäre, mir von Gavin helfen zu lassen. Seine Worte. Seine Nähe. Seine Berührungen stellten seltsame Dinge mit mir an. Dinge, die eigentlich in die Vergangenheit gehörten. Und die keinen Platz in meiner Gegenwart haben sollten. Weil sie mir in der Zukunft nur Schmerz bringen würden.

Obwohl ich das wusste, zuckte ich mit den Schultern, als wäre es mir egal. Was es nicht war. »Okay, wenn es dich glücklich macht.«

Ich rechnete fast damit, dass Gavin etwas Zynisches wie *Nichts macht mich glücklich* erwidern würde, doch stattdessen trat ein sanftes Lächeln auf seine Lippen. »Macht es.«

Mein Herzschlag beschleunigte und beruhigte sich auch nicht wieder, als Gavin und ich uns an die Arbeit machten. Er half mir, das Regal aufzustellen, das ich allein nicht auf die Beine bekommen hatte. Anschließend hockten wir uns auf den Boden, um das nächste zusammenzuschrauben, was zu zweit deutlich leichter von der Hand ging.

»Du warst vorhin ziemlich plötzlich weg«, sagte ich, während ich eine Schraube festdrehte.

»Ja, sorry, ich wollte nicht am Tisch telefonieren.«

»Wer war es denn?«

»Meine Mom.«

Überrascht hob ich die Brauen. Damit hatte ich nicht gerechnet. Ich hatte schon lange nichts mehr von Monica gehört, zumal unser gemeinsames Thanksgiving vergangenes Jahr ausgefallen war und ich in den Monaten zuvor nicht gerade viel mit Gavin geredet hatte. Aber ich hatte seine Mom immer gemocht. Sie war Luca und mir gegenüber stets nett und warmherzig gewesen und es nie leid geworden zu beteuern, wie glücklich Gavin sich schätzen konnte, Freunde wie uns zu haben. In diesen Momenten hatte ich mich immer gut und wie etwas Besonderes gefühlt; ein Gefühl, das mir meine eigene Mom nie gegeben hatte.

»Ist bei deiner Mom alles in Ordnung?«

Gavin zögerte, aber nur kurz. »Klar, warum?«

»Du hast nicht gerade glücklich über ihren Anruf gewirkt.«

»Ja, aber nur weil ich lieber mit euch in Ruhe zu Mittag essen wollte«, sagte er mit einem Lächeln und zuckte mit den Schultern. Es war eine normale, beiläufige Geste, aber irgendetwas störte mich daran. Vielleicht lag es an seinem leicht steifen Lächeln. An dieser feinen Nuance in seiner Stimme, die irgendwie unaufrichtig wirkte. Oder an der Art, wie er meinem Blick auswich, während er die Worte aussprach.

Ich nickte, auch wenn ich meine Zweifel hatte, und machte mich daran, die nächste Schraube in das Regal zu drehen. Meine Finger rochen bereits nach dem Metall. »Ich bin dir vorhin nachgelaufen.«

»Warum?«

»Weil ich nachsehen wollte, ob es dir gut geht«, gestand ich. Keine Ahnung, warum, aber ich wollte, dass Gavin es wusste, obwohl die Worte meinen Puls in die Höhe trieben. »Aber du warst schon weg.«

»Ja, ich hab einen ziemlich strammen Gang.«

Ich schnaubte. »Das hab ich beim Spaziergang schon bemerkt.«

»Sorry«, entschuldigte er sich mit einem Lachen.

Es gefiel mir, wenn er lachte. Was mir wiederum nicht gefiel, war, dass er mal wieder geschickt einer direkten Antwort entgangen war. Ich beschloss, Gavin nicht weiter zu bedrängen, sondern mich bei Gelegenheit bei Luca nach Monica zu erkundigen.

Eine Weile arbeiteten wir schweigend weiter, und es war eine erstaunlich angenehme Stille, die nicht von lauten Gedanken und unausgesprochenen Worten begleitet wurde, sondern nur von meiner Musik.

Irgendwann tauschten Gavin und ich die Aufgaben, denn nach dem fünften Regal bekam ich das Gefühl, dass mir die Hände vom Schrauben abfallen würden, weshalb er das übernahm. Was den positiven Nebeneffekt hatte, dass ich das Muskelspiel in seinen Armen beobachten konnte.

Ich war gerade dabei, seinen Bizeps anzustarren, als sich Gavin auf einmal mein Handy schnappte, das neben ihm lag. Er drückte auf dem gesperrten Display herum, hielt mir das Ding dann aber vors Gesicht, wodurch es sich entsperrte.

»Heh! Was soll das?«, protestierte ich und versuchte, ihm das Handy wegzunehmen, aber er hielt es außerhalb meiner Reichweite und scrollte durch Spotify. »Ich will was anderes hören.«

»Und was?«

Gavin antwortete nicht und wechselte den Song.

Ich erkannte ihn bereits in den ersten Sekunden an dem Beat der Drumms und begann zu lachen. »Ernsthaft?«

Er legte mein Handy wieder weg. »Hey, das ist ein Klassiker.«

»Ich würde *Sk8er Boi* nicht als Klassiker bezeichnen.«

»Und ob«, widersprach Gavin und klang schon fast beleidigt.

Ich erinnerte mich daran, wie Luca und er dieses Album von Avril Lavigne rauf und runter gehört hatten, als wir Kinder gewesen waren, und sich dabei für supercool gehalten hatten. Also hatte ich es auch gehört. Doch während Luca seine Liebe für Pop/Rock verloren hatte, war meine mit den Jahren gewachsen, hatte sich vom Pop wegentwickelt, mehr in Richtung Rock. Was Gavin hörte, wusste ich nicht, aber tief in seinem Herzen schien auch er noch immer ein *Sk8er Boi* zu sein, denn er begann lauthals die Lyrics mitzusingen. Ich stimmte in den Gesang mit ein. Und obwohl ich den Song seit Jahren nicht gehört hatte, erinnerte ich mich noch an jede Zeile und jede Strophe.

Gavin und ich sangen mit, bis die letzte Note verklang. Wir starrten uns an, und dann verfielen wir in lautes Gelächter. Obwohl die Tür zur SHS geschlossen war, war ich mir sicher, dass man uns bis in den Flur hinaus hören konnte.

Schließlich wischte ich mir die Lachtränen aus den Augen.

»Das war großartig.«

Gavin nickte. »Wir haben's eben immer noch drauf.«

Ich fächerte mir Luft zu, um mich wieder zu beruhigen, während die melodramatischen Töne vom nächsten Song des Albums – *I'm with You* – den Raum erfüllten. Ich sah auf, und mein Blick traf auf Gavins. Er schenkte mir ein warmes Lächeln, das mich so sehr an den Jungen von früher erinnerte, dass es fast schon wehtat. Dennoch konnte ich nicht anders, als sein Lächeln zu erwidern. Gavin machte mich auf eine Weise glücklich, die ich mir selbst nicht erklären konnte und die absolut keinen Sinn ergab, weil er der Mensch war, der mich in meinem Leben auch am unglücklichsten gemacht hatte.

Plötzlich spürte ich eine Berührung. Es war Gavins Hand, die nach meiner tastete. Sanft streiften seine Finger meine Haut. Mein Herz wummerte heftig, und ich hatte das Gefühl zu verbrennen. Mein Blick zuckte für den Bruchteil einer Sekunde zu unseren Händen und dann wieder zurück zu seinem Gesicht. Mir stockte der Atem, als ich erkannte, wie er mich ansah. In seinen Augen lag eine Mischung aus Zuneigung, Freude und Bewunderung, die alles in mir zum Flirren brachte, weil ich mich genau daran erinnerte, wann er mich das erste

Mal so angesehen hatte. Das war in der Nacht gewesen, in der ich mein Herz an ihn verloren hatte.

So denkst du immer an mich. Und ich denk immer an dich.

Mein Herz zog sich zusammen, und ich glaubte, einen Druck an der Stelle zwischen meinen Brüsten zu spüren, an welcher der Anhänger seiner Kette einst gelegen hatte, bis ich sie für immer abgelegt hatte, und das nicht grundlos ...

Ruckartig sprang ich vom Boden auf und klopfte mir die staubigen Hände an meinen Shorts ab. »Ich glaube, für heute haben wir genug Regale aufgebaut. Was meinst du?«

Verdutzt sah Gavin mich an, als würde er nicht begreifen, woher der plötzliche Sinneswandel kam, und ich wollte auch gar nicht, dass er es verstand. Denn wenn er es tat, würde er wissen, was diese kleinen Momente zwischen uns mit mir anrichteten. Sie sorgten dafür, dass ich in ihm nicht länger den Jungen sah, der mich hatte fallen lassen. Sondern den Menschen, der mir die glücklichsten Augenblicke meines Lebens beschert hatte.

»Wenn du das sagst«, erwiderte er unsicher.

Ich zwang mich zu einem Lächeln. »Danke für deine Hilfe.«

»Gerne. Es hat Spaß gemacht.«

Ich schnappte mir mein Handy, und die Musik im Raum verstummte.

»Fährst du gleich nach Hause oder ...«, setzte Gavin an.

»Ich hab noch was zu erledigen«, log ich, denn wenn ich ihn wissen ließ, dass ich nach Hause ging, würde er mich fragen, ob ich ihn mitnehmen könnte. Und das Letzte, was ich gerade wollte, war, dicht an dicht in meinem Auto neben ihm zu sitzen. Ich brauchte Abstand.

»Okay, dann sehen wir uns später?«

Ich nickte. »Klar, bis später.«

Gavin winkte mir zum Abschied, ehe er den Raum verließ.

Und dann war ich allein. In der Stille. Die sich plötzlich nicht mehr dicht anfühlte, weil Gavin da war. Sondern weil er fort war. Und in dieser Stille erkannte ich, dass ich mich geirrt hatte. Gavin und ich …

Das war kein Remake.

Es war eine Fortsetzung.

22. Kapitel

Ich trug den letzten Pinselstrich Nagellack auf meinen Zehennagel auf, schraubte das Fläschchen zu und bewunderte mein Kunstwerk. Dieses Mal hatte ich nur ein bisschen danebengemalt. Ich nahm mir eines der Wattestäbchen, die ich vorsorglich bereitgelegt hatte, und tränkte es in Nagellackentferner, um meine Verwackler zu korrigieren.

»Ist die Nase zu groß?«, fragte Sage und hielt mir den Anhänger entgegen, an dem sie gerade arbeitete. Er zeigte ein Gesicht, das aus einem einzigen Draht gebogen war. In letzter Zeit machte Sage mehr und mehr Ketten in dieser Art, weil sie in ihrem Etsy-Shop gut ankamen. Neulich hatte sogar ein Laden aus New Hampshire angefragt, der ihre Anhänger für die Auslage seines Geschäfts haben wollte.

Ich neigte den Kopf. »Etwas, aber nicht alle Nasen sind klein.«

Sage wirkte nicht überzeugt, aber sie selbst war auch die größte Kritikerin, wenn es um ihren Schmuck ging. Nach einigem Hin und Her beschloss sie, den Anhänger vorerst so zu lassen, und schnappte sich ein neues Stück Draht. Wir saßen auf der Couch in Lucas Wohnung und hatten endlich mal wieder einen richtigen Mädelsabend. Wir hatten Pizza bestellt, und auf dem Fernseher lief eine Folge *Gilmore Girls*, die wir inzwischen mindestens dreimal gesehen hatten, aber sie bot die perfekte Geräuschuntermalung für unsere Gespräche, denn darum ging es doch eigentlich.

In diesem Moment schwang die Tür zu Lucas – jetzt Gavins – Zimmer auf, und er kam raus. Er gähnte, und sein Shirt war verknittert wie nach einem Nickerchen. Nach diesem eigenartigen Moment im Keller der MVU war ich wieder dazu übergegangen, Gavin aus dem Weg zu gehen. Nicht weil ich nichts mit ihm zu tun haben wollte. Sondern weil ich keine Ahnung hatte, wie ich mit diesen verwirrenden Gefühlen umgehen sollten. Er kämmte sich mit den Fingern durch die zerzausten Haare. Jack folgte ihm auf den Fersen und flitzte direkt zur Haustür, vermutlich weil die Natur nach ihm rief.

»Hey, Sage«, begrüßte Gavin sie. »Wie geht's?«

»Gut. Und dir? Gut geschlafen?«

Gavin machte eine vage Handbewegung und gähnte noch einmal.

»Magst du ein Stück Pizza?«, bot Sage ihm an.

Er schüttelte den Kopf. »Nein, aber danke.«

»In der Küche sind vegane Pizzabrötchen für dich.«

Seine Augen wurden groß. »Ernsthaft?«

Ich nickte. Ich hatte sie ihm mitbestellt, weil ich wusste, dass er gleich auf die Arbeit musste; und nur, weil meine eigenen Gefühle ein heilloses Durcheinander waren, bedeutete das nicht, dass ich nicht nett sein konnte. Und offenbar war Gavin genauso ausgehungert, wie ich vermutet hatte. Denn seinem Blick nach zu urteilen, hätte ich ihm ebenso gut eine Millionen Dollar statt Fünf-Dollar-Pizzabrötchen schenken können.

»Danke, du rettest mir das Leben.« Er kam auf mich zu, umfasste mein Gesicht und drückte mir erst links, dann rechts einen übertriebenen Schmatzer auf die Wange. Ich musste lachen und schubste ihn spielerisch von mir. Er ließ mich los und marschierte in die Küche. Mit dem kleinen Karton in der Hand kam er zurück, leinte Jack an und wünschte Sage und mir noch einen schönen Tag, dann war er so schnell fort, wie er gekommen war, aber das Gefühl seiner Lippen auf meinen Wangen blieb.

Sage musterte mich aus zusammengekniffenen Augen. »Was war das?«

Ich beugte mich wieder über meine Füße und begann konzentriert den überschüssigen Nagellack mit dem Wattestäbchen zu entfernen, um die Röte in meinem Gesicht zu verbergen. »Was war was?«, fragte ich gespielt ahnungslos.

»Na, das«, sagte Sage und äffte die Schmatzgeräusche von Gavins Küssen nach.

»Nichts. Er hat nur rumgealbert«, sagte ich.

Doch so leicht ließ Sage mich nicht vom Haken. Ich konnte beobachten, wie sie mich von der Seite musterte, aber ich hielt den Blick starr auf meine Zehennägel gerichtet.

»Ich wusste nicht, dass du die Brötchen für ihn bestellt hast«, sagte sie nach einer kurzen Pause.

Ich zuckte mit den Schultern, als wäre es keine große Sache. Und das war es auch nicht. Für Luca hätte ich die auch bestellt, oder nicht? Nein, eigentlich nicht, denn Luca hätte sich ungefragt ein Stück unserer Pizza geklaut. Mit Gavin war das etwas anderes, weil er keinen Käse aß, aber das war nur rücksichtsvoll von mir und hatte nichts zu bedeuten.

»Wie ist das Zusammenleben mit Gavin so?«, fragte Sage weiter.

»Gut, allerdings sehen wir uns nur selten. Wir arbeiten beide viel.«

»Aber ihr versteht euch gut?«

»Schoooon«, antwortete ich und konnte nicht verhindern, dass das Wort meinen Mund irgendwie lang und gedehnt verließ, weil es nicht ganz so leicht war. Die vergangenen Tage mit Gavin waren wirklich schön gewesen, aber hatten mich auch verwirrt zurückgelassen. Ich hatte mir in den letzten Jahren sehr überzeugend die Lüge erzählt, dass ich ihn weder sonderlich mochte noch brauchte, aber kaum, dass ich etwas Zeit mit ihm verbrachte, schmiedete mein verräterisches Herz schon wieder andere Pläne.

»Warum sagst du das so? *Schooooon?*«

Nun hob ich doch den Blick von meinen Füßen. Ich sah Sage an und überlegte, was ich sagen konnte, ohne ihr zu viel über Gavins und meine Vergangenheit zu verraten. Ich vertraute ihr zwar, aber konnte die Sorge nicht abstellen, dass sie womöglich Luca etwas erzählte. »Wir verstehen uns gut«, stellte ich klar. »Aber ich weiß nicht so recht, was ich davon halten soll. Wir sind seit Jahren keine Freunde mehr und haben uns gewiss nicht grundlos auseinandergelebt. Und jetzt fühlt es sich an wie ... wie ...«

»Wie früher«, beendete Sage den Satz für mich.

Ich nickte.

Sie runzelte die Stirn. »Aber ist das nicht etwas Schönes?«

Nicht wenn ich Angst haben muss, dass Gavin mir wieder das Herz bricht, schoss es mir durch den Kopf, aber das sagte ich nicht.

»Es war damals nicht leicht für mich zu akzeptieren, dass wir uns auseinandergelebt haben. Immerhin war er lange Zeit mein bester Freund. Und ich habe Angst, dass das jetzt nur ein Schluckauf ist, weil wir zusammenwohnen, und danach wieder alles so ist wie zuvor.«

»Verstehe«, murmelte Sage und dachte einen Moment nach. »Wenn du mit absoluter Gewissheit wüsstest, dass das jetzt kein Schluckauf ist und die Freundschaft mit Gavin über seinen Auszug hinaus hält: Würdest du sie wollen?«

»Ja.« Meine Antwort kam ohne Zögern.

»Dann solltest du dich darauf einlassen.«

»So einfach?«

»So einfach«, bestätigte Sage mit einem Kopfnicken. »Glaub mir, ich weiß wohl besser als jede andere, wie es ist, Angst zu haben, aber wenn ich eines im letzten Jahr gelernt habe, dann, dass es sich hin und wieder lohnt, mutig zu sein. Du weißt nicht, was passieren wird, wenn Gavin wieder auszieht. Du weißt aber auch nicht, ob du den morgigen Tag überlebst.«

»Wow, das wurde sehr schnell, sehr dunkel.«

Sage lachte. »Nicht der Punkt. Ich wollte damit nur sagen: Du weißt nicht, was passieren wird. Und wie Megan immer sagt: Vom sich Sorgen machen wird nichts besser. Wenn sich der Moment gut und richtig anfühlt, nimm ihn einfach so hin, die Zukunft kannst du ohnehin nicht ändern.«

Ich seufzte. »Du hast recht. Ich sollte die Angelegenheit weniger zerdenken.« Denn ich wusste tatsächlich nicht, was mit Gavin passieren würde. Immerhin waren fünf Jahr vergangen, wir waren beide erwachsen geworden und studierten gemeinsam an der MVU; was Gavin damals zu mir gesagt hatte, dass ich zu jung und kindlich für eine Freundschaft war und wir unterschiedliche Leben lebten, galt heute nicht mehr. Und das machte mir Hoffnung.

Hoffnung, die mir im besten Fall nicht zum Verhängnis wurde.

Meine Muskeln zitterten, und ein Schweißtropfen perlte mir von der Nasenspitze. Ich biss die Zähne zusammen und stemmte die Hantel mit reiner Willenskraft ein letztes Mal in die Höhe. Mein Körper hatte längst aufgeben wollen. Doch es war dieser Moment im Sport, den ich am liebsten mochte. Der Augenblick, in dem der Körper protestierte und bereit war, schlapp zu machen, ich mich aber dazu überwinden konnte, noch zwei, drei Wiederholungen mehr zu machen, um mir zu beweisen, dass es möglich war. Dass ich alles schaffen konnte, wenn ich es nur genug wollte. Diese Erkenntnis gab mir jedes Mal ein Hochgefühl, und ich kam mir vor wie eine Superheldin.

Mit zusammengebissenen Zähnen drückte ich die Stange mit den Gewichten ein weiteres Mal in die Höhe. In meinen Ohren kreischte die Stimme von Oliver Sykes so laut, dass ich die Geräusche um ich herum völlig ausgeblendet hatte, obwohl im Studio ziemlich viel los war. Eigentlich ging ich lieber außerhalb der Stoßzeiten ins Gym, aber aktuell war mein Terminplan so voll, dass ich die Gelegenheit nutzen musste, wann immer sie sich mir bot.

Manchmal trainierte ich mit anderen zusammen, und auch jetzt entdeckte ich zwei, drei meiner gelegentlichen Gym-Buddys im Studio, aber heute war mir nicht nach Gesellschaft zumute. Im Training konnte ich immer gut nachdenken, und ich hatte viel Stoff zum Nachdenken: die SHS, meine Vorlesungen, allem voran das Paper, das Professor Sinclair uns heute reingedrückt hatte und mir so gar nicht in den Kram passte. Und doch wanderte mein Verstand immer wieder zu Gavin. Meine Gedanken waren wie ein Magnet und er mein Gegenstück. Ich dachte an seine Mom und an sein zermürbtes Gesicht, als er ihren Anruf entgegengenommen hatte. Und ich dachte an die Kratzer an seinem Hals von letzter Woche und versuchte, all das in Einklang zu bringen.

Aber es war nicht nur meine Sorge, die mich unentwegt an Gavin denken ließ. Denn da waren noch so viele andere Gefühle, die wie ein Wirbelsturm durch mein Inneres wüteten, zu schnell und wild, als dass ich sie hätte fassen können. Ich wollte so nicht für Gavin empfinden, aber es schien, als hätten mein Herz und mein Körper einen eigenen Willen, wenn es um ihn ging.

Er war etwas Besonderes für mich, und das ließ sich nicht

leugnen. Und dabei ging es nicht nur um unsere Vergangenheit, sondern um alles. Ich war in diesem Moment objektiv betrachtet von unglaublich vielen attraktiven Männern umgeben. Und dennoch ließ mich ihr Anblick vollkommen kalt, löste nichts in mir aus, nicht einmal einen Hauch. Doch wenn ich an Gavin dachte, wie er mich ansah, mich berührte oder nur im Handtuch bekleidet vor mir stand, wallte Hitze in mir auf, und ich verspürte das Bedürfnis, mir Luft zuzufächern.

Bevor ich mich zum gefühlt hundertsten Mal in dieselbe Gedankenspirale begeben konnte, setzte ich das Gewicht zurück in seine Halterung. Ich schnappte mir mein Handtuch und meine Trinkflasche und suchte mir einen ruhigen Platz für meine Dehnübungen, um das Training ausklingen zu lassen. Anschließend machte ich mich auf den Weg in die Dusche, zog mich um und ging zu meinem Wagen. Es war allerdings nicht nur im Gym viel los, sondern auch auf den Straßen von Melview. Im Stop-and-go kroch ich die Hillside Road im Feierabendverkehr entlang, weil die Ampelschaltung an der Kreuzung eine Katastrophe war, als mir ein elegant aussehendes Geschäft ins Auge fiel. Das ich heute nicht zum ersten Mal bemerkte. In den großen Schaufenstern hingen abstrakte Schwarz-Weiß-Fotografien von menschlichen Körpern, ohne etwas Explizites zu zeigen. Und über dem Eingang verkündete ein Schild mit klarer, weißer Schrift in Großbuchstaben: ELEVATED.

Da Freitag war, bestand eine realistische Chance, dass Gavin heute arbeitete. Verlegen biss ich mir auf die Unterlippe, als würde ich noch zögern, aber in Wirklichkeit war die Entscheidung längst gefallen. Ich setzte den Blinker und lenkte den Wagen an den Straßenrand. Als ich ausstieg, hatte ich plötzlich das Gefühl, von allen Seiten beobachtet zu werden, was natürlich Unsinn war. Niemand achtete auf mich. Aber um nicht zu riskieren, doch von jemandem gesehen zu werden, der mich kannte, schlüpfte ich schnell in den Laden.

Ich hatte keine Ahnung, womit ich gerechnet hatte, dennoch war ich überrascht. Das Innere des Elevated war genauso schick und elegant wie sein Äußeres. Die Einrichtung war in Schwarz-Weiß gehalten. Weiße Regale und Schränke säumten die Wände, in der Mitte der Verkaufsfläche standen schwarze würfelförmige Tische. Auf vergoldeten Podesten lagen darauf stilvoll präsentiert einzelne Produkte. Es gab auch Bücherregale, die mit einer Mischung aus Ratgebern und Erotikromanen bestückt waren. Entspannte Musik spielte im Hintergrund, und neben dem Eingang stapelten sich schwarze und weiße Körbe; ein Schild erläuterte, dass ein weißer Korb hieß, dass eine Beratung gewünscht war, während ein schwarzer Korb bedeutete, dass man lieber diskret für sich alleine shoppen wollte. Was ich als sehr rücksichtsvoll empfand, denn sicherlich war nicht jeder, der hier hereinkam, offenherzig genug, um mit einem Fremden darüber zu diskutieren, was er für sein Schlafzimmer brauchte.

Hinter der Ladentheke stand wie erhofft Gavin. Neben ihm lagen mehrere verpackte Sexspielzeuge, die er in Kartons verstaute, doch in diesem Moment hob er den Blick, um nachzusehen, wer den Laden betreten hatte. Seine Augen wurden groß, als er mich entdeckte. Er umrundete den Tresen und kam grinsend auf mich zu, was mein Herz zum Stolpern brachte.
»Hey.«

»Hey«, begrüßte ich ihn, meine Stimme klang atemlos, aber das kam sicherlich vom Training. Ganz bestimmt. Das hatte gewiss nichts damit zu tun, dass nur eine Armlänge von mir entfernt ein pinkfarbener Dildo lag und Gavin absolut umwerfend aussah. Er trug ein schlichtes weißes T-Shirt und eine schwarze Jeans, wodurch er perfekt zum Stil des Ladens passte.

»Bist du für deine Beratung hier?«

Hitze schoss mir in die Wangen bei der Vorstellung, wie er versuchen könnte, mir etwas zu verkaufen, aber nun war es zu spät für einen Rückzieher. Ich räusperte mich und versuchte mich nicht wie eine Jungfrau zu verhalten, die ich schließlich nicht war. Aber manchmal fühlte es sich so an.

»Nein, ich … ähm, wollte dich fragen, ob … ob du später Lust auf Sushi hast«, stammelte ich hilflos.

Gavins Grinsen wurde verwegener. »Das hast du mich heute Morgen schon gefragt.«

»Aber ich habe vergessen, was für Sushi genau du willst.« Ich glaubte mir selbst kein Wort, aber ich würde den Teufel tun und zugeben, dass ich einfach nur neugierig gewesen war. Und dass ich ihn hatte sehen wollen, nachdem ich ihn das gesamte Training über nicht aus dem Kopf bekommen hatte. Aber ihm nun gegenüberzustehen linderte diese eigenartige Sehnsucht, die ich verspürte, nicht im Geringsten, sondern ließ sie nur noch stärker werden.

»Du hättest mir auch eine Nachricht schreiben können«, sagte Gavin amüsiert.

»Schon, aber ich war eh in der Gegend. Im Fitnessstudio, um genau zu sein«, antwortete ich, als würde das meine Entscheidung hierherzukommen sinnvoller machen. Eine Nachricht zu schreiben wäre so viel einfacher gewesen.

Seine Mundwinkel zuckten. »Verstehe.«

Verlegen schob ich die Hände in die Taschen meiner Shorts und trat von einem Fuß auf den anderen, während ich mich unsicher im Laden umsah, wobei ich meinen Blick nirgendwo allzu lange verweilen ließ. Nicht, dass Gavin noch glaubte, ich hätte Interesse an etwas. »Und wie läuft es so?«

»Ganz gut«, sagte er mit einem leichten Schulterzucken. »Es ist nicht viel los, aber über den Onlineshop sind über Nacht einige Bestellungen reingekommen. Die bin ich gerade dabei zu verpacken. Immer wieder interessant zu sehen, wer hier bestellt.«

»Wer denn?«

»Das darf ich nicht sagen. Privatsphäre und so.«

»Natürlich«, sagte ich. Ich war zwar neugierig, fand aber auch gut, dass er seinen Job ernst nahm und nicht irgendwelche Namen ausplauderte. »Ich wollte dich auch nicht von deiner Arbeit abhalten. Ich wollte nur ...«

»Fragen, welches Sushi ich will?«, fiel er mir ins Wort und hob eine Braue, die mir ziemlich deutlich zeigte, dass er mir den Shit nicht abkaufte, den ich ihm hier gerade erzählte. Aber er war nett genug, um mich nicht darauf anzusprechen und die Lüge stattdessen einfach zwischen uns stehen zu lassen.

Plötzlich schwang die Eingangstür auf, und eine Frau Mitte dreißig betrat den Laden. Sie trug eine schicke Anzugshose und eine weise Bluse, als käme sie geradewegs aus einem Businessmeeting. Sie nickte uns zur Begrüßung zu und griff nach einem der weißen Körbe.

»Ich muss mal eben ...« Gavin deutete in ihre Richtung.

Ich nickte. »Klar. Ich sollte auch besser wieder gehen.«

»Nein, bleib noch. Ich hab dir noch nicht gesagt, welches Sushi ich will«, sagte Gavin mit einem Zwinkern, weil er wusste, dass er mich damit hatte. Dann lief er zur Kundin und ließ mich alleine stehen.

Um nicht wie ein Reh im Scheinwerferlicht herumzustehen, begann ich mich im Laden umzusehen, wobei ich das Gefühl hatte, dass meine Wangen beim Anblick der ganzen Spielzeuge mit jedem Schritt heißer glühten. Ich wusste zwar, was das meiste davon war, aber bisher hatte ich die Sachen nur im Internet gesehen. Ich hatte mich nie getraut, mir etwas davon zu kaufen, aus Angst, Luca, Joan oder mein Dad könnten es finden. Die Vorstellung war mir so peinlich gewesen, dass ich es nie über mich gebracht hatte, mir einen Vibrator zu holen.

Mein Blick fiel auf einen Vibrator, der die Farbe von Flieder hatte. Bevor ich wusste, was ich tat, griff ich danach und nahm das Toy von seinem vergoldeten Podest. Es war weich und hart zugleich. Ungewohnt, aber auch nicht fremd. Ich versuchte mir vorzustellen, wie es sich in mir anfühlen würde. Bisher hatte ich nur meine Finger benutzt, um mich selbst zu befriedigen, und meistens blieb ich dabei an der Oberfläche, da ich mich irgendwie nicht mit dem Gedanken anfreunden konnte, etwas in mir zu haben. Ich machte dafür die Nacht vor fünf Jahren verantwortlich, die so viel für mich kaputt gemacht hatte. Auch wenn irgendein Sextoy natürlich nicht mit dem Arschloch zu vergleichen war, das mich damals alleine gelassen hatte …

5 Jahre zuvor

Die Musik war ohrenbetäubend laut. Die Luft war stickig und warm. Es roch nach Alkohol und Schweiß. Das Haus war rappelvoll mit Leuten, die ich noch nie gesehen hatte. Lucas Freunde. Wobei ich bezweifelte, dass mein mürrischer Bruder all diese Menschen kannte. Ein paar Schritte von mir entfernt ging eine Vase zu Bruch. Und ich beobachtete ein Mädchen dabei, wie es in einen Blumentopf kotzte. Angewidert verzog ich die Lippen. Eigentlich hatte Luca nur ein paar Leute zum Ende des Schuljahres einladen wollen, aber irgendwie war die Party aus dem Ruder gelaufen. Er würde so was von Hausarrest bekommen, wenn unsere Eltern davon erfuhren, aber ich würde ihn nicht verpetzen, denn er hatte mir erlaubt, mich unter die Leute zu mischen, wenn ich dichthielt.

Ich reckte den Hals, um nachzusehen, ob ich ihn oder Gavin irgendwo entdecken konnte. Denn ich hatte sie beide bereits vor einer Weile aus den Augen verloren, obwohl ich darauf gehofft hatte, den Abend mit Gavin zu verbringen und vielleicht mit ihm tanzen zu können. Nur für ihn hatte ich mir ein neues Kleid gekauft, und um meinen Hals baumelte die Kette mit seinem Sternzeichen, die er mir vor einem Monat zum Geburtstag geschenkt hatte. Es war ihm aufgefallen, als er mich vorhin gesehen hatte. Er hatte nach dem Anhänger gegriffen, ihn vorsichtig durch seine Finger gleiten lassen und mir gesagt, wie hübsch ich aussah.

Mir wäre beinahe das Herz aus der Brust gesprungen. Denn es waren Momente wie dieser, die mich hoffen ließen, dass Gavin in mir auch mehr sah als nur eine gute Freundin. Aber ich hatte mich bisher nicht getraut, ihm meine Gefühle zu gestehen, und ich wusste auch gar nicht, wie. Immerhin war ich zuvor noch nie verliebt gewesen.

Ich beschloss, mich auf die Suche nach Gavin zu machen, und drängte mich durch die Partymeute. Verschwitzte Gliedmaßen streiften mich mit jedem Schritt. Ich lief von Raum zu Raum, bis ich in der Küche ankam – wo ich ihn neben dem Kühlschrank entdeckte. Ich öffnete den Mund, um seinen Namen zu rufen, als ich erkannte, dass er nicht allein war.

Ein braunhaariges Mädchen war bei ihm. Sie war älter als ich und wunderschön. Die beiden standen dicht beieinander. Ihre Finger ruhten auf seinem Arm, und sie lachte über etwas, das er sagte. Er beugte sich nach vorne, um ihr etwas ins Ohr zu flüstern. Sie schob sich näher an ihn heran, was er mit einem Lächeln zur Kenntnis nahm – und dann lagen ihre Lippen auf seinen.

Sie küssten sich.

Und mein Herz hörte auf zu schlagen.

Der Griff um meinen Becher löste sich. Er fiel zu Boden. Cola schwappte über den Boden und hinterließ eine braune Pfütze, aber es war mir egal. Alles war mir egal, als ich beobachtete, wie Gavin nach den Schultern des Mädchens griff, vermutlich, um sie näher an sich zu ziehen.

Tränen stiegen in mir auf, und ich war beinahe dankbar dafür. Nun verschwamm das Bild von Gavin und dem Mädchen vor meinen Augen, denn – sie – küssten – sich!

Plötzlich hatte ich das Gefühl, nicht mehr atmen zu können. Die Tränen schnürten mir die Kehle zu, und auch in meiner Brust wurde es eng. Auf einmal fühlte ich mich unglaublich naiv, dass ich geglaubt hatte, Gavin könnte mehr in mir sehen als nur Lucas kleine Schwester. Ich taumelte zurück, wirbelte herum und kämpfte mir einen Weg durch die verschwitzten, nach Alkohol riechenden Körper bis hinaus in den Garten. Auch hier war die Party in vollem Gange. Jemand hatte Dads Grill angeschmissen, und auf dem Tisch unter dem Pavillon stand ein Bierfass.

Ich steuerte geradewegs darauf zu, schnappte mir einen der roten Becher, und dann trank ich. In der Hoffnung, Gavin zu vergessen. Dieses Mädchen zu vergessen. Ihren Kuss zu vergessen. Aber ich vergaß nicht. Das Bild seiner Lippen auf ihren hatte sich nicht nur in meinen Verstand, sondern auch in mein Herz eingebrannt, also trank ich ...

Bis ich aufhörte zu denken.

Und aufhörte zu fühlen.

»Sorry, das hat leider etwas länger gedauert«, hörte ich Gavin plötzlich sagen.

Ich blinzelte, benommen von meiner Erinnerung oder vielmehr dem Flickenteppich, der davon noch übrig war, denn was genau nach dem ersten Tequila-Shot passiert war, wusste ich nicht mehr. Das Nächste, woran ich mich erinnern konnte, war der Morgen danach. An das benutzte Kondom auf meinem Nachtschrank und den Geruch nach Sex in meinem Zimmer.

Panisch hatte ich die Fenster aufgerissen und mein Bett frisch bezogen. Anschließend hatte ich Luca beim Aufräumen geholfen und alles darangesetzt, mir nichts anmerken zu lassen, obwohl ich jede Sekunde den Tränen nahe gewesen war. Gavin hatte ich erst am nächsten Tag und auch nur für ein paar Minuten gesehen, ehe ich mich in meinem Zimmer verkrochen hatte, um in Selbstmitleid zu baden. Das Mädchen, das er geküsst hatte, hatte ich danach nie wiedergesehen, was meine dummen Entscheidungen nur noch dümmer erscheinen ließ.

»Der scheint dir zu gefallen.«

»Was?«, fragte ich irritiert.

Gavin deutete mit einem Schmunzeln auf den Vibrator, den ich seit keine Ahnung wie lange in der Hand hielt. Aber ich war noch immer so benommen von der Erinnerung an jene Nacht, dass da kein Platz für Scham war. Damals war ich so wütend auf Gavin gewesen, weil er es gewagt hatte, eine andere zu küssen. Heute war ich nur noch wütend auf mich selbst, weil ich mich, ohne nachzudenken, von meinen Gefühlen in eine Katastrophe hatte leiten lassen.

»Ich bekomme Mitarbeiterrabatt.«

»Was?«, fragte ich erneut.

Eine Falte trat zwischen Gavins Brauen, und sein Lächeln verblasste. »Ist alles in Ordnung?«

»Jaja. Mir ist nur ein wenig flau im Magen.«

»Möchtest du etwas zu trinken?«

Ich schüttelte den Kopf. »Nein, ich sollte nach Hause.«

»Sicher?«

Ich versuchte mich an einem Lächeln und nickte. Und weil ich auf keinen Fall wollte, dass Gavin nachbohrte, sagte ich etwas, von dem ich nicht gedacht hätte, es jemals zu ihm zu sagen: »Ich glaube, ich nehm den Vibrator.«

Gavin blinzelte verdutzt. Mit dieser Antwort hatte er anscheinend nicht gerechnet, obwohl er mich zuvor noch geneckt hatte. »Ernsthaft?«

Ich nickte erneut, denn ich wollte nur noch von hier weg, was überhaupt keinen Sinn ergab, denn meiner Erinnerung und diesem schäbigen Gefühl konnte ich nicht entkommen, egal wo ich war, egal wohin ich ging, es folgte mir und würde mich niemals loslassen.

»Oh ... okay«, stammelte Gavin. Er ging in die Hocke, um einen der verpackten Kartons für mich aus dem Schrank zu holen, und als er sich wieder aufrichtete, glaubte ich, eine erhitzte Röte auf seinen Wangen zu sehen. Ein Anblick, der es fast vermochte, mich aufzuheitern – aber nur fast.

23. Kapitel

Vorfreude flutete mich, als ich meinen Wagen vor dem Urban Oasis parkte. Ich war noch nie in dem Café gewesen, konnte aber auf den ersten Blick erkennen, warum meine Mom es ausgewählt hatte. Schon von außen hatte es mit seinen bodentiefen Fenstern und den glänzenden Metalltischen diesen schicken, polierten Businesslook, auf den sie so stand. Ich persönlich hätte ein etwas gemütlicheres Setting für ein Mutter-Tochter-Treffen an einem Samstagvormittag gewählt, aber mir war gleich, wo wir uns trafen, solang ich meine Mom endlich mal wieder zu Gesicht bekam, und das nicht nur auf dem Display meines Handys. Ich wusste, dass sie nicht perfekt war und ihre Schwächen als Mutter hatte, aber sie hatte auch eine andere Seite, die sie nicht oft zeigte, doch ich wusste, dass sie da war.

Ich betrachtete mich im Spiegel meiner Sichtblende, um ein letztes Mal mein Make-up zu prüfen. Es sah dezent und natürlich aus und ließ nicht erahnen, dass ich über eine ganze Stunde Arbeit reingesteckt hatte, um meine Wimpern zu färben, meine Augenbrauen nachzuzeichnen und jeden Winkel meines Gesichts perfekt zu konturieren. Ich musste zugeben, dass sich die Arbeit rein optisch gelohnt hatte, allerdings hatte ich das Gefühl, bei der Hitze unter all den Schichten Schminke zu zerfließen.

Ich klappte die Sichtblende nach oben und stieg aus dem Auto. Es war ein herrlicher Tag. Die Sonne strahlte, und der Himmel war von einem reinen Blau, das nur vereinzelt von den Kondensstreifen irgendwelcher Flugzeuge durchzogen war. Die Innenstadt war geflutet von Menschen, welche die Schaufenster der kleinen Boutiquen bewunderten. Die Tische, die vor den Cafés standen, waren bis auf den letzten Stuhl besetzt, und ich war froh, dass der Assistent meiner Mom für uns einen Platz reserviert hatte.

Ich überquerte die Straße und betrat das Café, das im Inneren genauso schick und poliert war, wie das Äußere vermuten ließ. Das Dekor war clean und minimalistisch mit Akzenten aus Grün, wobei die Pflanzen so perfekt aussahen, dass sie unmöglich echt sein konnten. Drinnen waren auch noch ein paar Tische frei. Ich ließ den Blick durch den Raum gleiten, konnte meine Mom aber nirgendwo entdecken.

»Willkommen im Urban Oasis. Haben Sie eine Reservierung?«, begrüßte mich der Kellner, der direkt am Eingang stand. In seiner eleganten schwarzen Hose und dem Hemd wirkte er fast zu nobel für ein Café.

»Ja, ein Tisch für zwei auf den Namen Gibson.«

Der Kellner klickte auf dem Laptop herum, der vor ihm auf einem metallenen Stehtisch stand. Schließlich nickte er, schnappte sich eine der ledergebundenen Karten vom Stapel und bedeutete mir, ihm zu folgen. Er brachte mich zu einem Tisch an einem der Fenster. Ich bedankte mich, hängte meine Tasche über den Stuhl und studierte die Speisekarte. Die Preise waren saftig und das Angebot an Essen und Süßspeisen überschaubar, aber das musste nichts heißen. Besser man machte wenige Sachen sehr gut, anstatt viele nur mittelmäßig. Der Kellner kam zurück. Ich bestellte für mich eine Eisschokolade und für meine Mom einen Americano mit doppeltem Espresso, wie sie es mochte.

Ich klappte die Karte zu und sah auf mein Handy. Es war Punkt 11 Uhr. Mein Blick wanderte zum Eingang des Cafés.

Durch die gläserne Front war es leicht, das Treiben außerhalb zu verfolgen. Ich beobachtete die vorbeiziehenden Menschen, aber von meiner Mom fehlte jede Spur. Kurze Zeit später kam der Kellner mit der Bestellung zurück und fragte mich, ob ich noch etwas wollte. Ich verneinte, da ich mit dem Essen warten wollte, bis meine Mom da war.

Inzwischen war es zehn nach. Und wenn es eine Sache gab, die Luca und meine Mom gemeinsam hatten, dann war es ihre Liebe zur Organisation und ihre Pünktlichkeit. Verspätet zu sein sah meiner Mom daher überhaupt nicht ähnlich, aber vielleicht war sie auch nur bei der Parkplatzsuche aufgehalten worden, so überflutet wie die Stadt war.

Ich nippte an meiner Schokolade und checkte Instagram. Ich scrollte durch die Beiträge meiner Lieblingsbloggerinnen und speicherte mir ein herbstliches Make-up für die Hochzeit von Aarons Mutter ab. Doch ich war nicht ganz bei der Sache. Immer wieder wanderte mein Blick zu der Uhr in der oberen rechten Ecke meines Displays. Die Minuten verstrichen …

Der Americano meiner Mom wurde kalt. Und meine Eisschokolade warm. Mein Herz pochte noch immer heftig, aber nicht länger vor Vorfreude, sondern vor Nervosität. Unruhig rutschte ich auf dem Stuhl nach vorne und versuchte der Enge, die sich in meiner Brust ausbreiten wollte, keinen Raum zu geben. Warum war meine Mom noch nicht hier? Inzwischen war es halb zwölf, und der Kellner sah mich komisch an.

Sie kommt sicher jeden Moment, versicherte ich mir selbst in Gedanken.

Mein Blick zuckte von der Uhr meines Handys zur Tür, und für den Bruchteil einer Sekunde musste ich daran denken, wie witzig es wäre, wenn sie tatsächlich in diesem Moment hereinkommen würde, aber das tat sie nicht.

Die Tür blieb geschlossen.

Ich schluckte schwer gegen die aufkeimende Enttäuschung an.

Plötzlich vibrierte mein Handy. Der Name meiner Mom leuchtete mir entgegen, und mein Magen zog sich zusammen, weil ich wusste, was sie sagen würde, wenn ich jetzt ranging. Kurz überlegte ich, den Anruf abzulehnen, aber dann würde sie vermutlich nur auf meine Mailbox sprechen und ich würde wie eine Idiotin noch länger hier herumsitzen.

Ich ging dran.

»Hey, Mom«, begrüßte ich sie, bemüht, die Enttäuschung aus meiner Stimme zu halten, denn ich wollte sie nicht wissen lassen, wie sehr mich verletzte, was sie gleich zu mir sagen würde.

»Hallo, April«, erwiderte sie nüchtern.

»Wo bist du?«, fragte ich.

»Im Büro.«

»In welchem Büro?«

»In dem in Langdale.«

Ich kniff die Augen zusammen. Das war über eine Stunde Fahrt von Melview entfernt, und ihr fiel es erst jetzt ein, mich anzurufen? Warum hatte sie nicht früher abgesagt? Warum hatte sie zugelassen, dass ich mich eine Stunde fertig machte, damit sie nichts zu meckern hatte, nur um dann nicht aufzukreuzen? Warum war ihr ihre Zeit so viel wichtiger als meine? Und warum war ihr ihre Arbeit wichtiger als ich?

»Ich schaff es leider nicht zu unserem Treffen«, sprach meine Mom das Offensichtliche aus, als wäre ich nicht klug genug, um selbst auf diese Schlussfolgerung zu kommen.

Ich umklammerte mein Glas, in dem das Eis längst geschmolzen war. Kondenswasser hatte sich gebildet und rann mir über die Finger. Ich spürte das kalte Prickeln auf meiner Haut kaum. »Schade, ich hab mich darauf gefreut, dich zu sehen.«

»Wir holen das Treffen nach.«
»Wann?«
»Bald.«
Wie bald?
Die Frage lag mir auf der Zunge, aber ich stellte sie nicht, denn ich hatte Angst vor der Antwort. Der Terminplan meiner Mom war immer voll. Wir hatten uns seit vier Monaten nicht mehr gesehen, und es hatte fünf Wochen Anlauf gebraucht, um dieses Treffen zu organisieren. Allmählich fragte ich mich, ob wir uns dieses Jahr überhaupt noch zu Gesicht bekommen würden, wenn sie sich nicht zufällig dazu entschied, uns zu Lucas Geburtstag Anfang Oktober einen Besuch abzustatten.

»Es tut mir leid«, beteuerte meine Mom.

»Schon okay«, erwiderte ich, obwohl es nicht okay war. Zumindest fühlte es sich ganz und gar nicht okay an, anderenfalls wäre da nicht dieses verräterische Brennen hinter meinen Augen. Und das Schlimmste war, dass ich mir nicht einmal sicher war, ob es meiner Mom wirklich leidtat. Eigentlich arbeitete ich samstags fast immer im Le Petit, aber kaum war dieses Treffen geplant gewesen, hatte ich mir für heute freigenommen. Und wenn meine Mom mich auch nur annähernd so dringend sehen wollen würde wie ich sie, hätte sie einen Weg gefunden, heute nicht arbeiten zu müssen, zumal sie ihre eigene Chefin war.

»Ich muss jetzt weitermachen«, sagte Mom. »Wir hören uns!«

Bevor ich etwas erwidern konnte, hatte sie aufgelegt.

Zittrig nahm ich das Handy von meinem Ohr und legte es auf den Tisch. Reglos starrte ich es an, bis mein Blick trüb wurde. Hastig tupfte ich die aufkommenden Tränen mit der Serviette trocken, dann winkte ich den Kellner heran, der mir kurz darauf die Rechnung für den Eiskaffee und den nicht angerührten Americano überreichte. Ich wich seinem Blick aus, während ich meine Kreditkarte aus der Tasche holte, denn ich wollte das Mitleid in seinen Augen nicht sehen. Dass ich versetzt worden war, war mehr als offensichtlich. Ich wünschte mir, den Kaffee für meine Mom nicht mitbestellt zu haben, das hätte mir zumindest diese Demütigung erspart, aber ich hatte ihr damit eben eine Freude machen wollen.

Ich bezahlte die Rechnung mit einem ordentlichen Trinkgeld, weil ich den Tisch so lange beschlagnahmt hatte, und verließ das Café. Plötzlich fühlte ich mich ziemlich müde und kraftlos, obwohl es mitten am Tag war. Ich hätte shoppen gehen können oder in den Park oder an den See, aber ich hatte auf nichts davon Lust. Also setzte ich mich in meinen Wagen und steuerte unsere Wohnung an. Auf dem Weg holte ich mir bei einem Drive-in eine Sechserpackung Donuts, und weil mir erst zu spät einfiel, dass die alle nicht vegan waren, drehte ich eine zweite Runde und kaufte eine weitere Packung aus dem veganen Sortiment für Gavin, denn wie gemein wäre es, Donuts vor seiner Nase zu essen, wenn er selbst keine haben durfte?

Anschließend fuhr ich nach Hause.

»Hey, schon wieder zurück?«, fragte Gavin zur Begrüßung, als ich durch die Wohnungstür kam. Er saß auf der Couch. Auf seinem Schoß balancierte er seinen Laptop, der ziemlich ruiniert aussah, und neben ihm lag Jack, dessen Fell etwas feucht war, als hätte er vor einer Weile noch in einem Teich geplanscht.

Kommentarlos stellte ich die beiden Donut-Packungen auf dem Couchtisch ab und schlurfte in die Küche, um Teller zu holen. Klappernd holte ich sie aus dem Geschirrschrank, als ich hörte, wie Gavin hinter mich trat.

»Ist alles in Ordnung?«

»Sie hat mich versetzt«, antwortete ich trocken, weil ich nicht wollte, dass er hörte, wie sehr es mich verletzte, dass meine Mom mich im Stich gelassen hatte. Und ich wollte ihm auch nicht mit meinem Gejammer auf die Nerven gehen. Denn wenn es eine Person gab, die Jennifer genauso wenig leiden konnte wie Luca, dann war es Gavin.

Er ging ihr seit Jahren aus dem Weg, was ich ihm nicht verdenken konnte. Sie hatte sich nach Curtis' Tod nicht gerade empathisch und verständnisvoll gezeigt. Sie hatte Gavin sogar als charakterschwach bezeichnet und Luca und mir geraten, die Freundschaft mit ihm zu beenden, nachdem er und seine Mom infolge des Selbstmords finanziell abgerutscht waren – als wären ihr Geld und ihr Wohlstand alles gewesen, was zählte.

Ich schob mich an Gavin vorbei zurück ins Wohnzimmer und ließ mich auf die Couch fallen. Er folgte mir. »Scheiße. Tut mir leid, dass sie dich versetzt hat.«

»Muss es nicht. Mir geht's super.«

»Ja, das glaub ich dir und deinen zwölf Donuts sofort«, sagte er sarkastisch, und obwohl es zwei freie Sessel gab, hockte er sich neben mich, sodass mein nacktes Knie sein Bein streifte. Es war eine kaum spürbare Verbindung, ein stummes *Ich bin für dich da*, das sich nicht weniger vertraut anfühlte als eine Umarmung. Ich hatte keine Ahnung, wo diese alte neue Vertrautheit zu Gavin nach all den Jahren plötzlich herkam, aber in diesem Moment genoss ich den lautlosen Trost, den sie mir spendete.

»Sechs.«

Gavin furchte die Stirn. »Was?«

»Es sind nur sechs Donuts, die anderen sind für dich«, sagte ich und schob eine Packung in seine Richtung, wobei mir nicht entging, dass er ziemlich gut roch. Nach Sonnencreme und dem Wasser im Lake Tahoe. »Ich hab vergessen, dass du keine normalen Donuts isst, also bin ich zurück und habe noch mal welche für dich geholt.«

Er lächelte. »Danke.«

Ich zuckte mit den Schultern, als wäre es nichts, und griff mir den ersten Donut. Der Schokoladenguss war geschmolzen und pappte klebrig an meinen Fingern. Ich leckte ihn ab.

Gavin folgte der Bewegung mit seinem Blick. Erst nach einigen Sekunden löste er ihn von meinem Mund. »Möchtest du darüber reden?«

Ich schüttelte den Kopf. Ich wollte nicht über sie sprechen. Und noch weniger wollte ich an sie denken, weil ich mir sicher war, dass sie auch nicht mehr an mich dachte. Vermutlich hatte sie mich in dem Moment vergessen, in dem sie das Telefonat beendet hatte.

Er nickte. »Okay. Wir können auch gerne …«

»Warum ist sie so?!«, entfuhr es mir, bevor ich die Worte zurückhalten konnte. Sie waren geradewegs aus mir herausgesprudelt, weil mein Körper nicht wusste, wohin mit all der Enttäuschung. »Ich kann gut damit leben, dass wir uns nicht jeden Tag sehen. Und dass sie mich nicht jede Woche anruft. Aber ist ein Treffen alle paar Monate wirklich zu viel verlangt?«

»Nein, ist es nicht.«

Bei Gavins verständnisvollen Worten stiegen mir erneut Tränen in die Augen. Ich hatte nicht gewusst, wie sehr ich das hatte hören müssen. Ich liebte Luca, aber er gab mir manchmal das Gefühl, ich wäre naiv, nur weil ich die Liebe, Anerkennung und Aufmerksamkeit unserer Mom wollte. Er hatte mit ihr schon abgeschlossen und in Joan eine neue Mutterfigur gefunden, aber ich nicht. Ich liebte Joan, aber sie war eben nicht meine leibliche Mom. Und ich wusste, dass Jennifer auch eine fürsorgliche Seite hatte. Eine Seite, die Luca nie hatte kennenlernen dürfen, ich aber schon.

»Ich hab mich wirklich auf heute gefreut«, schniefte ich und stellte meinen Teller mit dem angebissenen Donut beiseite. Mir war der Appetit vergangen.

Gavin zauberte von irgendwo ein Taschentuch hervor und reichte es mir.

»Danke.« Ich tupfte mir die Augen, aber immer neue Tränen kamen nach, und ein bisschen naiv fühlte ich mich doch. Schließlich war ich erwachsen und heulte, weil meine Mom nicht da war. »Aber irgendwie bin ich auch selbst an der ganzen Sache schuld. Ich habe mir zu viel Hoffnung gemacht, obwohl ich es eigentlich besser hätte wissen müssen. Natürlich kann ich da nur enttäuscht werden. Luca wäre das nicht passiert.«

Gavin griff nach meiner freien Hand und hielt sie fest. Mich beschlich ein Déjà-vu von Anfang letzter Woche, nur waren damals die Rollen vertauscht gewesen. Er hatte geweint, und ich hatte seine Hand gehalten. Irgendwie fühlte es sich so an, als wäre das länger her als nur ein paar Tage. Aber vielleicht lag das daran, dass Gavin mein Zeitgefühl schon immer durcheinandergebracht hatte. Die Zeit mit ihm war stets wie im Flug vergangen. Und gleichzeitig vermochte er Stunden und Minuten mit seiner bloßen Anwesenheit so reich und voll zu machen, dass sie einem wie Tage erscheinen konnten. Offenbar hatte sich auch daran nichts geändert.

»Nichts davon ist deine Schuld«, sagte er und drückte meine Hand.

»Und was, wenn doch?«

»Wie meinst du das?«

In diesem Moment hätte ich ihm die Wahrheit sagen können. Die ganze Wahrheit, aber auch nach all den Jahren schämte ich mich zu sehr. Die Worte wollten mir einfach nicht über die Lippen kommen, weil ich sie noch nie ausgesprochen hatte. Weder Luca, mein Dad noch Joan oder Sage ahnten, was damals geschehen war. Niemand wusste es – nur Jennifer, und so würde es bleiben.

Ich schüttelte den Kopf und zwang meinen Mund zu einem halbherzigen Lächeln, das ich nicht fühlte. »Vergiss es. Nicht so wichtig. Vermutlich sollte ich mich auch gar nicht beschweren. Immerhin bezahlt meine Mom mein Studium, das ist doch auch etwas und mehr, als die meisten Eltern für ihre Kinder tun, nicht wahr?«

Gavins Kiefer spannte sich an, trotzdem ließ er mich nicht los und streichelte sanft mit seinem Daumen über meinen Handrücken. Es fühlte sich gut an. Vertraut. »Du darfst dich dennoch beschweren. Natürlich ist es nett von Jennifer, dass sie Luca und dir auf diese Weise unter die Arme greift, aber du kannst von ihr mehr verlangen als nur finanzielle Sicherheit. Immerhin ist sie deine Mom.«

»Und warum verhält sie sich dann nicht so?« Ich wischte mir weitere Tränen weg. Meine Mascara verschmierte, dunkle Rückstände blieben am Taschentuch kleben. »Ich verlange nicht viel. Alles, was ich wollte, war, sie zu sehen und ein bisschen Zeit mit ihr zu verbringen. Sie ist meine Mom, und ich vermisse sie, aber sie checkt das nicht, weil sie mich offenbar gar nicht vermisst.«

»Ich bin mir sicher, das tut sie.«

»Und warum ist sie dann nicht gekommen?«, fragte ich und blickte mit verheulten Augen zu Gavin auf. »Wieso ist ihr ihre Arbeit wichtiger als ich? Warum hat sie sich nicht freigenommen? Und warum hat sie es nicht einmal geschafft, mich rechtzeitig anzurufen? Dann hätte ich mir diesen ganzen Aufwand wenigstens sparen können.« Ich deutete auf mein Outfit und das Make-up, das jetzt ohnehin ruiniert war. »Mein Gesicht fühlt sich an, als würde es unter all dem Concealer und Puder ersticken.«

Gavin ließ meine Hand los. Sofort vermisste ich den sanften Druck seiner Finger. Er stand von der Couch auf und lief wortlos in Richtung Badezimmer. Ich fragte mich, ob ich ihn mit meinem Rumgeheule in die Flucht geschlagen hatte, als er wieder zurückkam – eines meiner Abschminktücher in der Hand. Auffordernd hielt er es mir entgegen. »Hier.«

Ich lachte unter Tränen. »Danke, aber ich glaube nicht, dass eines reicht.«

Gavin zögerte nicht und marschierte wieder los. Dieses Mal holte er mir die ganze Packung. Es war nur eine kleine Geste, aber sie brachte mein Herz dazu, schneller zu schlagen, und das nicht vor Wut auf meine Mom. Noch immer leise vor mich hin schniefend begann ich mir das Make-up abzuwischen. Ich musste heftig rubbeln und brauchte mehrere Tücher, um das Zeug abzubekommen; wahrscheinlich leuchtete mein Gesicht am Ende feuerrot, aber es fühlte sich gut an, geradezu befreiend.

»Ist alles weg?«, fragte ich schließlich und sah zu Gavin auf. Er war neben der Couch stehen geblieben, als wäre er bereit, jederzeit erneut ins Bad zu sprinten, sollte ich noch etwas brauchen.

»Nicht ganz. Da ist noch was.« Er deutete auf eine Stelle an meiner Wange.

Ich wischte darüber. »Und jetzt?«

»Immer noch da.«

Ich versuchte es erneut. »Jetzt?«

»Nein, lass mich mal.« Gavin schnappte sich ein frisches Tuch aus der Box und hockte sich mir gegenüber auf den Couchtisch. Er beugte sich zu mir, bis sein Gesicht meinem ganz nahe war. Sanft legte Gavin einen Finger unter mein

Kinn und drehte meinen Kopf leicht zur Seite. Die Berührung löste ein Ziehen in meinem Magen aus.

»Atme«, flüsterte Gavin, während sein Atem meine Lippen streifte.

»Was?«

»Du kannst atmen.«

Konnte ich das? Denn es fühlte sich nicht danach an. Gavins Nähe raubte mir den Atem. Doch ich zwang meine Lunge zu funktionieren, was sich allerdings als Fehler entpuppte, denn nun stieg mir erneut sein Duft nach Sonne und See in diese Nase. Und ließ mich an all die wunderbaren Sommertage denken, die wir am Lake Tahoe verbracht hatten. Die Erinnerung löste ein warmes Kribbeln in meiner Brust aus, das sich mit dem Ziehen in meinem Magen zu verbinden schien, das daraufhin noch intensiver wurde.

Konzentriert, als wäre Make-up entfernen eine Kunst, betrachtete mich Gavin, ehe er behutsam mit dem Tuch über meine Wange wischte. Einmal. Zweimal. Dreimal. Es war eine fast streichelnde Bewegung, die in mir den Drang weckte, die Augen zu schließen, um sie voll und ganz genießen zu können, doch ich war zu gebannt von Gavins Anblick.

»Warum warst du überhaupt geschminkt, wenn es dir dafür zu warm ist?«

»Meine Mom mag es nicht, wenn ich kein Make-up trag.«

Gavins Augenbrauen zuckten. »Hat sie dir das gesagt?«

»Nein, nicht direkt, aber ihre Kommentare sprechen für sich.«

»Was für Kommentare?«

Statt zu antworten, presste ich die Lippen aufeinander. Ich hatte keine Lust, vor Gavin offenzulegen, wie meine Mom seit meiner Jugend über meine Augenbrauen mäkelte, die helle Farbe meiner Wimpern und meine blasse Haut kritisierte, die von Pickeln nicht verschont wurde und Poren besaß. In der Welt von Jennifer Gibson war Instagram-Filter-Perfektion seit Jahren der Standard.

»Ich weiß nicht, was deine Mom zu dir gesagt hat, aber ganz offenbar hat sie keine Ahnung, wovon sie redet«, sagte Gavin, als ihm klar wurde, dass ich ihm nicht antworten würde, dabei klang er fast wütend.

»Wie ... Wie meinst du das?«

»April, du ...« Er verstummte und biss sich auf die Unterlippe, als wäre er sich nicht sicher, ob er wirklich aussprechen sollte, was er dachte. Er sah mich an. Mein Herz setzte einen Schlag aus, denn der Blick aus seinen blauen Augen durchbohrte mich förmlich, während er eingehend jeden Millimeter meines ungeschminkten Gesichts musterte. Und das machte irgendetwas mit mir. Mein Herz hämmerte los, und dieses hohle Gefühl, das meine Mom in mir zurückgelassen hatte, füllte sich mit einer Wärme, die ganz Gavin war. Mir wurde heiß, wie ziemlich oft in letzter Zeit in seiner Gegenwart.

»April ...«, raunte er noch einmal. Seine Stimme hatte einen nahezu andächtigen Klang angenommen. »Du bist eine der schönsten Frauen, die ich kenne. Und dass Jennifer dir das Gefühl gibt, du bräuchtest Make-up, um schön zu sein, ist nicht nur nicht okay, sondern einfach nur falsch.«

Ich schluckte schwer, unsicher, was ich sagen sollte, denn ich wusste nicht mit dem Kompliment umzugehen. Nicht weil ich daran zweifelte. Sondern weil es von Gavin kam und ganz und gar nicht nach einer rein freundschaftlichen Floskel klang, dafür wirkte er zu ernst. Zu eindringlich. Zu sehr, als hätte er schon lange und viel darüber nachgedacht.

»Ich meine es ernst«, beharrte er. »Du bist wunderschön.«

Ich wusste nicht, ob es an seinen Worten lag, seiner Berührung oder der Entschlossenheit in seinem Blick. Vielleicht war es auch die Kombination aus allem, aber ich erschauderte trotz der Hitze in mir, und meine Brustwarzen richteten sich auf, als wollten sie ebenfalls von Gavin beachtet werden. Nach seiner Aufmerksamkeit verlangend drängten sie sich gegen den Stoff meiner dünnen Bluse und den zarten Spitzen-BH, den ich darunter trug, der jedoch nichts zu verbergen vermochte.

Ich konnte den genauen Moment bestimmen, in dem Gavin erkannte, was seine Nähe mit mir anstellte. Sein Blick glitt von meinem Gesicht mein Dekolleté hinab bis zu meinen Brüsten. Seine Pupillen weiteten sich, und etwas Dunkles flackerte in seinen Augen auf, als er die Spitzen in meiner Bluse entdeckte. Er stieß einen leisen Fluch aus, und der sanfte Ausdruck in seinem Gesicht wurde von einem wilden abgelöst.

Mein Mund wurde trocken, während andere Teile meines Körpers unangebracht feucht wurden und in mir das Verlangen heraufbeschworen, meine Oberschenkel fest zusammenzupressen. Doch ich unterdrückte diesen Impuls, um Gavin nicht sehen zu lassen, was er mit mir anrichtete. Zumal ich selbst nicht verstand, wie er eine solche Wirkung auf mich haben konnte. Er tat nichts weiter, als mich anzusehen. Dennoch pochte mein Herz bis in die Kehle, und jeder Zentimeter meiner Haut kribbelte wie von einer Berührung.

»April...«, raunte Gavin meinen Namen ein weiteres Mal, doch nun lag nichts Andächtiges mehr in seiner Stimme. Sie war rau und tief, und ich glaubte, darin eine Warnung zu hören.

Eine Warnung, die Gavin selbst ignorierte. Er rutschte weiter an die Kante des Tisches vor, was ihn mir näher brachte. Seine Hand, die immer noch an meinem Kinn lag, rührte sich. Sanft streichelte er mit dem Daumen über meine Unterlippe. Die Berührung fuhr mir bis tief in den Unterleib. Und ich stellte mir vor, wie es wäre, wenn es nicht seine Hand wäre, die meine Lippen berührt, sondern sein Mund.

Gott! Es war Jahre her, seit ich mir das letzte Mal gewünscht hatte, von Gavin geküsst zu werden, aber nun war dieses Verlangen zurück, stärker und drängender als jemals zuvor. Ich beugte mich nach vorne, um ihm näher zu sein, um ihn wissen zu lassen, dass es okay war. Dass er mich küssen konnte, wenn er wollte, obwohl das keine gute Idee war. Logisch wusste ich das, aber meinem Körper erschien es wie die brillanteste Idee, die ich jemals gehabt hatte.

Ich schluckte trocken und fragte mich, ob er auch die Kontrolle über seinen Körper verloren hatte, aber ich traute mich nicht nachzusehen. Stattdessen beobachtete ich sein Gesicht, was allerdings nicht weniger gefährlich war. Gavin hatte mich schon oft angesehen, Hunderte, Tausende, Millionen Male, aber nie so, nie auf diese Art und Weise, so als würde er mich am liebsten packen und auf die Couch drücken, um anschließend meinen Körper mit seinem zu dominieren. Und ich wollte es. Ich wollte es *so* sehr.

Ich wollte, dass er mich anfasste.

Überall.

Und ich wollte ihn ebenso berühren.

Auch überall.

Es gab keine logische Erklärung für dieses Verlangen, aber so war das manchmal auch in der Physik. Vor uns lag ein Universum ungeklärter Fragen. Und Gavin und ich ... wir waren eine dieser Fragen. Doch das, was sich gerade zwischen uns abspielte, existierte auch ohne Antworten und ohne Erklärungen. Und vielleicht machte genau das es so faszinierend ...

Plötzlich hallte ein schrilles Piepsen durch die Wohnung.

Gavin und ich fuhren vor Schreck auseinander, als wären wir bei etwas Verbotenem erwischt worden. Und ein bisschen verboten hatte sich dieser Moment tatsächlich angefühlt. Gavin fluchte und sah sich hektisch in alle Richtungen um, dann beugte er sich mir auf einmal entgegen, aber nicht um mich zu packen und zu küssen wie in meiner Vorstellung, sondern um sein Handy aus der Sofaritze zu fischen.

Das Piepsen verstummte.

»Fuck. Das ist meine Erinnerung. Ich muss los. Auf die Arbeit. Sex. Also ich werde keinen Sex haben, sondern Sex verkaufen, also … im Sexshop. Im Elevated. Du warst ja schon da«, brabbelte Gavin auf einmal los und lachte nervös. Ruckartig stand er auf, wobei er die Packung mit den Abschminktüchern zu Boden fegte. Er ließ sie liegen und stürzte in Lucas Zimmer, nur um einen Moment später zur Haustür zu eilen. Hektisch schlüpfte er in seine Schuhe, und dann war er weg. Einfach so. Ganz schnell. Als wäre er nie hier gewesen.

Verdattert starrte ich ihm nach und versuchte zu begreifen, was da eben geschehen war. Mein Herz pochte heftig. Und ich glaubte noch immer, seinen Daumen an meinen Lippen zu spüren. Es war verrückt.

Ich hatte keine Ahnung, was zwischen Gavin und mir geschehen wäre, hätte uns sein Handy nicht unterbrochen. Ich wollte gerne glauben, dass nichts weiter passiert wäre, weil ich mein zweites erstes Mal nicht leichtfertig an den Mann verschenken würde, der mir das Herz gebrochen hatte, und doch … vielleicht hätte ich es nicht verhindern können. Nicht weil Gavin mich dazu gezwungen hätte, sondern mein eigener, verräterischer Körper.

Meine Brustwarzen waren noch immer steif, und auch das Ziehen zwischen meinen Beinen hatte trotz Gavins plötzlichem Abgang nicht nachgelassen. Ich konnte mich nicht daran erinnern, jemals in meinem Leben so erregt gewesen zu sein. Manchmal, wenn ich in Stimmung war, las ich erotische FanFiction über meine Lieblingscharaktere, aber das hier … das war etwas völlig anderes. Mein Körper schien einen eigenen Willen zu haben. Er verlangte nach mehr und würde erst zufrieden sein, wenn er bekommen hatte, was er wollte.

Mein Blick zuckte zu Jack, der neben mir auf der Couch lag und schlief. Ich zögerte, aber nur einen Moment, dann ging ich in mein Zimmer und schloss die Tür, denn ich musste unbedingt etwas tun, um dieses Verlangen zu stillen, sonst würde es mich um den Verstand bringen.

Ich setzte mich auf mein Bett und zog die Nachttischschublade auf. Darin lagen Taschentücher, Haargummis- und klammern, Ohropax – und meine Errungenschaft aus dem Elevated. Ich schnappte mir die Verpackung und holte den Vibrator heraus. Er wurde mit Batterien betrieben, von denen zwei beilagen. Ich setzte sie ein. Anschließend entledigte ich mich meiner Shorts und des Höschens darunter und machte es mir auf meinem Bett bequem.

Langsam ließ ich meine linke Hand zwischen meine Beine gleiten. Ich war bereits feucht. Mit einem nervösen Kribbeln im Magen schaltete ich den Vibrator ein und führte ihn an meine Klitoris heran. Mir entwich ein ersticktes Keuchen. Die Schwingungen an meiner Mitte waren ein neuartiges, aber überraschend angenehmes Gefühl.

Ich schloss die Augen, um mich zu entspannen. In der Dunkelheit hinter meinen Lidern nahm ich die Empfindungen meines Körpers noch deutlicher wahr. Das Glühen meiner Wangen. Das Pochen meiner Mitte. Das Kribbeln meiner Nerven. Mit Bedacht bewegte ich den Vibrator hin und her, und mit jeder Sekunde, die verstrich, wurde das Ziehen und Pochen zwischen meinen Beinen heftiger. Mir entwich ein Seufzen, und ich ließ mich tiefer in die Matratze sinken.

Ein Bild von Gavin tauchte vor meinem inneren Auge auf, wie er vor mir kniete. Sein Oberkörper war frei, aber er trug noch seine Shorts, die tief auf seiner Hüfte saßen. Der Stoff war von seiner Erektion ausgebeult. Und er betrachtete mich mit genau demselben Blick, mit dem er mich vorhin in Wirklichkeit bedacht hatte. Heiß und lodernd musterte er meinen nackten Körper, bereit, ihn zu erobern und mich die Kontrolle verlieren zu lassen.

Vielleicht wäre es klüger gewesen, dieses Bild von Gavin aus meinen Gedanken zu vertreiben und mich stattdessen einer meiner erotischen FanFictions zu widmen, aber ich war nicht klug, nicht wenn es um ihn ging. Das hatte ich gerade eben und in der Vergangenheit schon mehrfach bewiesen. Also ließ ich die Fantasie zu. Ich stellte mir vor, wie sich Gavin zu mir beugte und zärtlich eine meiner Brustwarzen in seinen Mund saugte, während seine Finger sich der pochenden Stelle zwischen meinen Beinen entgegenschoben.

Flehende Laute erfüllten die Stille meines Zimmers, wobei ich nicht wusste, wen ich anflehte, denn ich war allein und Fantasie-Gavin musste tun, was immer ich wollte – und das tat er. Er begann fester an meinen Brüsten zu saugen, während seine Hände gleichzeitig ihr Ziel zwischen meinen Schenkeln erreichten. Federleicht fuhr er mit seinem Daumen über meine Klitoris, zeitgleich befühlte er mit seinen anderen Fingern meinen Eingang, um sich damit vertraut zu machen.

Mit angehaltener Luft ließ ich das Spielzeug langsam, sehr langsam in mich gleiten, um mich an den Druck zu gewöhnen. Es fühlte sich gut an, wenn auch ein bisschen komisch und ungewohnt. So vorsichtig, wie ich den Vibrator eingeführt hatte, so vorsichtig begann ich ihn zu bewegen, während es in meinen Gedanken Gavins Finger waren, die mich verwöhnten. Wie von selbst setzte sich mein Becken in Bewegung, bis ein natürlicher Rhythmus entstand. Und es fühlte sich gut an. Verdammt gut.

Die Muskeln in meinem Inneren verkrampften sich auf eine schmerzhaft köstliche Art und Weise und klammerten sich geradezu an den Vibrator. Ich stellte mir vor, dass Gavins Finger immer härter und schneller in mich stießen, während er süße, bestärkende Worte der Lust in mein Ohr flüsterte, weil er sehen wollte, wie ich kam. Laut stöhnte ich auf.

»Oh mein Gott, Gavin!«

Ich rief seinen Namen, feuerte ihn an weiterzumachen, denn das drängende Gefühl zwischen meinen Beinen wurde stärker. Ein Ball aus Hitze sammelte sich in meinem Magen – und explodierte.

Mein Körper erbebte, und jeder Nerv schien unter der Erlösung meines Höhepunkts zu erzittern. Ich stellte den Vibrator ab und ließ ihn mit bebenden Fingern aus mir gleiten, während mein Orgasmus verebbte, der sich um einiges intensiver angefühlt hatte als sonst. Ich wusste nicht, ob es an dem Vibrator lag oder meiner Gavin-Fantasie. Meistens gab ich mich in diesen Momenten in Gedanken an *The Flash* oder Jon Snow hin, aber diese fühlten sich nie so real an. Doch nun, da mein Höhepunkt verklungen war, spürte ich ein schlechtes Gewissen in mir aufkeimen, weil es sich irgendwie so anfühlte, als hätte ich Gavin ausgenutzt. Ich hatte mich von dem Moment und meinen Gefühlen mitreißen lassen, aber es war zu spät, um etwas daran zu ändern.

Ich legte den Vibrator auf meinen Nachttisch, um ihn später sauber zu machen, aber zuerst wollte ich duschen. Meine Beine fühlten sich noch immer etwas zittrig an, als ich sie über die Bettkante schob. Ich wollte gerade aufstehen, als ich plötzlich etwas hörte.

Schritte, die sich entfernten.

Und das Geräusch der zufallenden Wohnungstür …

24. Kapitel

In der folgenden Woche setzte ich alles daran, Gavin aus dem Weg zu gehen. Ich stürzte mich in mein Studium und in die Vorbereitungen für die SHS. Meine Feierabende verbrachte ich in der Bibliothek, und ich nutzte jede Lerngruppe, die sich mir eröffnete, um nicht nach Hause zu müssen. Da Ende September war und die Midterms in wenigen Wochen, Mitte Oktober, bevorstanden, hinterfragte keiner meine plötzliche Strebsamkeit, was mir nur recht war, weil ich niemandem die Wahrheit sagen konnte.

Denn während ich in meinem Zimmer *beschäftigt* gewesen war, war Gavin zurück in die Wohnung gekommen, um Jack zu holen und mit auf die Arbeit zu nehmen, was er bei seinem plötzlichen Abgang vergessen hatte. Und dann hatte er mich gehört – oder auch nicht. Ich war mir nicht sicher, aber ich war nicht besonders leise gewesen, weil ich keinen Grund dafür gesehen hatte. Allein die Vorstellung, dass er etwas mitbekommen haben könnte, reichte aus, um in mir den Wunsch zu wecken, im Erdboden zu versinken. Zumal ich mir sicher war, dass ich zu irgendeinem Zeitpunkt in Lust und Ekstase laut seinen Namen gestöhnt hatte.

Jedes Mal, wenn ich daran zurückdachte, wurde mir unerträglich heiß, sodass sich die Hölle – sollte sich der Erdboden tatsächlich irgendwann unter mir auftun – vermutlich kühl und erfrischend dagegen anfühlen würde. Ich hatte mich in meinem Leben selten so sehr geschämt. Und ich hatte keine

Ahnung, wie ich Gavin jemals wieder unter die Augen treten sollte. Ich wusste, dass ich ihm nicht für immer aus dem Weg gehen konnte, aber für den Moment erschien es mir wie die beste Taktik. Und vielleicht hatte ich Glück und zumindest der Wasserrohrbruch bei ihm wäre bald behoben, immerhin waren die drei Wochen fast vorbei. Dann könnte er endlich ausziehen und ich müsste nicht mehr nach Möglichkeiten suchen, meiner eigenen Wohnung zu entfliehen.

»Wie läuft es mit der SHS?«, fragte mich Direktorin Richmond, nachdem ich auf dem Stuhl vor ihrem Schreibtisch Platz genommen hatte. Sie hatte mir gestern geschrieben und mich gefragt, ob ich in ihrem Büro vorbeikommen wollte, um ihr über den aktuellen Stand der SHS zu berichten.

»Wir kommen gut voran«, antwortete ich und verdrängt jeden Gedanken an Gavin, bevor mir erneut die Schamesröte ins Gesicht stieg. »Ich habe Ihnen die Infos zu den neuen Helfern vor einer halben Stunde geschickt, neben Mara und Riley unterstützen jetzt auch noch Glenn Walter, Noah Besley und Lorena Brighting die SHS.«

Richmond klickte auf ihrem Laptop herum, vermutlich um nachzusehen, ob meine Nachricht angekommen war. Ihre Fingernägel waren in einem sanften Beigeton lackiert. »Sehr schön. Es klingt, als hätten Sie eine gute Gruppe zusammen.«

»Ja. Ich denke, zu sechst sollten wir den Aufbau der SHS problemlos rechtzeitig über die Bühne bekommen«, erklärte ich und tippte mit dem Stift auf dem Terminplaner herum, der auf meinem Schoß lag und in dem allerlei To-dos für die SHS steckten. »Allerdings wäre es gut, für später noch weitere Leute zu gewinnen, um die Öffnungszeiten gewährleisten zu können.«

»Ich kann das Helfer-Gesuch im Intranet noch einmal auf die Startseite holen lassen.«

Ich nickte, noch immer etwas eingeschüchtert von Richmonds Präsenz. Obwohl ich jetzt schon mehrfach mit ihr hatte reden dürfen, achtete ich in ihrer Gegenwart auf jedes meiner Worte, um so professionell zu wirken, wie ich es mir wünschte. »Danke, das wäre sicherlich hilfreich. Ich glaube, die Leute waren zu Beginn des Semesters etwas zurückhaltend, sich zu bewerben, weil sie ihren Workload noch nicht abschätzen konnten. Zumindest haben mir das Noah und Lori – Lorena – als Grund genannt, weshalb sie ein bisschen gewartet haben, um sich zu bewerben.«

Richmond nickte und schrieb eine Notiz, um sich an den Intranet-Beitrag zu erinnern. »Was sind die nächsten Schritte für die SHS? Kann ich Sie irgendwie unterstützen?«

»Riley und Mara sind derzeit mit der Beschaffung von Spendenschränken und der Organisation der entsprechenden Aufstellgenehmigung beauftragt. Sie werden sich sicherlich demnächst bei Ihnen melden, um die Genehmigung für den Campus zu bekommen. Aber ich hätte gerne auch ein paar Schränke außerhalb der MVU, um sie für Nichtstudierende zugänglich zu machen.«

»Das ist eine gute Idee.«

»Danke«, sagte ich und räusperte mich. »Lori studiert IT. Sie kümmert sich um die Technik hinter der SHS. Sie steht mit der Informatikabteilung der MVU in Verbindung und entwickelt das Bezahlungssystem. Offenbar lassen sich nicht alle Vorschläge aus meinem Konzept technisch umsetzen, aber sie arbeitet an einer Lösung. Glenn und Noah kümmern sich um das Anwerben weiterer Partner für die SHS, damit wir uns nicht vollkommen auf spontane Spender verlassen müssen. Ich behalte alles im Auge und springe überall dort ein, wo ich gebraucht werde. Letzte Woche habe ich die Regale aufgebaut, und vorgestern war ich im Baumarkt, um Container und Boxen für die Auslagen zu kaufen. Die Rechnung habe ich ebenfalls schon eingereicht.«

»Das klingt, als hätten Sie alles im Griff.«

Mein Grinsen wurde breiter. Immerhin eine Sache, die in meinem Leben glattlief. »Ja, mehr oder weniger. Es tun sich immer wieder neue Tücken und Herausforderungen auf, aber aktuell haben wir alles unter Kontrolle. Es gibt inzwischen auch einen Termin für die Eröffnung: den zweiten November. Riley hat vorgeschlagen, dass wir eine kleine Eröffnungsfeier veranstalten. Wir können zu diesem Event die Partner der SHS einladen, um ihnen zu zeigen, wohin ihre Spenden gehen. Sie und das Komitee wären natürlich auch herzlich eingeladen«, erklärte ich. »Ich finde, das ist eine schöne Idee, die einen guten Impuls setzt, allerdings bräuchten wir für eine solche Feierlichkeit noch mal um die fünfhundert Dollar zusätzlich für Getränke und Verpflegung.«

Bei der Erwähnung der fünfhundert Dollar zuckten Richmonds Augenbrauen. »Eine Eröffnungsfeier halte ich für eine schöne Idee. Was die Finanzierung angeht, bin ich mir nicht sicher. Besprechen Sie das doch mit Tonja Green. Sie ist für die Organisation und Leitung der Mensa verantwortlich. Sicherlich kann Sie Ihnen helfen, den Empfang kostengünstiger auf die Beine zu stellen.«

Ich notierte mir den Namen. »Danke.«

Richmond nickte zufrieden, doch es wirkte, als wolle sie noch etwas sagen. Ich erkannte es an der Art und Weise, wie sie mich musterte und leicht die Lippen spitzte. »Und wie geht es Ihnen?«, fragte sie zu meiner Überraschung und neigte den Kopf in einer vertrauensvollen Geste.

»Mir? Mir geht es gut«, versicherte ich ihr.

»Wirklich? Ich möchte nicht taktlos erscheinen, aber Sie sehen müde aus.«

Ich lächelte verkniffen. »Ich schlafe zurzeit nicht gut. Es ist ziemlich warm.«

Richmond wirkte nicht, als würde sie mir meine lahme Ausrede abnehmen, zumal die Temperaturen langsam, aber stetig sanken. »Und es ist Ihnen sicherlich nicht zu viel mit dem Studium und der Organisation der SHS? Das ist ziemlich viel Verantwortung.«

»Nein! Nein, absolut nicht.«

Der spitze Zug um Richmonds Lippen wurde noch schärfer, während sie mich weiterhin musterte. »Haben Sie über die Möglichkeit nachgedacht, eines Ihrer Nebenfächer für dieses Semester zu streichen? Mit den zusätzlichen SHS-Credits wäre das möglich.«

»Ich weiß, aber das möchte ich nicht«, antwortete ich. Es wäre zwar deutlich entspannter, für eine Vorlesung weniger büffeln zu müssen, vor allem da die Midterms inzwischen gefährlich näher rückten, aber derzeit war ich dankbar für jede Aufgabe, jede Verpflichtung und jede Lerngruppe, die mich von zu Hause fernhielt.

»Okay, es ist Ihre Entscheidung, und die respektiere ich«, sagte Richmond, und ich machte mir in Gedanken eine Notiz, für unser nächstes Treffen vielleicht doch wieder Concealer aufzutragen. Das Letzte, was ich wollte, war, dass Richmond meine Kompetenz und Belastbarkeit infrage stellte, und das nur, weil Gavin mich mal wieder um den Schlaf brachte. »Das war's von meiner Seite aus. Haben Sie noch irgendwelche Anmerkungen? Wünsche? Fragen?«

Ich schüttelte den Kopf. »Nein, im Moment nicht.«

»Dann wären wir fertig für heute, oder?«

»Ja. Ich will Ihre Zeit nicht länger als nötig beanspruchen.«

Richmond lächelte und erhob sich von ihrem Platz, um mich zur Tür zu begleiten, wie sie es anscheinend immer tat.

Erst jetzt bemerkte ich, dass sie ihre Schuhe ausgezogen hatte und barfuß in ihrem Büro lief. »Ich nehme mir gerne Zeit für Sie, April. Und wenn irgendetwas sein sollte, können Sie sich jederzeit bei mir melden.«

Es gab zwei Arten von Menschen. Jene, die es hassten, shoppen zu gehen, die alles am liebsten online bestellten und sich für das erstbeste Teil entschieden, das irgendwie gut aussah. Und dann gab es jene Menschen, die es liebten, stundenlang durch Geschäfte zu bummeln, Schaufenster zu bewundern und den halben Laden anzuprobieren, ehe sie eine Entscheidung fällten. Ich gehörte eindeutig zu der letzten Fraktion und Sage bedauerlicherweise zur ersten.

»Zu spießig. Zu verspielt. Zu eng. Zu weit. Du hast immer was zu meckern«, neckte mich Sage und hängte die weiße Bluse mit dem steifen Kragen zurück auf die Stange. Das braune Haar, das ihr Gesicht umrahmte, hatte sie sich mit einer Spange nach hinten gesteckt.

»Ja, weil wir die goldene Mitte von alledem suchen.«

Wir waren in Sages liebstem Secondhandladen, auf der Suche nach einem Outfit für ihr Vorstellungsgespräch am Montag. Sie hatte die Einladung ziemlich kurzfristig erhalten, weshalb ihr keine andere Wahl geblieben war, als an diesem Samstagvormittag einen spontanen Shoppingtrip mit mir zu unternehmen. Sages Kleiderschrank bestand fast ausschließlich aus Jeans, Leggins und einfarbigen Shirts, die vielleicht gut genug für die Arbeit in einer Bibliothek waren, aber nicht gut genug, um Eindruck bei den Besitzern des Light Oak Hotel zu schinden. Das Hotel lag direkt am Lake Tahoe und war für seine teuren und exklusiven Zimmer bekannt. Sage sollte dort zehn Stunden pro Woche am Frühstücksbüfett aushelfen, damit es den gut betuchten Gästen an nichts mangelte.

Sage schnaubte und zog eine weitere Bluse vom Ständer, die sie sofort wieder zurücksteckte. »Vielleicht sollte ich mir doch einfach etwas von dir leihen.«

»Das hab ich dir angeboten, aber du wolltest nicht.«

»Ja, weil du einfach zu groß bist. Deine Blusen sehen an mir aus wie Kleider.«

»Und deswegen sind wir hier.«

»Ich versteh nicht, warum ich kein T-Shirt anziehen kann. Wenn sie mich einstellen, muss ich ohnehin die Uniform des Hotels tragen«, meckerte Sage weiter, obwohl sie sich sehr über die Einladung zum Vorstellungsgespräch gefreut hatte. »Außerdem sollten sie wissen, dass ich kein Geld habe, um mir ein anständiges Outfit zu kaufen, denn welcher Mensch mit Geld und Verstand würde sich freiwillig für einen Job bewerben, der jeden Tag um fünf Uhr morgens startet?«

»Da fragst du die Falsche. Alles vor 10 Uhr ist Folter.«

»Es ist 9:30 Uhr.«

»Folter«, säuselte ich, auch wenn Shopping wohl einer der besten Gründe war, um sich um diese unsägliche Uhrzeit aus dem Bett zu quälen. Zudem war ich für jede Möglichkeit, Gavin aus dem Weg zu gehen, dankbar.

»Wie findest du die?«, fragte Sage hoffnungsvoll und hielt eine Bluse mit Puffärmeln in die Höhe. Es war ein süßes Oberteil, aber ungeeignet für ein Vorstellungsgespräch. Kommentarlos schüttelte ich den Kopf. Seufzend hängte Sage das Teil zurück an die Stange. »Ich glaube, hier finden wir nichts.«

»Wollen wir ins Einkaufszentrum?«, fragte ich mit Blick auf die Uhr. Noch hatte die Mall geschlossen, aber bis wir dort waren, sollte sie offen haben.

Sage rümpfte die Nase. »Da sind die Sachen immer so teuer.«

»Aber die Auswahl ist größer, und vielleicht findest du was Reduziertes.«

»Okay, einen Versuch ist es wert.«

Wir verließen den Laden, der in einer Seitengasse zur Innenstadt lag, und machten uns auf den Weg. Wir waren extra früh aufgebrochen, damit Sage den schlimmsten Menschenmassen entgehen konnte, welche die Stadt ab Mittag vermutlich fluten würden. Gemütlich schlenderten wir die Straße entlang. Der Himmel war von einem strahlenden Blau, und der Spätsommer zeigte sich von seiner besten Seite, als wollte er den kürzer werdenden Tagen trotzen, die langsam, aber stetig den Herbst einläuteten.

Im Gegensatz zu Luca freute ich mich auf den Herbst und den Winter. Er nörgelte jetzt schon jedes Mal, wenn jemand es wagte, die kalte Jahreszeit zu erwähnen. Doch ich mochte den Herbst und alles, was er mit sich brachte. Bunte Blätter, warme Decken, heißen Kakao und verregnete Tage, die dazu einluden, es sich stundenlang auf der Couch gemütlich zu machen. Und vor allem freute ich mich auf all die süßen Herbstoutfits in meinem Kleiderschrank, die darauf warteten, ausgeführt zu werden.

»Wie läuft es bei Luca und dir?«, fragte ich Sage. Normalerweise war ich ziemlich gut informiert, was ihre Beziehung betraf, aber seit Luca ausgezogen war und die beiden nicht mehr ständig bei uns abhingen, bekam ich nicht mehr so viel mit. Oder zumindest deutlich weniger als zuvor.

»Gut«, antworte Sage. »Wieso fragst du?«

Ich zuckte mit den Schultern. »Nur so, immerhin teilt ihr euch jetzt schon seit drei Wochen deine kleine Wohnung. Ich glaube, ich würde durchdrehen, wenn ich mit meinem Bruder auf dreißig Quadratmetern leben müsste.«

»Mir geht es gut. Sehr gut sogar. Ich hab Luca vermisst.«

Ich hob eine Augenbraue. »Dir ist klar, dass ihr euch seit deinem Auszug trotzdem fast jeden Tag gesehen habt?«

Sage lachte, ein sanfter, glockenheller Klang, der perfekt zu ihrer zarten Erscheinung passte. »Schon, aber mit ihm zusammenzuwohnen ist anders. Das hab ich vermisst.«

»Warum zieht ihr dann nicht zusammen? Dauerhaft, meine ich.«

»Dafür ist es noch zu früh.«

»Sagt wer?«

»Ich«, antwortete Sage. »Ich weiß, dass ich eines Tages mit Luca zusammenwohnen möchte, aber wir sind noch kein Jahr zusammen. Und ich genieße meine Selbstständigkeit gerade sehr. Ich bezahle meine eigene Miete, gehe für mich einkaufen und gebe selbst auf mich acht. Für manche mag das vielleicht eine Kleinigkeit sein, aber nicht für mich. Und ich merke, dass es mir guttut, auf eigenen Beinen zu stehen. Nun, da Alan fort ist, fällt mir das alles deutlich leichter.«

Ich nickte. Zwar stand der Prozess, in dem ihr Stiefvater sich für seine Taten verantworten musste, Sage noch bevor, und er war auf Kaution freigekommen, aber er hatte strickte Auflagen, sich von Sage, ihrer Schwester Nora und ihrer Mom fernzuhalten. Wenn er dagegen verstieß, provozierte er nur eine deutlich höhere Strafe, und als ehemaliger Polizist wusste er das.

Wir erreichten das Einkaufszentrum. Die Klimaanlage dort lief auf Hochtouren, die Luft blies kühl und trocken aus den Schächten an der Decke. Nur vereinzelt schlenderten ein paar Frühaufsteher durch die breiten Gänge und verharrten vor den grell beleuchteten Schaufenstern, die mit saftigen Rabatten zum Sommerende warben.

Sage führte mich in eines der Geschäfte, das sich in ihrer Preisklasse bewegte. Die Auswahl an Blusen war hier deutlich größer als im Secondhandladen, und nach gerade einmal zehn Minuten verschwand sie mit einem Stapel voller Teile in der Umkleide. Während ich darauf wartete, dass sie die Sachen anprobierte, guckte ich mir die Klamotten auf dem Ständer an, welche die Leute nach der Anprobe zurückgelassen hatten.

»Und wie läuft es mit Gavin?«, fragte Sage aus der Kabine.

Ich erstarrte in der Bewegung. »Was ... Was meinst du?«

»Das Zusammenleben. Versteht ihr euch noch immer gut?«

Ich lachte nervös. Natürlich redete sie davon! Wovon auch sonst? Sie konnte unmöglich von *der Sache* wissen, es sei denn, Gavin hätte Luca davon erzählt, aber das bezweifelte ich. Das wäre ein Gespräch, das gewiss keiner von beiden würde führen wollen.

»Ja, wir verstehen uns«, antwortete ich, und irgendwie stimmte es auch. Ich hatte die letzten Wochen mit Gavin genossen, weshalb ich mich umso mehr über den Zwischenfall vergangenen Samstag ärgerte. Denn sosehr der logische Teil in mir mich auch davor warnen wollte, mir von Gavin nicht erneut das Herz brechen zu lassen, so sehr klammerte sich ein anderer Teil von mir an die Hoffnung, meinen besten Freund zurückzubekommen. Doch diese Chance hatte ich mir mit meinem unbedachten Handeln nun selbst genommen.

Sage kam aus der Kabine. Sie trug eine schlichte weiße Bluse aus einem seidigen Stoff. »Was sagst du?«

Ich schüttelte jeden Gedanken an Gavin ab. Es reichte bereits, dass diese mich abends und nachts plagten, wenn ich mich zurück in die Wohnung schleichen musste und nicht einschlafen konnte, weil die Erinnerung an meinen Fehltritt zu schlimm war.

Ich musterte Sage. »Mir gefällt sie.«

»Mir auch, aber der Stoff ist leicht durchsichtig, oder?«

Ich griff nach den Ärmeln, um sie hochzukrempeln. Sage rührte sich nicht, als wäre sie meine persönliche lebensgroße Anziehpuppe. »Ja, aber das macht nichts. Es ist Sommer, und du bist keine fünfzig. Zieh dein weißes Spitzenbustier mit dem breiten Bund und dem floralen Muster darunter an. Dazu deine schwarze Jeans und einen Gürtel. Die Bluse steckst du in die Hose, aber nicht zu straff. Als Schuhe würde ich dir die schwarzen Riemchensandalen mit dem kleinen Absatz empfehlen, die du dir Anfang des Sommers geholt hast. Dazu ein schlichter goldener Ring und vielleicht ein filigranes Armband.«

»Wie gut, dass du meinen Kleiderschrank in- und auswendig kennst.« Sage drehte und wendete sich vor dem Spiegel, um die Bluse aus allen Blickwinkeln zu betrachten.

»Das ist meine Superkraft«, erklärte ich und zupfte einen Fussel vom Stoff.

»Damit wirst du sicherlich irgendwann die Welt retten.«

»Ja. Vermutlich verleihen sie mir eines Tages den Friedensnobelpreis für meinen ausgezeichneten Modegeschmack. Von dem dotierten Geld können wir shoppen gehen.«

»Cool. Ich kann es kaum erwarten«, sagte Sage mit einem leicht sarkastischen Unterton und spazierte zurück in die Umkleide. Ich an ihrer Stelle hätte jetzt auch noch all die anderen Blusen anprobiert, nur um sicherzugehen, keine bessere Alternative zu verpassen, aber wie ich Sage kannte, würde sie nun wieder ihre Sachen anziehen und sich den Rest sparen. »Hat Luca schon mit dir über seinen Geburtstag gesprochen?«

»Nein, will er denn feiern?«, fragte ich verwundert. Letztes Jahr zu seinem einundzwanzigsten Geburtstag hatte ich ihn praktisch dazu zwingen müssen, eine Party zu schmeißen, da er kein Freund von großen Menschenansammlungen war. Nicht auf die ängstliche Art und Weise wie Sage, sondern auf seine eigene mürrische Einsiedler-Art. Früher war er öfter auf Partys gegangen, um eine Frau zum Flachlegen zu finden, aber das hatte sich mit Sage geändert. Seitdem war er mehr denn je ein Stubenhocker.

»Nicht richtig, aber er würde gerne am Freitag mit uns an den See fahren.«

Mein Magen zog sich zusammen, denn ich glaubte die Antwort auf meine nächste Frage bereits zu kennen, und sie gefiel mir nicht. »Wer ist *uns*?«

»Gavin, du und ich«, antwortete Sage und kam aus der Umkleide. Wie erwartet war sie in ihr eigenes T-Shirt geschlüpft. Sie hängte die Blusen, die sie nicht nehmen wollte, an die Stange zum Aufräumen. »Er hatte auch überlegt, Connor und Aaron einzuladen, aber er meinte, er würde lieber mal wieder nur mit uns feiern; seinen drei Lieblingsmenschen.«

Luca und Sage.

Gavin und ich.

Ein Pärchentrip.

Großartig.

Das ließ mir zwei Möglichkeiten: Entweder ich kniff die Arschbacken zusammen, sprang über meinen eigenen Schatten und redete mit Gavin, um die Sache aus der Welt zu schaffen. Oder ich riskierte eine ziemlich merkwürdige Stimmung an Lucas Geburtstag. Beide Optionen erschienen mir nicht besonders erstrebenswert, aber einen Tod musste ich sterben, wenn sich der Erdboden nicht doch noch erbarmte und mich verschluckte.

25. Kapitel

Ich hatte nicht mit Gavin geredet. Ich hatte es mir vorgenommen, aber jedes Mal, wenn sich die Möglichkeit dazu eröffnet hatte, hatte ich kalte Füße bekommen und einen Rückzieher gemacht und mich auf *morgen* vertröstet.

Morgen wirst du mit ihm reden.
Morgen werdet ihr euch aussprechen.
Morgen wirst du die Sache aus der Welt schaffen.
Morgen.
Morgen.
Morgen.

Und jetzt war heute – Lucas Geburtstag. Okay, genau genommen hatte Luca gestern Geburtstag gehabt, aber unter der Woche ließ sich nicht so gut feiern. Also hatte er den Besuch am See für Freitagnachmittag geplant, und gemeinsam schwänzten wir die letzten Vorlesungen.

»Haben wir alles?«, fragte ich und betrachtete die Ladefläche von Sages VW, die so vollgestellt war, dass man leicht hätte glauben können, wir planten einen Wochenendtrip anstatt nur einen Tagesausflug. Wir hatten jede Menge Decken dabei, einen Schirm, zwei Kühlboxen mit Getränken und Essen, einen kleinen Grill und eine gigantische Box – Sages Geschenk an Luca. Ich verstand nicht, weshalb sie es ihm nicht gestern gegeben hatte, aber sie bestand darauf, dass er es heute am Strand bekommen musste. Meinen alljährlichen Büchergutschein hatte ich ihm gestern überreicht, und den zwei Büchern in einer der Tragetasche nach zu urteilen, die ebenfalls im Lader stand, hatte er nicht lange herumgefackelt und ihn bereits eingelöst.

»Ja, das müsste alles gewesen sein«, antwortete Gavin.

Beim Klang seiner Stimme musste ich an mich halten, nicht zusammenzuzucken. Ich hatte keine Ahnung, wie ich den Tag überstehen sollte, zumal ich ihn früher oder später würde ansehen müssen. Bisher hatte ich direkten Blickkontakt vermieden aus Angst vor dem, was ich in seinen Augen erkennen würde. Auf der Couch hatte es diesen Moment gegeben, in dem ich davon überzeugt gewesen war, Lust und Begierde auch in seinem Blick erkannt zu haben, aber nun war ich mir da nicht mehr so sicher. Vermutlich hatte er sich nur vom Anblick meiner erregten Brustwarzen hinreißen lassen. Schließlich war er auch nur ein Kerl, Anfang zwanzig, mit jeder Menge Hormonen im Körper, die ihm den Kopf verdrehten.

Er hatte noch nie durchscheinen lassen, auf diese Art und Weise Interesse an mir zu haben. Was die ganze Angelegenheit für mich um ein Vielfaches unangenehmer machte. Nicht zuletzt, weil ich dieses Gefühl des Verlangens immer noch nicht hatte abschütteln können. Dafür passierte mir so etwas zu selten. Und es alleine durch Gavins Blicke erlebt zu haben, erschien mir so rar wie der Fund eines vierblättrigen Kleeblatts in der Wüste.

»Dann können wir ja los«, sagte Sage und klatschte aufgeregt in die Hände. Sie trug ein sommerliches Blumenkleid, das ihr bis zu den Knien reichte, darunter blitzten die Träger ihres Badeanzugs hervor, und auf ihrem Kopf saß ein großer Hut, um sich vor der Sonne zu schützen, die Anfang Oktober allerdings nicht mehr annähernd so stark schien wie im Hochsommer.

»Fährst du mit April?«, fragte Luca an Gavin gewandt.

Ich erstarrte.

Bitte sag Nein.
Bitte sag Nein.
Bitte sag Nein.
»Wenn es okay ist, würde ich mit euch fahren«, sagte Gavin. Ich atmete erleichtert auf.

Sage sah zu mir. »Ist alles in Ordnung?«

»Ja, mir ist nur eingefallen, dass ich oben was vergessen hab«, log ich mit einem hoffentlich überzeugenden Lächeln. »Fahrt doch schon mal vor. Ich hol euch ein.«

Die Vorfreude auf den Strand schien bei Sage und Luca groß genug, dass keiner von beiden meine Aussage hinterfragte. Gavin bedeutete Jack, in den Lader zu springen, dann quetschten Luca, Sage und er sich auf die Sitzbank, die nur Platz für drei Leute bot. Um keinen Verdacht zu wecken, lief ich zurück ins Haus, obwohl ich alles hatte, was ich brauchte. Hinter der Wohnungstür wartete ich, bis ich hören konnte, dass die anderen davongefahren waren. Anschließend zählte ich noch eine Minute ab und trat erst dann wieder hinaus ins Freie, um mit pochendem Herzen zu meinem Wagen zu laufen. Ich hatte keine Ahnung, wie ich diese nächsten Stunden überstehen sollte, ohne dass Sage und Luca etwas mitbekamen und ohne vor Schamgefühl zu sterben.

Ich ließ mir Zeit auf dem Weg zum See und fuhr konstant zehn Meilen pro Stunde weniger, als das Tempolimit vorgab, was mir ein kleines Hupkonzert einbrachte, aber das war mir egal. Hauptsache, ich konnte etwas Zeit bis zum Unvermeidlichen schinden. Warum hatte ich nicht früher mit Gavin geredet? Jetzt verteufelte ich mich für meine Feigheit, aber es war zu spät für Reue. Und wenn ich etwas bereute, dann dass ich mir diese Gavin-Sex-Fantasie überhaupt erlaubt hatte.

Am Strand angekommen suchte ich mir einen freien Parkplatz ein paar Stellplätze von Sages VW entfernt. Die anderen hatten bereits begonnen, Taschen und Co an den See zu schaffen. Luca war gerade dabei, die zwei Kühlboxen von der Ladefläche zu hieven, als er mich kommen sah. Seine Gewitteraugen hinter einer Sonnenbrille versteckt. »Was hat denn so lange gedauert?«

»Sorry, eine von der SHS hat mich angerufen«, flunkerte ich und versuchte mich an das unschöne Gefühl zu gewöhnen, das ich stets verspürte, wenn ich Luca oder meine Freunde anlog, denn heute würde ich ihnen vermutlich noch reichlich Lügen auftischen müssen.

Luca brummte, drückte mir einen der Kühler in die Hand und schnappte sich zusätzlich den Sack mit Grillkohle. Der Badestrand war im Vergleich zum letzten Mal, als ich hier schwimmen gewesen war, ziemlich leer. Zwar hatte es noch immer um die dreiundzwanzig Grad und in der Sonne war es warm, aber im Schatten konnte es frisch werden, und das Wasser war ohnehin immer kalt. Sage war dabei, unseren Platz auf der Liegewiese aufzubauen; Gavin war uns auf dem Weg entgegengekommen, um die letzten Sachen aus dem VW zu holen.

Ich stellte den Kühler unter dem Sonnenschirm ab. »Kann ich dir helfen?«

Sage winkte ab. »Bin gleich fertig.«

Ich hockte mich auf eines der Handtücher und schob mir die Sonnenbrille hoch ins Haar. Obwohl ein Flaum von Wolken am Himmel hing, war es ziemlich grell. Ich sah auf den See hinaus und beobachtete Jack dabei, wie er aufgeregt im Sand herumwühlte.

»Heh, alles klar bei dir?«, fragte Luca.

Ich blickte zu meinem Bruder auf. Er stand auf dem Handtuch neben meinem und zog sich gerade das Shirt über den Kopf, seine Jeans hatte er bereits ausgezogen. »Klar.«

»Sicher? Du wirkst angespannt.«

»Im Moment ist nur so viel zu tun«, sagte ich, und das war nicht einmal gelogen. Seit zwei Wochen stürzte ich mich zwar in meine Arbeit und das Lernen, aber es gab immer noch mehr zu erledigen, noch mehr zu lernen, vor allem mit den anstehenden Midterms und der näher rückenden Eröffnung der SHS. Ich konnte nicht glauben, dass sie in gut drei Wochen ihre Pforten öffnen würde. Zu Beginn des Semesters war mir das noch so weit entfernt erschienen, und jetzt war es bald so weit.

Dieser Gedanke schaffte es beinahe, mich von Gavin abzulenken, aber nur beinahe. Denn in diesem Moment kam er zurück an den Strand gelaufen, die gigantische Box im Arm, die Sages Geschenk an Luca enthielt. Es war nicht verpackt, sondern der Karton nur verschlossen.

Gavin stellte die Kiste neben meiner Kühlbox im Schatten des Schirms ab. »Was ist da drin?«

Sage grinste verschwörerisch. »Das erfahrt ihr später.«

Gavin gab ihr die Wagenschlüssel zurück und sah sich nach Jack um, bevor er das freie Handtuch neben meinem für sich beanspruchte. Ich versteifte mich und versuchte nicht hinzugucken, als Gavin es Luca gleichtat und begann, sich auszuziehen. Gebannt starrte ich auf den See hinaus, bemüht, Gavin nicht zu beachten, aber als ich das Rascheln seiner Jeans hörte, tauchten vor meinem inneren Auge wie von selbst die Bilder auf, die ich erträumt hatte. Wie er sich halb nackt und nur in Shorts zu mir runterbeugte. Seine glatte, braune Haut, die meine streifte, und seine Lippen, die sich auf meinen ...

Nein.

Stopp!

Ich verpasste mir selbst eine mentale Ohrfeige, und weil ich das Gefühl hatte, dass das nicht im Ansatz genug war, stand ich von meinem Handtuch auf und verkündete: »Ich geh ins Wasser.«

»Das wird ziemlich kalt sein«, sagte Luca.

»Aber crem dich vorher ein. Die Sonne reflektiert«, kam es von Sage. Sie wackelte mit der Tube Sonnencreme, die sie gerade selbst benutzte. Ihr linker Arm war bereits von einem weißen Film überzogen, der sie noch blasser und geisterhafter erscheinen ließ, als sie ohnehin schon war.

Ich nickte und begann mich auszuziehen. Zuerst schlüpfte ich aus meinen Sandalen, dann knöpfte ich meine Jeansshorts auf und streifte sie mir von den Beinen. Gavin hatte ich den Rücken zugewandt. Doch während ich alles darangesetzt hatte, ihn nicht anzustarren, konnte ich seinen Blick förmlich auf mir spüren. Ich erschauderte, aber versuchte, mir nichts anmerken zu lassen. Seelenruhig faltete ich meine Shorts, ehe ich mir das Top auszog. Darunter kam ein schlichtes schwarzes Bikinioberteil zum Vorschein, mit nur einem breiten Träger, der über meine rechte Schulter verlief. Ich faltete auch mein Top zusammen und legte es auf mein Handtuch. Unentwegt spürte ich dabei Gavins Aufmerksamkeit auf mir. Meine Haut kribbelte unter seiner Musterung, und meine verräterischen Brustwarzen, die offenbar nur noch an *das Eine* denken konnten, richteten sich auf.

Demonstrativ wandte ich mich Sage zu. »Kann ich die Sonnencreme haben?«

»Klar.«

Sie reichte mir die Tube, und ich begann mich einzucremen. Ich arbeitete mich von meinen Beinen über meinen Bauch zu meinem Dekolleté bis zu meinen Armen und Schultern vor, bis ich zu meinem Rücken kam, den ich selbst nicht erreichen konnte. Mit umständlichen Verrenkungen versuchte ich es dennoch irgendwie hinzubekommen, aber es klappte nicht.

Ich wollte gerade Sage fragen, ob sie mir helfen könnte, als ich hörte:

»Soll ich dir den Rücken eincremen?«

Fuck! Nun konnte ich Gavin nicht länger ignorieren.

Ich wandte mich ihm zu. Er lag auf seinem Handtuch, den Oberkörper auf den Ellenbogen abgestützt, was die Muskeln in seinen Armen fest hervortreten ließ. Er hatte kein Sixpack wie Luca, aber es war offensichtlich, dass er in Form war. Wie von selbst blieb mein Blick an dem Glückspfad hängen, der ihn zielstrebig den Weg hinab zu seiner dunkelblauen Badehose führte und der Wölbung dessen, was sie zu verbergen versuchte. Ich wünschte, sein Anblick würde mich kaltlassen. Dass mich die peinliche Erfahrung irgendetwas gelehrt hatte, aber ich spürte, wie Hitze in mir aufwallte.

»Komm schon. Ich helf dir«, sagte Gavin bestimmend, ohne eine Antwort von mir abzuwarten. Er richtete sich auf und streckte mir die Hand entgegen, damit ich ihm die Sonnencreme gab. In seinen Augen lag ein fast schon arrogantes Funkeln. Er wusste ganz genau, was er tat und welche Wirkung er auf mich hatte. Und er wusste auch, dass ich nicht Nein sagen und anschließend Sage darum bitten konnte, mir zu helfen, denn das würde komisch aussehen und nur den Verdacht wecken, dass etwas nicht stimmte.

Ich stieß ein Grummeln aus, das nur ich hören konnte, und ergab mich in mein Schicksal. Ich setzte mich vor Gavin auf das Handtuch, darum bemüht, ihm ohne Worte und nur mit meiner Körpersprache zu verstehen zu geben, dass ich sein Verhalten nicht cool fand. Er musste doch spüren, wie unangenehm mir diese ganze Situation war.

Hinter mir hörte ich das Aufschnappen der Tube, kurz bevor Gavin mir das blonde Haar über die Schulter schob. Federleicht streiften seine Finger dabei meine Haut. Es war eine

Berührung, so zart, dass sie kaum die Bezeichnung *Berührung* verdiente, und dennoch spürte ich diesen Hauch von Nichts bis ins letzte Nervenende meines Körpers.

Ich versteifte mich.

Seine Hände, die inzwischen mit Sonnencreme bedeckt waren, legten sich auf meinen Rücken. Sanft begann er sie einzumassieren, dabei übten seine Finger genau den richtigen Druck an den richtigen Stellen aus. Unter anderen Umständen hätte ich das ziemlich genießen können.

»Entspann dich«, murmelte Gavin an meinem Ohr, was genau die gegenteilige Wirkung hatte. Meine Muskeln wurden noch steifer. Es fehlte nicht mehr viel, dann würde ich zur lebendigen Steinstatue werden. Aber ich konnte diese Reaktion meines Körpers auf Gavin genauso wenig unterbinden wie das Spannen meiner Brüste, die sich wünschten, ebenfalls von ihm berührt zu werden, aber das würde nicht passieren. Nicht, solange mein Verstand noch ein Wörtchen mitzureden hatte.

Gavins Finger drückten gegen eine Verspannung in meinem Nacken. Ich empfand einen leichten Druckschmerz, der unter seinen Händen jedoch zerging wie ein Eiswürfel in der Sonne. Ungewollt entwich mir ein leises Seufzen, anstatt dass ich Gavin darauf hinwies, dass ich mir diese Stelle selbst schon eingecremt hatte.

»Du gehst mir aus dem Weg«, hörte ich ihn plötzlich sagen, während seine geschickten Finger bereits die nächste Verspannung lösten, die mit seinen Worten aber um einiges härter wurde.

»Das stimmt nicht.«

Gavin lachte leise, ein dunkler, kehliger Laut, der durch seinen ganzen Körper vibrierte und den ich bis in mein Innerstes spürte. Ich schielte zur Seite. Sage hatte von irgendwo eine weitere Tube Sonnencreme hergezaubert und war gerade dabei, einen Smiley auf den Bauch meines Bruders zu malen. Luca hielt bereits ein Buch in der Hand, auf das er sich offensichtlich nicht konzentrieren konnte, und ich wusste in diesem Moment genau, wie er sich fühlte. Gavins Finger machten etwas mit mir …

»Du warst die letzten zwei Wochen an keinem Abend zu Hause.«

»Ich hatte viel zu tun.«

»Ich weiß, dass du lügst, April.«

Und ich weiß, dass ich dieses Gespräch nicht überleben werde.

»Danke fürs Eincremen!«, rief ich übertrieben laut und sprang auf die Beine, so schnell, dass mir einen kurzen Moment schwindelig wurde. Doch bevor mich der Schwindel wieder in die Knie zwingen konnte, schob ich ihn beiseite und marschierte auf den See zu, bis Wasser meine Knöchel umspülte. Es war kalt, weil das Wasser im Lake Tahoe immer kalt war, aber ich blieb nicht stehen, sondern lief weiter, bis die sanften Wellen gegen meinen Bauch schwappten und ich zu schwimmen begann. Die ersten Züge zitterte ich am ganzen Leib. Meine Muskeln waren verkrampft, weshalb meine Bewegungen kurz und abgehackt waren, aber mit der Zeit gewöhnte sich mein Körper an die Kälte, bis alles geschmeidiger wurde.

Ich schwamm weiter auf den See hinaus, den Bergen auf der anderen Seite entgegen, was mir half, den Kopf frei zu bekommen und das Gefühl abzuschütteln, das Gavins Hände auf meinem Körper zurückgelassen hatten. Irgendwann wendete ich und schwamm zurück an den Strand, der inzwischen so weit weg war, dass Sage und Luca nur noch Silhouetten ohne Gesichter waren. Gavin konnte ich nicht entdecken, und ich suchte auch nicht nach ihm. Entschlossen wandte ich meinen Blick vom Ufer ab und tauchte stattdessen unter Wasser.

Blinzelnd öffnete ich die Augen. Für einen Moment war alles verschwommen, dann wurde das Bild klarer. Mit angehaltenem Atem tauchte ich dem Strand entgegen, unter mir der steinige Grund des Sees, bis meine Lunge brannte und ich auftauchen musste. Japsend durchbrach ich die Oberfläche und schnappte nach Luft. Ich kniff die Augen zusammen und rieb mir über das Gesicht, als ich neben mir das Schwappen und Platschen von Wasser hörte.

Ich war nicht mehr allein.

Und ich wusste genau, wer bei mir war.

Ich öffnete die Lider und entdeckte Gavin nur vier oder fünf Schwimmzüge von mir entfernt. Das Licht der Sonne, das sich auf der Oberfläche des Sees brach, brachte sein Haar zum Schimmern. Am liebsten wäre ich mit der Hand hindurchgefahren, aber ich blieb auf Abstand, denn ich verstand nicht, was er von mir wollte. Er hatte mir an dem Samstag vor zwei Wochen gesagt, dass ich wunderschön sei. Er hatte meine Lippen mit seinem Daumen berührt. Und die flüssige Hitze aus seinem Blick hatte mich um den Verstand gebracht. Und dann war er verschwunden, so plötzlich und schnell, als hätte er sich an mir verbrannt, nur um zurückzukommen und mich zu demütigen. Das war gewiss keine Absicht gewesen, aber diese Konfrontation war es. Und er musste wissen, wie peinlich mir all das war. Warum also quälte er mich?

»Was willst du?«, fragte ich schroff. Schroffer als beabsichtigt.

Gavin verzog keine Miene. »Wir müssen reden.«

»Nein, müssen wir nicht.« Denn was sollte ich auch sagen? Dass sich mein dämlicher Körper nach ihm verzehrte? Und mein dummes Herz dabei war, die Scherben zusammenzufegen, die er vor fünf Jahren zurückgelassen hatte, damit er es sich erneut in meiner Brust gemütlich machen konnte, bis er beschloss, mich wieder fallen zu lassen? Nein danke.

»Ich denke schon.«

»Und ich denke, dass du dich irrst«, sagte ich entschlossen und machte mich daran, in einem großen Bogen um ihn herumzuschwimmen. Am Ufer wäre ich in Sicherheit, denn er würde es nicht wagen, dieses Thema vor Sage und Luca anzusprechen.

»April, was ich …«

Seine Worte brachen schlagartig ab, als ich ihm kaltes Wasser ins Gesicht spritzte. Ich hatte es nicht geplant, aber ich hatte Panik bekommen. Und es hatte geholfen. Er hatte den Satz nicht ausgesprochen.

Gavin prustete, um das Wasser auszuspucken, das er versehentlich geschluckt hatte. Es tropfte nass aus seinen Haaren und Wimpern. Mit erhobenen Brauen sah er mich an. »Ernsthaft?«

Ich spritzte ihn noch einmal nass.

»April …«, mahnte er.

Ich tat es ein weiteres Mal. Was hatte ich schon zu verlieren?

Ein erbostes Funkeln trat in Gavins Augen, aber an dem Beben seiner Lippen, die ein Lächeln zu unterdrücken versuchten, erkannte ich, dass er nicht wirklich böse war. Also spritzte ich ihn noch einmal nass, und dieses Mal gab es eine Retourkutsche. Wasser schlug mir ins Gesicht, und danach war alles nur noch ein wildes Platschen und Planschen, während Gavin und ich uns gegenseitig versuchten, so nass wie nur möglich zu machen, obwohl wir beide ohnehin schon bis zum Kinn im Wasser waren.

Ich tauchte unter, um Gavins Attacke auszuweichen, als mich plötzlich zwei Arme von oben packten und aus dem See hoben. Ich schrie auf – halb protestierend, halb lachend, als Gavin mich über seine Schulter warf und sogleich in die Knie ging, sodass mein Kopf unerwartet erneut unter Wasser war. Ich hielt die Luft nicht schnell genug an, und als ich wieder auftauchte, begann ich zu husten. Ich strampelte mit den Füßen, damit Gavin mich losließ, aber das interessierte ihn nicht. Er hielt mich fest und sprang immer wieder im Wasser auf und ab, und immer wieder tauchte mein Kopf unter, sodass mir kaum Zeit blieb, zu Atem zu kommen.

Hustend, mit Wasser in den Augen und ohne nachzudenken, packte ich den Bund von Gavins Badehose und zog sie ihm über den Hintern.

»Heh!«, protestierte er und warf mich rückwärts über seine Schulter in den See. Er musste wesentlich kräftiger sein, als sein Aussehen vermuten ließ, da er mich so problemlos hin und her schmeißen konnte. »Das war unfair!«

Schelmisch und ohne jegliches Schuldgefühl grinste ich Gavin an.

Er grinste zurück. Seine Augen leuchteten heiter, und sein Haar klebte ihm klitschnass in schwarzen Strähnen auf der Stirn. Erinnerungen von früher, als wir ziemlich oft zusammen an den See gefahren waren, brachen über mich herein. Damals hatten wir uns häufig Wasserschlachten geliefert, bei denen ich mich mit Gavin oder Luca gegen den jeweils anderen verschworen hatte. Ich war meistens glimpflich davongekommen – der Vorteil, das Nesthäkchen und das einzige Mädchen zu sein. Heute jedoch hatte Gavin mich nicht verschont, aber das störte mich nicht. Immerhin hatte ich diese Wasserschlacht provoziert, und das nicht ohne guten Grund.

Und was genau der Grund war, schien auch Gavin in diesem Moment wieder einzufallen, denn sein Grinsen wurde schmaler und schmaler, bis es schließlich völlig aus seinem Gesicht verschwunden war. Unausgesprochene Worte lagen in seinen Augen, die heute mehr die Farbe des Himmels hatten als die des Wassers.

Mein Magen sackte eine Etage tiefer.

Gavin öffnete den Mund, aber ich wollte nicht hören, was er zu sagen hatte. Ich wusste, dass ich diesem Gespräch nicht für immer würde entfliehen können, aber ich brauchte noch etwas Zeit. Zeit, um mich zu sammeln. Zeit, um mir eine Entschuldigung zurechtzulegen. Und Zeit, um mich für den Korb zu wappnen, den Gavin mir geben würde. Weil ich wusste, dass es beim zweiten Mal nicht leichter werden würde als beim ersten Mal, dafür steckte ich bereits zu tief in der Sache drin.

Also tat ich das einzig Sinnvolle: Ich schwamm davon.

26. Kapitel

Gavin ließ mich nicht aus den Augen. Seit ich aus dem Wasser ans Ufer geflohen war, beobachtete er mich und schien auf eine Gelegenheit zu warten, mich allein zu erwischen, aber das ließ ich nicht zu. Wenn Sage auf Toilette musste, begleitete ich sie. Als Luca sich ein Eis holte, verkündete ich, dass ich auch eines wollte. Und als die beiden entschieden, einen Strandspaziergang zu unternehmen, schloss ich mich ihnen an, obwohl ihre verliebten Blicke ziemlich deutlich zeigten, dass sie lieber allein sein wollten; aber ausnahmsweise war es mir gleichgültig, ob ich das dritte Rad am Wagen war.

Inzwischen war die Sonne dabei, hinter den Bergen unterzugehen. Der Himmel war in kräftige Farben aus Rot, Orange und Violett getaucht, und der See lag schon beinahe vollkommen im Schatten. Niemand war mehr im Wasser, aber ein paar Meter von uns entfernt hatte sich eine weitere Studierendengruppe eingefunden, die dabei war, ein Lagerfeuer zu schüren. Auch unser Grill stand bereits in den Startlöchern. Wir redeten über alles und nichts. Sage hatte uns von ihrem neuen Job im Hotel erzählt, und Luca hatte über das Buch gelästert, das er gerade las, und davon berichtet, dass er Aussicht auf ein Praktikum in einem kleinen Verlag hatte. Gavin und ich hielten uns mit Erzählungen zurück.

»Was macht deine Wohnung?«, fragte Luca und nippte an seinem Bier.

Ich horchte auf; Gavins Antwort interessierte mich, denn

aus den geplanten zwei, drei Wochen waren inzwischen vier geworden. In den letzten Tagen hatte ich jedes Mal, wenn ich nach Hause gekommen war, darauf gehofft, die Wohnung leer vorzufinden, aber er war immer noch da.

»Um ehrlich zu sein, wollte ich mit April und dir darüber reden ...«, setzte Gavin an, während er den Behälter aufräumte, in dem er Jack Futter mitgebracht hatte. »Ich hab mit meinem Vermieter gesprochen. Sie haben die Wände so weit wieder trocken gelegt, aber dabei haben sie Schimmel in den Mauern entdeckt, die nun komplett saniert werden müssen.«

»Und wie lange dauert das?«, fragte ich und hoffte, dass man mir meinen Frust über seine Antwort nicht anmerken konnte. Ich hatte wirklich darauf gehofft, dass mein persönlicher Weg der Schande bald ein Ende fand.

»Noch ein paar Wochen. Vielleicht einen Monat.«

Fuck.

»So lange?«, fragte Luca ungläubig.

Gavin nickte. »Sorry, dass ich eure Gastfreundschaft dermaßen überstrapaziere. Ich hätte nicht gedacht, dass das alles so lange dauert. Ich kann gerne in ein Motel, wenn du dein Zimmer wieder zurückwillst.«

»Kein Stress«, winkte Luca ab, und mein Magen zog sich zusammen, denn offenbar wurde ich dieses Mal nicht gefragt, ob es für mich okay war. »Es gibt Schlimmeres, als ein Bett mit meiner wunderschönen Freundin zu teilen.«

Luca schlang einen Arm um Sages Schultern. Die beiden waren so süß zusammen. Ich wollte das auch! Doch stattdessen hatte ich nur Chaos und Peinlichkeiten in meinem Leben – und das offenbar noch ein paar Wochen länger.

»Ich glaube, es wird Zeit für mein Geschenk!«, verkündete Sage aufgeregt.

Luca seufzte erleichtert auf. »Endlich!«

Er sprang auf die Beine und lief zu dem Karton, der noch immer unter dem Schirm stand, wo Gavin ihn abgestellt hatte. Sage holte ihr Handy hervor, um Lucas Reaktion zu filmen. Inzwischen war ich selbst ziemlich gespannt auf den Inhalt. Während Sage und ich auf Toilette gewesen waren, hatte ich sie danach gefragt, aber sie hatte mich nur bedeutungsschwer angegrinst.

»Ich fühle mich nicht bereit«, sagte Luca.

Sage lachte. »Jetzt mach schon!«

Er holte tief Luft und begann theatralisch langsam den Karton zu öffnen. Ich machte den Hals lang, um zu erkennen, was drin war, konnte aber von meiner Position aus nichts erkennen. Was ich allerdings sehen konnte, war Lucas Reaktion: Sein Lächeln fiel in sich zusammen und wurde von einem Stirnrunzeln abgelöst, dann schaute er verwundert vom Inhalt des Kartons zu Sage und wieder zurück, ehe ein breites Grinsen auf sein Gesicht trat.

Sage sprang aufgeregt in die Luft. »Überraschung!«

Luca griff in die Box und holte etwas hervor, das aussah wie eine Sporttasche. Mir war nicht klar, was das sein sollte, bis ich den Aufdruck an der Seite entdeckte: ein Zelt. Sage hatte Luca eine Campingausrüstung geschenkt? Dafür erschien mir der Karton etwas zu groß. Und warum hatte sie darauf bestanden, dass er das Geschenk erst jetzt öffnete?

»Was ist da noch drin?«, fragte Gavin.

»Da ist alles drin, was wir für eine Übernachtung am Strand brauchen!«, verkündete Sage mit einem aufgeregten Quietschen, und wie um ihre Worte zu untermalen, zog Luca ein zweites Zelt sowie vier Isomatten hervor. »Luca hat mir so viel von euren Campingausflügen früher erzählt, und ich war noch nie in meinem Leben zelten. Da dachte ich, wir könnten heute hier übernachten!«

»Du hast sogar Marshmallows eingepackt!«

Luca schien begeistert, während sich in mir alles verkrampfte. Wir sollten hier am Strand bleiben? Die ganze Nacht? Ich hatte fest damit gerechnet, dass wir nach dem Grillen aufbrechen und ich mich in die Sicherheit meines Zimmers würde flüchten können, aber daraus würde jetzt wohl nichts werden. Und mich überkam noch eine andere schlimme Vorahnung.

Ich räusperte mich, um Sage und Luca nicht hören zu lassen, wie es in mir tobte. »Wie viele Zelte haben wir?«

»Zwei. Eines für Luca und mich und eines für Gavin und dich. Aber keine Angst, eures ist ein bisschen größer. Ich hab Jack natürlich eingeplant. Allerdings ist eures nur von einem Kommilitonen geliehen, das für Luca hab ich gekauft«, erklärte Sage und bewahrheitete damit meine Vorahnung.

Shit ...

Ich sollte mit Gavin in einem Zelt schlafen? Die ganze Nacht? Allein zu zweit? Ohne Sage und Luca als Puffer? Und ohne Möglichkeit, vor dem Gespräch zu fliehen, dem ich bereits seit Stunden zu entkommen versuchte? Womit hatte ich das verdient? Wobei, vielleicht war das die angemessene Strafe für das, was ich getan hatte.

»Ich ... Ich kann hier nicht übernachten«, stammelte ich und konnte spüren, wie sich dabei sämtliche Blicke auf mich richteten. In meiner Kehle wurde es eng. Es war, als hätte mir jemand soeben eine Pistole auf die Brust gesetzt.

Sage sah mich verwundert an. »Warum nicht?«

»Ich muss morgen arbeiten«, sagte ich lahm.

»Aber erst ab Mittag.«

Mist.

»Ich hab keine Schlafsachen dabei«, versuchte ich es weiter.

»Doch, ich hab alles eingepackt«, verkündete Sage stolz, und ich beobachtete Luca dabei, wie er immer weitere Utensilien aus der Box zog, während ich händeringend nach einer Ausrede suchte, nicht hierbleiben zu können. Aber mir wollte nichts einfallen. *Ich muss lernen*, erschien mir nicht gerade glaubwürdig an einem Freitagabend, zumal es um Lucas Geburtstag ging und ich ihn nicht hängen lassen wollte. Nicht zuletzt, weil unsere Mom es mal wieder versäumt hatte anzurufen.

Luca strahlte über das ganze Gesicht. »Danke, Sage! Das ist das beste Geschenk überhaupt.«

Er beugte sich zu ihr und küsste sie. Und dieser Kuss besiegelte auch mein Schicksal, denn offenbar zogen wir das wirklich durch. Wir würden hier am Strand übernachten, und Gavin und ich würden uns ein Zelt teilen. Mein Blick zuckte zu ihm. Er wirkte nicht im Geringsten beunruhigt, aber warum auch? Er war schließlich nicht derjenige, der einen Fehler begangen hatte.

Wir bauten die Zelte auf, und bis zuletzt hoffte ich darauf, dass ich doch noch einen Grund fand, der es mir nicht erlaubte, am Strand zu übernachten, aber Sage hatte wirklich an alles gedacht. Sie hatte sogar Zahnbürsten eingepackt und zusätzliches Futter für Jack. Nachdem die Zelte standen und mit Decken, Kissen und Iso-Matten ausgelegt waren, zündete Luca in der Dunkelheit den Grill an. Er strahlte übers ganze Gesicht und betonte immer wieder, was für ein wunderbares Geschenk Sage ihm gemacht hatte. Und es war wirklich wunderbar, weshalb ich es umso mehr hasste, dass ich es nicht genießen konnte. Verstohlen sah ich immer wieder zu Gavin und fragte mich, ob ich ihn auf einen Strandspaziergang entführen sollte, um die Sache mit ihm zu klären, bevor wir gemeinsam in das Zelt krabbelten; aber ich überlegte so lange, dass ich den richtigen Augenblick dafür verpasste.

Wir versammelten uns um den Grill, rösteten Würstchen und Kartoffeln und anschließend Marshmallows. Luca erzählte Geschichten von unseren früheren Campingausflügen, die Sage vermutlich alle schon kannte, dennoch hörte sie gebannt zu. Ich nickte und lachte an den richtigen Stellen, aber in Gedanken war ich die ganze Zeit bei Gavin und dachte über meine Entschuldigung nach. Eine Entschuldigung, die längst überfällig war. Vermutlich hätte ich schon längst mit ihm reden sollen, aber ich hatte mich zu sehr geschämt – und tat es immer noch.

Es war weit nach Mitternacht, als Luca beschloss, dass es Zeit wurde, schlafen zu gehen. Am Strand war es still geworden. Die andere Gruppe Studenten war bereits vor einer Weile gegangen, und die einzigen Geräusche, die hier draußen noch zu hören waren, waren das Schwappen des Wassers und das Zirpen irgendwelcher Insekten. Es war eine idyllische Ruhe, die einen glauben ließ, man wäre mitten im Nirgendwo und nicht zehn Minuten Autofahrt von einer Stadt entfernt.

Wir löschten den Grill und beschlossen, den Rest am Morgen aufzuräumen. In meinem Magen rumorte es vor Aufregung, wobei mir eine Lebensmittelvergiftung lieber gewesen wäre. Dann hätte ich die perfekte Ausrede gehabt, um diesem Albtraum zu entkommen.

Mit Sage zusammen suchte ich das Toilettenhäuschen auf. Es war nicht richtig schmutzig, aber auch nicht ganz sauber. Ich hielt unsere Zahnbürsten, während sie auf Toilette ging, damit wir sie nirgendwo ablegen mussten, dann tauschten wir, ehe wir uns gemeinsam vor die Waschbecken stellten.

»Ist alles in Ordnung?«, fragte Sage.

Ich sah auf und betrachtete sie durch die Reflexion des verschmierten Spiegels. Es war das zweite Mal an diesem Tag, dass sie mir die Frage stellte. »Ja, ich bin nur müde.«

»Wirklich? Du bist heute schon den ganzen Tag so komisch drauf, vor allem seit dem Geschenk.« Sage machte ihre Zahnbürste nass. »Ich dachte, die Campingtrips früher haben dir Spaß gemacht. Hätte ich gewusst, dass du keine Lust auf Zelten hast, hätte ich das alles anders organisiert.«

Ich wollte nicht, dass sich Sage meinetwegen schlecht fühlte. Sie hatte Luca ein wunderbares Geschenk gemacht, und unter anderen Umständen hätte ich mich auch riesig darüber gefreut. Für mich gab es nichts Schöneres, als Zeit mit meinen Lieblingsmenschen zu verbringen.

Ich seufzte schwer. »Das ist es nicht. Es liegt nicht an deinem Geschenk, sondern an Gavin.«

Sage neigte den Kopf. »Was ist mit Gavin?«

»Wir haben uns gestritten.«

»Worüber?«

»Das ist nicht wichtig, aber ich habe einen Fehler gemacht und …« Ich stockte, denn ich konnte Sage nicht davon erzählen. Nicht, bevor ich nicht mit Gavin geredet und die Sache aus der Welt geschafft hatte, sofern das überhaupt möglich war. »Ich habe einen Fehler gemacht«, wiederholte ich und begann mir die Zähne zu putzen, als Zeichen dafür, dass es nichts mehr zu sagen gab.

Sage beobachtete mich, ein mildes Lächeln auf den Lippen. »Ich weiß nicht, was du getan hast, April, aber jeder Mensch macht Fehler. Rede mit Gavin. Ich glaube, dass dir niemand lieber deine Fehler verzeiht als er.«

Ich blinzelte. »Was meinst du damit?«

»Rede mit ihm, dann weißt du es«, sagte Sage mit einem wissenden Blick und wandte sich dem Spiegel zu.

Wir putzten uns die Zähne fertig und gingen zurück, anschließend machten sich die Jungs auf den Weg zu den Toiletten. Ich krabbelte in das größere der beiden Zelte. Es war für drei Leute ausgelegt, was genug Platz für Jack bot, der es sich bereits gemütlich gemacht hatte. Erhellt wurde das Zelt von einer großen Taschenlampe. Ich schlüpfte unter die Decke, und dann lag ich da. Wartet darauf, dass Gavin zurückkam, damit wir reden konnten.

Ich glaube, mir wird schlecht ...

Ich presste die Lippen aufeinander und schaltete die Lampe aus in der Hoffnung, dass es vielleicht leichter werden würde, wenn ich Gavin nicht ansehen musste. Wenn ich die Enttäuschung über mein Verhalten nicht in seinem Blick sehen musste. Mein Herz raste, als ich sah, wie sich die Tür zum Zelt öffnete und Gavin hereinschlüpfte. Falls er überrascht war, dass ich das Licht bereits ausgeschalten hatte, so ließ er es sich nicht anmerken. Wortlos schloss er den Reißverschluss unseres Zeltes. Alles, was ich sah, war seine vertraute Silhouette, die mich mit einem Schlag schmerzhaft an unseren letzten Campingausflug vor über fünf Jahren erinnerte.

So denkst du immer an mich. Und ich denk immer an dich.

Ich kniff die Augen zusammen, auch wenn es in der Dunkelheit kaum einen Unterschied machte, und lauschte darauf, wie Gavin sich auf die Matte neben meiner legte. Mein Herz pochte heftig, und das Blut rauschte in meinen Ohren, so laut, dass ich glaubte, dass Gavin es auch hören musste. Ich holte tief Luft, sammelte mich und beschloss, nicht mehr feige zu sein ...

»Hast du mich gehört?«, fragte ich. Ich musste es einfach wissen, bevor ich irgendetwas anderes sagte. Denn auch wenn ich nicht daran glaubte, war da doch die klitzekleine Hoffnung in mir, dass er vielleicht nichts mitbekommen hatte.

»Ja«, antwortete Gavin ohne jedes Zögern.

Meine Hoffnung löste sich in Luft auf.

»Und hast du gehört, wie ich deinen Namen ...«

»Ja«, fiel mir Gavin ins Wort, noch bevor ich den Satz beenden konnte. Seine Stimme klang zittrig, vielleicht vor Wut, vielleicht aber auch vor Enttäuschung, das wusste ich nicht, denn das erste Mal überhaupt konnte ich die Nuancen seiner Stimme nicht deuten.

Ich spürte, wie meine Augen feucht wurden, weil ich mich schämte. So, so sehr. Und irgendwie war diese Scham mit den Wochen nur mehr geworden, nicht weniger. Ich versuchte, ein Wimmern zu unterdrücken, was mir in der Stille des Zeltes allerdings nicht gelingen wollte.

»April …«, setzte Gavin an, aber ich unterbrach ihn.

»Nein, lass mich!« Mein Mund war so trocken, dass ich kaum mehr schlucken konnte und das Gefühl hatte, die Zunge würde mir am Gaumen kleben, aber ich zwang mich dazu weiterzusprechen. Denn wenn ich es jetzt nicht tat, dann wohl nie. »Ich muss mich bei dir entschuldigen …«

»Nein, musst du nicht.«

»Und ob«, fegte ich seine Bemerkung vom Tisch und stellte fest, dass es mir in der Dunkelheit tatsächlich etwas leichter fiel, mit ihm zu reden. »Ich muss, weil ich nicht weiß, wie ich dir sonst jemals wieder in die Augen sehen kann, ohne an das zu denken, was ich getan habe. Ich wünschte, ich könnte es ungeschehen machen, aber das kann ich nicht, daher kann ich mich nur entschuldigen … Gavin, es tut mir leid. Aufrichtig. Ich habe nicht nachgedacht und mich von meinen Gefühlen hinreißen lassen, obwohl gerade ich es besser wissen müsste.«

Meine Stimme klang so gepresst, dass es eigentlich wehtun sollte zu reden. Doch der einzige Schmerz, den ich verspürte, saß in meiner Brust. Gavin wusste nichts von dem, was damals auf Lucas Party geschehen war, und es war nicht der richtige Moment, um es ihm zu erzählen, aber gerade wegen dieser Erfahrung hätte ich es besser wissen müssen.

Ich hatte Gavin vielleicht nicht physisch angefasst und ausgenutzt, weshalb es nicht ganz zu vergleichen war, aber Worte und Gedanken hatten auch ihre Macht. Denn würde ich mitbekommen, dass sich irgendein Typ auf eine Fantasie von mir einen runterholte, würde ich mich danach vermutlich auch benutzt und schmutzig fühlen. Und Gavin ging es gewiss nicht anders, weshalb ich das hier tun musste.

»Ich war so enttäuscht von meiner Mom, und du warst für mich da. Du hast mich getröstet und mir so liebe Dinge gesagt. Und die Art, wie du mich angesehen hast … das hat etwas mit mir gemacht. Ich will damit nicht sagen, dass mein unangebrachtes Verhalten deine Schuld ist. Oder du dir das selbst zuzuschreiben hast, denn das ist Unsinn. Ich trage die Verantwortung dafür, ganz allein, aber ich will, dass du es verstehst«, stammelte ich, und plötzlich konnte ich nicht mehr aufhören zu reden. Vermutlich weil ich nie mit jemandem über Gavin hatte reden können, und da so viele Gedanken und Gefühle waren, alte wie neue, die ich nie hatte teilen können, die jetzt aber rausmussten, weil ich sonst platzen würde.

»Du warst die meiste Zeit meines Lebens mein bester Freund … bis du es plötzlich nicht mehr warst. Du hast mir das Herz gebrochen. Ich war am Boden zerstört. Weil ich bereits ein paar ziemlich harte Wochen hinter mir hatte, und dann habe ich auch noch dich verloren. Ich habe dich so sehr vermisst. Der Schmerz … er war kaum zu ertragen.«

»April …«, setzte Gavin erneut an, aber ich ließ ihn nicht zu Wort kommen. Nicht weil es mich nicht interessierte, was er zu sagen hatte, sondern weil ich Angst hatte, den Mut zu verlieren.

»Wobei, das stimmt nicht. Der Schmerz, er war nicht nur *kaum* zu ertragen, er war *nicht* zu ertragen, also hab ich dich verdrängt und ganz weit von mir weggeschoben. Mit deinem

Umzug nach Melview hast du es mir eine Weile leichter gemacht, aber dann bin ich auch hergekommen, und plötzlich war es nicht mehr so leicht. Es war sogar ziemlich schwer. Und noch schwieriger wurde es, als du bei mir eingezogen bist. Ich wusste zuerst nicht, wie ich das überstehen soll, aber du ... du hast es mir dann doch wieder leicht gemacht, weil du du bist.«

Ich schnappte nach Luft, denn ich hatte aufgehört zu atmen. Und ich glaubte, Gavin auch. Er gab keinen Ton mehr von sich.

»Mit dir zu reden, zu lachen, zu singen fühlt sich für mich wie das Natürlichste auf der Welt an. Ich dachte, ich hätte das ... hätte *dich* für immer verloren, aber in den letzten Wochen hab ich dich wiedergefunden – meinen besten Freund. Ich habe versucht, mich nicht zu sehr zu freuen, nicht zu sehr zu hoffen, aber meine Vernunft hatte keine Chance gegen mein Herz. Und meinen Körper«, gestand ich widerwillig und konnte fühlen, wie meine Wangen rot wurden. Sie brannten so heftig, dass ich glaubte, sie müssten in der Dunkelheit eigentlich glühen. »Ich mag dich, Gavin, nicht nur als Freund. Und das schon ziemlich lange. Und als du mich an diesem Nachmittag so angesehen und berührt hast, ist einfach etwas mit mir durchgegangen. Ich habe nicht mehr nachgedacht, sondern nur noch gefühlt. Und keinen Gedanken daran verschwendet, wie es dir wohl damit geht. Mir ist völlig klar, dass das ein Fehler war. Und ich kann diesen Fehler nicht rückgängig machen, aber ich will, dass du weißt, dass es nie wieder vorkommen wird. Nie, nie, nie wieder. Die ganze Situation ist mir sooo peinlich, und ich hoffe, dass du mir verzeihen kannst und dass ich mit meinem unbedachten Verhalten nicht alles zwischen uns kaputt gemacht habe, denn ich will dich in meinem Leben. Und ich will nicht, dass die nächsten fünf Jahre so werden wie die letzten fünf.«

Das war's.
Ich verstummte.
Ich hatte alles gesagt. Hatte alles rausgelassen. Es fühlte sich gut und schrecklich zugleich an. Gut, weil ich das Gefühl hatte, eine große Last los zu sein. Und schrecklich, weil es nun still im Zelt war. Gavin atmete wieder, das konnte ich hören, aber er sagte nichts.
Warum sagte er nichts?!
Ein Rascheln erklang. Gavin schlug seine Decke zurück. Oh nein, wollte er gehen? Natürlich wollte er das. Was hatte ich erwartet? Dass er nach allem, was ich gesagt hatte, liegen blieb und seelenruhig neben mir einschlafen würde? Vermutlich wollte er nach dieser ganzen Wortkotze nicht einmal mehr in derselben Wohnung wie ich schlafen, geschweige denn ein Zelt mit mir teilen. Mein Herz verkrampfte sich, und ich musste die Lippen aufeinanderpressen, um einen Klagelaut zu unterdrücken.
Ich hatte alles kaputt gemacht ...
»April ...«
Ich erstarrte.
Mein Name war nur ein Flüstern in der Dunkelheit, und ich wappnete mich dafür, dass Gavin mir nun all das sagen würde, was ich nicht hören wollte. Doch das geschah nicht. Plötzlich war da eine sanfte Berührung an meiner Wange, und er lehnte über mir. Sein Gesicht war meinem auf einmal ganz, ganz nahe.
Mir stockte der Atem.
Und dann ... dann küsste er mich.

27. Kapitel

Gavin küsst mich.
Es war dieser Gedanke, der zuerst auf mich einstürzte. Und ihm folgte eine Lawine aus Gefühlen, die mich mit sich riss. Mein vierzehnjähriges Ich, das sich das hier so lange gewünscht hatte, rastete vollkommen aus. Und auch die neunzehnjährige Frau, die ich heute war, war alles andere als gefasst, als ich plötzlich Gavins Lippen auf meinen spürte.
Er küsste mich.
Mich!
Es war nicht mein erster Kuss, aber mein erster seit langer Zeit. Und ich war etwas überrumpelt, aber Gavin half mir, einen Rhythmus zu finden. Er gab mit seinem Mund das Tempo vor. Ich dachte nicht nach, sondern ließ mich von ihm führen, aber vermutlich wäre ich, selbst wenn ich nachgedacht hätte, zu dem Entschluss gekommen, dass das hier eine verdammt gute Idee war. Denn etwas, das sich so gut anfühlte, *musste* eine gute Idee sein. Es konnte gar nicht anders sein. Es war ungewohnt, Gavin auf diese Art zu spüren, aber es war auch schön. Richtig schön.
Seine Hand, mit der er meinen Kopf in seine Richtung geneigt hatte, lag noch immer auf meiner Wange. Die Berührung war zart. Sein Kuss hingegen war es nicht. Irgendwie hatte ich mir Küsse mit Gavin sanfter vorgestellt, weil alles an ihm so sanft war, seine Berührungen, seine Art zu reden und mit Jack zu sprechen, sein ganzes Sein. Er war immer so ruhig und

rücksichtsvoll. Aber dieser Kuss war nicht zart und weich und sanft. Er war intensiv und kraftvoll. Fordernd und verlangend.

Meine Finger suchten wie von selbst nach Gavin. Ich fuhr mit den Händen durch seine schwarzen Locken und verschränkte sie in seinem Nacken. Ich zog ihn dichter an mich, denn ich wollte ihm noch näher sein. Unter der Decke öffnete ich meine Beine für ihn, und ohne den Kuss zu unterbrechen, nahm er seinen Platz zwischen meinen Knien ein, als wäre es das Natürlichste auf der Welt, als hätten wir das schon hundertmal miteinander getan.

Eigentlich war ich eine Frau der Wissenschaft. Ich glaube weder an Zauberei, Voodoo, Horoskope noch die heilende Kraft von Kristallen, aber Gavin und ich … wir waren pure Magie.

Mein Herz wummerte heftig, als sich sein warmer Körper der Länge nach gegen meinen drängte. Sein Becken schob sich meinem entgegen. Die Hitze, die unsere Münder erzeugten, wanderte tiefer, nistete sich in meiner Körpermitte ein. Und ließ mich fühlen, was ich bereits vor zwei Wochen gefühlt hatte, aber dieses Mal war ich nicht allein. Gavin war bei mir, und als würde es ihm genauso ergehen, küsste er mich noch drängender, noch hungriger. Als wären meine Küsse alles, was ihn am Leben hielt. Und vielleicht stimmte das, denn ich hatte das Gefühl, sterben zu müssen, wenn er aufhörte.

Seine Hand glitt von meiner Wange, meinen Hals hinab, und legte sich auf die Erhebung meiner Brüste. Ich spürte Gavins Hitze auf meiner Haut, und er konnte gewiss fühlen, wie meine Brustwarzen sich mal wieder für ihn aufrichteten und nach mehr verlangten, wie in meiner Fantasie, in der Gavin an ihnen gesaugt hatte. Bei der Vorstellung, dass seine Lippen meine Brüste auf dieselbe Art liebkosten wie meinen Mund, wurde mir noch heißer.

Oh mein Gott …

Mutig und berauscht von der Hitze zwischen uns ließ ich meine Zunge über seine Unterlippe gleiten. Gavin erbebte über mir und gab einen Laut von sich, fast wie ein Knurren, wie ich ihn noch nie von ihm gehört hatte. Er stieß meine Zunge praktisch mit seiner beiseite, als er in meinen Mund eindrang. Ihn eroberte, in Besitz nahm, weil er ihm gehörte. Weil *ich* ihm in diesem Moment gehörte. Und weil mein Herz ihm schon so lange gehörte, auch wenn ich mir das in den letzten Jahren nicht hatte eingestehen wollen.

Mir wurde schwindelig, dennoch wollte ich nicht, dass Gavin aufhörte. Er sollte mich küssen. Für immer. Er nahm sich, was er wollte, aber nicht mehr, als ich bereit war, ihm zu geben. Und ich wollte ihm alles geben, aber das würde nicht passieren. Zumindest nicht hier. Nicht jetzt. Nicht mit Luca und Sage nebenan.

Vielleicht konnte Gavin meine Gedanken lesen, aber womöglich erinnerte er sich in diesem Augenblick auch nur selbst daran, dass mein Bruder hier war und zwei Wände aus regenfestem Material alles waren, was uns trennte. Er nahm seine Lippen von meinen, blieb jedoch auf mir liegen. Sein Gesicht war meinem unerträglich nahe. Und obwohl ich in der Dunkelheit kaum etwas sehen konnte, erkannte ich, dass er lächelte.

Mein Herz machte einen Satz …

Er hob die Hand, die auf meiner Brust gelegen hatte, und streichelte mir sanft über die Stirn, die Schläfe, die Wange und hinter das Ohr, um eine Haarsträhne dort festzustecken, die sich aus meinem Zopf gelöst hatte. Die Zärtlichkeit dieser Berührung stand im starken Kontrast zu seinem Kuss. Meine Lippen fühlten sich geschwollen an, und meine Mitte pochte voller Sehnsucht, weil mein Körper nach mehr verlangte.

»Hey«, hauchte Gavin an meinem Mund. Es klang fast schüchtern, und weitere Hitze sammelte sich in meinem Magen, als er mich angrinste.

Ich grinste zurück. »Hey.«

Er küsste meine Nasenspitze. Am liebsten hätte ich gekichert, weil es so süß war. Und weil es sich absolut absurd anfühlte. Ich hatte ihm mein Herz ausgeschüttet und fest damit gerechnet, dass er abhauen würde wie vor fünf Jahren, aber stattdessen war er geblieben und hatte mich geküsst.

»War das ein ›Ich verzeihe dir‹-Kuss?«, fragte ich zögerlich.

Gavin lachte, und ich fühlte sein Lachen an meinem Körper vibrieren. »Nein, das war ein ›Du-bringst-mich-um-den-Verstand‹-Kuss und ein ›Wärst-du-mir-nicht-aus-dem-Weg-gegangen-und-hättest-früher-mit-mir-geredet-hätten-wir-das-schon-viel-früher-machen-können‹-Kuss und ein ›Es-gibt-nichts-zu-verzeihen‹-Kuss.«

Ich schmunzelte. »Wow, das war ja ein ganz schön aussagekräftiger Kuss.«

»Ja, aber ich meine es ernst, April. Es gibt nichts, wofür du dich entschuldigen oder schämen musst.« Er begann mit der Haarsträhne herumzuspielen, die er mir hinters Ohr geschoben hat. »Zu hören wie du dich selbst befriedigst und dabei an mich denkst …« Fassungslos, als könnte er es selbst kaum glauben, schüttelte er den Kopf. »Das war das Heißeste, was ich jemals erlebt habe.«

»Oh«, entwich es mir überrascht.

Gavins Grinsen wurde noch breiter. »Ich war danach so scheiße hart, das kannst du dir gar nicht vorstellen. Ich konnte mich den Rest des Tages auf nichts anderes mehr konzentrieren, und eventuell muss ich mich gleich entschuldigen, wenn ich das sage, aber du warst in den letzten zwei Wochen meine absolute Lieblingsfantasie. Nein, du warst meine *einzige*

Fantasie. Du kannst dir gar nicht ausmalen, wie oft mich diese Erinnerung an dich hat kommen lassen. Es ist ein Wunder, dass ich untenrum nicht wund gescheuert bin. Ehrlich.«

»Oh mein Gott!« Ich lachte laut auf – zu laut.

Gavin presste mir eine Hand auf den Mund, um mein Lachen zu ersticken, das Sage und Luca ohne Zweifel gehört haben mussten. »Pssst«, zischte er, ebenfalls amüsiert. Ich wusste nicht, was mich antrieb, aber anstatt zu nicken, teilte ich meine Lippen und leckte seine Handfläche ab.

Er lachte. »Du bist unmöglich!«

»Und du bist zu laut«, erwiderte ich mit gespielter Empörung, aber dann brachte uns Gavin zum Schweigen, indem er mich abermals küsste. Und dieser Kuss war alles, was der vorherige nicht gewesen war. Er war liebevoll und zärtlich und sanft, so unglaublich sanft, dass mein Herzschlag sich nicht beschleunigte, sondern ganz ruhig wurde. Ich teilte meine Lippen abermals für Gavin, und als sich unsere Zungen dieses Mal berührten, versuchte er mich nicht zu erobern, sondern mit mir zu tanzen.

»Gott, April«, murmelte Gavin an meinem Mund. Sein heißer Atem streifte meine Lippen, die sich nicht geschwollen anfühlten wie nach dem letzten Kuss, aber dennoch heftig kribbelten. »Du kannst dir nicht vorstellen, wie lange ich das schon tun wollte.«

»Wie lange?«

»Sehr, sehr lange.«

»Und warum hast du es dann nicht schon früher getan?« Vermutlich war mein Verstand noch benebelt von unserem Kuss, aber ich stellte die Frage, ohne nachzudenken, bereute sie allerdings umgehend, als ich selbst in der Dunkelheit erkannte, wie sie jede Freude aus Gavins Gesicht weichen ließ. Sein Körper versteifte sich, und er machte Anstalten, sich von mir runterzurollen, aber ich schlang meine Arme um ihn und hielt ihn fest. Meine Frage war kein Vorwurf gewesen – okay, vielleicht ein bisschen, aber wir konnten nicht rückgängig machen, was geschehen war.

»Wir müssen darüber reden«, sagte ich, da ich offenbar nicht mehr aufhören konnte zu reden, nun da ich einmal damit angefangen hatte. »Wir können nicht so tun, als hätte es die letzten fünf Jahre nicht gegeben. Zumindest kann ich das nicht. Ich würde gerne verstehen, warum du mich damals im Stich gelassen hast, wenn du mich doch angeblich schon sehr, sehr lange küssen willst.«

Gavin versuchte nicht länger, sich von mir herunterzurollen, sondern stützte sich mit einem Arm ab, sodass nicht sein ganzes Gewicht auf mir lag. »Du hast recht. Du hast eine Erklärung verdient, aber ich weiß nicht, ob ich dir eine geben kann. Ich ... Ich versteh es selbst nicht ganz.«

»Versuch es zu erklären«, bat ich.

Er kniff die Augen zusammen. Ein Seufzen entwich ihm, kurz bevor er mich wieder ansah. »Ich ... Ich dachte, ich würde das Richtige tun. Du warst gerade mal dreizehn ... vierzehn, und ich war fast siebzehn.« Seine Stimme war ein Flüstern, damit niemand außerhalb dieses Zeltes hören konnte, was er zu sagen hatte. »Heute machen diese drei Jahre kaum einen Unterschied, aber damals haben sie sich angefühlt wie drei Jahrzehnte. Du warst praktisch noch ein Kind, und ich ... ich habe mich schon sehr erwachsen gefühlt, mit meinem Führerschein und meinen Plänen fürs College, während du noch nicht mal auf der Highschool warst.«

Es war irgendwie merkwürdig, dass er mir all das erzählte, während er noch immer auf mir lag, aber auch schön, weil es so ehrlich und aufrichtig war. So wie es immer zwischen uns gewesen war, bis er anscheinend Angst bekommen hatte. Doch das Wissen, dass er damals bereits genauso für mich empfunden hatte wie ich für ihn, heilte etwas tief in mir.

»Es kam mir falsch vor, auf diese Weise für dich zu empfinden, und …« Er stockte und hielt inne. Kurz wirkte es so, als wollte er noch mehr sagen, als wäre das noch nicht die ganze Geschichte, aber dann stieß er nur ein weiteres Seufzen aus. »Ich weiß auch nicht …«, setzte er an und klang dabei ein wenig verloren. »Ich bin mit der ganzen Situation nicht gut umgegangen und wünschte mir, das alles wäre anders abgelaufen. Ich hätte mit dir reden sollen. Obwohl ich mich für ach so erwachsen gehalten habe, war ich eben doch nur ein verängstigtes Kind, das in seiner Panik und verwirrt von seinen Gefühlen jede Menge falsche Entscheidungen getroffen hat. Das ist mir heute klar, aber damals erschien es mir das Beste, dich von mir wegzustoßen, anstatt mich der Situation zu stellen.«

Ich verstand, was er meinte, auch wenn es mir schwerfiel, seine Entscheidung zu akzeptieren. Ich hatte nicht geahnt, dass er bereits damals so für mich empfunden hatte, weshalb ich die ganze Situation immer nur von meiner Seite aus betrachtet hatte. Meine verletzten Gefühle hatten gar keine andere Sichtweise zugelassen, aber wenn ich mir nun vorstellte, wie es für ihn gewesen sein musste, verstand ich es. Er hatte versucht, mich zu beschützen. Und in seiner unschuldigen, kindlichen Bemühung, das Richtige zu tun, hatte er uns beide verletzt. Nicht nur mich, sondern auch sich selbst.

»Es tut mir aufrichtig leid«, sagte Gavin, wobei sich seine Hand wieder in Bewegung setzte und mir sanft über die Wange streichelte. Seine Stimme klang verzweifelt, beinahe so, als würde er jetzt all die Ängste und Unsicherheiten fühlen, die ich vor unserem Kuss empfunden hatte. »Wirklich. Von ganzem Herzen: Es tut mir leid. Vor allem jetzt, da ich weiß, wie sehr ich dir damit wehgetan habe. Das habe ich nicht gewollt.

Aber damals dachte ich, es wäre das Richtige, weil ich dich nur so vor mir und meinen unangemessenen Gefühlen habe beschützen können. Du musst mir glauben, wenn ich dir sage, dass mir diese Entscheidung alles andere als leichtgefallen ist. Und in den letzten fünf Jahren ist kein Tag vergangen, an dem ich nicht bereut habe, was ich uns angetan habe. Ich habe dich vermisst, May.«

Und ich habe dich vermisst.

»Warum bist du nicht zu mir zurückgekommen?«

»Weil …« Er verstummte und biss sich auf die Unterlippe, als würde er etwas zurückhalten, aber statt auszusprechen, was er eigentlich hatte sagen wollen, schüttelte er nur den Kopf. »Weil ich ein verdammter Idiot bin. Ein Idiot, der dich nicht verdient hat, der aber trotzdem darauf hofft, dass du ihn zurücknimmst und ihm verzeihen kannst.«

»Das kann ich. Und das habe ich auch schon längst«, erwiderte ich mit zittriger Stimme. Irgendwo zwischen dieser ersten Nacht am See und unserem Kuss hatte ich Gavin verziehen. Vielleicht war es ein Fehler. Vielleicht auch nicht. Mein Verstand zweifelte an dieser Entscheidung. Mein Herz hingegen nicht, und ich beschloss, auf mein Herz zu hören, denn es kannte Gavin am allerbesten.

Er atmete erleichtert aus. »Danke.«

Ich lächelte und küsste ihn, denn ich wollte nicht, dass wir mit der Schwere, welche dieses Gespräch zurückgelassen hatte, einschliefen, dafür war der Abend zu gut gelaufen. Gavin rollte sich von mir runter, und dieses Mal ließ ich es zu, weil ich wusste, dass er es nicht tat, um Abstand zwischen uns zu bringen. Er blieb neben mir liegen und hob seinen Arm an, eine unausgesprochene Einladung. Ich robbte an ihn heran, bis ich meinen Kopf auf seine Brust legen konnte.

Seine Lippen streiften meine Schläfe. »Gute Nacht, April.«

»Gute Nacht«, echote ich und schob einen Arm über seinen Oberkörper. Ich schmiegte mich an ihn, als wäre er ein lebensgroßes Kuscheltier, und fühlte mich dabei so leicht und befreit wie seit Langem nicht mehr. Ich wusste, dass ein Kuss und ein einziges Gespräch nicht ausreichten, um all die Zweifel, Sorgen und Ängste verschwinden zu lassen, die sich in den letzten fünf Jahren aufgebaut hatten, das brauchte Zeit und Geduld, aber nun konnten wir uns die nächsten Schritte gemeinsam überlegen.

28. Kapitel

Sanfte Küsse weckten mich am nächsten Morgen. Gavin küsste eine Spur von meiner Schläfe über meine Wange bis zu meiner Nasenspitze. Er hielt mich noch immer in den Armen, und mein Kopf ruhte auf seiner Schulter. Wir hatten die ganze Nacht so verbracht. Ineinander verschlungen, nach der Nähe des jeweils anderen suchend, und das erste Mal seit zwei Wochen wachte ich nicht mit einem mulmigen Gefühl im Magen auf, weil die Dinge zwischen uns endlich geklärt waren.

Gavin küsste mich zwischen die Augenbrauen. »Ich weiß, dass du wach bist.«

»Nein, bin ich nicht. Mach weiter.«

Er lachte, und ich konnte das Vibrieren seines Körpers an meinem spüren. Es war ein herrliches Gefühl, und ich schmiegte mich noch enger an ihn. »Na gut, aber nur, weil du es bist«, hauchte Gavin und küsste meine Stirn, meine Schläfen, meine Wangen und überhaupt jeden Millimeter meines Gesichts mit Ausnahme meiner Lippen, diese bewahrte er sich bis zum Schluss auf. Zärtlich legte er die Finger unter mein Kinn, hob meinen Kopf an, und dann lagen unsere Münder wieder aufeinander.

Unendlich sanft küssten wir uns. Gavins Zunge glitt über meine Unterlippe, und für einen flüchtigen Moment erinnerte ich mich daran, dass ich mir die Zähne noch nicht geputzt hatte, aber der Gedanke kam und ging mit einem einzigen Atemzug, weil es total egal war. Weil das hier Gavin war und es sich so verdammt richtig anfühlte, ihn zu küssen, als wäre es mir vorherbestimmt.

Unser Kuss fand jedoch ein plötzliches Ende, als sich ein aufgedrehtes Fellknäuel zwischen uns warf. Lachend ließ Gavin von mir ab und begrüßte Jack, der an diesem Morgen voller Energie schien. Aufgeregt lief er im Zelt hin und her, bis ich den Reißverschluss öffnete. Jack hechtete nach draußen zu Sage und Luca, die bereits am Ufer standen.

Ich kletterte aus dem Zelt, streckte mich und reckte die Arme in die Luft. Ich würde mich gewiss nicht beschweren, aber ich hatte Zelten deutlich bequemer in Erinnerung.

Während Sage und ich mit Jack am Strand spazieren gingen, damit er sein morgendliches Geschäft erledigen konnte, packten die Jungs die Zelte zusammen. Anschließend verfrachteten wir alles in die Autos und fuhren für ein gemeinsames Frühstück in das Diner, in das Eliot mich vor einigen Wochen ausgeführt hatte.

Das Diner war im Stil der Fünfzigerjahre eingerichtet. Die Wände waren in einem schrillen Pink gestrichen und hingen voller Poster und Bilder, welche an das Jahrzehnt erinnerten. In einer Ecke stand eine alte Jukebox, die Hits aus dieser Zeit spielte, und der Boden war schwarz-weiß gefliest. Es gab eine große Auswahl an Frühstücksgerichten – von klassischem Toast mit Bacon und Rührei bis hin zu Pancakes, Cornflakes, Baked Beans, Hash Browns und Eggs Benedict war alles dabei.

»Danke«, sagte ich, als die Kellnerin einen Berg mit Pancakes vor mir abstellte. Ich griff nach der Flasche mit dem Ahornsirup und kippte mir eine großzügige Menge über mein Frühstück, bis sich am Fuß meines Pfannkuchen-Turms ein See sammelte. Erst dann reichte ich die Flasche an Luca weiter.

»Danke, dass du mir noch was übrig gelassen hast«, sagte er, während er vorsichtig nur ein paar Tropfen Sirup auf seinen French Toast träufelte.

Ich zuckte mit den Schultern. »Tja, so bin ich. Großzügig ohne Ende.«

»Ja, und auch so bescheiden.«

Ich streckte ihm die Zunge raus, bevor ich mir einen großen Bissen Pancake in den Mund schob, wobei ich mich um ein Haar verschluckt hätte, als Gavin unerwartet seine Hand auf mein Knie legte. Ich warf ihm einen mahnenden Blick zu. Zwar konnten Sage und Luca nicht sehen, was sich unter dem Tisch abspielte, aber die Röte, die mir ins Gesicht schoss, entging ihnen sicherlich nicht. Ich probierte Gavins Hand wegzuschieben, aber der Versuch ging nach hinten los. Er fing meine Hand mit seiner ein und hielt sie fest. Ich wollte ihn böse anfunkeln, doch sein Lächeln machte das unmöglich.

»Was habt ihr heute noch so vor?«, fragte Luca mit vollem Mund.

Gavin ließ meine Hand los. »Ich treffe mich später mit zwei Kommilitonen zum Lernen für die Midterms. Die erste Prüfung bei Erikson steht schon Ende nächster Woche an, und ich hab bisher kaum was dafür gemacht.«

Sage seufzte. »Geht mir ähnlich. Ich werde auch nur lernen.«

Ich versuchte, nicht daran zu denken, dass ich ebenfalls lernen musste. Der Oktober hatte es wirklich in sich, mit den Prüfungen, der Arbeit im Le Petit und der Eröffnung der SHS in ein paar Wochen. Ich sollte mir besser das Schlafen abgewöhnen. »Ich muss heute noch arbeiten. Cam und ich organisieren gerade die diesjährige Halloweenparty. Und nach meiner Schicht hab ich ein Treffen mit den SHS-Leuten.«

Luca runzelte die Stirn. »Hattet ihr nicht vor zwei Tagen erst ein Treffen?«

»Ja. Wir haben bis zur Eröffnung für jede Woche zwei vereinbart, damit wir auch nichts vergessen, aber bisher sieht es gut aus. Das größte Problem ist das Planen der Öffnungszeiten, weil sich einige unserer Kurse überschneiden.«
Gavin stupste mit seinem Knie gegen meins. »Ihr bekommt das hin, und falls ihr mal eine Aushilfe braucht, kann ich gerne einspringen.«
»Danke, aber ich glaub nicht, dass das nötig ist.«
Wir quatschten noch eine Weile über die SHS, deren Eröffnung und die Midterms, die Sage ganz schön in Atem hielten, da Prüfungen für sie ein heikles Thema waren, seit sie im ersten Semester durch einen Test gerasselt war. Ich bezahlte für unser Frühstück, und anschließend machten wir uns auf den Weg nach Hause. Dieses Mal fuhr Gavin bei mir mit.
Ich drehte die Klimaanlage auf und koppelte das Radio mit meinem Handy. Seit unserer Gesangs-Session im Keller der SHS steckte ich wieder ganz tief im Pop-Punk der Zweitausender, was erneut im Karaoke endete, bis ich den Wagen vor der Wohnung parkte. Im dritten Stock angekommen stürzte sich Jack direkt auf sein Lieblingsspielzeug, das bei unserem Ausflug leider nicht mit dabei gewesen war.
Ich stellte die Tasche mit meinem Badezeug auf dem Boden ab, als Gavin vor mich trat, mein Gesicht mit beiden Händen umfasste und für einen Kuss an sich zog. Wie von selbst schlossen sich meine Augen, aber bevor ich mich richtig in den Kuss fallen lassen konnte, beendete Gavin ihn auch schon wieder.
»Du schmeckst gut. Nach Ahornsirup.«
»Und du nach frischem Obst«, erwiderte ich mit einem Grinsen.
»Ich mag Sage und Luca, aber die letzten zwei Stunden ohne das hier zu tun«, er küsste mich, »waren die Hölle. Hast du dir wirklich noch eine zweite Portion bestellen müssen?«

Ich lachte. »Tut mir leid.«

»Du könntest es wiedergutmachen«, sagte er, wobei sein suggestiver Tonfall ziemlich deutlich machte, an was für eine Art Wiedergutmachung er dabei dachte.

Ich schüttelte den Kopf. »Ich muss leider zur Arbeit.«

»Krankmachen ist keine Option, oder?«

»Nein, und wehe, du führst mich in Versuchung«, mahnte ich, denn viel wäre nicht nötig, um mich von der rechten Bahn abzubringen. Ich wollte nichts lieber, als den ganzen Tag mit Gavin zusammen auf der Couch zu verbringen, aber das konnte ich nicht mit meinem Gewissen vereinbaren. Ich stibitzte mir einen letzten Kuss, dann machte ich mich von ihm los, um zu duschen. Ich drehte mich nicht noch einmal nach ihm um, doch die ganze Zeit über konnte ich seinen Blick auf mir spüren, bis sich die Tür hinter mir schloss.

Ich lehnte mich dagegen und konnte mich nur mit Mühe davon abhalten, ein erfreutes Quietschen auszustoßen. Oh mein Gott!

Gavin und ich.

Ich und Gavin.

Wir.

Ich konnte es nicht glauben. Gestern um diese Zeit hatte ich noch Panik davor geschoben, Gavin nach dieser furchtbaren Blamage von vor zwei Wochen wiederzusehen. Und jetzt … jetzt war alles anders.

Die Wochen nach Lucas Geburtstag vergingen wie im Flug, und ich wusste nicht, wo mir der Kopf stand. Ich hatte alle Hände voll zu tun mit den Vorbereitungen auf die Midterms, meiner Arbeit im Le Petit, den Meetings mit Richmond und den anderen SHS-Helfern. Ich hatte das Gefühl, unter Dauerstrom zu stehen. Die Dinge, die ich zu erledigen hatte und an die ich denken musste, nahmen kein Ende. Zumal ich als Organisatorin der SHS auch noch die Aufgaben der anderen – inzwischen waren wir zu acht, Carter und Swantje waren neu hinzugekommen – im Auge behalten musste.

Ich hatte keine Ahnung, was ich mir dabei gedacht hatte, die Eröffnung der SHS so knapp nach den Midterms zu legen. Vermutlich hatte ich gar nicht nachgedacht, anders konnte ich es mir nicht erklären, und dafür hasste ich Vergangenheits-April. Denn Gegenwarts-April wollte am liebsten all ihre Zeit und jede freie Minute mit Gavin verbringen, aber das Schicksal war nicht auf unserer Seite. Kaum waren die Midterms vorüber, ging der Ärger bei der SHS erst richtig los. Es schien ein Naturgesetz zu sein, dass kurz vor knapp alles schiefging, was nur schiefgehen konnte.

Das fiktive Zahlungssystem, das wir für die SHS nutzen wollten, funktionierte nicht, wie es sollte; die Abholung der Spenden von den Partnern stellte sich als schwieriger heraus, als ursprünglich geplant, denn jeder Laden hatte eigene Abholwünsche. Manche wollten, dass ihre Spenden vor Ladenöffnung abgeholt wurden, andere bevorzugten wiederum eine Abholung nach Ladenschluss. Und dann war mir aus heiterem Himmel eingefallen, dass auch verderbliche Lebensmittel gespendet wurden und wir eines dieser Kühlregale aus dem Supermarkt brauchten, woran ich bisher überhaupt nicht gedacht hatte. Die Dinger kosteten ein kleines Vermögen, also verbrachte ich viel Zeit damit, eBay und andere Kleinanzeigen zu durchforsten in der Hoffnung, ein gebrauchtes Gerät zu ergattern. Was mir schließlich auch gelungen war, allerdings musste das Teil aus einem Kaff abgeholt werden, das über eine Stunde Fahrt von Melview entfernt war.

Eigentlich hätte Noah diese Aufgabe übernehmen sollen, aber er hatte mir heute Morgen mitgeteilt, dass er durch seine

Datenstruktur-Prüfung gefallen war und ein Treffen mit seinem Dozenten hatte, weshalb ich mich auch noch darum kümmern musste.

Ich drehte den Schlüssel im Zündschloss von Sages VW herum, und der Wagen erwachte mit einem lauten Röhren zum Leben. Ich war das Ding schon zwei-, dreimal gefahren, aber im Vergleich zu meinem kleinen handlichen Auto erschien mir das Teil wie ein Monstrum, das glücklicherweise genug Platz bot, um ein Kühlregal zu transportieren.

»Danke, dass ich mir deinen Wagen ausleihen darf«, sagte ich zu Sage, die am offenen Fenster stand und jede meiner Handbewegungen mit wachsamem Blick verfolgte. Ihr fiel es nicht leicht, ihren Wagen in andere Hände zu geben. Für sie war das Auto ein Symbol ihrer Freiheit und ein großes Stück Sicherheit. Der Lader hatte ihr ein Dach über dem Kopf geboten, als sie sich kein anderes hatte leisten können. »Mach dir keine Sorgen. Ich fahr vorsichtig.«

Sage seufzte. »Das weiß ich doch.«

»Dann guck nicht so verängstigt.«

»Und ich soll sicher nicht mitkommen?«, fragte sie, ohne auf meinen Kommentar einzugehen.

»Nein, ich schaffe das schon allein«, antwortete ich zuversichtlich. Auch wenn die Wahrheit war, dass ich es nicht allein schaffen würde, weshalb ich Gavin gefragt hatte, ob er mir helfen würde. Er wartete bereits bei uns zu Hause darauf, dass ich ihn abholte, und ich konnte es kaum erwarten, auf der Hin- und Rückfahrt zwei ungestörte Stunden mit ihm zusammen zu sein.

Es war das erste Mal seit Tagen, dass wir so viel Zeit miteinander verbrachten. Gavin war ebenfalls voll und ganz mit den Vorbereitungen für seine Midterms beschäftigt gewesen, außerdem hatte er mit seinen zwei Jobs viel zu tun, und manchmal … manchmal verschwand er einfach. Es war mir zuvor nicht aufgefallen, weil ich in der Vergangenheit viel Zeit darauf verwendet hatte, ihm aus dem Weg zu gehen; aber nun, da ich am liebsten jede Sekunde mit ihm verbringen wollte, entging es mir nicht. Manchmal war Gavin einfach nicht da. Und ich hatte keine Ahnung, wo er war. Weshalb es in den letzten Wochen nur flüchtige Berührungspunkte zwischen uns gegeben hatte, die uns kaum Zeit gelassen hatten, diese neue Sache zwischen uns zu erforschen. Nur hin und wieder hatten wir einander Küsse gestohlen.

Sage runzelte die Stirn. »Warum grinst du so?«

»Nur so.« Ich zuckte mit den Schultern, denn ich hatte ihr noch nichts von Gavin und mir erzählt, auch wenn es mich umbrachte und ich unbedingt darüber reden wollte, aber ein Teil von mir zögerte, es jemandem zu sagen, aus Angst, diese gute Sache, die Gavin und ich endlich hatten, zu jinxen.

Ich verabschiedete mich von Sage und versprach ihr, den VW noch am Abend zurückzubringen. Ich legte einen kleinen Zwischenstopp bei der Tankstelle ein, und während ich an der Zapfsäule stand, schrieb ich eine Nachricht an Gavin, dass ich in zehn Minuten bei ihm wäre. Mein Herz pochte jetzt schon ganz aufgeregt vor Vorfreude auf die nächsten Stunden. Wer hätte gedacht, dass es so aufregend sein könnte, ein gebrauchtes Kühlregal abzuholen?

Gavin wartete an der Straße auf mich. Er trug eine zerrissene Jeans, seinen geliebten Beanie und ein blutrotes T-Shirt mit dem Logo irgendeines Games, darüber hatte er eine schwarze Jacke gezogen, denn seit dem Tag am Strand war es deutlich abgekühlt. Die Bäume waren schütter geworden, buntes Laub fegte über die Straßen und landete in den Pfützen, welche der Regen der letzten Nacht zurückgelassen hatte. Ich liebte dieses Wetter.

Gavin sprang zu mir in den Wagen. »Hey.«

»Hey«, erwiderte ich.

Für einen Moment starrten wir einander nur dümmlich grinsend an, dann beugte sich Gavin zu mir. Seine Hand schob sich in meinen Nacken. Er zog mich an sich und presste seine Lippen auf meine. Ich erwiderte den Kuss, erstaunt darüber, auf wie viele unterschiedliche Arten und Weisen man ein und dieselbe Person küssen konnte, denn dieser Kuss war weder stürmisch und wild noch sanft und zärtlich. Er war irgendetwas dazwischen. Und irgendwie wunderbar. So wunderbar, dass ich kurz darüber nachdachte, die Sache mit dem Kühlregal abzublasen und mit Gavin nach oben zu verschwinden, um ihn dort weiterzuküssen ... und das nicht nur auf den Mund. Denn das war eine Sache, an die ich in den letzten Tagen ziemlich oft hatte denken müssen – an mein zweites erstes Mal. Ich hatte mir immer gewünscht, dass es mit jemand Besonderem passieren würde, und Gavin war jemand Besonderes.

»So möchte ich ab sofort immer von dir begrüßt werden«, murmelte ich an seinen Lippen.

»Auch wenn Luca dabei ist?«

»Okay, vielleicht doch nicht immer«, korrigierte ich mich und beendete widerwillig den Kuss, damit wir nicht zu spät zum Abholtermin kamen. »Wobei es schon irgendwie witzig wäre. Stell dir sein Gesicht vor, wenn du mich bei unserem nächsten Treffen einfach so küssen würdest.«

»Ich weiß nicht, ob Luca das witzig fände.«

Ich fädelte mich in den Verkehr ein. »Machst du dir Sorgen wegen ihm?«

»Nein«, antwortete Gavin und fügte dann hinzu: »Ja, doch schon. Immerhin bist du seine kleine Schwester.«

»Ich bin neunzehn.«

»Du könntest fünfzig sein und wärst immer noch seine kleine Schwester.«

»Und du bist sein bester Freund. Er liebt dich«, versicherte ich Gavin. Anfangs wäre es sicherlich ein Schock für Luca, aber er würde sich daran gewöhnen. Außerdem war er die letzte Person auf Erden, die mir Vorwürfe machen konnte. Immerhin war er mit Sage zusammen, und sie war nicht die einzige meiner Freundinnen, auf die er sich eingelassen hatte.

Gavin zog eine Grimasse. »Noch liebt er mich. Vielleicht lernt er mich zu hassen.«

»Unsinn, er wird dich noch mehr dafür lieben, dass du mich glücklich machst.«

Wir verließen Melview und fuhren den Highway 50 entlang in Richtung Kalifornien. Gavin schloss sein Handy an mein Radio an, und kurz darauf erklangen die ersten Töne eines alten blink-182-Songs, den wir in unserer Avril-Lavigne-Phase ebenfalls öfter gehört hatten. Das Lied handelte von einem Mann, der einer verflossenen Liebe nachtrauerte und alles tun würde, um diese Liebe zurückzugewinnen, weil er die Frau aus dem Song für immer halten, berühren und küssen wollte, wenn sie ihn zurücknehmen würde.

Der Song war irgendwie bezeichnend für Gavin und mich. Und wenn ich darüber nachdachte, konnte ich nicht glauben, was für eine Hundertachtziggradwende unsere Beziehung in den letzten Wochen vollzogen hatte. Am ersten Tag des Semesters hatte mich der Klang seiner Stimme noch zusammenzucken lassen, und ich hatte alles darangesetzt, ihm aus dem Weg zu gehen. Doch heute wollte ich nichts mehr, als stundenlang seiner Stimme zu lauschen und dabei seine Hand zu halten, weil er mich all die Dinge fühlen ließ, die ich noch für niemanden außer ihm gefühlt hatte.

»Am Freitag eröffnet die SHS«, sagte ich, als weit und breit nur noch Bäume zu sehen waren. Die Wolken der letzten Tage hatten sich verzogen und der Himmel war strahlend blau.

Gavin hatte eine Hand auf mein rechtes Knie gelegt und streichelte sanft über den Stoff meiner Jeans. Die ersten Minuten hatte mich das ziemlich durcheinandergebracht, aber jetzt fühlte es sich einfach nur schön an. »Ich weiß, du redest von kaum etwas anderem.«

»Oh, sorry. Ich wollte dich damit nicht langweilen.«

Gavins Lippen verzogen sich zu einem Lächeln. Einem herzlichen, warmen Lächeln, das sein ganzes Gesicht zum Strahlen brachte und es um ein Haar vermochte, über die Ringe unter seinen Augen hinwegzutäuschen. »Tust du nicht. Was ist mit der Eröffnung?«

»Ich wollte dich fragen, ob du auch hingehen magst.«

»Gerne.«

Ich biss mir auf die Unterlippe, wobei ich nicht wusste, woher diese Schüchternheit plötzlich kam. »Und möchtest du vielleicht auch mit mir hingehen?«

Er seufzte erleichtert. »Das wäre super, dann muss ich nicht mit dem Bus fahren.«

»Nein, ich meine …« Ich schielte zu Gavin und entdeckte, dass er mich mit einem schelmischen Funkeln in den Augen angrinste. Ich schnaubte. »Du bist so ein Idiot!«

Ich verpasste ihm einen sanften Schlag gegen die Schulter, aber bevor ich meine Hand zurückziehen konnte, fing er sie mit seiner Hand, die auf meinem Knie gelegen hatte, ein. Er zog sie an seinen Mund und hauchte mir einen Kuss auf die Knöchel. »Tut mir leid, ich wollte dich nicht ärgern … okay, vielleicht ein bisschen, aber ich komme sehr gerne mit dir zur Eröffnung der SHS und verpasse Luca einen Herzinfarkt, wenn du das möchtest.«

»Das mit dem Herzinfarkt würde ich gerne auf einen anderen Tag verschieben«, sagte ich und nahm meine Hand wieder an mich, um in einen höheren Gang zu wechseln, da die Straße vor uns komplett frei war. »Ich möchte nicht, dass irgendetwas von der Eröffnung ablenkt. Richmond wird da sein und einige der Spendenpartner. Da ist kein Platz für Privates, aber ich wäre trotzdem gerne mit dir zusammen dort.«

»Das heißt also keine Küsse?« Er klang enttäuscht.

»Keine Küsse, aber wer weiß, was nach der Eröffnung zu Hause passiert.« In meinen Worten schwang ein verheißungsvolles Versprechen mit, für das ich mich früher womöglich geschämt hätte, aber nicht mehr seit dem Gespräch im Zelt. Und vielleicht war in den vergangenen Wochen mein neuer Vibrator noch zwei-, dreimal zum Einsatz gekommen, und diese Male hatte ich mich danach nicht geschämt, dabei an Gavin gedacht zu haben.

Gavin schluckte. »Ich mag, wie das klingt.«

»Und ich mag dich, Gavin Forster.«

»Ich mag dich auch, April Gibson«, äffte Gavin mich nach, aber ich liebte es. Ich liebte alles daran. Den neckischen Klang seiner Stimme, sein zärtliches Lächeln und seinen noch zärtlicheren Blick. »Und was erzählen wir Luca, wenn er wissen will, weshalb wir zusammen bei der Eröffnung sind?«

»Wir sind Freunde und wohnen zusammen«, antwortete ich und studierte dabei das Straßenschild, an dem wir vorbeifuhren. »Sollte er fragen, warum ich dich eingeladen habe, sagen wir ihm einfach, dass wir jetzt wieder Besties sind wie früher.«

Gavin schnaubte verächtlich. »Besties ist ein furchtbares Wort.«

»Warum?

»Das klingt so unsexy.«

»Und was wäre ein sexy Wort?«

Nachdenklich schürzte er die Lippen, als unerwartet die Musik verstummte und ein nervtötendes Klingeln erklang. Mein Blick zuckte zu Gavins Handy, auf dem ich den Namen

Mom und ein altes Bild von Monica erkennen konnte, wie sie Baby-Gavin auf dem Arm hielt. Er ging nicht sofort ans Telefon, sondern ließ es eine Weile klingeln. Sein Gesicht zeigte denselben gequälten Ausdruck, wie er mir bereits an dem Tag in der Mensa aufgefallen war.

Gavin löste das Handy vom Radio und nahm den Anruf vermutlich in letzter Sekunde, bevor die Mailbox ansprang, entgegen. »Hey, Mom.«

Sages alter VW dröhnte so laut, dass ich die Worte nicht ausmachen konnte, die Monica sagte. Sie waren nur verzerrtes Gemurmel. Eine steile Falte bildete sich zwischen Gavins Augenbrauen, während er ihr zuhörte, sein Blick in meine Richtung zuckte. War es ihm unangenehm, das Telefonat in meiner Anwesenheit zu führen? Oder tat es ihm nur leid, dass unser Gespräch unterbrochen worden war?

»Mom, du musst langsamer reden. Ich versteh dich nicht.«

»…«

Er seufzte schwer. »Ich kann dir nichts geben.«

»…«

»Weil ich nichts habe.«

»…«

»Das stimmt nicht. Wir haben erst gestern gesprochen. Du hast mir von der *Golden-Girls*-Folge erzählt, die du gesehen hast. Die, in der Dorothy mit Lucas nach Atlanta ziehen möchte. Erinnerst du dich?«

Seine Mom erwiderte erneut etwas, das ich nicht verstehen konnte, aber was immer sie zu sagen hatte, schien Gavin nicht zu gefallen, denn die Falte zwischen seinen Brauen wurde tiefer und der Zug um seinen Mund härter.

»Mom …«, mahnte er, aber Monica überging ihn und redete einfach weiter.

Obwohl ich ihre Worte nicht verstand, konnte ich hören,

dass sie aufgebracht war. Mein Magen zog sich etwas zusammen, als ich Gavins besorgte Miene bemerkte. Ich packte das Lenkrad fester, um mich davon abzuhalten, die Hand nach ihm auszustrecken, weil ich nicht wusste, ob er das wollte.

Gavin rieb sich über die Stirn, als könnte er die Falten glatt bügeln, die sich dort gebildet hatten. »Du weißt nicht, wovon du redest.«

»…«

»Sag das nicht.« Seine Stimme war in die Höhe gegangen, ein klares Zeichen dafür, dass er aufgeregt war, sich allerdings bemühte, ruhig zu bleiben und nicht laut zu werden. »Natürlich lieb ich dich.«

»…«

»Mom, du musst dich beruhigen.«

»…«

»Ich kann dir kein Geld geben.«

»…«

Gavin seufzte schwer. »Weil ich nichts habe. Wie oft denn noch?«

Auf diese Frage kam keine Antwort mehr, und als Gavin das Handy von seinem Ohr nahm, wurde mir klar, dass Monica einfach aufgelegt hatte. Er ließ das Smartphone sinken, als wäre es kein dreihundert Gramm schweres Gerät, sondern eine dreißig Kilo Hantel, die er hatte stemmen müssen. Mit einem Ächzen ließ er den Kopf gegen die Lehne des Beifahrersitzes fallen und schloss die Augen. Mehrere Male atmete er tief ein und wieder aus.

Zaghaft legte ich meine Hand auf sein Knie. Er schlug die Augen auf und sah mich an. Plötzlich wirkte er wieder so unendlich müde, und ich konnte in seinen Augen denselben Schmerz lesen wie Anfang September am See. Als er damals in meinem Auto gesessen hatte, hatte er versucht, *sie* anzurufen.

Hatte er damit seine Mom gemeint? War das möglicherweise nicht das erste Gespräch dieser Art gewesen?

»Ist bei deiner Mom alles okay?«, fragte ich zögerlich und musste nun auch an das eine Mal denken, als Monica Gavin in der Mensa angerufen hatte und er nach draußen gestürmt war.

»Ja, sie … sie braucht nur etwas Geld für die Miete«, sagte Gavin, und in seinen Augen lag ein stummes Flehen, dass ich bitte nicht weiter nachhaken sollte, obwohl ich nichts mehr wollte als das. Er beugte sich nach vorne und drehte die Musik wieder auf, die sich nun unbequem laut anfühlte, weil sie nur dem Zweck diente, über all die unausgesprochenen Worte hinwegzutäuschen.

Ich wandte meinen Blick der Straße zu, wobei ich Gavin immer wieder aus dem Augenwinkel beobachtete. In seine Gedanken versunken starrte er schweigend aus dem Fenster, sein Gesicht eine Maske der Verzweiflung, von der ich mir wünschte, sie aufbrechen zu können.

29. Kapitel

In meinem Zimmer war es dunkel, bis auf den Streifen Licht, der durch den Schlitz an meinem Vorhang fiel. Er flackerte auf und wurde heller, wenn unten auf der Straße ein Auto vorbeifuhr, aber das war nicht das, was mich wach hielt, sondern Gavin. Immer wieder hörte ich seine Flüche aus dem Wohnzimmer.

Die ganze restliche Autofahrt über war er beängstigend still gewesen und völlig in sich gekehrt. Und nachdem wir das Kühlregal an der MVU abgeliefert hatten, war er mit Jack Gassi gegangen. Ich hatte angeboten, ihn zu begleiten, aber er hatte abgelehnt und war daraufhin bis vor drei Stunden verschwunden gewesen. Nun hockte er im Wohnzimmer vor Lucas PlayStation und beschimpfte den Fernseher.

Inzwischen war es fast zwei Uhr nachts, und je mehr ich versuchte, die Geräusche aus dem Wohnzimmer auszublenden, umso lauter schienen sie zu werden, bis ich es schließlich nicht mehr aushielt. Ich schlug die Decke zurück und lief ins Wohnzimmer. Gavin saß auf der Couch, einen Controller in der Hand, und hämmerte frustriert auf die Knöpfe ein. Er trug Kopfhörer, weshalb er mich im Halbschatten des Flurs noch nicht bemerkt hatte. Das Licht des Fernsehers flackerte über seine Gesichtszüge. Seine nackten Füße lagen auf dem Couchtisch, auf dem auch eine Dose eines Energydrinks stand. Und neben sich hatte er eine Schüssel mit den Halloween-Süßigkeiten, die ich für morgen gekauft hatte.

Unweigerlich musste ich lächeln, weil mich dieser Anblick so sehr an früher erinnerte, an all die Sleepovers in unserem Haus. Es fehlte nur Luca, der neben Gavin hockte und ihm mit seinen Backseat-Gaming-Kommentaren auf die Nerven ging. Vielleicht konnte ich diese Aufgabe übernehmen.

Ich trat aus dem Schatten ins Licht des Fernsehers, auf dem gerade eine überdimensionale Schlange zu sehen war. Gavins Blick zuckte zu mir, und er fuhr vor Schreck zusammen. Ich lachte. »Sorry, ich wollte dich nicht erschrecken.«

Er zog sich die Kopfhörer von den Ohren. »Hey. Hab ich dich geweckt?«

»Nein, du fluchst so laut, dass ich gar nicht erst einschlafen konnte.«

»Oh, tut mir leid.«

Er nahm die Füße vom Tisch, sodass ich vorbeikam, um mich neben ihn auf die Couch zu setzen. »Du kannst wohl auch nicht schlafen«, stellte ich ziemlich offensichtlich fest und schnappte mir die Schüssel mit den Süßigkeiten.

Er schüttelte den Kopf.

»Albträume?«, fragte ich.

Die hatten Gavin in seiner Jugend ziemlich geplagt, mal mehr, mal weniger. Er hatte nicht darüber geredet, weil er nie über seinen Dad und seinen Fund damals sprach, aber sie waren ihm anzusehen gewesen. Denn sie brachten nicht nur Müdigkeit und schlaflose Nächte mit sich, sondern einen Schmerz, der nur der Realität entspringen konnte.

»Nein, ausnahmsweise nicht.«

»Ist es der Anruf deiner Mom?« Ich hatte den Rest des Tages immer wieder daran denken müssen und Gavin offenbar auch, denn er nickte. »Scheiße«, murmelte ich.

»Ja, ziemlich scheiße.«

Ich schenkte ihm ein Lächeln und hoffte darauf, dass er

mehr dazu sagen würde, aber stattdessen zog er die Kopfhörer aus dem Controller, damit ich den Ton des Spiels auch hören konnte. Mit einem Seufzen ließ ich mich tiefer in die Couch sinken und schaute ihm zu. Mit einem grimmig aussehenden Typen, der nur einen Lendenschutz trug, und einem kleinen aufmüpfigen Jungen prügelte sich Gavin durch eine nordisch angehauchte Welt. Und jedes Mal, wenn er etwas verkackte, gab ich einen stichelnden Kommentar von mir, den er mit einem Grummeln zur Kenntnis nahm, allerdings konnte er das Zucken seiner Mundwinkel nicht vor mir verstecken. Er liebte es.

Ich hatte keine Ahnung, wie lange wir dasaßen und Gavin zockte, aber irgendwann spürte ich, wie meine Augenlider schwerer wurden, und das trotz der Kampfgeräusche, die durch das Zimmer hallten. Ich veränderte meine Sitzposition, um mich wach zu halten. Warum ich nicht einfach schlafen ging, wusste ich nicht. Wobei, das stimmte nicht. Ich wusste es ganz genau. Ich wollte Gavin nicht alleine lassen, und vielleicht hoffte ein Teil von mir darauf, dass er mir doch noch erzählen würde, was es mit dem Anruf auf sich hatte.

»Du solltest ins Bett gehen«, sagte Gavin zu mir während eines Ladebildschirms.

Ich blinzelte träge. »Ich bin nicht müde.«

»Dir fallen schon die Augen zu.«

»Aber es ist gerade so spannend«, log ich. In Wirklichkeit grindete Gavin seit einer geschlagenen halben Stunde immer wieder im selben Gebiet und kämpfte dieselben Kämpfe, um an irgendeinen Rohstoff zu kommen, den er für eine bessere Rüstung brauchte. Es war verdammt langweilig.

Gavin schnaubte. »Lügnerin.«

Ich seufzte. »Okay, ich geh ins Bett, aber nur, wenn du mitkommst.«

»Ich bin nicht müde.«

»Wer ist jetzt der Lügner?«, neckte ich, denn dass er nicht müde war, kaufte ich Gavin nicht ab. Er war immer müde, so wenig wie er schlief. Das bezeugten die dunklen Ringe unter seinen Augen mehr als deutlich. Ich stand von der Couch auf und baute mich vor ihm auf, wodurch ich ihm den Blick auf den Fernseher versperrte. Er versuchte jedoch nicht, an mir vorbeizugucken, sondern sah zu mir auf. Unsere Blicke trafen sich, verfingen sich ineinander. Ich streckte die Hand nach ihm aus. »Komm.«

»Wohin?«

Ich lächelte. »In mein Bett.«

Gavin zögerte.

Ich war mir sicher, dass er das nicht meinetwegen tat, sondern wegen der Albträume und Erinnerungen, die ihn wach hielten. Und vermutlich hatte er Angst, auch mich damit wach zu halten, aber das störte mich nicht.

»Komm«, forderte ich ihn noch einmal auf und wackelte mit meinen Fingern.

»Bist du dir sicher?«

Ich nickte.

Wortlos drückte er ein paar Knöpfe auf dem Controller und legte ihn beiseite. Das Spiel war verstummt. Er griff nach meiner ausgestreckten Hand. Seine Finger waren eiskalt. Ich zog ihn von der Couch, und im Dunkeln, da der Fernseher nicht länger Licht spendete, liefen wir in mein Zimmer. Mein Herz wummerte heftig. Gavin und ich hatten uns noch nicht ins Schlafzimmer des jeweils anderen vorgewagt; wenn wir Zeit miteinander verbracht hatten, dann immer im Wohnzimmer.

Ich krabbelte auf mein Bett und zog Gavin mit mir. Die Matratze neigte sich unter seinem Gewicht. Wir kletterten unter die Decke, wobei Gavin deutlich auf Abstand blieb. Er lag auf dem Rücken, mindestens eine halbe Armlänge von mir entfernt. Ich wollte ihn in die Arme schließen, ihn an mich ziehen und festhalten, bis meine Nähe ihn vergessen ließ, was immer ihn wach hielt, aber ich wollte mich auch nicht aufdrängen, also blieb ich auf meiner Seite des Bettes liegen. Damals auf der Couch hatte ja auch meine bloße Anwesenheit ausgereicht, um ihm ein paar Stunden ruhigen Schlaf zu schenken.

»Gute Nacht.«

»Gute Nacht«, flüsterte er in die Dunkelheit hinein.

Ich rollte mich zur Seite. Gavins Körper ließ mich einen leichten Widerstand spüren, als ich an der Decke zog. Ich kuschelte mich in mein Kissen, bereit, einzuschlafen, aber der Schlaf kam nicht, denn dafür lauschte ich zu angestrengt auf Gavins Atmung, die nicht abflachte. Er war wach, und ich konnte nicht so tun, als wäre er es nicht.

»Gavin?«, fragte ich leise in die Stille hinein.

»Ja?«

Ich wälzte mich erneut im Bett herum, sodass ich ihn anschauen konnte. Der Streifen Licht, der durch meinen Vorhang fiel, traf genau auf sein Gesicht und ließ mich seine feinen Gesichtszüge erkennen. Er sah mich nicht an, sondern starrte an die Decke. Sein Kiefer war angespannt.

Sekunden, in denen sich keiner von uns rührte, verstrichen. Dann drehte sich Gavin ebenfalls auf die Seite, sodass wir einander zugewandt waren. Er musterte mich, und nun, da es kein Spiel gab, das ihn ablenken konnte, hatten sich all die Gefühle, die er damit versucht hatte zu betäuben, wieder in den Vordergrund gedrängt. Ich entdeckte Enttäuschung, Schmerz und Hoffnungslosigkeit – ganz viel davon. Es brachte mich um. Und erinnerte mich an die Nacht am See, als er sich betrunken hatte.

Gibt Schlimmeres.

Er hatte mir bis heute nicht erzählt, was ihn damals dazu getrieben hatte, zur Flasche zu greifen. Aber auch in jener Nacht hatte er versucht, sie anzurufen – seine Mom. Zaghaft streckte ich die Hand nach ihm aus und streichelte ihm über die Wange, genau an der Stelle, an der sein Dreitagebart und seine glatte Haut ineinander übergingen.

»Rede mit mir«, bat ich ihn leise, fast tonlos.

»Ich … Ich kann nicht.« Er stockte und senkte den Blick. In dieser Geste lag schon fast etwas Beschämtes, wobei es nichts gab, wofür er sich schämen musste. Manchmal war es schwer – zu schwer –, über Dinge zu reden, das wusste ich nur zu gut, weshalb ich ihn nicht drängte, obwohl es mich fast umbrachte, nicht zu wissen, was mit seiner Mom los war.

»Okay, aber falls du doch reden willst …«

»… bist du da«, beendete er den Satz für mich.

Ich nickte. Noch immer streichelte ich seine Wange.

Er sah mir fest in die Augen. »Du warst schon immer für mich da.«

»Und daran wird sich nichts ändern.«

»Zumindest solange ich nicht wieder Scheiße baue«, sagte Gavin mit einem schmalen Lächeln, das seine Augen nicht erreichte. Denn die Worte waren vielleicht als Scherz gemeint, aber seinem Tonfall war zu entnehmen, dass auch ein Funke Wahrheit darin steckte. Als würde er fest damit rechnen, mich früher oder später wieder zu enttäuschen.

»Vielleicht bau ich Scheiße, und dann willst du nicht mehr mit mir reden.«

Er schüttelte den Kopf. »Das wird nicht passieren.«

»Woher willst du das wissen?«

Sein Blick wurde weicher, gar sanft, und wanderte über mein Gesicht, wobei ich nicht sagen konnte, wie viel von mir er wirklich sehen konnte. Denn ich hatte dem Fenster, der einzigen

Lichtquelle, den Rücken zugewandt. »Ich weiß es, weil es nichts gibt, was du tun könntest, um mich zu vertreiben. Ich will immer bei dir sein und immer mit dir reden.«

Und warum redest du jetzt nicht mit mir?

Die Frage lag mir auf der Zunge, aber ich behielt sie für mich, weil ich wusste, dass sie zu nichts führen würde außer dazu, dass sich dieses Gespräch im Kreis drehte. Und das Letzte, was Gavin jetzt brauchte, war, dass ich ihm Vorwürfe machte – was ich auch nicht tat. Natürlich wünschte ich mir, dass er sich mir gegenüber mehr öffnete, auch was den Tod seines Dads betraf, aber manchmal war um Hilfe zu bitten schwerer als alles andere.

Sogar schwerer, als den Schmerz zu ertragen.

30. Kapitel

Orangensaft schwappte mir über die Hand und auf den Rock meines Sailor-Moon-Kostüms. Nichts in den letzten Wochen und Monaten hatte mich auf den Ansturm zur diesjährigen Halloweenparty im Le Petit vorbereitet. Das Bistro war gerammelt voll. Laute Stimmen und Gelächter erhoben sich über die Klänge von Michael Jacksons *Thriller*. Die Tische, an denen die Gäste für gewöhnlich sitzen konnten, waren an den Rand geschoben worden, um mehr Platz zu schaffen, und dennoch gab es zu wenig davon. Was mich freute, vor allem für Cam, auch wenn mir vor Stress der Schweiß auf der Stirn stand.

Ich schob den alkoholfreien Cocktail, den ich gerade gemischt hatte, dem Kerl im T-Rex-Kostüm entgegen. Er reichte mir zehn Dollar und sagte mir, dass das so passte. Ein solch heftiges Trinkgeld kassierte ich nie, wenn ich Kaffee und Kuchen servierte. Ich steckte den Zehner in die Kasse und stieß ein erleichtertes Seufzen aus, als ich erkannte, dass ich das erste Mal seit einer Stunde eine ruhige Minute hatte; und das obwohl Beck, Karen und ich zu dritt an der Theke standen und die beiden deutlich gefragter waren als ich. Denn sie kümmerten sich um die alkoholischen Getränke, die ich mit meinen neunzehn Jahren noch nicht servieren durfte. Ich trank einen Schluck von meinem Wasser und nahm einen Bissen von der selbst gemachten Pizza, die Cam an diesem Abend verkaufte.

Mein Blick schweifte über die Menge, die eine bunte Mischung aus Kätzchen, Polizisten, Superhelden und allerlei anderen Kostümen darstellte. Diese Party war eine deutliche Steigerung zu der von letztem Jahr. Nicht nur, was die Anzahl der Gäste betraf, sondern auch was die Atmosphäre anging. Die Halloweenparty vergangenes Jahr war zwar auch gut besucht, aber ziemlich schlicht gewesen mit ein paar billigen Girlanden aus dem Supermarkt. Heute baumelten Skelette von der Decke, künstliche Spinnweben hingen in den Ecken, und am Eingang saß eine schaurig aussehende Hexe, die jedes Mal gackerte, wenn jemand das Bistro betrat. Cam hatte für den Abend sogar einen Türsteher engagiert, der den Leuten rote oder schwarze Bändchen anlegte, je nachdem ob sie alt genug waren, um Alkohol zu bestellen oder nicht.

Ein Lächeln trat auf mein Gesicht, als ich Gavin bemerkte, der in diesem Moment auf die Theke zukam. Er trug einen schwarz-weißen Frack, einen Umhang und einen Zylinder – er war der Tuxedo Mask zu meiner Sailor Moon. Grinsend lehnte er sich gegen den Tresen. Seine blauen Augen funkelten hinter der weißen Maske, welche die Hälfte seines Gesichtes verdeckte. Ich konnte noch immer nicht glauben, dass ich es geschafft hatte, ihn zu einem Partnerkostüm zu überreden.

»Hey, mysteriöser Fremder. Amüsierst du dich?«

»Ja, ein paar meiner Kommilitonen sind da«, antwortete Gavin. Seine Stimmung war seit dem Anruf seiner Mom nicht mehr die beste gewesen, aber es schien bergauf zu gehen, was mich erleichterte.

»Cool.« Ich deutete auf sein leeres Glas. »Willst du noch was?«

»Ja, einen Kuss.«

Ich lachte über die billige Anmache, aber weil ich einfach nicht widerstehen konnte, warf ich einen Blick nach links und rechts, um sicherzugehen, dass wir nicht beobachtet wurden. Doch niemand beachtete uns, und von unseren Freunden war noch keiner da. Nach einem kurzen Zögern beugte ich mich also über die Theke und hauchte Gavin einen Kuss auf die Lippen.

»Mhhh«, brummte er. »Genau, was ich bestellt hatte.«

»Wir freuen uns über eine gute Bewertung auf Yelp.«

Gavin lachte und schob mir sein Glas entgegen. »Ich würde auch noch eine Cola nehmen.«

»Kommt sofort!« Ich wirbelte im selben Moment herum, als Cam aus der Küche kam, ein frisches Blech mit Pizza in der Hand. Er schob sie in die Auslage, und ich konnte sehen, wie sich ein Dutzend Köpfe gierig in Richtung der Theke drehten.

Cam war als Rick aus *The Walking Dead* verkleidet, weshalb er nicht viel anders aussah als an den meisten Tagen. Er trug eine dunkle Jeans, Boots und ein beigefarbenes Hemd, das einzige Utensil, das wirklich out of character für ihn war, war ein Gürtel mit Spielzeugpistole an der linken Seite. »Alles klar hier vorne?«

Ich nickte. »Ja, alles bestens. Es ist viel los.«

»Das wollte ich hören. Braucht ihr Hilfe?« Cam stemmte die Hände in die Hüften und ließ zufrieden seinen Blick über die Gäste gleiten. Es war das erste Mal seit Ewigkeiten, dass mehr als zehn oder fünfzehn Leute gleichzeitig im Le Petit waren.

»Nein, wir kommen klar.«

»Gut, dann mach ich in der Küche weiter.«

»Ja, aber nimm dir einen Cocktail mit. Du hast auch etwas Spaß verdient«, ermahnte ich Cam. Er nickte und wandte sich Beck und Karen zu, um bei den beiden nach dem Rechten zu sehen. Ich reichte Gavin seine Cola. Skeptisch sah er sich um, bevor er sich über die Theke lehnte und sich einen weiteren Kuss stibitzte, ehe ich mich wieder an die Arbeit machen musste.

Ich hörte das grausige Auflachen der Hexe am Eingang und

entdeckte Aaron, Connor und Derek. Die drei kamen an die Theke zu Gavin. Ich bediente die Gäste, die vor ihnen da gewesen waren, dann umrundete ich den Tresen, um die drei zu begrüßen. Zuerst umarmte ich Aaron. Ich wusste nicht genau, wen er darstellen wollte, aber er erinnerte mich an einen Charakter aus *Matrix*. Die braunen Locken hatte er mit Haargel nach hinten geschoben, und im Kragen seines schwarzen Shirts steckte eine Sonnenbrille, für die es im Bistro zu dunkel war.

»Hey, schön, dass ihr da seid!«

Aaron erwiderte meine Umarmung. »Klar doch! Wie geht's dir?«

»Gut, nur stressig.« Ich fächerte mir Luft zu, auch wenn das nicht viel brachte, denn durch den großen Andrang war es im Bistro ziemlich stickig geworden. Zwar lief die Klimaanlage, die ausnahmsweise funktionierte, aber sie war alt und klapprig und brachte nur leichte Linderung.

»Ja, hier ist auch echt viel los, aber das Bistro sieht super aus«, sagte Connor, nachdem ich ihn gedrückt hatte. Er trug zerfetzte Kleidung, war blass geschminkt, und Blut tropfte aus seinen Mundwinkeln. Ich vermutete, dass er einen Zombie darstellen sollte, aber er sah eher aus wie ein ausgemergelter Vampir, der lange nichts zu trinken bekommen hatte. Derek hingegen war als Koch verkleidet. Er trug die typisch weiße Uniform und die passende Mütze dazu.

Ich umarmte ihn ebenfalls. »Hey, schön, dass du auch da bist.«

»Ja, ich hab heute überraschend freibekommen. Cooles Kostüm.«

Ich sah an mir herab. Ich trug das typischen Sailer-Moon-Kostüm mit dem blauen Rock und der großen roten Schleife auf der Brust. Mein blondes Haar war unter einer Perücke versteckt, und auf meiner Stirn saß das für Sailor Moon charakteristische Diadem. Auf die weißen Handschuhe hatte ich verzichtet, denn die waren beim Servieren ziemlich unpraktisch. »Danke.«

»Ist das ein Partnerkostüm?«, fragte Connor und sah von mir zu Gavin.

Derek grinste. »Ihr seid ja süß.«

»Ja. Er hatte kein Kostüm, da hab ich vorgeschlagen, dass er als Tuxedo Mask geht«, sagte ich und schlang einen Arm um Gavins Schulter, wie man es bei guten Freuden eben so machte, oder nicht? »Wollt ihr was trinken? Der erste Drink geht auf mich.«

Das lenkte alle drei genug ab, um Gavin und mich zu vergessen. Ich huschte wieder hinter die Theke. Aaron und Derek reichte ich verbotenerweise ein Bier, sie würden mich schon nicht an Cam verpetzen, und Beck machte sich daran, einen Cocktail für Connor zu mixen. Wir quatschten noch eine Minute, aber dann wurde der Andrang zu groß, sodass sich die vier unter die Leute mischten, damit ich in Ruhe arbeiten konnte.

In der nächsten Stunde hatte ich alle Hände voll damit zu tun, alkoholfreie Cocktails zu mixen, Pizza zu servieren und die Sauerei aufzuwischen, die zwei Betrunkene angerichtet hatten. Obwohl mein Kostüm knapp war, lief mir der Schweiß den Rücken herunter, und ich konnte fühlen, wie mir das Haar unter der Perücke am Kopf klebte. Irgendwann gesellte sich Cam zu uns an den Tresen und half uns mit den Bestellungen. Connor, Aaron und Derek hatte ich längst aus den Augen verloren, aber ich konnte immer wieder Gavins Blick auf mir spüren. Er entfernte sich nie weit von der Theke, und ab und zu deutete er mir mit einer Geste an, dass ich etwas trinken sollte, was ich in der Hektik gerne vergaß.

»Das macht fünfzehn Dollar«, sagte ich zu Catwoman.

Sie reichte mir das Geld und tanzte zurück in die Menge, als ich aus dem Augenwinkel sah, wie sich eine dunkle Gestalt auf einen der Barhocker am Rand setzte. Aaron schob mir seine leere Bierflasche über die Theke zu. »Ich hätte gerne noch eines.«

Verwegen sah ich mich um, um sicherzugehen, dass mich niemand beobachtete, dann griff ich in den Kühlschrank und reichte es ihm im Tausch mit einem Fünfdollarschein. Doch Aaron stand nicht auf, um zurück zu den anderen zu gehen, sondern blieb sitzen. Er schraubte die Flasche auf und nahm einen langen, gierigen Zug, der die Flasche fast bis zur Hälfte leerte. Sein Blick glitt über die Menge hinweg und blieb an Connor und Derek hängen, die ausgelassen zu dem Halloween-Klassiker von Rockwell tanzten, der gerade aus den Lautsprechern schallte. Connor hatte seine Arme um Derek geschlungen. Rhythmisch bewegten sich die beiden im Takt der Musik.

Ich schielte zu dem Kerl im Superman-Kostüm, der darauf wartete, von mir bedient zu werden, aber ich ignorierte ihn. Einer der anderen würde sich sicherlich gleich um ihn kümmern. Die Ellenbogen auf die Theke abgestützt beugte ich mich zu Aaron. »Alles klar bei dir?«

Er sah von Connor und Derek zu mir. »Klar, warum auch nicht?«

»Du wirkst irgendwie deprimiert«, stellte ich vorsichtig fest.

»Ich bin nicht deprimiert.«

»Und warum sitzt du hier alleine rum?«

Er nippte an seinem Bier. »Weil ich gerne Zeit mit dir verbringe.«

»Klar …«, sagte ich und zog das Wort bedeutungsschwer in die Länge.

Aaron starrte mich einen Moment an, dann wandte er sich ab, um erneut in Dereks und Connors Richtung zu schauen. Die beiden tanzten nun noch enger, und ihre Münder hatten sich gefunden. Sie küssten einander leidenschaftlich. Ich konnte förmlich hören, wie Aaron das Herz brach.

Ich stupste seinen Arm an, damit er wieder mich ansah, anstatt sich dieser Folter auszusetzen. Sein Blick war trüb, und das nicht vom Alkohol, dafür war er noch zu nüchtern, aber ich bezweifelte, dass das so bleiben würde. »Du solltest mit ihm reden.«

»Mit wem?«

»Connor.«

»Warum?«, fragte Aaron irritiert.

Wurde er es nicht langsam leid, den Ahnungslosen zu spielen? Ich wollte ihn glücklich sehen, aber ich konnte ihm die nächsten Schritte mit Connor nicht abnehmen, niemand konnte das. Das war eine Entscheidung, die er ganz alleine treffen musste.

»Wenn du die Antwort darauf nicht weißt, kann ich dir auch nicht helfen.« Ich richtete mich auf und schenkte Aaron ein mitfühlendes Lächeln, weil ich aus meinen Erfahrungen mit Gavin genau wusste, wie beschissen es sich anfühlte, unglücklich in den besten Freund verknallt zu sein. Bevor ich mich wieder den anderen Gästen zuwandte, schob ich ihm ein Stück Pizza zu, damit er eine gute Grundlage für den Abend hatte. Noch trank er nur Bier, aber ich war mir sicher, dass es nicht dabei bleiben würde.

»Hey!«, hörte ich plötzlich Luca rufen.

Überrascht blickte ich auf und entdeckte Sage und ihn am Eingang – zusammen mit Megan! Ich sprintete hinter dem Tresen hervor, um die drei zu begrüßen.

»Was machst du hier?«, rief ich, während ich Megan um den

Hals fiel, die ich seit Monaten nicht gesehen hatte. Ich hatte nicht gewusst, dass sie geplant hatte, für Halloween nach Melview zu kommen.

Sie drückte mich und lachte in mein Ohr. Ihr kinnlanges Haar, das dieselbe orange Farbe hatte wie die Kürbisse, die überall im Le Petit verteilt standen, kitzelte meine Wange. Der Rest ihres Outfits, das vor allem aus hautengem braunen Leder bestand, passte allerdings nicht dazu. Sie sah aus wie eine der Amazonen aus den ersten Minuten des *Wonder-Woman-Films*. »Ich wollte Sage überraschen! Es geht nämlich gar nicht klar, dass wir zwei Jahre hintereinander mit unserer Tradition brechen, auch wenn Luca letztes Jahr eine angemessene Vertretung für mich war.«

Luca schnaubte. »Ich war deutlich mehr als nur eine *angemessene Vertretung*.« Er war als *Captain America* verkleidet. Ich wusste, dass Sage das Kostüm ausgesucht hatte; zu seiner Größe, dem blonden Haar und den breiten Chris-Evans-Schultern passte es perfekt.

»Ich freu mich, dass ihr da seid!«

»Megan wollte unbedingt herkommen«, sagte Sage. Sie war als Piratin verkleidet mit einer hellen Leinenbluse, einem dunkelbraunen Korsett und einer braunen Lederhose. Auf ihrer linken Schulter saß ein Plüsch-Papagei, und eine Augenklappe hatte sie auch auf, die im Moment allerdings nach oben geschoben war.

Megan grinste. »Schuldig im Sinne der Anklage.«

»Wir bleiben aber nur eine Stunde oder so«, lenkte Sage direkt ein und sah sich mit nervösem Blick im Bistro um. Sie war im Laufe des letzten Jahres so oft hier gewesen, dass sie ihre Scheu eigentlich abgelegt hatte, auch Cam gegenüber, aber heute herrschte eine Ausnahmesituation. »Wir müssen noch Filme gucken.«

»Ich freu mich, dass ihr hier seid. Egal wie lang«, sagte ich und legte Sage einen Arm um die Schultern. »Kommt mit. Ich besorg euch was zu trinken.«

Ich führte die drei an die Bar, wo Beck und Karen alle Hände voll zu tun hatten. Cam war anscheinend wieder in der Küche verschwunden. Ich versorgte die drei erst mal mit nicht alkoholischen Drinks und Pizza. Anschließend half ich den anderen, bis sich die Situation wieder ein wenig beruhigt hatte. Sage, Megan und Luca warteten währenddessen neben der Theke. Inzwischen hatte sich auch Gavin zu ihnen gesellt, und zu dritt hatten sie eine Art schützenden Kokon um Sage gebildet.

Gavins und mein Blick trafen sich wie von selbst. Ein sanftes Lächeln zuckte in seinen Mundwinkeln, und ich glaubte, eine unausgesprochene Herausforderung in seinen Augen aufblitzen zu sehen. Was mich an unser Gespräch im Auto denken ließ. *Stell dir sein Gesicht vor, wenn du mich bei unserem nächsten Treffen einfach so küssen würdest.*

Für eine Millisekunde dachte ich darüber nach, aber ich traute mich nicht.

»Ganz schön viel los heute«, sagte Luca in diesem Moment.

Ich riss meinen Blick von Gavin los. »Ja, der Alkohol lockt die Leute an.«

»Vielleicht solltet ihr immer Cocktails anbieten«, erwiderte Megan, die inzwischen an einem bunten Drink nippte. Luca hatte sich ebenfalls einen Cocktail geholt, nur Sage schlürfte an einer Cola. Vermutlich waren sie mit ihrem VW gekommen, um notfalls schnell wieder abhauen zu können.

»Was habt ihr heute schon Schönes gemacht?«, fragte ich.

»Wir haben Kürbiskuchen und Kürbisbrot gebacken, Kürbissuppe gekocht, unsere Kostüme angezogen und uns geschminkt«, zählte Sage an den Fingern ab. »Fotos gemacht, und während wir zu Abend gegessen haben, haben wir uns einen Film angeschaut, bis Megan von der Party hier erfahren hat und dann unbedingt kommen wollte.«

Megan grinste verwegen, den Strohhalm ihres Drinks im Mund.

»Weißt du schon, wie lange du bleibst?«, fragte ich.

»Mein Flug geht Freitag zurück.«

»Du bist also bei der Eröffnung der SHS nicht mit dabei?«

Sie schüttelte den Kopf. »Nein, leider nicht. Ich muss zurück. Ich jobbe gerade in diesem kleinen Café bei mir um die Ecke und kann nicht länger freimachen, ohne meine Chefin zu verärgern.«

Ich seufzte. »Schade.«

»Ja, ich wäre gerne mit dabei gewesen«, sagte Megan mit enttäuschter Miene. »Es ist so cool, was du da auf die Beine gestellt hast. Ich bin mir sicher, die Party wird auch ohne mich ein richtiger Kracher.«

Ich lachte. »Es ist mehr ein Empfang als eine Party. So hart wird es also eh nicht krachen.«

»Was? Meine Party kracht nicht?«, erklang Cams Stimme hinter mir. Ich drehte mich zu ihm um. Er war eben aus der Küche getreten und schob ein neues Pizzablech in die Auslage. Im Laufen streifte er sich die Ofenhandschuhe von den Händen. Er begrüßte Luca mit einem Handschlag und Sage mit einem Nicken, als sein Blick auf Megan fiel. Seine Augen wurden groß, und seine Schultern spannten sich für alle gut sichtbar an.

Megan und er hatten eine besondere Beziehung zueinander, obwohl sie einander kaum kannten. Luca hatte sie vergangenes Thanksgiving für Sage aus Maine einfliegen lassen, und offenbar hatte Megan bei ihrem gemeinsamen Besuch im Le Petit einen Narren an Cam gefressen. Wenige Wochen später hatte sie ihm eines ihrer Gemälde geschickt; aber es war nicht irgendein Bild, sondern eines, das Cam und sie auf abstrakte Art und Weise beim Sex zeigte. Der Rest von uns fand die ganze Angelegenheit ziemlich witzig, Cam hingegen war überhaupt nicht nach Lachen zumute gewesen. Keine Ahnung, ob er Megan wirklich nicht leiden konnte oder nur prüde war – ich tippte auf Letzteres.

Cam verschränkte die Arme vor der Brust, was seine Bizepse deutlich hervortreten ließ, fast wie eine stumme Drohung. »Was machst du hier?«

»Hey, Sexy«, begrüßte Megan Cam mit einem breiten Grinsen, ohne sich von seiner Drohgebärde einschüchtern zu lassen. »Ich besuche Sage und hab gehört, dass hier eine Hammerparty läuft, da wollte ich unbedingt herkommen. Und ich wurde nicht enttäuscht.«

Das Kompliment ließ Cams versteinerte Miene auftauen und ermutigte ihn sogar zu einem feinen Lächeln. »Danke. Es hat lange gedauert, alles vorzubereiten, aber April und die anderen waren mir eine große Hilfe ... *sind* mir eine große Hilfe.«

»Die Deko ist echt cool, allerdings frag ich mich, wo mein Bild hängt?«

Diese Frage verwandelte Cams Gesichtsausdruck wieder zu Stein, und ich war mir fast sicher, dass seine Wangen bei der Erinnerung an das Gemälde rot wurden, auch wenn das im gedimmten Licht schwer zu sagen war. »Nirgends.«

Megan runzelte die Stirn. »Warum nicht?«

»Du weißt, warum.«

»Du hast gesagt, du magst meinen Stil.«

Cam schnaubte. »Darum geht es nicht. Es ist anstößig.«

»Es ist geschmackvoll«, widersprach Megan, und ich musste ihr recht geben. Das Gemälde war ästhetisch. Es war nichts zu sehen, außer Megans Talent dafür, mit wenigen Pinselstrichen eine Illusion zu erzeugen, die so viel Klarheit und Definition besaß, dass sie den Eindruck erweckte, man würde ein Foto ansehen. Nur mit mehr Spielraum für die eigenen Gedanken und Emotionen.

»Das Bild zeigt uns beide beim Sex!«

»Na und?«, fragte sie mit einem Schulterzucken.

»Wir hatten nie Sex«, fauchte Cam zwischen zusammengebissenen Zähnen und deutete zwischen Megan und sich hin und her. Sichtlich bemüht, seine Stimme ruhig zu halten, damit niemand außerhalb dieser Runde ihn hören konnte. »Das ist nie passiert.«

Megan neigte den Kopf. »Aber es könnte passieren.«

Cam schnaubte verächtlich. »Niemals!«

Scharf sog Megan die Luft ein, als hätte Cam ihr eine Ohrfeige verpasst, und ein Gefühl, wie ich es noch nie bei ihr gesehen hatte, spiegelte sich in ihren Gesichtszügen wider – Schmerz. Gequält starrte sie Cam einen Moment an, doch mit dem nächsten Wimpernschlag war der Schmerz auch schon wieder verschwunden. Trotzig reckte sie das Kinn vor. »Gut, wenn das so ist, hol ich das Bild morgen ab.«

Cam nickte. »Danke.«

Ohne ein weiteres Wort zu sagen, wandte Megan sich ab und marschierte in Richtung der Tanzfläche. Sage stieß einen Fluch aus und eilte ihr nach, und weil Luca noch immer ihre Hand hielt, blieb ihm keine andere Wahl, als ihr ebenfalls zu folgen. »Toll gemacht«, zischte er Cam im Vorbeigehen zu.

Wütend funkelte ich Cam an. »Musste das sein?«

»Was?«, fragte er entrüstet. »Es war nur die Wahrheit.«

Gavin nippte mit einem verständnislosen Kopfschütteln an seiner Cola. »Dir ist schon klar, dass du dir gerade eine sichere Nummer für heute Nacht hast entgehen lassen?«

»Ich will nicht mit Megan schlafen«, antwortete Cam, wobei

seine Worte dieses Mal von einem leichten Zögern begleitet wurden, beinahe so, als müsste er sich selbst von ihnen überzeugen.

»Warum nicht?«, fragte Gavin. »Sie ist nett und heiß.«

»Sie ist vor allem laut und aufdringlich und nicht mein Typ«, rechtfertigte sich Cam, aber die Schärfe war aus seiner Stimme verschwunden. »Außerdem muss ich arbeiten. Ich hab keine Zeit für … für so was.« Er wedelte mit der Hand in die Richtung, in der Megan, Sage und Luca abgehauen waren.

Cam schüttelte den Kopf und wandte sich mit einer ruckartigen Bewegung von Gavin und mir ab. Er marschierte davon und stieß die Tür zur Küche mit einer solchen Wucht auf, dass sie laut gegen das Mauerwerk knallte und man den Schlag selbst über die Musik hinweg hören konnte. Verwirrt sah ich zu Gavin, der auch nur ahnungslos mit den Schultern zuckte.

Ich seufzte. »Ich sollte mich wohl auch besser wieder an die Arbeit machen.«

»Oder du gönnst dir eine kurze Pause«, schlug er vor. Sein Blick glitt über mein Gesicht und blieb vielsagend an meinen Lippen hängen.

Mein Herz machte einen Satz. Unsicher schielte ich zur Theke. Es hatte sich eine kleine Schlange gebildet, aber je weiter der Abend fortschritt, umso weniger waren die Leute an alkoholfreien Drinks interessiert. Sicherlich würde es niemandem etwas ausmachen, wenn ich mir eine kurze Auszeit gönnte.

Kommentarlos griff ich nach Gavins Hand und führte ihn aus dem Le Petit nach draußen. Eine Wand aus frischer Luft schlug uns entgegen. Ich atmete erleichtert auf trotz der Kälte, die mich erschaudern ließ. Direkt neben dem Eingang des Bistros standen ein paar Raucher herum, weshalb ich Gavin um die Ecke führte, so konnten wir auch nicht durch die gläserne Front gesehen werden. Ein aufgeregtes Kribbeln breitete sich in meiner Brust aus. Als sich Gavin mir zuwandte und lächelte, konnte ich das zuallererst in seinen Augen hinter der Maske sehen.

Ich lächelte ebenfalls. Doch mein Lächeln war nicht von langer Dauer. Bereits einen Augenblick später nahm Gavins Mund meinen in Besitz. Er drängte mich gegen die Hausmauer, und obwohl wir uns in den letzten Tagen häufiger geküsst hatten, und fast unsere gesamte gemeinsame Zeit knutschend auf der Couch verbracht hatten, bekam ich einfach nicht genug. Gavins Küsse waren wie eine Droge. Sie machten süchtig und stiegen mir zu Kopf. Sie drängen alles andere in den Hintergrund und packten mich in ein wohlig warmes Gefühl.

Unsere Zungen verschlangen sich ineinander, und ich krallte mich an dem Revers seines Kostüms fest, um ihn noch enger an mich zu ziehen. Ein wohliger Schauder lief mir über den Rücken, als er seine Hand auf meinen Hintern legte und sein Becken gegen meines drängte, und ich konnte seine wachsende Härte spüren. Ich fragte mich, wie es sich wohl anfühlen würde, mit ihm zusammen zu sein, wenn kein Stoff mehr zwischen uns war. Bei der Vorstellung, Gavin Haut an Haut zu spüren, wurde mir trotz der Kälte ganz warm, und glühende Hitze sammelte sich in meiner Körpermitte.

»Gavin ...«, raunte ich verlangend, aber er versiegelte meinen Mund erneut mit einem Kuss. »Wir müssen aufhören.«

»Müssen wir das wirklich?«, fragte er und küsste meinen Mundwinkel.

»Leider ja. Ich werde drinnen gebraucht.«

»Sicher?«

Ich lachte. »Ja, außerdem könnte uns jemand sehen.«

»Ja, beispielsweise dein Bruder.«

Dieser letzte Satz kam nicht von Gavin.

Ich erstarrte – und Gavin erstarrte mit mir.

All die warmen Gefühle, die unser Kuss in mir ausgelöst hatte, erloschen mit einem Schlag, als ich den Kopf drehte und Luca entdeckte. Er stand an der Ecke des Bistros, neben ihm Sage und Megan, offenbar bereit, nach Hause zu gehen, nachdem was Cam mit Megan abgezogen hatte.

»Scheiße«, fluchte Gavin fast tonlos.

Luca verschränkte die Arme vor der Brust. Sein Blick zuckte von mir zu Gavin und wieder zurück zu mir. Ich versuchte, seine Miene zu deuten, doch obwohl ich das für gewöhnlich ziemlich gut konnte, wollte es mir in diesem Moment nicht gelingen. »Habt ihr zwei mir was zu sagen?«, fragte Luca. In seiner Stimme lag eine herausfordernde Note.

Verlegen lächelte ich ihn an und ließ Gavin los, der einen Schritt zurückwich. »Wenn ich dir sage, dass wir nur gecosplayed haben, würdest du mir das nicht glauben, oder?«

Tonlos starrte Luca mich an. Er wirkte nicht amüsiert.

Sage und Megan hingegen schon. Sage schmunzelte, und Megan hielt sich eine Hand vor den Mund gepresst, als müsste sie sich davon abhalten, in lautes Gelächter auszubrechen. Immerhin hatten die beiden ihren Spaß, denn so hatte ich mir diese Unterhaltung mit Luca ganz gewiss nicht vorgestellt.

»Wie lange geht das schon?«, fragte Luca trocken.

»Seit deinem Geburtstag.«

Sein Kiefer zuckte. »Seid ihr zusammen?«

»Ja«, antwortete Gavin ohne jedes Zögern und legte mir einen Arm um die Taille.

Erneut stieg Wärme in mir auf, aber nicht der heißen, lodernden Sorte wie zuvor, sondern dieses Mal war es eine sanfte, liebliche Wärme. Wir hatten nicht darüber geredet, was das zwischen uns war, ob wir fest zusammen waren oder nicht, aber nach etwas Lockerem hatte es sich für mich nie angefühlt – und für Gavin offenbar auch nicht.

Ich lächelte ihn an, dann sah ich zurück zu Luca, der uns beide mit störrischer Miene beobachtete. »Tut mir leid, dass wir es dir nicht früher gesagt haben.«

»Warum nicht?«

»Wir haben etwas Zeit für uns gebraucht.«

Luca brummte. Ich konnte ihm seine Reaktion nicht verdenken, immerhin war ich seine Schwester und Gavin sein bester Freund. Und nach den letzten Jahren, in denen wir uns aus dem Weg gegangen waren, musste diese Entwicklung ziemlich überraschend für ihn kommen, aber er hatte keinerlei Recht, sich darüber aufzuregen, immerhin war er mit meiner besten Freundin zusammen. Vermutlich brauchte er einfach etwas Zeit, um sich an den Gedanken zu gewöhnen.

»Mir ist kalt«, sagte Sage in den Moment der Stille hinein.

»Mir auch«, kam es von Megan, eine klare Aufforderung an Luca, dass es Zeit wurde zu gehen. Megan fackelte nicht lange. Sie kam auf Gavin und mich zugestürzt und umarmte uns. Es freute mich zu sehen, dass sie anscheinend bereits wieder über Cams unbedachte Bemerkung hinweg war. »Es war schön, euch zu treffen. Ich hoffe, wir sehen uns bald wieder. Viel Erfolg für die SHS!«

»Danke.«

Sie löste sich von uns und flitzte zu Sage und Luca zurück; Letzterer musterte uns noch immer mit nachdenklichem Gesichtsausdruck. Sage winkte uns zu, dann packte sie Luca und schob ihn in Richtung Parkplatz davon. Wir sahen den dreien nach, wobei sich Luca zweimal nach uns umdrehte, als könnte er seinen Augen nicht trauen. Erst als die Rücklichter von Sages Wagens um die Ecke verschwanden, erlaubte ich mir, mich zu entspannen.

Gavin seufzte schwer. »Das lief ja super. Ich sollte heute Nacht wohl besser mit offenen Augen schlafen.«

Ich lachte. »Unsinn. Luca braucht nur etwas Zeit, um das zu verdauen.«

»Hoffentlich.«

»Vertrau mir.« Ich griff nach Gavins Hand und drückte seine Finger. Ich konnte seine Aufregung verstehen, immerhin hatte er viel mehr zu verlieren als ich, sollte die Sache zwischen uns eines Tages in die Brüche gehen, aber das würde ich nicht zulassen. Was immer in Zukunft mit Gavin und mir sein würde, ich würde alles daransetzen, seine und Lucas Freundschaft zu schützen. Keiner von beiden sollte seinen besten Freund meinetwegen verlieren.

»Wollen wir wieder reingehen?«, fragte ich.

Gavin nickte.

Ich stellte mich auf die Zehenspitzen und hauchte ihm einen beruhigenden Kuss auf die Lippen, der ihn zum Lächeln brachte. Er wollte seine Hand meiner entziehen, aber ich hielt ihn fest, denn jetzt wo Luca von uns wusste, konnte auch gerne der Rest der Welt davon erfahren.

31. Kapitel

»Entspann dich«, sagte Gavin. Seine Hände, die erdend auf meinen Schultern gelegen hatten, strichen nun meine Arme hinab, bis er meine Hände greifen konnte. Er drückte meine Finger und hauchte mir erst einen Kuss auf den rechten, dann auf den linken Handrücken, was meine vor Nervosität harte Miene umgehend aufbrach und mich zum Lächeln brachte.

Er grinste. »Schon besser. Es wird ein toller Abend.«

»Woher willst du das wissen?«, fragte ich mit vor Aufregung zitternder Stimme. Wir standen im Keller der SHS und warteten auf die ersten Gäste zur großen Eröffnungsfeier. Ich hatte die letzten Tage mehr oder weniger durchgängig geschuftet, um alles für heute vorzubereiten. Lori, Noah, Glenn, Riley, Mara, Carter und Swantje hatten mir geholfen, aber auch Gavin, Aaron und Luca hatten mit angepackt.

»Ich weiß es einfach«, antwortete Gavin mit einem Lächeln, das kleine Fältchen um seine Augen legte. »Immerhin trage ich ein Hemd.«

Ich hob die Brauen und ließ meinen Blick an ihm hinabwandern, obwohl ich sein Outfit schon mehrere Male bewundert hatte. Er trug eine leicht verschlissene dunkle Jeans und ein weißes Hemd. Die Ärmel hatte er hochgekrempelt. »Und dein Hemd ist ein Indikator für Erfolg?«

»Absolut. Ich ziehe Hemden nur für Dinge an, die Erfolg versprechend sind.«

»Wenn das so ist, kann ja nichts mehr schiefgehen.«

»Meine Rede.« Gavin küsste meine Nasenspitze. Das hatte er in den letzten Tagen öfter getan. Anscheinend hatte er in der Nacht im Zelt gemerkt, wie viel mir diese liebevolle kleine Geste bedeutete.

Ich spürte, wie meine Wangen rot wurden, und offenbar erkannte Gavin das auch. Er küsste meine Nasenspitze direkt noch mal.

»Lass das«, protestierte ich schwach, denn was ich eigentlich sagen wollte war: mach weiter. Doch weiterzumachen war keine Option, als sich plötzlich die Tür zur SHS aufschob. Ruckartig fuhren Gavin und ich auseinander, und ich entdeckte Direktorin Richmond. Sie war ein paar Minuten zu früh dran.

»Guten Abend, April«, begrüßte sie mich.

Ich nickte. »Direktorin Richmond, schön, dass Sie kommen konnten.«

»Als würde ich mir das hier entgehen lassen«, sagte sie und sah sich in dem Raum um, der einst nur ein staubiger Keller gewesen war.

Nun war der Boden geschrubbt, und die Spinnweben waren entfernt. Die Wände waren von Metallregalen gesäumt und mit allerlei Drogerie- und Supermarktprodukten gefüllt, die darauf warteten, an Studenten abgegeben zu werden. Es gab drei Hängeständer für Klamotten, die noch spärlich bestückt waren, sich aber hoffentlich füllen würden, je mehr Leute unsere Spendenschränke entdeckten. An einem länglichen Tisch hing ein Schild mit dem Wort »Kasse«, das Carter gemalt hatte, und daneben stand das brummende Kühlregal. Ich hatte auch vier Stehlampen besorgt, die zwar nicht unbedingt nötig gewesen wären, aber ein etwas wärmeres, einladendes Licht in den fensterlosen Raum brachten, in dessen Mitte normalerweise ebenfalls Tische mit Produkten standen. Für den Abend hatten Gavin und ich diese allerdings zur Seite geschoben und leer geräumt, nun standen dort Pappbecher und Getränke sowie Tabletts mit Häppchen und Snacks.

»Sie haben wirklich tolle Arbeit geleistet. Der Raum ist kaum wiederzuerkennen, und die Auswahl ist wirklich beachtlich. Wie ein kleiner Supermarkt«, sagte Richmond mit einem anerkennenden Nicken.

Stolz wallte in meiner Brust auf. »Danke.«

Richmond sah zu Gavin. »Sind Sie einer der Helfer?«

»Nein, ich bin ein Freund von April und zukünftiger SHS-Nutzer.«

»Hast du deine Zulassung bekommen?«, fragte ich. Er hatte mir vor zwei Wochen erzählt, dass er seinen Antrag gestellt hatte. Und ich wusste, dass insgesamt schon fünfzig Studierende einen SHS-Anspruch erhalten hatten und noch weitere Bewerbungen darauf warteten, geprüft zu werden.

Gavin nickte.

»Davon hast du gar nichts erzählt!«

»Mein Antrag wurde auch erst gestern bewilligt.«

»Das ist fantastisch!«

»Ja, ich werde am Montag Punkt dreizehn Uhr vor dieser Tür stehen und euch die Regale leer kaufen«, scherzte Gavin und stupste mich mit der Schulter an. Ich stupste ihn zurück, und Richmond beobachtete uns mit einem wissenden Lächeln.

Im Laufe der nächsten Viertelstunde trudelten immer mehr Gäste ein. Wir hatten offizielle Einladungen an das Komitee und die Ladeninhaber rausgeschickt, welche die SHS mit ihren Spenden unterstützten, aber die Feier war offen für alle. Sage, Luca, Connor, Derek und Aaron waren ebenfalls mit von der Partie, genauso wie die restlichen SHS-Helfer und einige Studierende, die den Aushängen gefolgt waren, die wir überall auf dem Campus verteilt hatten. Vermutlich waren die meisten von ihnen nur wegen des kostenlosen Essens da, aber das war in Ordnung, denn in diesem Stadium war es das Wichtigste, die SHS ins Gespräch zu bringen, und sei es durch Gratis-Häppchen.

»Wow, hier ist ja viel los«, sagte Sage, die sich bei Luca untergehakt hatte.

»Ja, damit hab ich gar nicht gerechnet.« Ich sah mich in dem Raum um, der aus allen Nähten platzte, sodass sich die Leute bis raus in den Gang verteilten. »Wenn du dich nicht wohlfühlst und lieber gehen möchtest …«

»Nein, es geht schon. Ich hab mir vorgenommen, mindestens eine Stunde auszuhalten, außerdem seid ihr ja hier«, unterbrach mich Sage, wobei sich ihr Klammergriff um Lucas Oberarm deutlich verstärkte, als sich Noah mit zwei Bechern in der Hand an ihr vorbeischob, um zu Lori zu gelangen, die sich gerade mit einem der Komiteemitglieder unterhielt.

Ich sah wieder zu Sage. »Du hattest gestern deine erste Schicht im Hotel, oder? Wie war es?«

»Richtig gut. Die Leute sind supernett. Ich hab ihnen auch von meiner Angststörung erzählt. Sie meinten, das wäre überhaupt kein Thema. Sollte es mir zu viel werden, kann ich mich um das dreckige Geschirr kümmern oder die leeren Tische abwischen, aber ich bekomm das schon hin. Außerhalb der Saison sind fast nur Rentner im Hotel.«

»Und das frühe Aufstehen?«

Sage zog eine Grimasse. »Killt mich, aber ich schaff das schon.«

»Aber ich vielleicht nicht«, brummte Luca und gähnte wie auf Befehl. »Der Wecker hat um vier Uhr geklingelt! Vier Uhr! Das ist mitten in der Nacht! Ich hab mich noch immer nicht davon erholt.«

Ich hatte vorhin mit ihm telefoniert, um über die Sache an Halloween und über Gavin und mich zu sprechen, damit sie während der Feier nicht zwischen uns stand und für komische Stimmung sorgte. Er hatte sich für seine Reaktion entschuldigt und beteuert, dass er nur überrascht gewesen war und etwas Zeit bräuchte, um sich an den Gedanken zu gewöhnen.

»Bald hast du dein eigenes Bett wieder«, sagte ich, wobei es mich auch etwas traurig stimmte, dass Gavin ausziehen würde, sobald seine Wohnung vom Schimmel befreit war, was bald der Fall sein musste. Zwar vermisste ich Luca, aber ich hatte das Gefühl, dass Gavin und ich unsere gemeinsame Zeit in der Wohnung nicht ausreichend genutzt hatten. Immerhin waren wir uns zunächst ständig aus dem Weg gegangen.

Luca gab einen undefinierbaren Laut von sich. »Da wär ich mir nicht so sicher.«

»Wie meinst du das?«

Luca spähte über seine Schulter und sah sich suchend im Raum um. Erst als er Gavin fand, der einige Schritte entfernt mit Derek redete, wandte er sich wieder mir zu. »Ich hab noch nichts zu ihm gesagt, aber ich hab vorgestern bei seiner Wohnung vorbeigeschaut. Mir kam diese ganze Schimmel-Geschichte komisch vor. Wir hatten das zu Hause auch schon mal, und damals hat das Entfernen nur vier, fünf Tage gedauert. Also hab ich beschlossen, der Sache auf den Grund zu gehen.«

Meine Schultern spannten sich an, denn aus irgendeinem Grund ahnte ich, worauf Luca hinauswollte. Ich erinnerte mich an die Wohnungsanzeigen, die ich vor einer Weile unter einem von Gavins Büchern gefunden hatte. Ich hatte ihn danach fragen wollen, aber ich war in den letzten Wochen zu sehr damit beschäftigt gewesen, mir über meine Gefühle für ihn klar zu werden, dass ich es ganz vergessen hatte – bis jetzt.

Ich räusperte mich. »Und?«

»Sein Name stand nicht mehr auf dem Klingelschild.«

»Okay …«

»Ich glaube, Gavin ist aus seiner Wohnung geflogen«, erklärte Luca und fuhr sich mit einer Hand durch die blonden Locken. Er klang enttäuscht. »Keine Ahnung, was passiert ist, aber es scheint, als hätte er uns angelogen, und ich weiß nicht, wie ich das Thema ansprechen soll. Wenn ich was sage, weiß er, dass ich ihm nachspioniert habe, was echt nicht cool ist. Aber er war in letzter Zeit so neben sich, und das nicht nur, weil er eure Beziehung vor mir verheimlich hat. Das geht ja schon eine ganze Weile so. Letzte Woche hat er mich versetzt, weil er vergessen hat, dass wir verabredet waren. Und als wir das Treffen nachholen wollten, hat er mir ohne jede Erklärung abgesagt. Das sieht ihm überhaupt nicht ähnlich.«

Nein, tut es nicht.

Ich war noch dabei, meine Gedanken zu sortieren, als mir jemand auf die Schulter tippte. Ich wandte mich um und entdeckte Mara. »Ja?«

»Ich glaube, es sind alle da«, flüsterte sie mir zu.

»Danke.« Ich lächelte verkrampft, denn plötzlich stand mir nicht mehr der Sinn danach, die begeisterte Gastgeberin zu spielen. Viel lieber wollte ich Gavin zur Rede stellen. Er hatte gelogen. Zwei Monate lang hatte er Luca und mich in dem Glauben gelassen, mit seiner Wohnung würde etwas nicht stimmen. Er hatte das Recht, Luca und mir nicht alles zu erzählen, aber er hatte uns nicht nur verschwiegen, dass er aus seiner Wohnung geflogen war, sondern uns wochenlang ins Gesicht gelogen. Was in mir die Frage weckte, ob das die einzige Lüge war, die er uns aufgetischt hatte, oder ob da noch mehr war.

Ich war mir nicht sicher, was ich fühlen sollte. Ich war irgendwie enttäuscht, irgendwie traurig und irgendwie wütend, aber irgendwie auch nichts davon, weil es mich vor allem verwirrte und ich es verstehen wollte.

»Shit. Ich hätte nicht jetzt damit anfangen sollen«, sagte

Luca und klang nun entschuldigend. »Das ist dein Abend. Du hast hier was Tolles auf die Beine gestellt. Lass dir das von mir nicht verderben. Wir reden ein anderes Mal weiter, ganz in Ruhe. Kümmer dich um deine Gäste.«

Mein Nicken war mehr ein Automatismus als alles andere, aber Luca hatte recht. Ich hatte so lange auf diesen Abend hingearbeitet und auf alles, was er mit sich bringen würde.

Ich holte die Notizen aus meiner Handtasche und kletterte mit gestrafften Schultern auf den Kassen-Tisch. Luca und Sage beobachteten mich bereits, und nach und nach wandten sich auch die Blicke der anderen Gäste mir zu. Erwartungsvoll sahen sie zu mir auf, und ein Knoten bildete sich in meiner Kehle. Anders als Luca mochte ich Menschen und verbrachte gerne meine Zeit mit ihnen. Meine Liebe zu anderen Menschen war einer der Gründe, warum ich die SHS überhaupt gegründet hatte, aber das bedeutete nicht, dass ich gerne vor ihnen Reden hielt.

Ich konnte fühlen, wie meine Hände feucht wurden und meine Notizen durchweichten. Ich packte die Zettel fester und wünschte, es wäre nicht mit einem Schlag so verdammt ruhig im Raum geworden. Alle lauschten gebannt, um nichts von dem zu verpassen, was ich zu sagen hatte, aber noch bekam ich den Mund nicht auf.

Ich holte tief Luft und sah in die gespannten Gesichter der Gäste, als mein Blick auf Gavin landete. Er strahlte mich an, ein stolzes Lächeln auf den Lippen, und in diesem Moment geschahen zwei Dinge gleichzeitig. Der Knoten in meiner Kehle löste sich, und ich erkannte, dass es mir egal war, ob er gelogen hatte oder nicht. Denn er hatte nicht gelogen, um Luca und mir wehzutun, sondern um uns vor der Dunkelheit zu beschützen, die seit dem Tod seines Dads Teil seines Lebens war. Und er hatte Angst.

Angst, dass wir ihn mit anderen Augen sehen würden.

Angst, dass wir uns von ihm abwenden könnten.

Angst, dass wir es nicht ertrugen.

Aber das stimmte nicht. Zumindest nicht, was mich betraf. Ich war zäher, als Gavin ahnte. Das Gewicht meiner eigenen Geheimnisse hatte mich robust werden lassen. Und nichts auf dieser Welt könnte mich dazu bringen, mich von ihm abzuwenden. Nun, da wir uns endlich wiederhatten, würde ich ihn nicht loslassen. Denn wenn ich ihn anschaute, sah ich nicht seine Probleme. Ich sah nicht die Finsternis in seinem Kopf oder die Last seiner Vergangenheit. Nein, wenn ich Gavin anschaute, sah ich ihn und nur ihn.

Er war der Junge, an den ich das erste Mal mein Herz verloren hatte.

Und der Mann, dem ich es ein zweites Mal geschenkt hatte.

32. Kapitel

Ich ließ Gavin während der gesamten Rede nicht aus den Augen. Er ankerte mich, gab mir Frieden und erinnerte mich daran, für wen die SHS war. Ich hatte sie nicht gegründet, um Leute wie Richmond oder das Komitee zu beeindrucken, sondern um anderen zu helfen. Dieser Gedanke verlieh mir Ruhe und half mir dabei, gelassen zu bleiben trotz der vier Dutzend Leute, die mir an den Lippen hingen.

»Ich wünsche Ihnen und euch noch einen schönen Abend, und wenn Sie oder ihr wollt, könnt ihr die SHS mit einer Geldspende unterstützen«, beendete ich meine Rede und deutete auf die Spendendose, die neben mir auf der Kasse stand.

Die Leute applaudierten, und ich wollte gerade vom Tisch steigen, als mir zwei vertraute Gesichter ins Auge fielen. Ich wusste nicht, ob sie eben erst dazugekommen oder schon länger da waren und ich sie übersehen hatte, weil meine ganze Aufmerksamkeit auf Gavin gelegen hatte. Doch nun schossen mir Freudentränen in die Augen. Und ich wäre um ein Haar vom Tisch gefallen bei dem Versuch, so schnell wie möglich davon herunterzukommen.

»Pass auf, Liebes«, sagte mein Dad mit einem Lachen und berührte mich an der Schulter, um mir Halt zu geben, aber kaum hatte ich mein Gleichgewicht wiedergefunden, umarmte ich ihn ganz fest. Bei Luca und mir waren die Größen-Gene mütterlicherseits durchgeschlagen, weshalb ich mich mit meinem Dad auf Augenhöhe befand.

Er tätschelte mir den Rücken. »Es freut mich auch, dich zu sehen.«

Ich ließ ihn los und erkannte, dass sein Anblick leicht verschwommen war, weil mir Freudentränen in den Augen standen. Ich bemühte mich nicht, sie fortzublinzeln, und umarmte Joan. Sie hatte kurzes braunes Haar, das ihrem schmalen Gesicht etwas Elfenhaftes verlieh.

»Was macht ihr hier?«, fragte ich mit einem Schniefen und tupfte mir vorsichtig die Tränen aus den Augenwinkeln, um mein Make-up nicht zu verschmieren. »Seid ihr extra für die Eröffnung nach Melview gekommen?«

»Ja, das wollten wir uns auf keinen Fall entgehen lassen«, sagte mein Dad mit stolzgeschwellter Brust, weil ihm diese Überraschung gelungen war.

Ich hatte sie in den letzten Wochen natürlich über den Stand der SHS auf dem Laufenden gehalten und ihnen von der Feier heute erzählt, aber sie hatten kein einziges Mal durchscheinen lassen, dass sie auch nur in Erwägung zogen zu kommen. Dennoch waren sie jetzt hier, um mich zu unterstützen.

»Oh Mann …«, schniefte ich, als mir erneut die Tränen kamen. Mein Dad nahm mich noch einmal in den Arm und drückte mich, ließ mich dann aber los, um Luca zu begrüßen, der nicht im Geringsten überrascht wirkte, die beiden zu sehen. Er hatte die Sache anscheinend mitgeplant. »Ich kann nicht glauben, dass ihr hier seid. Ihr habt keine Ahnung, wie viel mir das bedeutet.«

Joan lächelte. »Wir freuen uns auch sehr.«

Mein Dad nickte. »Wir wollten auf keinen Fall bis Thanksgiving warten, um euch wiederzusehen, außerdem waren wir schon lange nicht mehr in Melview. Es tut gut, mal nach dem Rechten zu sehen. Jennifer wollte eigentlich auch kommen, aber sie schafft es leider nicht.«

Die Worte meines Dads verpassten meiner Freude über die Überraschung einen Dämpfer. Es war lächerlich. Eigentlich sollte es keine Rolle spielen, ob Mom da war oder nicht. Ich stand bei ihr vielleicht nicht weit oben auf der Prioritätenliste, aber dafür bei vielen anderen Menschen. Immerhin waren mein Dad und Joan hier, und Luca und Gavin und all meine Freunde. Ich sollte mich über ihre Anwesenheit freuen, statt enttäuscht über Jennifers Abwesenheit zu sein. Doch ich konnte das schmerzhafte Ziehen in meiner Brust nicht leugnen.

Auf einmal legte sich eine warme Hand in mein Kreuz. Ich musste nicht nachsehen, zu wem sie gehörte, ich konnte fühlen, dass es Gavins war. Es gab keinen Menschen, der mir mit einem Blick, einer Berührung oder einem Kuss so viel sagen konnte, ohne auch nur ein einziges Wort zu sprechen.

Es tut mir leid.
Jennifer weiß nicht, was sie verpasst.
Du kannst stolz auf dich sein.
Wir sind für dich da.
Ich bin für dich da.

Die Eröffnungsfeier der SHS war ein großer Erfolg. Ich hatte damit gerechnet, dass nach ein, zwei Stunden alles vorbei wäre, aber inzwischen waren fast vier Stunden vergangen, und die Feier war nach wie vor in vollem Gange. Richmond hatte sich bereits verabschiedet, aber die Mitglieder des Komitees waren noch da und schienen sich köstlich zu amüsieren. Es waren auch immer noch weitere Gäste dazugekommen. Vorhin hatte einer der Studenten sogar Musik über einen Bluetooth-Lautsprecher eingeschaltet, was ich allerdings sofort unterbunden hatte. Das hier war zwar eine Feier, aber keine Party. Auch wenn die Familienpizzen, die wir in der Zwischenzeit bestellt hatten, etwas anderes vermuten ließen, denn die Häppchen aus der Mensa waren weg gewesen, bevor ich überhaupt die Chance gehabt hatte, eines davon zu essen.

»Joan, Dad, das ist Cameron Bernard. Ihm gehört das Bistro, in dem ich arbeite«, stellte ich Cam meinen Eltern vor. Er hatte ebenfalls eine Einladung erhalten, da er zugesichert hatte, die SHS zweimal in der Woche mit alten Backwaren zu versorgen, die er nicht mehr im Le Petit verkaufen konnte.

Cam schüttelte meinem Dad die Hand. Er schien aus dem Bistro direkt hierhergekommen zu sein, denn an seiner Jeans klebten noch ein paar Mehlreste. »Nennen Sie mich Cam.«

»Freut mich, dich kennenzulernen, Cam. Ich bin Russell.«

»Und ich Joan«, sagte meine Stiefmutter und reichte Cam ebenfalls die Hand.

»Ich habe nur Gutes von dir und deinem Bistro gehört«, bemerkte mein Dad, der einen Arm um Joan gelegt hatte. »Wir haben zwar in unserem Hotel Frühstück gebucht, aber vielleicht sollten wir das ausfallen lassen und stattdessen gemeinsam dem Le Petit einen Besuch abstatten. Habt ihr Zeit?«

Die Frage ging an Luca und mich.

Ich nickte. »Supergerne!«

»Ich hab auch Zeit. Wie wäre es so um 6 Uhr?«, fragte Luca sarkastisch. Eine klare Anspielung darauf, dass Sages Wecker wieder viel zu früh klingeln würde.

Sie verpasste ihm einen sanften Stoß in die Seite, der ihn zum Lachen brachte. Anschließend verabredeten wir uns für neun, was eine weitaus menschlichere Uhrzeit war, und Cam versprach uns, den schönsten Tisch zu reservieren, auch wenn das Bistro vermutlich ohnehin leer sein würde.

»Wann fahrt ihr wieder nach Hause?«, erkundigte ich mich.

»Morgen nach dem Frühstück, ich muss am Abend arbeiten.«

»Was arbeitest du denn?«, fragte Cam, und Joan begann ihm davon zu erzählen, dass sie Party- und Hochzeitsplanerin war. Da sie beide selbstständig waren, hatten sie viel Gesprächsstoff, und die Unterhaltung wandte sich schnell langweiligen Themen wie Steuern und Buchhaltung zu.

Ich blendete die Stimmen der beiden aus und schaute mich um. Wie von selbst fand mein Blick den von Gavin. Als er mich anlächelte, schnellte mein Herzschlag in die Höhe. Er stand am anderen Ende des Raumes mit Aaron, der irgendwie besorgt aussah und wild gestikulierend etwas erklärte.

Ich zog die Augenbrauen zusammen. *Ist alles in Ordnung?*, fragte ich tonlos, nur meine Lippen formten die Worte.

Gavin schien mich zu verstehen. Er schüttelte den Kopf, zuckte dann aber mit den Schultern, was ich so verstand, dass nicht alles in Ordnung war, aber schon irgendwie okay. Ich sah mich nach Connor und Derek um, da ich die beiden eine Weile nicht mehr gesehen hatte, und konnte sie nirgendwo entdecken. War Aaron deswegen aufgebracht? War er enttäuscht, weil die zwei gegangen waren, um Zeit miteinander zu verbringen?

Gavin zog meine Aufmerksamkeit wieder auf sich. Er neigte den Kopf und zeigte auf sein Handgelenk. *Wie lange noch?*

Dreißig Minuten?, bedeutete ich ihm mit einer Geste.

Er nickte und schenkte mir ein absolut umwerfendes Lächeln, bei dem mir ganz anders wurde. In seinem Blick lag zudem etwas Verheißungsvolles. Meine Wangen begannen zu glühen, als ich daran dachte, was ich in Sages Wagen zu ihm gesagt hatte: *Wer weiß, was nach der Eröffnung zu Hause passiert.*

»Danke, dass ihr da wart.«

Ich umarmte meinen Dad zum Abschied bereits zum zweiten Mal, obwohl wir uns in wenigen Stunden wiedersehen würden. Er drückte mich fest, und ich winkte Joan, Luca, Sage und ihm, als sie die SHS als Letzte verließen. Dann schloss ich die Tür hinter ihnen und atmete erleichtert auf. Aus den geplanten dreißig Minuten war eine ganze Stunde geworden. Immer wieder waren neue Gespräche entstanden, was es mir unmöglich gemacht hatte, die Leute wegzuschicken. Inzwischen war es fast elf Uhr. Was für einen Freitagabend nicht spät war, aber für eine Veranstaltung an der MVU durchaus, außerdem musste ich noch aufräumen.

Starke Arme schlangen sich von hinten um meine Taille und zogen mich gegen eine ebenso starke Brust. Ich gab einen überraschten Laut von mir, der allerdings sogleich verstummte, als Gavin seine Lippen auf meinen Nacken legte. Er verteilte federleichte Küsse auf meinem Hals. Sein Haar kitzelte mich, aber mir war nicht nach Lachen zumute, stattdessen wurde ich in seinen Armen weich wie Butter.

»Endlich«, hauchte er an meinem Ohr, wobei er mir so nahe war, dass ich die Bewegungen seiner Lippen bei jeder Silbe spüren konnte. Und obwohl die Berührung unglaublich zart war, entfachte sie eine inzwischen vertraute Hitze in meinem Inneren. Mit einem Seufzen ließ ich mich gegen seine Brust sinken, worauf er den Druck seiner Arme verstärkte, um mich zu halten. Der Duft seines Aftershaves nach Sommer und Strand stieg mir in die Nase.

»Endlich was?«, fragte ich atemlos.

»Endlich kann ich das hier tun«, antwortete er und drückte seine Lippen auf die empfindsame Stelle unter meinem Ohr.

Mir entfuhr ein Keuchen, und ich ließ meinen Kopf zur Seite rollen, was Gavin ganz klar als Einladung interpretierte. Seine Lippen saugten sich an meiner Haut fest, bedauerlicherweise aber nur für einen kurzen Moment.

»Und das hier«, murmelte er. Sein Mund glitt von meinem Ohr meinen Hals hinab bis zu meiner Schulter. Er küsste mich durch den Stoff meiner Bluse. Sie war dünn genug, um mich alles fühlen zu lassen, aber auch dick genug, dass ich mich nach mehr sehnte.

Ich wollte Gavins Lippen auf meiner Haut spüren, ohne Barriere zwischen uns. Und ich wollte meinen Mund auch auf seine Haut legen. Ihn schmecken und jede Beugung und Neigung seines Körpers mit meiner Zunge erkunden. Ein solches Bedürfnis hatte ich noch nie verspürt, aber auf einmal hatte ich das Gefühl, genau das ganz dringend tun zu müssen.

»Und das hier.« Gavins Mund verließ meine Schulter nicht, aber seine Hände glitten an meinem Bauch meinen Körper hinab, bis seine Finger meine Hose streiften.

Mir stockte der Atem, und ein Prickeln setzte zwischen meinen Schenkeln ein. Ich fragte mich, ob er es wirklich wagen würde, mich ausgerechnet hier das erste Mal auf diese Art und Weise zu berühren. Er griff nach dem Saum meiner Bluse und zog sie langsam aus dem Bund – was mein Outfit ruinierte, aber das war mir egal. Dann ließ er seine Hände unter den Stoff gleiten.

Oh Gott.

Meine Knie wurden weich, und meine Bauchmuskeln spannten sich unter seinen Fingern an, die rau und zärtlich zugleich über meine Haut strichen. Meine Augen schlossen sich wie von selbst, während Gavins Hände immer höher wanderten, bis seine Finger meinen BH und die Ansätze meiner Brüste berührten. Meine Brustwarzen richteten sich hart und fast schon schmerzhaft auf. Es war ein Schmerz, der nur von Gavin gelindert werden konnte.

Ich seufzte seinen Namen und wollte mich umdrehen, denn ich hatte das Gefühl, den Verstand zu verlieren, wenn ich ihn nicht augenblicklich küsste. Doch Gavin hielt mich fest und zwang mich dazu, seine Berührungen zu ertragen, die mich in Brand setzten. Neckisch bahnten sich seine Finger einen Weg unter den Bügel meines BHs …

… als plötzlich ein schrilles Klingeln die Stimmung zerstörte. Es kam aus Gavins rechter Hosentasche. Er zögerte, aber als der Ton nicht verstummte, murmelte er eine Entschuldigung und zog seine Hand aus meiner Bluse. Ich drehte mich zu ihm um, wohl wissend, dass ich die Mischung aus Enttäuschung und Lust in meinen Augen nicht vor ihm würde verbergen können. Mit einem verlegenen Lächeln zog er das Handy aus seiner Hosentasche. Eine unbekannte Nummer leuchtete auf dem Display auf. Irritiert sah Gavin mich an. Er zögerte kurz, doch dann nahm er den Anruf entgegen.

»Hallo?«

»…«

»Ja, der bin ich«, erwiderte Gavin hörbar irritiert.

Die Person am anderen Ende der Leitung antwortete, und was immer sie zu sagen hatte, ließ Panik in Gavins Blick aufflackern. Ein dumpfes Gefühl breitete sich in mir aus und löschte all die schönen Empfindungen, die ich eben noch verspürt hatte.

»Wie … Wie geht es meiner Mom?«, fragte Gavin mit zittriger Stimme.

Seiner Mom? Was war mit Monica? Und mit wem telefonierte er gerade? Der Polizei? Dem Krankenhaus? Es hörte sich fast danach an. Ich griff nach Gavins freier Hand. Ich hatte ihn kaum berührt, da packte er mich und drückte so heftig meine Finger, als würde sein Leben davon abhängen, sich an mir festzuhalten.

»Okay, danke. Ich bin gleich da«, beendete Gavin schließlich das Telefonat. Er nahm das Handy vom Ohr, hielt das Gerät aber weiterhin fest umklammert. Die Haut an seinen Knöcheln spannte, dennoch zitterte seine Hand.

»Was ist passiert?«, fragte ich leise.

»Ich muss zu meiner Mom«, antwortete er tonlos. Er entwand seine Hand meinem Griff und marschierte auf den kleinen Lagerraum neben der Kasse zu, wo unsere Sachen lagen. Wenige Sekunden später kehrte er mit seiner Jacke und meinem Autoschlüssel in der Hand zurück. »Kann ich mir deinen Wagen leihen?«

»Nein«, antwortete ich entschlossen und wollte ihm den Schlüssel abnehmen, aber er riss seine Hand in die Höhe, damit ich ihn nicht erreichen konnte. Ich hatte zwar keine Ahnung, was mit seiner Mom los war, aber was ich wusste, war, dass sich Gavin in keiner Verfassung befand, Auto zu fahren, vor allem nicht die lange Strecke bis nach Brinson. Nicht mit seinen zitternden Händen, den bebenden Schultern und dem Ausdruck der puren Verzweiflung in seinem Blick.

»April, bitte. Ich …«

»Ich komme mit dir«, unterbrach ich ihn.

Er schüttelte den Kopf. »Das … Das geht nicht.«

»Geht es nicht, oder willst du nicht?«

Er presste die Lippen aufeinander, was Antwort genug war. Wieder einmal versuchte er, mich vor etwas zu beschützen, vor dem ich gar nicht beschützt werden wollte.

Eindringlich sah ich ihm in die Augen, damit er erkannte, wie ernst es mir war. »Bitte lass mich für dich da sein.«

Bitte, hab keine Angst.

Bitte, vertrau mir.

Bitte, lass mich dir helfen.

Gavin zögerte, während ich in Gedanken flehte, dass er mich nicht zurückweisen würde. Dann nickte er und reichte mir die Autoschlüssel.

Ich stieß ein erleichtertes Seufzen aus, aber die Erleichterung war nur von kurzer Dauer, denn der schwere Teil würde jetzt erst kommen.

33. Kapitel

Wir fuhren nicht in das Krankenhaus nach Brinson.

Als ich den Blinker setzte, um auf die Route 50 zu fahren, wies Gavin mich an, die Spur zu halten. Die Anweisungen, die er mir gab – hier links, jetzt rechts, weiter geradeaus –, waren das Einzige, was er sagte. Und auch ich war in Schweigen verfallen, während ich versuchte, mir auf alles einen Reim zu machen. Aber das Fragezeichen über meinem Kopf wurde noch größer, als ich erkannte, dass Gavin mich zum örtlichen Krankenhaus gelotst hatte.

Seine Mom war hier?

In Melview?

Ich fragte Gavin, aber er antwortete mir nicht. Nervös wippte er mit den Beinen auf und ab und trommelte mit den Fingern gegen die Wagentür. Ich packte das Lenkrad fester, denn mittlerweile zitterten auch meine Hände, und steuerte auf den Parkplatz des Krankenhauses zu. Kaum standen wir, sprang Gavin aus den Wagen und hechtete auf den Eingang zu.

Ich stieß einen Fluch aus, schnappte mir meine Tasche vom Rücksitz und rannte ihm nach. Trotz der späten Uhrzeit standen etliche Autos auf dem Parkplatz. Insektenschwärme umtanzten die Laternen, die den Weg zum Eingang säumten. Das Krankenhaus war ein mehrstöckiger Klotz aus Beton mit weißer Fassade und Reihen aus schmalen Fenstern. Die meisten Räume waren verdunkelt, aber in einigen brannte Licht.

Ich beschleunigte meine Schritte und eilte auf den Eingang zu. Die Türen aus Glas schoben sich automatisch auseinander. Ich ließ die Kälte hinter mir, und der beißende Geruch nach Desinfektionsmittel, chemischem Reiniger, Latex und diesem typischen Krankenhausduft, der sich kaum beschreiben ließ, stieg mir in die Nase. Er war eine Mischung aus Schweiß und Blut, Tränen und schlechtem Kaffee.

Ich drosselte mein Tempo, als ich den Eingangsbereich betrat. Er war weitläufig und bot genug Platz, um Liegen und Rollbetten umherzuschieben. Es gab mehrere Reihen an Stühlen und Sitzbänken für Wartende, welche um diese Uhrzeit nur vereinzelt besetzt waren. Es herrschte eine eigenartige Stille. Niemand redete in normaler Lautstärke, alle flüsterten, sodass einem die eigenen Schritte viel zu laut erschienen.

Ich zuckte zusammen, als über meinem Kopf ein Lautsprecher anging, der einen Namen ausrief. Ein paar Meter von mir entfernt sprang ein Pärchen von ihren Stühlen auf. Die beiden schienen in ihren Vierzigern zu sein. Ihre Gesichter waren blass, und Spuren getrockneter Tränen klebten auf ihren Wangen. Es schnürte mir die Kehle zu, und am liebsten hätte ich auf dem Absatz kehrtgemacht, doch ich hielt auf Gavin zu, der am Empfangstresen stand und mir den Rücken zugewandt hatte. Die Anspannung in seinen Schultern war nicht zu übersehen.

»Ihre Mutter hatte einen Unfall«, hörte ich die Frau hinter dem Tresen sagen. »Sie hat die Straße bei Rot überquert und ist von einem Auto angefahren worden. Eine Ambulanz hat sie in die Notfallaufnahme gebracht. Sie befindet sich derzeit noch in Behandlung.«

»Und wie geht es ihr?«, fragte Gavin mit bebender Stimme.

»Sie schwebt nicht in akuter Lebensgefahr, aber mehr kann ich Ihnen derzeit nicht sagen. Sie können gerne Platz nehmen und warten.« Die Frau deutete zum Bereich mit den Stühlen. »Die behandelnde Ärztin wird Ihnen gerne alles Weitere erklären.«

»Und wie lange dauert das?«

»Das kann ich Ihnen leider nicht sagen«, antwortete die Frau.

Einen Moment stand Gavin einfach nur da und rührte sich nicht vom Fleck, dann wirbelte er so abrupt herum, dass er um ein Haar in mich hineingerannt wäre. Unsere Blicke trafen sich. Tränen standen in seinen Augen und ein Schmerz, der mir den Atem raubte. Einige Sekunden starrte er mich an, dann lief er an mir vorbei, um sich zu setzen.

Ich nahm neben ihm Platz. Die Stühle waren hart und unbequem. Er hatte ein Klemmbrett bekommen, auf dem ein Formular befestigt war, das er ausfüllen musste. Seine Hand zitterte so stark, dass er den Stift kaum halten konnte. Es brach mir das Herz …

»Lass mich«, sagte ich und nahm ihm den Kuli ab.

Gemeinsam füllten wir die Zettel aus, wobei mir Gavin alles zuflüsterte, was ich nicht wusste. Am meisten überraschte mich, dass er mir als Anschrift seiner Mom eine Adresse in Melview nannte. Sie lebte hier. In unserer Stadt. Und Gavin hatte nie ein Wort gesagt. Aber nachdem er uns auch verschwiegen hatte, dass er aus seiner Wohnung geflogen war, sollte mich das wohl nicht überraschen.

Gavin und ich warteten.

Wir warteten.

Und warteten.

Und warteten.

Und warteten, bis ich es kaum mehr ertragen konnte. Wir sprachen nicht miteinander. Anfangs hatte ich versucht, ihn aufzumuntern, ihm Mut zu machen, aber meine Worte waren auf taube Ohren gestoßen, also waren wir ebenfalls in Schweigen verfallen. Doch dieses Schweigen war nicht still. Überall um uns herum waren Geräusche. Die Rufe der Ärzte. Die Stimmen des Pflegepersonals. Die Schluchzer von Angehörigen. Das gequälte Stöhnen leidender Patienten. Und Gavins Gedanken, die selbst unausgesprochen so laut waren, dass ich das Gefühl hatte, er würde mich anschreien.

Ich versuchte noch immer zu verstehen, was vor sich ging und was all das zu bedeuten hatte, aber die einzige Person, die mir Antworten darauf geben konnte, war Gavin. Und der war nicht in der Verfassung zu reden. Er wirkte komplett abwesend. Vornübergebeugt, die Ellenbogen auf die Knie gestützt, saß er da und starrte auf seine Schuhspitzen. Sein Kiefer war so angespannt, dass ich allein vom Hinschauen Schmerzen bekam. Ich wünschte, es gäbe irgendetwas, womit ich ihm helfen könnte, aber das Einzige, was ich für ihn tun konnte, war, für ihn da zu sein …

»Möchtest du einen Kaffee?«

Gavin schüttelte den Kopf.

Ich stand dennoch auf und lief zu einem der Automaten, um uns eine Flasche Wasser zu holen. Zurück auf meinem Platz nippte ich daran und reichte sie Gavin, doch er lehnte abermals mit einem Kopfschütteln ab. Ich stellte die Flasche beiseite, und dann saßen wir da und warteten weiter …

»Sind Sie Gavin Forster?«, fragte plötzlich eine helle Stimme.

Ich blickte auf und entdeckte eine Ärztin in weißem Kittel. Das dunkle Haar hatte sie zu einem straffen Zopf gebunden. Der Blick aus ihren braunen Augen war wach und aufmerksam, als wäre es nicht bereits nach drei Uhr morgens.

Gavin nickte. »Ja, der bin ich!«

»Ich bin Dr. Wheeler. Die Ärztin, die Ihre Mutter behandelt

hat«, stellte sich die Frau vor und setzte sich auf die Stuhlreihe uns gegenüber.

War das ein schlechtes Zeichen? Oder ein gutes? Oder gar keines und sie wollte nur ihre Füsse ausruhen? Ich krümmte mich auf meinem Sitz zusammen, denn ich wusste nicht, was ich tun sollte, wäre Monica nicht okay. Vielleicht sollte ich Luca anrufen?

»Wie geht es meiner Mom?«, fragte Gavin mit angeschlagener Stimme.

»Sie wird es überstehen«, antwortete die Ärztin in ernstem Tonfall. »Sie war nicht ansprechbar, als die Ambulanz am Unfallort eingetroffen ist, aber zwischenzeitlich hat sie das Bewusstsein wiedererlangt. Wir haben sie geröntgt und ein MRT und CT durchgeführt. Sie hat eine leichte Gehirnerschütterung, mehrere gebrochene Rippen, eine ausgekugelte Schulter sowie einige Prellungen und Schürfwunden. Es wird eine Weile dauern, bis alles verheilt ist, aber sie sollte sich vollständig von dem Unfall erholen.«

Gavin stiess ein erleichtertes Seufzen aus. »Gott sei Dank.«

»Ihre Mutter hatte wirklich Glück. Mit der Wucht, mit der das Auto sie erfasst hat, hätte die Geschichte auch ganz anders ausgehen können. Aber um ehrlich zu sein, sind ihre Verletzungen nicht das, was mir am meisten Sorge bereitet.«

Ich runzelte die Stirn. »Was denn dann?«

»Ihre Leberwerte«, sagte Dr. Wheeler mit besorgter Miene, wobei ihr Blick zwischen Gavin und mir hin- und herzuckte, weil sie scheinbar nicht einordnen konnte, welche Rolle ich genau spielte. »Wie lange trinkt Ihre Mutter schon?«

Gavin zögerte, bevor er antwortete. »Seit ein paar Jahren.«

Die Ärztin nickte. »Das sieht man ihrer Leber an. Sie war auch zum Zeitpunkt des Unfalls stark alkoholisiert. Sie ist betrunken über eine rote Fussgängerampel gelaufen. Der Fahrer konnte nicht mehr rechtzeitig bremsen, weshalb es überhaupt zu dem Unfall kam.«

»Wie geht es dem Fahrer?«, fragte Gavin.

»Er ist mit dem Schrecken davongekommen.«

Gavin nickte, das zu hören schien ihn zu erleichtern. »Kann ich zu meiner Mom?«

»Ja. Ich kann Sie gerne zu ihr bringen, allerdings ist sie im Moment nicht ansprechbar. Wir haben ihr etwas gegen die Schmerzen gegeben, das auch eine beruhigende Wirkung hat. Vermutlich wird sie das die nächsten Stunden durchschlafen lassen«, antwortete Dr. Wheeler und erhob sich von ihrem Platz.

Gavin ergriff meine Hand, und wir wurden in Monicas Zimmer geführt. Die Wände waren kahl und weiß, und der Geruch nach chemischem Reiniger war derselbe wie in der Lobby. Im Zimmer brannte Licht, aber die Vorhänge waren zugezogen. Im Raum gab es mehrere Betten, aber bis auf eines waren alle leer. Daneben stand ein Infusionsständer, an dem ein Beutel mit Kochsalzlösung hing, und es gab einen Herzmonitor, der rhythmische Piepsgeräusche von sich gab.

Monica war kaum wiederzuerkennen. Sie sah deutlich älter aus als ihre fünfzig Jahre. Ihr einst volles schwarzes Haar war dünn geworden und von grau-weißen Strähnen durchzogen. Ihre Haut war fahl und fleckig, Falten zeichneten jeden Zentimeter ihres Gesichts. Hätte ich ihr Alter schätzen müssen, hätte ich auf Anfang bis Mitte siebzig getippt, aber vielleicht war es das, was Sorge und Trauer mit den Jahren aus einem machten. Und Alkohol. Sie war auch erschreckend dünn geworden. Ihr Arme waren wie dürre Äste und die Knochen und Adern auf ihrem Handrücken deutlich zu sehen. Ihr linker Arm steckte in einer Schlinge. Ein großes Pflaster klebte auf ihrer Stirn, und an ihrem rechten Arm waren Schrammen zu erkennen, die mich an die Wunden von damals erinnerten, als ich vom Fahrrad gefallen und auf den Asphalt gedonnert war.

»Ich lass Sie mal alleine«, sagte Dr. Wheeler.

Gavin nickte, aber ich hatte nicht das Gefühl, dass er wirklich zuhörte. Er hatte nur Augen für seine Mom. Er ließ meine Hand los, um ihre reglose zu ergreifen. Ich bedankte mich bei Dr. Wheeler, die das Zimmer verließ, und dann waren Gavin, seine Mom und ich alleine. Das einzige Geräusch im Raum war das Piepsen ihres Herzmonitors und der Klang von Schritten und Stimmen auf dem Flur.

Gavin hob den Kopf, und ich starrte geradewegs in seine stechenden blauen Augen. Was ich in seinem Blick erkannte, war neben Angst, Sorge und Verzweiflung auch Scham, weil er nicht gewollt hatte, dass ich etwas hiervon mitbekam. Mein Herz brach noch ein bisschen mehr für ihn auf.

»Du solltest besser gehen«, sagte er leise.

Enttäuschung breitete sich in mir aus. »Was?«

»Jemand muss nach Jack sehen.«

»Bist du dir sicher?«

Er nickte. »Ja, ich nehm ein Taxi nach Hause.«

Ich wollte ihn nicht alleine lassen. Ich wollte bei ihm bleiben, seine Hand halten und ihm versichern, dass alles gut werden würde. Und ich wollte ihn wissen lassen, dass seine Scham völlig unangebracht war. Aber ich erkannte, wie stressig und aufwühlend diese Situation für ihn war, und das Letzte, was ich wollte, war, die ganze Sache noch schwieriger für ihn zu machen. Und ich hatte kein Recht, hier zu sein, wenn Gavin mich nicht hier haben wollte.

»Okay, aber wenn du mich doch hier haben willst und ich zurückkommen soll ... ruf mich an, ja?«

Gavin nickte, und ich trat einen Schritt auf ihn zu, um ihn zu umarmen, aber er wich zurück, als könnte er meine Zuneigung jetzt nicht ertragen. Nicht weil er sie nicht wollte, sondern weil er Angst hatte zu brechen, wenn er sich in diesem Moment Schwäche erlaubte. Er musste stark sein für seine Mom. Und mich beschlich das Gefühl, dass er das schon sehr, sehr lange sein musste.

34. Kapitel

Ich wartete noch auf Gavin, als die Sonne bereits aufging.

Zu Hause angekommen war ich eine Runde mit Jack rausgegangen. Doch obwohl ich todmüde war, war im Anschluss nicht an Schlaf zu denken gewesen. Meine Gedanken und Sorgen hielten mich hellwach. Um mich abzulenken, hatte ich begonnen, die Wohnung und schließlich auch mein Zimmer aufzuräumen, bis es nichts mehr zum Aufräumen gab.

Anschließend hatte ich eine Dusche genommen und meinem Dad geschrieben, dass ich später nicht bei unserem Brunch dabei sein könnte, denn ich wollte Gavin nicht allein lassen. Und ich bezweifelte, dass ihm die Laune nach einem unbeschwerten Frühstück mit meinen Eltern stand – und mir um ehrlich zu sein auch nicht.

Meine Gedanken rasten, während ich versuchte, mir auf alles einen Reim zu machen. Gavins Mom war anscheinend Alkoholikerin. Es klang ganz danach, aber er hatte nie ein Wort darüber verloren, genauso wenig wie über Monicas Umzug nach Melview. Oder die Tatsache, dass er aus seiner Wohnung geflogen war. Was hatte er Luca und mir noch alles verheimlicht?

Ich war so tief in meine Gedanken versunken, dass ich die Schritte im Flur erst bemerkte, als Jack von seinem Platz neben mir auf der Couch aufsprang und zur Tür rannte. Doch während der Australian Shepherd pure Freude über Gavins Rückkehr empfand, war ich einfach nur nervös. Ich wischte mir die Hände am Stoff meiner Hose trocken und stand von der Couch auf, weil ich plötzlich nicht mehr sitzen konnte.

Die Tür zur Wohnung wurde aufgeschoben, und Gavin kam herein. Ein einziger Blick genügte, um mich wissen zu lassen, wie beschissen die letzten Stunden im Krankenhaus für ihn gewesen sein mussten. Er wirkte erschöpft und jeder Energie beraubt. Normalerweise begrüßte er Jack immer überschwänglich, egal wie anstrengend oder beschissen sein Tag gewesen war, aber heute hatte er auch für ihn nur ein müdes Tätscheln übrig. Es brachte mich um, ihn so zu sehen. In meinem Hals bildete sich ein Kloß, und ich bekam kein einziges Wort hervor, obwohl kurz zuvor noch so viele Fragen in meinem Kopf herumgeschwirrt waren.

Ich überbrückte die Distanz zu Gavin, und dieses Mal ließ er die Umarmung zu. Er vergrub sein Gesicht an meiner Halsbeuge und schlang seine Arme um mich. Ein Schluchzen entwand sich seinen Lippen, wobei ich unter meinen Fingerspitzen spüren konnte, wie seine angespannten Muskeln weich wurden, als würde sein Körper begreifen, dass er endlich nicht mehr stark sein musste. Doch während er schwach wurde, wurde seine Umarmung stärker. Ich erwiderte sie, so fest ich konnte, und versuchte, nicht ebenfalls loszuheulen.

Dieser Moment erinnerte mich schmerzhaft an jene Nacht, in der er unter Tränen zurück in die Wohnung gekommen war. Denn damals war er auf dieselbe Art und Weise gebrochen gewesen wie jetzt, aber anders als in jener Nacht glaubte ich nicht, dass ein Ratespiel helfen könnte, ihn auf andere Gedanken zu bringen.

»Gavin …«, wisperte ich an seinem Ohr.

»Noch nicht.« Seine Stimme klang dünn und ängstlich. Er drückte mich an sich. Ein stummes Flehen und die verzweifelte Bitte, ihn noch nicht loszulassen.

Ich drückte ihn noch fester und würde ihn halten, solange er wollte.

Behutsam streichelte ich ihm über den Rücken und die Schultern, die unter seinen Schluchzern bebten, während ich die Nässe seiner Tränen an meinem Hals spüren konnte.

Zittrig atmete er immer wieder ein und aus, bis sich seine Atmung beruhigte und seine Tränen auf meiner Haut getrocknet waren. Erst dann löste er sich von mir. Langsam, als wüsste er nicht, ob er wirklich dazu bereit war, ließ er seine Hände von meinem Rücken gleiten und trat einen Schritt zurück. Seine Augen waren glasig und rot geschwollen. Die Reste seiner Tränen klebten ihm noch auf den Wangen. Ich hob die Hand, um sie fortzuwischen. Und wünschte mir, ich könnte auch den Schmerz in seinem Blick auf diese Weise verschwinden lassen.

Ich räusperte mich. »Wie geht es deiner Mom?«

»Unverändert. Sie ist nicht aufgewacht. Ein Pfleger ist vorbeigekommen, aber er konnte mir auch nichts Neues sagen. Ich soll heute Abend oder morgen wiederkommen«, erklärte Gavin zögerlich. Die Tränen waren noch immer in seiner Stimme zu hören. Sie ließen sie rau und kratzig werden.

Ich rieb ihm tröstend den Arm. »Deine Mom ist in guten Händen.«

»Ich weiß. Es ist nur …« Er holte tief Luft und kniff die Augen zu. Etwas wandelte sich in seinem Gesicht, und auf einmal war nicht mehr Sorge das vorherrschende Gefühl in seinen Zügen, sondern Wut. »Ich hasse es!«

»Was?«

»Alles!«, entfuhr es Gavin. Er schlug die Augen wieder auf, und der Zorn in seinem Blick war wie ein Sturm, der mich von den Füßen riss. »Ich hasse, dass mein Dad sich umgebracht hat. Und dass ich ihn finden musste. Ich war gerade einmal acht!

Acht! Damals hatte ich noch nicht mal eine Leiche im Fernsehen gesehen, und …« Er unterbrach sich und schüttelte resigniert den Kopf. »Ich hasse, dass ich es einfach nicht vergessen kann. Ich sehe es. Jeden Tag. Und jede Nacht. Und meine Mom ist deswegen so hinüber. Sie kann einfach nicht aufhören zu trinken. Egal, was ich tue. Egal, wie sehr ich mich bemühe. Immer wenn ich glaube, es geht bergauf, geht es doch nur bergab. Ich kann ihr nicht helfen. Trotz meines verfickten Psychologiestudiums kann. Ich. Ihr. Nicht. Helfen.«

Seine Hände ballten sich neben seinem Körper zu Fäusten, was ich nur mitbekam, weil ich spürte, wie sich seine Muskeln unter meinen Fingern anspannten. »Und dann musstest du das heute auch noch alles mitbekommen. Das hasse ich auch. Und vielleicht sogar am allermeisten. Ich will doch einfach nur glücklich mit dir sein und diesen ganzen Scheiß vergessen, aber wie soll das gehen, wenn die ganze Zeit so ein Mist passiert?«

Erschrocken sah ich Gavin an. Ich wusste nicht, was ich darauf erwidern sollte. Das war viel. Verdammt viel. Und es war das erste Mal, dass er sich so emotional über den Tod seines Dads äußerte. Klar war er damals traurig gewesen, aber eben nur traurig. Die Wut darüber, dass sein Dad ihn nicht nur verlassen, sondern auch mit dieser Erinnerung gestraft hatte, erlebte ich heute zum ersten Mal. Und natürlich setzte es Gavin zu; es konnte nicht gesund sein, so etwas in sich verschlossen zu halten.

Ich ließ meine Hand an seinem Arm nach unten gleiten und legte meine Finger um seine Faust. »Ich hasse auch, was mit deinem Dad passiert ist. Und dass du so sehr darunter leidest. Und ich hasse es, dass es deiner Mom nicht gut geht. Aber was ich nicht hasse, ist die Tatsache, dass du mir endlich erlaubst, für dich da zu sein.«

»Ja?«

»Ja! Gavin, ich will nicht nur dein glückliches, unbeschwertes Ich, das mit mir auf Halloweenpartys geht, in Zelten herumknutscht und Karaoke mit mir singt. Ich will auch dein unglückliches Ich. Ich will jede Seite von dir, egal wie hell oder dunkel sie ist, denn all diese Seiten gehören zu dir. Sie sind alle wunderbar.«

Gavin starrte mich an. Sein Blick so unergründlich, dass mir flau im Magen wurde und ich mich bereits fragte, ob ich etwas Falsches gesagt hatte. Als sich seine Faust öffnete. Er nahm meine Hand in seine, und wie von selbst verflochten sich unsere Finger. »Meinst du das ernst?«

Ich nickte. »Ja. Ich will für dich da sein. Ich hab mir solche Sorgen gemacht, dass ich sogar mein Zimmer aufgeräumt habe, weil ich nicht schlafen konnte.«

»Wenn Luca erfährt, dass es einen Autounfall braucht, damit du dein Zimmer aufräumst, macht er vielleicht doch noch seinen Führerschein, nur um Leute anzufahren, die du kennst.«

»Autsch!«

»Sorry, war das zu früh?«

Ich lachte. »Viel zu früh.«

Gavins rechter Mundwinkel wanderte nach oben und erzeugte ein Halblächeln auf seinem Gesicht, das ich nicht für möglich gehalten hätte, das mich aber selbst übertrieben glücklich machte. Er trat dicht an mich heran, bis sich seine Brust gegen meine drückte. Ich musste den Kopf leicht anheben, um ihn ansehen zu können. Er lehnte seine Stirn an meine und hielt mich fest.

»Würdest du mit mir an den See fahren?«, fragte er überraschend.

Ich blinzelte. »Jetzt?«

»Ja. Ich fahre immer gerne mit Jack raus, um den Kopf frei

zu bekommen. Dort können wir auch in Ruhe reden. Ich glaube, ich hab einiges zu erklären.«

Wir könnten auch hier in Ruhe reden, denn wer sollte uns stören? Aber das sagte ich nicht, stattdessen nickte ich, erleichtert darüber, dass er überhaupt mit mir reden wollte. »Okay, dann lass uns an den See fahren. Vielleicht haben wir Glück und erwischen noch den Sonnenaufgang.«

»Danke.« Gavin küsste meine Nasenspitze. »Lass mich nur schnell meine Badehose anziehen.«

Ich stutzte und sah ihn verdutzt an. »Bitte was? Deine Badehose? Du willst doch nicht etwa …«

»Eisbaden? Ja.«

Allein die Vorstellung ließ mich erschaudern. Das Wasser des Lake Tahoe war immer kalt. Selbst im August stieg die Temperatur selten über vierzehn Grad, aber es war auszuhalten, weil einem außerhalb des Sees warm war. Aber jetzt? Anfang November? Um diese Uhrzeit?

»Hast du in den letzten Stunden nicht schon genug gelitten?«

»Zieh dir einen Bikini an«, war Gavins Antwort.

Ich lachte nervös. »Oh nein, vergiss es.«

»Komm schon. Bitte. Du wirst es erst verstehen, wenn du es erlebt hast.«

»Du willst ernsthaft, dass ich mit dir Eisbaden gehe?«

»Ja, vor drei Wochen warst du auch noch im See.«

»Schon, aber da war es draußen noch zehn Grad wärmer und ich wild entschlossen, dir aus dem Weg zu gehen. Diese Motivation hab ich jetzt nicht mehr«, protestierte ich, was Gavin abermals zum Lachen brachte.

Doch ich wusste bereits, dass ich es tun würde. Denn ich würde alles für Gavin tun, auch wenn das bedeutete, Ende Oktober in einem eiskalten See zu baden.

35. Kapitel

Gavin und ich hatten den Strand für uns. Wir waren allein mit dem Rauschen der seichten Wellen, den Rufen der Vögel und dem wohl beeindruckendsten Sonnenaufgang, den ich je in meinem Leben gesehen hatte. Was in mir die Frage aufwarf, warum ich nicht früher daran gedacht habe, morgens an den See zu fahren, um dieses Schauspiel zu beobachten. Immerhin wohnte ich schon mein ganzes Leben lang am Lake Tahoe, wenn auch an verschiedenen Seiten des Ufers.

Der Himmel war von einem strahlenden Blau. Es gab nur vereinzelt Wolken, die völlig still in der Luft hingen. Als würden sie innehalten, um die Schönheit des Moments zu bewundern. Die Sonne stand in einem Gewand aus Rot- und Orangetönen direkt über den Bergen und brachte das Grün der Nadelbäume zum Leuchten, als wären ihre Spitzen Hunderttausende von Kerzen.

»Es ist wunderschön hier«, bemerkte ich, während wir uns dem Ufer näherten. Es wehte eine leichte Brise, welche einzelne Sandkörner mit sich trug. Als ich mir vorhin meinen Bikini angezogen hatte, hatte ich das Wetter gecheckt. Es waren gerade einmal zehn Grad, und laut meiner App hatte das Wasser des Sees aktuell eine ähnliche Temperatur. Es wäre also kalt beim Rein- *und* beim Rausgehen.

»Ich liebe es, um diese Tageszeit am See zu sein«, kam es von Gavin. Er wirkte deutlich entspannter als noch vor einer halben Stunde. Er bückte sich nach einem Stöckchen und schleuderte es den Strand entlang. Sofort hechtete Jack danach. »Es ist so ruhig und friedlich, und für einen kurzen Moment existiert man nur für sich selbst. Da sind keine Sorgen. Keine Verpflichtungen und Verantwortungen. Keine Erwartungen. Nur man selbst und das hier …«

Ich verstand, was er meinte, denn an diesem Ort schien die Zeit stillzustehen; und das einzige Indiz dafür, dass es nicht so war, war die Sonne, die mit jedem Herzschlag den Tag mehr und mehr für sich eroberte. Ich spürte, wie das Handy in meiner Hosentasche vibrierte, vermutlich mein Dad, der aufgestanden war und meine Nachricht gelesen hatte. Es war schade, dass ich das Frühstück mit Joan und ihm verpasste, aber in diesem Moment wollte ich an keinem Ort lieber sein als hier bei Gavin.

»Wollen wir erst reden oder uns erst Erfrierungen holen?«, fragte ich.

»Reden.«

Ich stieß ein erleichtertes Seufzen aus, denn so konnte es vielleicht noch ein, zwei Grad wärmer werden, auch wenn das vermutlich keinen großen Unterschied machte. Wir setzten uns nahe des Ufers in den Sand, unsere Handtücher neben uns. Ein paar Minuten starrten wir schweigend auf den See hinaus und beobachteten, wie die seichten Wellen ans Ufer schlugen, Sand und Steinchen anspülten und wieder mit sich nahmen.

Ich schaute zu Gavin. Er hatte mir sein Profil zugewandt, und wie von selbst zuckte mein Blick zu seinem Hals, auch wenn ich wusste, dass dort keine Kratzer mehr zu sehen waren. Inzwischen war ich mir sicher, dass die roten Schlieren von Monica stammt hatten.

»Was ist passiert?«, fragte ich vorsichtig.

Gavin schüttelte den Kopf, dann lachte er leise, aber nicht

amüsiert. »Keine Ahnung, was ich darauf antworten soll. Denn ich weiß nicht, was passiert ist. Nach dem Tod meines Dads ging es meiner Mom okay. Nie richtig gut, aber okay, bis es schlimm wurde. Es war ein schleichender Prozess. Ich hab die Veränderung anfangs nicht mal bemerkt.«

»Das tut mir leid.«

»Ist ja nicht deine Schuld.«

»Deine aber auch nicht.«

»Woher willst du das wissen?«, fragte er. Im ersten Moment dachte ich, dass es ein Scherz sein sollte, doch im zweiten dämmerte mir, dass er es ernst meinte.

»Ich weiß es einfach«, sagte ich ohne jedes Zögern. »Du bist nicht schuld.«

Gavin sah mich weiterhin nicht an, sondern starrte auf den See hinaus, was es mir schwer machte, in seinen Augen zu lesen. Er öffnete den Mund, aber es kam kein Wort über seine Lippen, sondern nur ein erleichtertes Seufzen aus tiefster Seele, als hätte er genau das hören müssen. Dass er an nichts von dem, was geschehen war, die Schuld trug. Und das tat er nicht. Die Tatsache, dass er es überhaupt in Betracht zog, war fürchterlich. Er war ein großartiger Sohn. Ich wusste nicht, was mit Monica los war, aber es war offensichtlich, dass Gavin sich um sie kümmerte. Und seinen Dad hatte er mit gerade mal acht Jahren verloren. Was hätte er in diesem Alter schon falsch machen können?

»In der Nacht, in der du nach Hause gekommen bist, geweint hast und diese Kratzer am Hals hattest«, fuhr ich fort, weil ich spürte, dass es Gavin schwerfiel, frei zu sprechen. Er brauchte meine Fragen als Leitfaden durch seine Gefühle. »Das war deine Mom, oder?«

»Ja«, bestätigte er meine Vermutung.

»Sie war also damals schon in Melview?«

»Ja.«

»Wie lange wohnt sie hier schon?«

Gavin schaute kurz in meine Richtung, dann aber sofort wieder weg. »Sechs Monate.«

Meine Augen wurden groß. »Sechs Monate?«

Er nickte, fast schon beschämt, und begann unruhig mit dem Zeigefinger Muster in den Sand zu malen. Ich verstand, weshalb er mir früher nichts davon erzählt hatte, aber was war mit Luca? Warum hatte er sich ihm nicht anvertraut? Er hätte ihm zugehört und vielleicht sogar helfen können. Gavin hätte das alles nicht allein durchstehen müssen.

»Warum hast du nie etwas gesagt?«

In diesem Moment kam Jack mit einem anderen, größeren Stöckchen im Maul angerannt. Er ließ es vor uns auf den Boden fallen. Gavin nahm es an sich und schleuderte es weg. Aufgeregt rannte Jack hinterher, der sich einfach nur über den frühmorgendlichen Ausflug freute.

»Nach dem Tod meines Dads bestand mein Leben aus Beileidsbekundungen und traurigen oder mitleidigen Blicken«, antwortete Gavin mit dunkler Stimme. »Ich war nicht länger ich, nicht länger Gavin, sondern der Junge, dessen Dad Selbstmord begangen hat. Und ich hatte keine Lust darauf, auch noch zu dem Mann zu werden, dessen Mom Alkoholikerin ist. Ich wollte Luca und euch aus alldem raushalten, weil ihr der einzige heile Teil meines Lebens seid. Das habe ich gebraucht, um mich normal zu fühlen.«

»Du bist normal.« Die Worte verließen meinen Mund leise, kaum hörbar, also wiederholte ich sie, dieses Mal deutlicher. »Du bist normal.«

»Und warum fühle ich mich dann wie ein Alien?« Noch immer starrte Gavin auf den See hinaus, als könnte er es nicht ertragen, mich anzusehen, während er mir all das erzählte. »Gefühlt haben alle um mich herum dieses lockere, unbeschwerte Collegeleben. Sie gehen auf Partys, trinken zum Spaß und nicht, um ihre Probleme zu vergessen. Sie daten, haben Sex und Beziehungen, anstatt sich um ihre kranke Mutter zu kümmern. Und ihre Sorgen reichen nicht weiter als bis zur nächsten Klausur – die für mich das kleinste aller Übel ist. Ich pass da einfach nicht rein.«

Mein Magen verkrampfte sich bei seinen Worten. Ich hatte keine Ahnung gehabt, dass Gavin so fühlte. Er war schon immer ein bisschen anders gewesen als die anderen Jungs in seinem Alter. Der Suizid seines Dads, die Schulden und der damit verbundene Lebenswandel hatten ihn schneller erwachsen werden lassen, aber dass er sich so fremd und fehl am Platz vorkam, hatte ich nicht geahnt.

Ich griff nach seiner Hand, legte meine warmen Finger auf seine kalten und drückte sie fest. So fest, dass ihm keine andere Wahl blieb, als mich endlich anzusehen. Er hob den Kopf, und sein Blick traf auf meinen. »Es tut mir leid, dass du so fühlst und glaubst, nirgendwo reinzupassen, aber … in mein Leben passt du perfekt. Und ich möchte mit dir all das, was du glaubst, nicht haben zu können – Dates, eine Beziehung, Sex. Wenn du mich lässt. Und du mich auch willst.«

Gavin presste die Lippen aufeinander und sagte nichts, aber der Ausdruck in seinen Augen sprach Bände. Sein Schweigen war keine Abfuhr, sondern Unverständnis. Er war mir dankbar für die Worte, aber er konnte nicht begreifen, wie ich so etwas ernst meinen konnte. Weil er die letzten Jahre eine Mauer aus Schweigen und Geheimnissen um sich errichtet hatte, die ihn von allen anderen trennte und ihn entfremdet hatte. Doch es war eine Mauer, die nur er sehen konnte. Eine Mauer, die ihm den Blick auf die Wirklichkeit versperrte und ihm nicht erlaubte, sich selbst so zu sehen, wie wir anderen ihn sahen. Eine

Mauer, die ich nicht in einer Nacht und mit wenigen Worten würde einreißen können, das brauchte Zeit.

»Seit wann geht das mit deiner Mom schon so?«, fragte ich weiter, denn auf einmal wollte ich nichts lieber, als dieses Gespräch so schnell wie möglich hinter mich zu bringen und in diesem verdammten See aus Eis zu baden. Die Kälte wäre mir um einiges lieber als der Schmerz in Gavins Augen.

Sein Blick wanderte zu meiner Hand, die noch immer auf seiner lag. Seine Finger zuckten, aber er entzog sich meiner Berührung nicht. »Seit Jahren. Eigentlich schon seit dem Tod meines Dads. Es hat angefangen mit einem Glas Wein am Abend, dann wurde aus dem Glas eine Flasche, und aus der Flasche wurden zwei, die sie nicht mehr nur am Abend trank, sondern auch tagsüber. Und vor drei Jahren ist es eskaliert.«

»Vor drei Jahren. Das war, als du nach Melview gezogen bist.«

Gavin nickte. »Ja, als sie mich verloren hat, hat sie auch den Halt verloren.«

»Sie hat dich nicht verloren, du bist noch da.«

»Aber nicht mehr bei ihr. Ich war nicht mehr da, um sie von der Leere abzulenken, die mein Dad hinterlassen hat. Also hat sie begonnen, sie mit Alkohol zu füllen«, sagte Gavin, wobei seine Stimme leicht zu zittern begann. Ich spürte dieses Beben bis tief in mein Inneres. »Nach dem Tod meines Dads wurde meine Mom ebenfalls mit Depressionen diagnostiziert. In den ersten Jahren ging es ihr damit mal mehr, mal weniger gut, ähnlich wie bei mir. Du kennst das ja …«

Ich erinnerte mich ganz genau an die Tage, an denen Gavin kaum ein Wort gesprochen und in der Schule gefehlt hatte. Und an jene Tage, an denen er sich langsam durch das Leben geschleift hatte, als hätte ihm das Schicksal einen Stein ans Bein gebunden, der einfach alles schwer machte.

»Doch während ich einen halbwegs gesunden Umgang mit meinen Gefühlen gelernt habe, vor allem dank Luca und dir, weil ihr immer für mich da wart, ist meine Mom immer tiefer abgerutscht«, fuhr Gavin fort. In seiner brüchigen Stimme hörte ich all die Sorge, den Schmerz und die Verzweiflung, die er so lange mit sich alleine herumgetragen hatte. »Der Alkohol wurde immer härter, weil der Rausch nicht mehr schnell genug kam, nicht mehr hart genug war. Sie hat nicht nur vollkommen den Bezug zur Realität verloren, sondern auch ihren Job. Manchmal leidet sie unter Wahnvorstellungen oder ist so dicht, dass sie alles andere vergisst, auch sich um sich selbst zu kümmern. Du hast gesehen, wie dünn sie ist. Sie vergisst zu essen, weil sie nur noch an den Alk denken kann. Und …« Gavin hielt inne.

Ich dachte, dass er einen Augenblick bräuchte, um sich zu sammeln, doch dann erkannte ich, dass er mich anstarrte. Mich und die Tränen, die stumm über meine Wange liefen, weil mein Herz für ihn gebrochen war und meine Seele für ihn blutete. Ich hasste es, dass er all das hatte durchstehen müssen, denn das hatte er nicht verdient. Niemand hatte das. Nun begriff ich auch, was er gemeint hatte, als er in der Nacht am See zu mir gesagt hatte, es gäbe für ihn Schlimmeres, als zu sterben. Er wollte nicht tot sein, aber frei von dieser Last.

Mit seiner freien Hand zog Gavin ein Taschentuch aus seiner Hosentasche und reichte es mir. Ich murmelte ein Dankeschön und tupfte mir die Tränen von den Wangen. Es war nicht fair von mir zu weinen. Ich sollte für ihn stark sein, nicht umgekehrt, aber das war so typisch. Noch vor ein paar Wochen hatte Gavin mir erlaubt, dass ich mich wegen meiner Mom bei ihm ausheulte, weil sie mich nicht mit Liebe, sondern nur mit Geld überschüttete. Keinen Moment hatte er mir das Gefühl gegeben, dass meine Gefühle es nicht wert seien, gehört zu werden. Dabei hatten er und seine Mom mit so viel größeren Problemen zu kämpfen.

»Tut mir leid«, sagte ich mit kratziger Stimme und sah auf unsere verschränkten Hände.

»Du musst dich nicht entschuldigen.«

»Doch. Ich sollte hier nicht so rumheulen.«

»Warum nicht?«

»Weil es um dich geht. Nicht um mich.«

»Aber deine Tränen sind für mich?« Er ließ es wie eine Frage klingen.

»Natürlich! Was du da erzählst ... wie hältst du das aus?«

»Tue ich nicht.« Seine Stimme war ein sanftes Flüstern, sodass seine Worte im Rauschen der Wellen beinahe unterzugehen drohten, doch ich hörte Gavin klar und deutlich, weil ich nur Augen und Ohren für ihn hatte.

Ich musterte ihn. »Auf mich wirkst du ziemlich gefasst.«

Er lächelte. »Ja, deinetwegen.«

»Aber ich mach doch gar nichts.«

»Du bist da, und das ist genug.«

Mir erschien es nicht genug, und ich wünschte mir, ich könnte mehr für ihn tun, aber das konnte ich nicht. Weder konnte ich die Sucht seiner Mom heilen noch die Zeit umkehren, um den Tod seines Vaters zu verhindern. Also blieb mir nichts anderes übrig, als das zu tun, was ich eh schon tat: für Gavin da zu sein und nicht von seiner Seite zu weichen, bis es besser wurde, egal wie lange das dauerte.

Ich robbte im Sand näher an ihn heran, bis keine Lücke mehr zwischen uns war. Bis sich sein Arm, sein Bein, sein ganzer Körper der Länge nach an meinen drängte. Zwischen uns nur unsere Hände, die einander festhielten. Irgendwann in den letzten Minuten hatte Gavin begonnen, Muster mit seinem Daumen auf meine Haut zu zeichnen anstatt in den Sand. Ich lehnte meinen Kopf an seine Schulter, eine stumme Aufforderung weiterzureden, weil ich für ihn da war, weil ich zuhörte, weil ich nicht gehen würde. Gavin verstand es, denn der Griff seiner Hand wurde fester. Ich mochte das Gefühl, aber noch mehr mochte ich es, dass er mir vertraute und mir alles erzählte – wie früher.

»An manchen Tagen ist meine Mom halbwegs gefasst und vernünftig und hat ihre Sucht unter Kontrolle«, fuhr Gavin fort. »Und dann gibt es die Tage, an denen man nicht mehr mit ihr reden kann, weil sie völlig ausrastet und neben sich steht. Manchmal verletzt sie sich dann auch selbst. An dem Tag, als ich die Kratzer am Hals hatte, habe ich versucht, sie davon abzuhalten, sich zu schneiden. Da hat sie mich angegriffen.«

»Passiert das öfter? Dass sie dich angreift?«

»Nein, nur gelegentlich.«

Es lag mir auf der Zunge zu sagen, dass das gar nicht passieren sollte, aber das wusste Gavin selbst.

»Kann man deiner Mom nicht irgendwie helfen? Ich meine, kann sie keinen Entzug machen?«

»Das ist leichter gesagt als getan«, antwortete Gavin mit einem so schweren Seufzen, dass ich fühlte, wie sich seine Schulter unter meinem Kopf anspannte. »Entzugskliniken sind teuer, und meine Mom ist nicht versichert. Es gibt zwar einige öffentliche Einrichtungen, aber es dauert eine halbe Ewigkeit, bis man dort einen Platz bekommt.«

»Und wie viel kostet so ein Entzug?«

Gavin gab ein leises Schnauben von sich. »Mehr, als ich jemals von irgendjemandem annehmen würde«, antwortete er und steckte damit direkt eine Grenze ab: Er würde kein Geld annehmen, weder von Luca noch von mir. »Außerdem bringt das alles nichts, solange meine Mom nicht gewillt ist, sich zu ändern. Ich kann sie zu keinem Entzug zwingen.«

»Das heißt, du kannst nichts tun?«

»Doch. Ich kann für sie da sein. Sie unterstützen.«

»Aber auch das hat seinen Preis.«

»Ja, aber das ist ein Preis, den ich gerne bezahle. Immerhin ist sie meine Mom.« Gavin zuckte mit den Schultern, als hätte er noch nie auch nur eine Sekunde darüber nachgedacht, Monica den Rücken zu kehren und sie sich selbst zu überlassen.

»Du hast gesagt, dass deine Mom ihren Job verloren hat. Wer bezahlt ihre Miete?«

Gavin schnaubte freudlos. »Was glaubst du?«

»Deswegen die zwei Jobs.«

Er nickte. Ich wollte mir nicht ausmalen, was für einen enormen Druck es bedeutete, nicht nur für sein eigenes Leben aufzukommen, sondern auch für das einer anderen Person, die noch dazu unter so massiven Problemen litt. Allein der Alkohol, den Monica konsumierte, kostete vermutlich ein kleines Vermögen. Mir war schleierhaft, wie Gavin das bezahlen konnte, selbst mit zwei Jobs erschien es mir ziemlich unmöglich, immerhin arbeitete er nur in Teilzeit. Es sei denn, er hatte neben seinem Studiendarlehen einen zusätzlichen Kredit aufgenommen und …

Ich hob den Kopf von Gavins Schulter und sah ihn an. Die Sonne hatte inzwischen die Berge überwunden, und ihr Licht schien uns in die Gesichter. »Bist du deswegen aus deiner Wohnung geflogen?«

Gavin schluckte. »Du weißt davon?«

»Erst seit ein paar Stunden. Luca hat es mir gesagt.«

»Wie hat er es rausgefunden?«

»Spielt das eine Rolle?«

Gavin seufzte. »Vermutlich nicht. Ich konnte die Miete nicht mehr bezahlen. Die erste Zeit habe ich mich damit über Wasser halten können, dass ich mein Zeug verkauft habe.«

»Dein Auto. Und deine PlayStation-Spiele«, murmelte ich.

»Ja, und andere Sachen. Irgendwann hat das Geld nicht mehr gereicht, und ich hab lieber die Miete meiner Mom bezahlt als meine eigene. Ich such seitdem was Neues, weil ich Luca und dir wirklich nicht so lange auf der Tasche liegen wollte, aber die Leute haben keinen Bock, ihre Wohnung jemandem zu geben, der wegen Mietschulden rausgeflogen ist.«

»Warum hast du nichts gesagt?«

»Du weißt warum. Luca ist so glücklich mit Sage, das wollte ich ihm nicht kaputt machen. Erst recht nicht, nachdem du mir gesagt hast, dass er meinetwegen eh schon Schuldgefühle hat. Und ich wollte auch nicht, dass du mich so ansiehst, wie du mich jetzt ansiehst.«

Ich neigte den Kopf und ließ meinen Blick noch eindringlicher werden. Ich betrachtete sein Gesicht, seine blauen Augen, seinen Kiefer mit den dunklen Bartstoppeln und seine Wangen, die vor Kälte gerötet waren, und wünschte mir, wütend auf Gavin sein zu können, weil er Unsinn redete, aber dafür respektierte ich seinen Mut, seine Entschlossenheit und Aufopferungsbereitschaft zu sehr. Er war ein guter Mensch, wenn auch etwas blind für seinen eigenen Wert. »Ist das wirklich schlimmer als all das, was du erzählt hast, allein durchstehen zu müssen?«

»Ehrlich? Ich bin an einem Punkt angelangt, an dem ich das nicht mehr beurteilen kann«, gestand Gavin. »Es hat als Geheimnis begonnen, weil ich mich geschämt habe, weil ich normal sein wollte. Und mit jedem Tag, jeder Woche, jedem Monat ist dieses Geheimnis größer geworden, bis ich nicht mehr wusste, wie ich es überhaupt ansprechen soll.«

»Aber jetzt hast du es mir erzählt.«

Er nickte. »Ja, das hab ich.«

»Warum?«

Ein angedeutetes Lächeln zuckte in seinem ansonsten traurigen Gesicht. Er hob seine freie Hand, vereinzelte Sandkörner klebten auf seiner Haut. Sanft streichelte er mir mit den Fingerspitzen über die Wange und kämmte eine blonde Strähne hinter mein Ohr. Er schaute mich an, lange und intensiv, und mein Herz begann schneller zu schlagen, weil es darauf konditioniert schien, das zu tun, wenn Gavin mich so ansah.

»Weil ich dir immer alles erzählt habe«, flüsterte er und umfasste mein Gesicht auch noch mit seiner anderen Hand. »Und weil ich dich mehr liebe, als ich alles andere fürchte.«

Sein warmer Atem streifte meine Lippen, kurz bevor er mich abermals auf eine völlig neue Art und Weise küsste. Ich konnte meine Tränen und seine Verzweiflung schmecken, und doch war es kein trauriger Kuss – es war ein Versprechen. Ein Versprechen, dass wir unseren Ängsten, Unsicherheiten und Zweifeln keine Macht mehr über unsere Gefühle gaben, dass wir füreinander da waren, weil wir füreinander bestimmt waren. Weshalb sonst saßen wir nach all den Jahren zusammen an diesem Strand und waren einander näher als jemals zuvor?

Gavin und ich.

Ich und Gavin.

Für mich gab es nur ihn, und nun, da ich ihn hatte, war es mir ein Rätsel, wie ich jemals geglaubt haben konnte, einen anderen Mann zu lieben. Gavin war perfekt – zumindest perfekt für mich. Ich liebte seine hässlichen Shirts. Und seine abscheulichen Mützen. Ich liebte es, dass Jack sein bester Freund war und dass er sich so hingebungsvoll um seine Mom kümmerte. Ich liebte, dass er sich vegan ernährte, auch wenn ich das niemals könnte. Und ich liebte sein großes Herz, mit dem er so stark fühlte und das ihn so verletzlich machte. Und ich liebte, dass er mir erlaubte, diese verletzliche Seite von sich zu sehen.

Und vor allem, über alle Maßen, liebte ich ihn.

36. Kapitel

»Und wir wollen das wirklich machen?«

Während unseres Gesprächs war mir die Aussicht auf ein Eisbad gar nicht mehr so schlimm erschienen, aber nun, da ich mit den kalten Wellen des Lake Tahoe konfrontiert war, kamen mir doch wieder Zweifel.

Gavin und ich hatten noch eine Weile geredet. Er hatte mir erzählt, dass er seine Mom nach Melview geholt hatte, um sie besser im Auge behalten zu können. Und davon, dass er nächste Woche weitere Wohnungsbesichtigungen hatte. Ich hatte ihm versichert, dass er Luca und mir nicht auf der Tasche lag und noch länger bleiben konnte, allerdings unter der Bedingung, dass er Luca die Wahrheit sagte, nicht nur über die Wohnung, sondern auch über Monica. Gavin hatte gezögert, mir aber schließlich zugesichert, dass er dazu bereit wäre, wenn ich bei dem Gespräch dabei sein würde.

»Klar machen wir das!«, sagte er nun und klang für meinen Geschmack viel zu euphorisch.

»Wie genau läuft das jetzt ab? Gehen wir einfach ins Wasser und schwimmen eine Runde?«

»Nicht ganz. Wir gehen nacheinander ins Wasser, nicht zusammen. Das dient der Sicherheit, sollte dein Kreislauf mit der Kälte nicht zurechtkommen. Du kannst natürlich gerne schwimmen, wenn du möchtest, aber eigentlich taucht man nur ein und lässt das Wasser auf sich wirken. Dein Kopf sollte dabei nicht nass werden, das ist bei der Kälte nicht so gut.« Er begann sich auszuziehen und erklärte sich bereit, als Erster in den See zu steigen.

Ich beobachtete ihn dabei, wie er zuerst aus seinen Schuhen schlüpfte, dann seine Jeans aufknöpfte und sie sich von den Beinen streifte. Anschließend schüttelte er die Jacke von seinen Schultern und zog sich den Pullover über den Kopf, bis er nur noch in seiner Badehose vor mir stand. Und plötzlich fand ich die Idee, Eisbaden zu gehen, gar nicht mehr so schlimm. Denn Gavin hatte einen tollen Körper, den ich bei unserem letzten Besuch am See leider nicht angemessen hatte bewundern können, weil ich zu sehr damit beschäftigt gewesen war, ihm aus dem Weg zu gehen. Aber jetzt guckte ich hin, und was ich sah, gefiel mir.

»Los geht's«, sagte Gavin und marschierte in den See. Zuerst waren seine Schritte entschlossen, dann wurden sie langsamer, als das Wasser seine Knöchel umspielte. Ich hörte, wie er scharf einatmete, aber das hielt ihn nicht davon ab weiterzugehen, bis ihm das Wasser bis zu den Hüften reichte. Dann blieb er stehen, und als ich dachte, dass er es sich vielleicht doch anders überlegt hatte, glitt er in einer geschmeidigen Bewegung bis zu den Schultern ins Wasser.

Oh mein Gott…

Mir wurde schon beim Zusehen eiskalt, und ich musste mich schütteln. Gavin verweilte einige Minuten im Wasser, in denen er nichts sagte. Dann richtete er sich auf und kam zu mir zurück an den Strand. Gänsehaut überzog seinen Körper, und die Badehose klebte feucht an seinem Schritt. Ich schnappte mir sein Handtuch und breitete es für ihn aus, sodass er nur noch in meine Arme laufen musste, um sich darin einzuwickeln.

»Wie war es?«, fragte ich skeptisch.

»Reinigend.«

Ich hob eine Augenbraue. Vielleicht war die ganze Sache

nur ein sehr langer und ausgeklügelter Scherz, den er sich mit mir erlaubte. »Du weißt schon, dass das warme Wasser in der Dusche dich auch sauber macht.«

Er lachte. »Nicht diese Art von reinigend.«

»Mhh«, brummte ich.

Gavin grinste. »Jetzt bist du dran.«

»Muss ich?«, quengelte ich mit Blick auf seinen zitternden Körper.

»Nicht, wenn du nicht willst.«

Okay, das war nicht das, was ich hatte hören wollen. Jetzt musste ich mich entscheiden, ob ich ein Feigling war oder nicht. Und ich beschloss, dass ich keiner sein wollte, also zog ich mich aus. Mir schlotterten die Knie, dabei war ich noch nicht mal im Wasser. Die Härchen an meinem ganzen Körper stellten sich auf, und die Spitzen meiner Brüste zogen sich zusammen. Ich atmete tief ein und wieder aus, wappnete mich für das, was mir bevorstand.

Jetzt oder nie.

Ich setzte mich in Bewegung und keuchte laut auf, als die ersten Wellen meine Füße trafen. »Fuck, ist das kalt!«

»Du schaffst das!«, rief Gavin mir zu.

Ich lief weiter und versuchte, mir warme Gedanken zu machen. Ich stellte mir ein knisterndes Kaminfeuer vor, eine dampfende Dusche, einen heißen Kakao, der meinen Körper von innen wärmte. Und Gavins Küsse, die wohl heißer waren als alles andere, aber selbst diese Fantasie vermochte die Kälte nicht zu vertreiben, sie war zu präsent, zu einnehmend und verdrängte alles andere. Alles, was ich fühlte. Alles, was ich dachte. Alles, woraus ich noch bestand, war der Wille, gegen diese Kälte zu bestehen. Ich zählte die Sekunden und … da plötzlich verstand ich, was Gavin gemeint hatte.

Dieses Ritual … es war reinigend.

Es löschte alles aus.
Jeden Gedanken.
Jedes Gefühl.

Es nahm all die Sorgen mit sich, und was die Kälte zurückließ, war rein. Ein unbeschriebenes Blatt und die Möglichkeit, es neu zu füllen. Mir ging es beim Sport ähnlich, aber das hier war irgendwie anders. Es war extremer, fordernder und so viel intensiver.

Ich zählte die drei Minuten voll, dann erhob ich mich aus dem Wasser. Als die kühle Luft meine Haut berührte, erreichte die Kälte eine neue Ebene. Zitternd lief ich zurück ans Ufer, wo Gavin mit ausgebreitetem Handtuch auf mich wartete. Er wickelte mich darin ein und nahm mich anschließend in eine feste Umarmung.

»Und, wie war es?«

Ich schlotterte in seinen Armen und schmiegte mich an seinen Körper, der mir so viel wärmer erschien als mein eigener, obwohl Gavin vor wenigen Minuten selbst noch in dem eisigen Wasser gebadet hatte.

»Irgendwie cool. Reinigend.«

»Sag ich doch«, erwiderte Gavin, als sein Blick überrascht auf eine Stelle knapp über meinen Brüsten fiel. Seine Lippen verzogen sich zu einem Lächeln. Er hob eine Hand und berührte zaghaft den Anhänger mit seinem Sternbild, den er mir vor all den Jahren geschenkt hatte. Ich hatte das schwarze Kästchen vorhin beim Aufräumen wiederentdeckt, und das erste Mal seit langer Zeit hatte mir die Erinnerung an jene Nacht nicht das Herz zerrissen, also hatte ich die Kette angelegt. Bisher war sie unter meiner Kleidung versteckt gewesen, aber nun starrte Gavin sie andächtig an und strich sanft mit dem Finger darüber. »Du … du hast ihn aufgehoben.« Er klang überrascht, geradezu fassungslos.

Ich lächelte. »Du deinen etwa nicht?«

Er hob den Blick und sah wieder mich an, mit demselben andächtigen Ausdruck wie zuvor den Anhänger. »Natürlich, als könnte ich mich jemals von etwas trennen, das mich an dich erinnert. Denn so denkst du immer an mich. Und ich denk immer an dich«, wiederholte er die Worte von damals, die mein Herz trotz der eisigen Kälte zum Schmelzen brachten.

Er ließ die Kette los und zog das Handtuch höher, sodass es den Anhänger mit einschloss. Fest nahm er mich in den Arm. Ich brummte selig und drückte mich noch enger an ihn, um mehr von seiner wohligen Wärme in mich aufzunehmen. Am liebsten wäre ich in ihn reingekrochen. Er rubbelte mir über den Rücken, und sein Atem streifte meine Haut, kurz bevor ich seine Lippen, die ganz und gar nicht kalt waren, auf mir spürte. Er hauchte mir einen Kuss auf die Stirn. Ich erzitterte, und das nicht vor Kälte, denn diese Geste hatte etwas unglaublich Wärmendes. Ich hob den Kopf und sah zu Gavin auf. Er erwiderte meinen Blick. Das Blau seiner Augen war so klar wie das eiskalte Wasser. Doch die Hitze, die darin auflodderte, war heiß genug, um mich die kalten Temperaturen vergessen zu lassen.

Ich stellte mich auf die Zehenspitzen, um ihn zu küssen, und er küsste mich zurück. Es war ein träger und sanfter, aber dafür umso intensiverer Kuss, nicht dazu geschaffen, unsere Körper zu wärmen, sondern unsere Herzen. Und dieser Kuss setzte etwas in mir zusammen, das in den letzten Stunden für Gavin und seine Mom gebrochen war. Er seufzte zufrieden an meinem Mund, aber keiner von uns versuchte, mehr aus dem Kuss zu machen, als er war.

Gavins Hand glitt meinen Rücken empor. Er löste den Gummi, der meine Haare gehalten hatte, damit sie nicht nass wurden. In sanften Wellen fielen sie mir über die Schultern. Er vergrub seine Finger darin und zog mich fester an sich, ohne dass unser Kuss etwas von seiner Besinnlichkeit verlor. Am liebsten hätte ich ihn auch berührt, aber meine Arme waren unter dem Handtuch zwischen unseren Körpern eingeklemmt, die ihre ganz eigene Hitze erzeugten. Und so standen wir da, um acht Uhr morgens am Lake Tahoe.

Ich im Handtuch, und Gavin in seiner Jacke.

Der blaue Himmel über uns.

Die Sonne in unserem Rücken.

37. Kapitel

Die Kälte des Sees steckte mir noch immer in den Knochen, als wir zurück in die Wohnung kamen. Die voll aufgedrehte Heizung meines Wagens hatte daran nichts geändert, aber ich bereute es nicht, ins Wasser gegangen zu sein. Und sei es nur, weil ich hinterher von Gavin so fest in den Armen gehalten worden war. Zudem wirkte er seitdem deutlich entspannter, aber vielleicht lag das auch nur daran, dass er sich endlich mal alles von der Seele hatte reden können.

»Willst du zuerst duschen?«, fragte Gavin.

»Nein, geh du«, antwortete ich, denn ich glaubte nicht, dass eine Dusche reichen würde, um mich aufzuwärmen. Was ich brauchte, war ein warmes Bad. So lange wollte ich Gavin nicht warten lassen. Mit dem Becher heißem Kakao, den wir auf dem Heimweg geholt hatten, ließ ich mich auf die Couch fallen und zog mir eine Decke auf den Schoß.

Gavin stellte seinen Kaffeebecher ab und ging in sein Zimmer, um sich frische Sachen zu holen, dann lief er ins Bad.

Ich las die Nachrichten, die mein Dad mir als Antwort auf meine Absage geschrieben hatte, und nippte an meinem Kakao, als ich hörte, wie die Dusche angestellt wurde. Erst dachte ich mir nicht viel dabei, aber plötzlich war da dieses Bild in meinem Kopf, von Gavin und mir, wie wir gemeinsam in der warmen Dusche standen und einander festhielten wie zuvor am Ufer des Lake Tahoe. Nur dass es unter der Dusche keine Kälte gab, lediglich Hitze. Die Hitze des Wassers. Die Hitze unserer

Körper. Hitze, die mir in diesem Moment extrem verführerisch erschien, aber das konnten wir nicht machen – oder?

Oder?

Gemeinsam zu duschen war etwas ziemlich Intimes, und Gavin und ich hatten uns noch nicht einmal nackt gesehen. Die Badezimmer-Zwischenfälle, bei denen er vergessen hatte abzuschließen, zählte ich nicht. Und in der Dusche gab es keine Decken und keine Schatten, die irgendetwas verstecken konnten, aber verdammt, ich wollte es.

Ich wollte mit Gavin duschen.

Ich wollte bei ihm sein.

Weil ich ihn liebte, und weil er mich liebte.

Und nachdem der Gedanke erst da war, ließ er sich nicht mehr abschütteln. Die Vorstellung, mit ihm zusammen zu sein, war unglaublich heiß; und früher oder später würde es ohnehin passieren, weil das mit uns nichts Flüchtiges war. Es wäre also nur eine Frage der Zeit, und hatten wir in den letzten Jahren nicht genug davon verschwendet? Ich war bereit, diese Erfahrung zu machen, bereit, mein zweites erstes Mal zu haben, und ich wollte es mit Gavin erleben. Er hatte mir vertraut, und ich vertraute ihm.

Ich steckte mein Handy, dessen Display längst dunkel geworden war, weg und stand auf, bevor mich der Mut verlassen konnte. Jack, der auf einem der Sessel lag, warf mir einen fragenden Blick zu, wie um zu sagen: *Willst du das wirklich tun?*

Ja, ich wollte.

Vor der geschlossenen Badezimmertür blieb ich stehen. Mein Herz pochte wie wild. War ich nervös und hatte Angst? Ja. Würde ich es trotzdem machen? Ja! Weil ich dazu bereit war und weil ich mir keine schönere und angenehmere Hitze vorstellen konnte als jene, die Gavin und ich gemeinsam erschaffen konnten.

Mit angehaltenem Atem streckte ich meine Hand nach der Türklinke aus, denn es bestand die reelle Chance, dass Gavin nach zwei Monaten endlich gelernt hatte abzuschließen, aber … das hatte er nicht. Langsam schob ich die Tür auf und schlüpfte ins Innere. Warmer Dampf erfüllte den Raum, weshalb ich Gavins nackte Silhouette hinter dem Glas nur verschwommen erkennen konnte. Er hatte mir den Rücken zugewandt und mich noch nicht bemerkt, aber ich würde jetzt keinen Rückzieher machen.

Ich zog mir erst den linken, dann den rechten Socken aus. Anschließend knöpfte ich meine Jeans auf und ließ sie von meinen Beinen rutschen. Darunter trug ich nichts, denn Gavin hatte darauf bestanden, dass wir unsere nassen Badesachen auszogen, und ich hatte nicht daran gedacht, Unterwäsche mitzubringen. Das Rascheln meiner Jeans, die auf den Boden traf, weckte Gavins Aufmerksamkeit. Er drehte sich in der Kabine herum, aber noch verhinderte der Dampf, dass ich ihn in all seiner Pracht sehen konnte.

»April, bist du das?«

»Ja, wer sonst?«

»Dir ist schon klar, dass ich hier gerade dusche … nackt.« Er klang verwirrt.

Ich schmunzelte. »Ich weiß. Und ich würde gerne mit dir duschen … auch nackt.«

Die Glastür schob sich einen Spaltbreit auf, und Gavin streckte den Kopf raus. Sein Haar war nass, einzelne Wassertropfen rannen über sein Gesicht. »Ist das dein … Heilige Scheiße!«, entfuhr es ihm, als ich mir in einer fließenden Bewegung den Pullover über den Kopf zog. Achtlos warf ich ihn zur Seite, und mit dem letzten Stück Stoff fiel auch meine Unsicherheit, denn nichts in Gavins Blick gab mir das Gefühl, an mir zweifeln zu müssen.

Er schluckte schwer, während er meinen Anblick in sich aufsog. Seine Augen wanderten von meinem Gesicht zu meinen Brüsten über meinen Bauch noch tiefer bis zu der Stelle zwischen meinen Beinen, die bereits jetzt vor Verlangen pochte, obwohl noch gar nichts geschehen war.

Als ich auf Gavin zulief, schob er die Glastür weiter auf, eine Einladung, zu ihm zu kommen.

Ich schaute ihm fest in die Augen, während ich zu ihm in die Dusche stieg. Sie war ziemlich klein und bot eigentlich nicht genug Platz für zwei Leute, aber was ich brauchte, war kein Platz, sondern Nähe. Warmes Wasser prasselte auf uns herab, aber es war nicht annähernd so heiß wie der Blick, mit dem Gavin mich bedachte. Seine Pupillen waren geweitet, und ohne mich aus den Augen zu lassen, drehte er das Wasser ab, als würde es ihn stören, weil ihm die Sicht auf mich verschwamm.

Seine Brust hob und senkte sich viel zu schnell. Er trat einen Schritt auf mich zu. Mein Atem stockte, als meine nackten Brüste seinen Oberkörper streiften. Er umfasste mein Gesicht und zog mich an sich. Ich hatte mit einem wilden, stürmischen Kuss voller Verlangen gerechnet. Einem Kuss, der das widerspiegelte, was ich in seinen Augen gesehen hatte, aber was ich bekam, war ein zarter, sanfter Kuss, den ich nicht zwischen meinen Beinen, sondern in meinem Herzen fühlen konnte.

»Danke«, hauchte Gavin an meinen Mund.

»Wofür?«

»Dafür, dass du gerade eine meiner Fantasien wahr werden lässt.«

Ich lächelte, schlang meine Arme um ihn und küsste ihn. Unsere Münder tauten auf wie unsere Körper, und schnell wurde der Kuss intensiver, brennender, so wie ich ihn mir vorgestellt hatte. Ich stöhnte, als Gavin meine Lippen mit seiner

Zunge teilte, um mich noch tiefer zu küssen. Meine Brüste spannten, meine Haut kribbelte, und zwischen meinen Beinen vernahm ich ein sehnsuchtsvolles Ziehen, das stärker wurde, als sich Gavins Erektion gegen meinen Bauch drückte. Das Gefühl von seiner Haut an meiner war unbeschreiblich. Verlangen rauschte durch mich hindurch, und ich drängte mich gegen Gavin, weil ich einfach nicht genug von ihm bekommen konnte. Weil ich noch mehr von ihm brauchte, weil Umarmungen und Küsse längst nicht mehr ausreichten.

Meine Hände glitten seinen Rücken hinab bis zu seinem Hintern, den ich bereits durch das trübe Glas bewundert hatte. Ich umfasste seine Pobacken und zog sein Becken noch fester an mich, bis sich seine Erektion hart gegen mich drückte.

Gavin keuchte auf. Er löste seine Lippen von meinen und küsste eine Spur meinen Hals entlang, wobei er mit seiner Zunge die Rinnsale aufzulecken schien, welche das Wasser auf meiner Haut hinterlassen hatte.

Ich badete in seinen Küssen und seiner Aufmerksamkeit, meine Hände kneteten seinen Hintern, was ihm zu gefallen schien. Dann ließ ich meine Finger nach vorne und zwischen uns gleiten. Vorsichtig umfasste ich seine Erektion mit meiner nassen Hand. Gavin stöhnte, und seine Küsse an meinem Hals gerieten ins Stolpern. Instinktiv stieß sein Becken nach vorne, als würde es nach Reibung suchen.

Es war das erste Mal, dass ich einen Mann auf diese Weise berührte. Die Haut an dieser Stelle war weich, aber ihr Kern hart. Es war ein faszinierendes, ungewohntes Gefühl, an das ich mich erst gewöhnen musste. Langsam begann ich, meine Finger an Gavin auf und ab zu bewegen. Ich spürte, wie ihm der Atem stockte und sich seine Schultern anspannten.

»Mach ich das richtig?«

»Es gibt nichts, was du falsch machen kannst«, raunte er.

»Aber kann ich es noch besser machen?«, hakte ich nach, weil ich keine Erfahrung hatte und das hier für mich weder eine schnelle Nummer noch eine einmalige Sache war. Wenn es nach mir ginge, wäre meine Hand die einzige, die Gavin für lange, lange Zeit, vielleicht sogar für immer, auf diese Weise berührte, weshalb ich wissen wollte, was er brauchte, damit ich es ihm geben konnte.

Er stöhnte an meinem Hals. »Du könntest noch etwas fester zupacken.«

Ich hatte das Gefühl, ihn schon ziemlich fest zu halten, weshalb ich den Druck nur minimal erhöhte, da ich ihm nicht wehtun wollte. Doch sein Glied zuckte heftig, was mich mutig werden ließ. Ich drückte noch etwas fester zu, was Gavin ein lautes Keuchen entlockte. Lächelnd bewegte ich meine Hand an seinem Glied hoch und runter, seine Atmung und sein Körper verrieten mir alles, was ich wissen musste.

»April!« Er keuchte meinen Namen, verzehrend und fordernd.

Ich rieb ihn mal langsamer, mal schneller, aber immer mit demselben Druck. Manchmal streichelte ich seine ganze Länge, andere Male nur die empfindliche Spitze. Am liebsten wäre ich vor Gavin auf die Knie gegangen, um besser sehen zu können, was ich tat, und vielleicht auch, um ihn meine Zunge spüren zu lassen, denn ich wollte ihn nur allzu gerne schmecken. Ein Verlangen, von dem ich bis eben nicht geahnt hatte, dass es in mir existierte, aber leider war die Dusche dafür zu klein.

»Gott, April. Ich ... Ich komme gleich«, stöhnte Gavin. Er hatte sich gegen die Wand gelehnt, um meiner Hand mehr Spielraum zu geben. Seine Augen waren geschlossen, und sein Mund stand leicht offen, wobei leise keuchende Laute aus seiner Kehle drangen.

Ihn so zu sehen war überwältigend und steigerte meine eigene Lust um ein Vielfaches. Ich war selbst schon völlig atemlos. Ein weiteres Mal ließ ich meine Finger über seine Eichel gleiten. Seine Muskeln spannten sich an. Sein Bauch wurde hart. Seine Erektion zuckte in meiner Hand, und mit einem tiefen Stöhnen kam er zum Höhepunkt. Ich rieb Gavin durch seinen Orgasmus, bis aus seinem Stöhnen tiefe, erschöpfte Atemzüge wurden.

Blinzelnd öffnete er die Augen und sah mich an. Ein zufriedenes Lächeln trat auf sein Gesicht. Er beugte sich vor und küsste mich, mit genau diesem Lächeln auf den Lippen. »Das war … wow«, sagte er, noch immer atemlos.

»Ich fand es auch ziemlich wow.«

»Wirklich?«

»Ja«, gestand ich und biss mir auf die Unterlippe, weil ich nicht wusste, ob es komisch war, so etwas zu sagen. »Es war irgendwie, ich weiß auch nicht … Ich hab das gerne gemacht.«

»Wenn das so ist, darfst du es gerne jederzeit wieder machen. Ich opfere mich, ganz selbstlos.« Gavin küsste mich noch einmal, anschließend stellte er den Brausekopf an und wusch die Spuren seiner Lust von meiner Hand und unseren Körpern. Dann befestigte er den Duschkopf wieder in seiner Halterung, sodass das Wasser von oben auf uns herabregnete.

Meine Arme lagen um seinen Hals, und er hatte meine Taille gepackt, wobei ich mir seine Finger zu einer ganz anderen Stelle meines Körpers sehnte. Eine ganze Weile standen wir einfach so da und küssten uns, ließen die Tropfen über unsere Körper perlen und schwebten in diesem tiefen Gefühl der Verbundenheit. Als Gavins Hände schließlich von meiner Taille nach unten auf meine Hüfte glitten, stockte mir der Atem …

»Darf ich dich auch anfassen?«

Mein Herz pochte heftig, und nun wurde ich doch ein bisschen nervös, weil mich dort noch nie jemand angefasst hatte, zumindest nicht, dass ich mich erinnern konnte. »Ja, aber sei vorsichtig, okay?«

»Versprochen«, murmelte er, und ich glaubte ihm.

Langsam, wie um mir Zeit zu geben, schob er seine Hand zwischen meine Beine. Ich keuchte auf, als er mich das erste Mal berührte. Einen Moment ließ er seine Hand einfach auf mir liegen, bevor er mich sanft mit einem einzelnen Finger zu massieren begann. Ich hätte das Stöhnen, das meiner Kehle entwich, nicht verhindern können, selbst wenn ich es gewollt hätte.

»Oh mein Gott!«

Gavin grinste zufrieden. Er nahm einen zweiten Finger dazu und verstärkte den Druck. Instinktiv kam ich ihm mit meinem Becken entgegen, aber er ließ sich davon nicht aus der Ruhe bringen, sondern glitt gemächlich mit seinen Fingerkuppen über meine empfindlichste Stelle. Obwohl er nur diesen einen Punkt berührte, spürte ich es in meinem ganzen Körper.

»Gavin!«, keuchte ich und erkannte meine eigene Stimme kaum wieder.

»Wie fühlt es sich an?«

»Fantastisch.«

Er küsste meine Wange und ließ seine Finger schneller werden. »Was hältst du davon, wenn wir das hier in dein Schlafzimmer verlegen? Ich möchte dich richtig sehen können, wenn du kommst.«

»Oh, davon halte ich ganz viel.«

Er grinste und zog seine Hand zwischen meinen Beinen hervor, was bedauerlich war, aber ich freute mich auf all die Dinge, die wir in meinem Bett tun konnten, wenn wir etwas mehr Platz hatten. Ich drehte das Wasser ab, und gemeinsam stiegen wir aus der Dusche.

Ich wollte nach meinem Handtuch greifen, aber Gavin kam

mir zuvor. Er schnappte es sich vom Haken und begann mich abzutrocknen. Zuerst waren meine Haare dran, dann meine Arme. Er trocknete mir den Bauch ab und wanderte anschließend mit dem Handtuch weiter nach oben zu meinen Brüsten. Er umfasste sie durch den dicken Frotteestoff und knetete sie sanft, ohne mich dabei aus den Augen zu lassen. Die Reibung fühlte sich köstlich an meinen empfindsamen Spitzen an. Viel zu schnell ließ Gavin von meinen Brüsten ab, doch dann sank er vor mir auf die Knie.

Oh Mann …

Ich wusste nicht, was daran so sexy war, aber es war verdammt sexy. Gemächlich fuhr er mit dem Handtuch erst mein eines Bein nach, dann das andere. Dabei ließ er sich Zeit, unendlich viel Zeit. Die Stelle zwischen meinen Schenkeln ließ er bewusst aus, obwohl ich ihn gerade dort am meisten brauchte.

»Gavin, bitte«, flehte ich, ungeduldig vor Erregung.

Ich schob meine Beine auseinander, eine stumme Aufforderung, dass er mich berühren sollte. Er blickte zu mir auf. Seine Augen loderten vor Verlangen, und etwas geradezu Andächtiges lag in seinem Blick. Ohne ihn auch nur eine Sekunde von meinem Gesicht abzuwenden, ließ er seine Hand zwischen meine Oberschenkel gleiten. Ein Keuchen entwand sich meiner Kehle, als das Handtuch meine erregte Mitte streifte.

»Ist es das, was du wolltest?«, fragte Gavin mit dunkler Stimme.

»Ja!«

Seine Finger waren durch den Stoff zu spüren. Ich stöhnte auf und hatte das Gefühl, dass meine Knie jede Sekunde nachgeben müssten. Meine Hände vergruben sich in Gavins nassem Haar, während er mich durch das Handtuch hindurch sanft massierte und dann …

… hörte er einfach auf!

»Gavin, das kannst du nicht …« Mein Protest verstummte, als er sich plötzlich nach vorne beugte und mir einen Kuss auf meinen Venushügel drückte. Seine Lippen dort zu spüren, war so befremdlich wie wunderbar. Meine Kehle wurde trocken, während sich all die Feuchtigkeit, die Gavin fortgewischt hatte, erneut zwischen meinen Beinen sammelte.

Er richtete sich auf, bis er wieder über mir aufragte. Ich dachte, ich wäre nun an der Reihe, ihn abzutrocknen, aber er hatte andere Pläne. Er nahm sich sein eigenes Handtuch und rubbelte sich selbst in Windeseile trocken, wobei ich feststellte, dass er bereits wieder hart war. Ich fragte mich, was er tun würde, wenn ich meine Hand noch einmal nach ihm ausstreckte?

»Denk nicht mal dran«, mahnte er mit feixender Stimme, als er meinen Blick bemerkte. Er warf sein Handtuch beiseite, und bevor ich wusste, wie mir geschah, hob er mich in seine Arme.

Ich stieß einen erschrockenen Laut aus und klammerte mich an seinen Hals. Er lachte leise, ein tiefer Klang, der durch seinen Körper vibrierte. Mühelos trug er mich in mein Schlafzimmer und ließ mich auf das Bett sinken, bevor er zu mir auf die Matratze kletterte.

Ich lag auf dem Rücken, und er hatte sich auf die Seite gedreht. Seinen Kopf auf einen Arm abgestützt sah er mich an. Der Ausdruck in seinen Augen raubte mir den Atem. Er war so voller Liebe, voller Zuneigung. Und hätte ich auch nur noch einen Funken Unsicherheit in mir getragen, wäre er spätestens jetzt erloschen. Gavin liebte mich. Und ich verstand es, auch ohne dass er die Worte aussprach. Mir ging es genauso. Ich war verrückt nach ihm und konnte es kaum erwarten, mein zweites erstes Mal mit ihm zu haben. Dieses Mal würde es schön werden, und ich würde mich danach nicht schmutzig und benutzt fühlen.

Gavin streckte eine Hand nach mir aus und fuhr mir über

die Schläfe den Hals hinab. Seine Fingerspitzen streiften die Seite meiner Brust entlang bis zu meinem Bauch. Warm und schwer ließ er seine Hand dort liegen. Und obwohl ich mir nichts mehr wünschte, als ihn erneut zwischen meinen Beinen zu spüren, gefiel es mir, dass er sich Zeit nahm.

Er beugte sich zu mir und küsste mich. »Weißt du eigentlich, wie wunderschön du bist?«, fragte er mit gesenkter Stimme.

Ich lächelte. »Ja, so ein Kerl hat mir das schon mal gesagt.«

»Oh, wirklich? Kluger Typ.«

»Ja, der war ganz nett.«

»Nur *ganz nett*?«

»Mehr als nett«, korrigierte ich mich und lehnte mich nach vorne, um Gavin erneut zu küssen. Unsere Münder verschmolzen miteinander, und ich erzitterte vor Wohlwollen, denn kalt war mir schon lange nicht mehr. Im Gegenteil, alles in mir war mollig warm. Ich schlang meine Arme um Gavin und zog ihn enger an mich, bis sich unsere Oberkörper flach aneinanderpressten, meine Brust an seinem Herzen, und ein lustvolles Ziehen fuhr durch meinen Körper.

Ich seufzte und teilte meine Lippen. Gavins Zunge folgte meiner Einladung, aber noch machte er keine Anstalten, die Sache voranzutreiben. Allmählich wurde ich ungeduldig, denn zwischen meinen Schenkeln herrschte noch immer ein tiefes Sehnen, aber ich genoss es auch, dass Gavin sich Zeit ließ und wir diesen Moment gemeinsam auskosten konnten. Genauso hatte ich es mir gewünscht.

»Ich bin so froh, dich wiederzuhaben«, murmelte Gavin zwischen zwei Küssen.

Ich hob meine Hand und fuhr mit den Fingern über seinen Kiefer. »Ich bin auch froh, dich wiederzuhaben.«

Er lächelte. »Das freut mich, denn ich werde dich nie wieder gehen lassen. Ein Teil von mir kann nach wie vor nicht glauben, dass du mir noch eine Chance gibst. Und ich weiß nicht, ob ich sie verdient habe, aber ich ergreife sie, weil ich immerzu nur an dich gedacht habe.«

»Ich habe auch viel an dich gedacht.«

»Wirklich?«

»Ja.«

Gavin lächelte. »Du ahnst gar nicht, wie glücklich mich das macht; und dieses Mal nehmen wir uns Zeit. Versprochen. Ich will unseren Fehler von damals nicht wiederholen, und du hast mehr verdient als eine schnelle Nummer.«

Ich blinzelte. Wovon redete er? Was für eine schnelle Nummer? Ich hatte ihm nie von meinem ersten Mal in jener Nacht erzählt. »Was meinst du damit?«

Gavin neigte den Kopf. »Du findest also nicht, dass es ein Fehler war?«

Verständnislos sah ich ihn an und rückte von ihm ab. Wer hatte ihm von meinem ersten Mal erzählt? Und warum redete er von *unserem* Fehler? Es war *sein* Fehler gewesen, unsere Freundschaft zu beenden. Nicht meiner. Das hatte er selbst in der Nacht im Zelt gesagt. Dass er die Entscheidung damals nicht hätte alleine treffen sollen. Warum also fing er jetzt wieder damit an?

»Tut mir leid«, sagte Gavin und schüttelte den Kopf. »Das kam völlig falsch rüber. Die Nacht damals war natürlich kein Fehler, denn du könntest nie ein Fehler sein. Ich liebe dich, April, und habe dich immer geliebt. Aber ich bereue schon ein wenig, wie unser erstes Mal abgelaufen ist. Du nicht?«

Ich erstarrte.

Unser erstes Mal?

Unser erstes Mal.

Unser. Erstes. Mal!

Mir gefror das Blut in den Adern, als ich endlich begriff, was

Gavins Worte bedeuteten und was er mir zu sagen versuchte. Es ging nicht um unsere zerbrochene Freundschaft, sondern um den wohl größten Fehler meines Lebens – von dem er scheinbar ein Teil gewesen war.

Oh mein Gott.

Mir wurde schlecht …

Wie hatte ich das nicht wissen können?

Entsetzt starrte ich Gavin an, unfähig, mich zu bewegen. Rinnsale aus Wasser tropften aus seinen Haaren und rannen ihm über die Wangen. Sie erinnerten mich an Tränen. Ein verdutzter Ausdruck lag auf seinem Gesicht, das mich vor ein paar Sekunden noch so glücklich gemacht hatte, aber jetzt … jetzt nicht mehr.

Plötzlich konnte ich in Gavin nicht länger den liebevollen Mann sehen, der mir gesagt hatte, ich sei wunderschön. Der mich im Arm gehalten hatte, als ich wegen meiner Mom geweint hatte. Und der mit mir aus vollem Hals gesungen hatte, während er mir half, Regale aufzubauen. Alles, was ich jetzt noch in Gavin sah, war der Mistkerl, der mich damals im Stich gelassen hatte. Der mich betrunken gefickt und anschließend alleine gelassen hatte. Neben mir ein benutztes Kondom auf der Kommode, der einzige Hinweis auf das, was in jener Nacht geschehen war.

Meine Erinnerung war zwar fort, aber bedauerlicherweise nicht das schäbige Gefühl, das ich am nächsten Morgen verspürt hatte. Der Ekel, die Scham und die Reue, weil ich in jener Nacht einen Teil von mir verloren hatte, den ich niemals zurückbekommen würde.

»Du … Du warst es«, stammelte ich mit zittriger Stimme.

Nun war Gavin derjenige, der mich verständnislos ansah. Und aus irgendeinem Grund machte mich das unglaublich wütend. Wie konnte er den Ahnungslosen spielen, obwohl er es gewusst hatte. Er war der mysteriöse Fremde, der damals mit mir geschlafen hatte – und er hatte es gewusst. Warum hatte er nicht mit mir geredet? Warum hatte er nie etwas gesagt? Hatte er deswegen unsere Freundschaft beendet? Weil er es nicht ertragen hatte, dass er die kleine Schwester seines Freundes gebumst hatte?

Plötzlich erschien es mir nicht länger wie ein Zufall, dass diese Ereignisse nur ein paar Wochen auseinanderlagen. Warum hatte ich das nicht früher gecheckt? Wie hatte ich nur so blind und naiv sein können?

»Es tut mir leid«, sagte Gavin hörbar irritiert. Sorge, die mir plötzlich unglaublich verlogen vorkam, spiegelte sich in seinem Blick. »Ich verstehe nicht, warum du gerade so reagierst. Ich … Bitte hilf mir auf die Sprünge. Hab ich etwas Falsches gesagt?«

»Du hast gar nichts gesagt, das ist das Problem!«, blaffte ich. Mein Hals fühlte sich kratzig an, und das Brennen in meinen Augen war so scharf, dass ich das Gefühl hatte, jeden Moment in Tränen ausbrechen zu müssen, aber ich wollte jetzt nicht weinen. Nicht vor Gavin. Er hatte schon so verdammt viele von meinen Tränen bekommen, ohne es zu wissen.

»April, ich …« Gavin brach mitten im Satz ab, denn endlich schien er zu begreifen, was vor sich ging. Sämtliche Farbe wich aus seinem Gesicht, und ein Ausdruck des Entsetzens zeichnete seine Miene. Mit geweiteten Augen starrte er mich an, als könnte er nicht glauben, was er soeben realisiert hatte. Er streckte seine Hand nach mir aus, aber bevor er mich berühren konnte, wich ich vor ihm zurück und brachte so viel Abstand zwischen uns, wie mein Bett es zuließ.

»Nicht!«

Sofort riss Gavin die Hände in die Höhe wie ein Verbrecher, der mir zu zeigen versuchte, dass er mir nicht wehtun würde, aber dafür war es zu spät. Er hatte mir wehgetan. Und ich wusste nicht, was schlimmer war. Die Tatsache, dass er es die ganze Zeit gewusst und mir nie gesagt hatte. Oder dass ich zu verblendet gewesen war, um die Wahrheit zu erkennen, die mir plötzlich so offensichtlich schien.

Ich begann am ganzen Körper zu zittern. Erst jetzt wurde mir bewusst, dass ich noch immer nackt vor Gavin saß. Ich schnappte mir meine Decke und zerrte sie über mich.

»April, bitte. Es tut mir leid. Ich wusste nicht, dass du …«

»Verschwinde!« Meine Stimme bebte, genau wie mein Körper. Eine Träne löste sich aus meinem Augenwinkel, aber ich wischte sie weg, bevor Gavin sie bemerken konnte. Mir wurde übel, wenn ich daran dachte, dass ich um ein Haar denselben Fehler zum zweiten Mal mit ihm begangen hätte.

Oh mein Gott, das durfte alles nicht wahr sein!

»Bitte«, flehte Gavin. »Es tut mir leid. Lass uns darüber reden.«

Er klang so verzweifelt, wie ich mich fühlte, und ich glaubte, auch in seinen Augen Tränen schimmern zu sehen, aber davon wollte ich nichts wissen. Er hatte mir meine Unschuld genommen! Ich wusste, dass er mich nicht missbraucht hatte. Ich hatte gewollt, was in dieser Nacht geschehen war, aber … fuck! Ich war betrunken gewesen. Wie hatte Gavin das zulassen können?

»Jetzt willst du reden? Jetzt?!« Ich stieß ein bitteres, freudloses Lachen aus.

Der scharfe Klang meiner Worte ließ Gavin zusammenzucken. Ich erkannte tiefe Reue in seinem Blick, aber dafür war es zu spät. Er hatte keine Ahnung, was ich seinetwegen und wegen jener Nacht alles hatte durchleiden müssen.

Ich würgte meine Tränen hinunter. »Verschwinde!«

»April, bitte lass uns reden. Ich …«

»Du sollst verschwinden, hab ich gesagt!«

»Es tut mir leid, April. Ich …«

»Geh!«, brüllte ich, und die Härte in meiner Stimme war für mich selbst wie ein Schlag ins Gesicht, aber wenn er noch einmal meinen Namen auf diese Art und Weise sagte, würde ich vor seinen Augen zusammenbrechen.

Erschrocken wich Gavin zurück und knallte mit dem Rücken gegen meinen Nachttisch. Die Lampe darauf geriet ins Wanken. Keiner von uns machte sich die Mühe, danach zu greifen. Sie fiel zu Boden, wo mit einem Klirren der gläserne Lampenschirm zersprang. Ich stellte mir vor, dass es das Geräusch meines brechenden Herzens war. Ich hatte ehrlich geglaubt, dass Gavin und ich wieder Freunde sein könnten – sogar mehr als das. Dass wir nun, da wir wieder zusammengefunden hatten, endlich das Happy End bekommen würden, das ich mir als Teenager für uns erträumt hatte. Aber ich hatte mich geirrt.

Und das tat weh. So verdammt weh.

Ohne seinen Blick von mir zu nehmen, kletterte Gavin aus dem Bett. Unter seinen Füßen hörte ich das Knirschen der Scherben. Er trampelte auf ihnen herum wie auf meinem Herzen, und dabei verzog er keine Miene. Seine Lippen teilten sich, als wollte er noch etwas sagen, aber er schien zu erkennen, dass es nichts mehr zu sagen gab. Keine Worte konnten richten, was er mir angetan hatte. Was er *uns* angetan hatte.

Er trat hinaus in den Flur.

Ein letztes Mal sahen wir einander an.

Und dann ging er, und ich war wieder allein.

Allein mit meiner Enttäuschung.

Allein mit meinem Schmerz.

Allein mit meinen Tränen.

Allein wie nach jener Nacht.

Fortsetzung folgt.

Triggerwarnung:

Dieses Buch enthält Elemente, die potenziell triggern können.

Diese sind:
Alkoholismus, Trauerbewältigung, Erwähnung von Suizid, Depressionen

*Sie dachte, dass sie niemals lieben könnte.
Doch dann traf sie ihn.*

Laura Kneidl
BERÜHRE MICH. NICHT.
464 Seiten
ISBN 978-3-7363-0527-4

Als Sage in Nevada ankommt, besitzt sie nichts – kein Geld, keine Wohnung, keine Freunde. Nichts außer dem eisernen Willen, neu zu beginnen und das, was zu Hause geschehen ist, zu vergessen. Das ist allerdings schwer, wenn einen die Erinnerungen auf jedem Schritt begleiten und die Angst immer wieder über einen hereinbricht. So auch, als Sage ihren Job in einer Bibliothek antritt und dort auf Luca trifft. Mit seinen stechend grauen Augen und seinen Tätowierungen steht er für alles, wovor Sage sich fürchtet. Doch Luca ist nicht der, der er auf den ersten Blick zu sein scheint. Und als es Sage gelingt, hinter seine Fassade zu blicken, lässt das ihr Herz gefährlich schneller schlagen ...

LYX